À PROPOS DE L'AUTRICE

Elizabeth O'Roark est rédactrice scientifique et vit à Washington. Lorsqu'elle ne s'occupe pas de ses trois enfants, elle s'adonne sans réserve au jogging et à l'écriture de romances, ses deux passions complémentaires. ***Bad Girl, Sexy Boy*** est son premier roman publié chez &H.

BAD GIRL
SEXY BOY

ELIZABETH O'ROARK

BAD GIRL SEXY BOY

ROMAN

Traduit de l'anglais (États-Unis) par
LÉA TOZZI

Titre original :
WAKING OLIVIA

Ce livre est publié avec l'aimable autorisation de Brower Literary Agency

HARPERCOLLINS FRANCE
83-85, boulevard Vincent-Auriol, 75646 PARIS CEDEX 13.

www.harlequin.fr

ISBN 978-2-2804-4610-5 — ISSN 2271-0256

1

Olivia

C'est mon premier jour dans ma nouvelle fac, et je traîne les pieds comme une condamnée à mort. Logique, l'homme avec qui j'ai rendez-vous aujourd'hui tient mon existence entre ses mains.

Je cherche le réfectoire à l'aide du plan – enfin, de la photocopie pourrie qu'on m'a envoyée le mois dernier. Les athlètes ont le droit d'y prendre leurs repas même s'ils ne logent pas sur le campus. Comme j'ai passé les trois derniers mois à me nourrir exclusivement d'œufs et de nouilles chinoises, ce n'est pas plus mal.

J'attrape mon plateau et vais m'asseoir. Un œuf brouillé, un bol de flocons d'avoine nature et une pomme – mon petit déjeuner habituel, tout au long de l'année scolaire. Je commence par la pomme. Pourvu qu'elle me tienne au ventre.

Mon rendez-vous se passera forcément mal, je le sais. Malgré l'incident survenu dans mon ancienne fac, une équipe a bien voulu de moi. Ça a été une énorme surprise. Cela dit, mon nouveau coach ne va pas cacher ses réserves. Au mieux, il me mettra en garde d'un ton vaguement menaçant. Au pire, il posera des conditions que je n'accepterai pas. *Ils te voulaient. La preuve, ils t'ont accordé une bourse d'études ! Ça va aller, t'inquiète.* Voilà ce que je me répète.

Pourtant, je n'y crois pas.

La section athlétisme occupe un bâtiment gigantesque. Les autres ont l'air minuscules, en comparaison. On voit tout de suite où sont les priorités, à l'East Colorado University. Le message est clair. Et, comme c'est ce qui m'a permis de décrocher cette bourse, je devrais m'en réjouir, non ?

La mine parfaitement sereine, la secrétaire m'invite à entrer. Elle doit être l'une des très rares personnes du monde du sport universitaire à ignorer ce que j'ai fait. À l'heure actuelle, la plupart des gens me regardent comme si j'avais la rage. Ou comme ce serpent de Malaisie dont la morsure est si foudroyante que ses victimes s'écroulent à quelques mètres du lieu de l'attaque.

Pas de doute : les deux hommes présents dans la pièce savent *exactement* ce qui s'est passé. Ils m'accueillent, l'air inflexible – yeux plissés et bras croisés. Ce qui me met tout de suite de mauvais poil.

Je me blinde en attendant le sermon qu'on va m'infliger. Ai-je le choix, de toute façon ? L'entraîneur, Peter McEwan, est une légende vivante. Et c'est ce qu'il me faut, là, maintenant. Les gens avaient coutume de dire que j'étais une coureuse « douée ». Ils parlaient de mon potentiel avec des étoiles dans les yeux. C'est fini, désormais.

Mais il se trouve que McEwan a besoin d'une athlète d'exception. Cela fait près de dix ans que l'ECU n'a pas gagné un seul titre en course de fond chez les filles. D'où ma bourse d'études.

Ils ont besoin que je retrouve l'étincelle que j'ai perdue. Au moins autant que moi.

Je suis prête au mea culpa pour avoir la chance de travailler avec lui. Je feindrai d'être désolée, même. Avec lui, du moins. Pas avec l'autre, à peine plus âgé que moi. Avec son physique, il devrait poser en couverture d'un magazine sportif au lieu de rester assis, le regard noir. Il est calé au fond de sa chaise. Il a des yeux d'un bleu de glace, qui illuminent son visage bronzé. Le rictus arrogant qu'il affiche me file des boutons. D'accord pour écouter la leçon de morale de McEwan, mais me prosterner devant ce type ? Plutôt crever ! *C'est ça, continue de me regarder, abruti, ça t'occupera.*

McEwan se lève de sa chaise pour me serrer la main.

— Voici mon collègue, Will Langstrom, dit-il en désignant le type à côté de lui.

L'autre me serre la main à son tour. Les yeux toujours plissés et l'air toujours désagréable.

Il me toise. Avec sa taille de géant et la façon dont il me dévisage – comme si je venais de noyer des chatons pour le plaisir —, il a quelque chose de menaçant. Et, quand on se sent menacé, on peut soit baisser la tête, soit se rebeller. Je vous laisse deviner dans quel camp je me range. *Si tu me cherches…*

— Bonjour, Olivia, dit-il.

— Je préfère qu'on m'appelle Finn.

Nos regards se croisent, puis je détourne la tête. *Je n'ai pas besoin de ton approbation.*

— Will est l'entraîneur de l'équipe féminine de course de fond, ajoute McEwan.

Merde. J'ai besoin de son approbation, en fait. Mince, mince, mince.

Je tombe des nues. Peter McEwan a beau diriger toute la section sportive, comment ai-je pu croire qu'il serait mon coach attitré, franchement ? Égalité femmes-hommes ou pas, personne ne demanderait à un tel expert de s'occuper de l'équipe féminine.

— Tu as encore deux ans devant toi avant de décrocher ton diplôme, poursuit McEwan. Est-ce qu'on peut faire quelque chose de toi ? C'est à Will et toi de répondre.

Je me dandine sur ma chaise. « Faire quelque chose de toi… »

Cette phrase ne me plaît pas beaucoup. J'ai encore trois records à mon actif, c'est bien la preuve que je ne suis pas si irrécupérable, non ? On va me demander de prouver ma valeur jusqu'à la fin des temps, c'est ça ?

— Inutile de revenir sur ce qui s'est passé entre ton ancien équipier et toi, déclare-t-il gravement.

Mes muscles se détendent, juste un peu.

— Mais que les choses soient bien claires entre nous, ça ne peut pas se reproduire ici.

J'acquiesce encore, les mains posées au creux de mon ventre. *Prends un air contrit.*

— On n'attendra pas que tu envoies quelqu'un à l'hôpital pour te jeter dehors, précise-t-il. Évite de faire des vagues. Sans quoi, tu n'auras plus qu'à plier bagage. C'est compris ?

Moi, éviter de faire des vagues ? Impossible. Tu risques même de t'en prendre une, si tu continues. Dieu sait comment, je réussis à acquiescer d'un petit mouvement de tête.

— Autre chose. D'après ton ancien coach, la façon dont tu occupes ton temps libre a eu un effet négatif sur tes performances à l'entraînement. Pas de ça ici, compris ?

Quoi qu'il s'imagine, McEwan est très loin du compte. Je n'ai pas pu redresser la barre, malgré tous mes efforts. Et croyez-moi, j'ai essayé !

Alors que je pense en avoir terminé, le piège se referme. McEwan se lève pour nous laisser discuter, Langstrom et moi. Ma gorge s'assèche. Je regarde la porte se refermer, puis je me retourne à contrecœur vers mon nouvel entraîneur. Il me sort déjà par les yeux.

— Si ça ne tenait qu'à moi, tu ne serais pas là, dit-il froidement. L'histoire de la fille réglo qui a dérapé, je n'y crois pas. Tu as failli tuer quelqu'un.

Je fixe le bout de mes chaussures. Plutôt baisser la tête que supporter son regard. Surtout, ne pas s'énerver. Je me tends, contracte les jambes et les bras, fais mon possible pour ne pas exploser. *Toi, je t'emmerde, t'entends ?* Pourquoi je devrais l'écouter, d'abord ? Il est taillé comme un nageur ou un joueur de foot américain, pas comme un coureur. Il ne me viendrait pas à l'idée d'expliquer à un garagiste comment effectuer une vidange, alors qu'est-ce qui m'oblige à écouter ses conseils ?

— Je me pose une question. Tu es désolée ou pas ?

Les gens me demandent toujours ça, mais ils se fichent de la réponse. Ils veulent simplement me rappeler que *je devrais* l'être. Et c'est le cas. Je suis désolée d'avoir perdu ma bourse. Désolée d'avoir été obligée de partir et de ne plus courir pour l'une des meilleures universités du pays. Mais pas de mes actes. Quand je pense à Mark Bell, à son sourire effrayant et à cette lueur au fond de son regard, j'ai du mal à nourrir le moindre regret.

Mais ça, je le garde pour moi. Je marmonne :

— Je ne l'ai pas fait exprès.

Voilà au moins un aveu sincère qui m'évitera de passer pour une dingue.

— Ce n'est pas la même chose que d'être désolée.

Comme tu dis, connard.

— Niveau performances, enchaîne-t-il, ce n'est pas terrible. Tu n'as pas fait mieux qu'une troisième place en près de deux ans, et la dernière fois que tu as couru un 1 500 mètres en moins de 4'30, c'était il y a des mois. Tu as décroché, à mon avis.

Je les entends dans ma tête tous les jours, ces mots-là.

— Je peux revenir à mon meilleur niveau. Il suffit que je me donne à fond.

Langstrom croise les bras sur le torse. Il a de sacrés biceps ! En d'autres circonstances, ils auraient de quoi me distraire.

— Tu vas nous poser problème, et je n'ai aucune envie que des athlètes talentueuses perdent du temps pour que tu puisses « te donner à fond ». Mais Peter voit quelque chose chez toi. Tu serais un diamant brut, paraît-il.

Le compliment me console, sur le moment. C'est l'opinion de Peter McEwan, sincèrement ? Ce n'est pas rien.

La bouche de Will dessine une ligne dure.

— Je ne suis pas de cet avis.

Si j'étais moins bête, je plierais bagage sans perdre une seconde. L'un de nous deux doit partir d'ici, et je doute que ce soit lui.

En sortant, je tombe sur trois garçons assis sur un mur.

— Hé, la nouvelle !

Les athlètes ont tendance à rouler des mécaniques. N'importe qui mourrait de honte en se faisant rembarrer, pas eux.

Je m'arrête. Mes cheveux noirs glissent sur mon épaule au moment où je tourne la tête. Être attirante est presque aussi pratique que d'avoir un superpouvoir. Malgré toutes mes bêtises, je pourrai toujours compter sur ma beauté, c'est rassurant. Ça m'évitera bien des obstacles. Les hommes ne s'attarderont pas sur mes défauts. *Et j'en ai tellement !*

— Oui ? je demande en haussant un sourcil.

Ils sourient tous comme de sales gosses. Le moins timide bondit au bas du mur et s'avance vers moi.

— Tu es nouvelle ici ?

— Ah bon, sans rire ?

Il est sexy. Large d'épaules. Un joueur de football. Tout à fait mon genre. Les coureurs tout maigrichons, ce n'est pas pour moi. Il se présente :

— Je m'appelle Landon.

Au fond de moi, je tique. Des Landon, on en trouve dans toutes les écoles privées. Typiquement le genre à porter des polos à col rose et à tabasser les garçons homos de leur classe après les cours. Seulement, il est mignon. Et, après quelques bières, tout me va.

— Salut, je réponds.

Je ne m'attarde pas, car certains hommes adorent courir après les filles. Et c'est son cas, bien évidemment. Ils sont tellement prévisibles, tous !

— Tu ne m'as pas dit comment tu t'appelais, lance-t-il en arrivant à ma hauteur.

— Tu ne m'as pas posé la question.

— OK, tu t'appelles comment ?

— Finn.

Il s'arrête net. Pas moi.

— C'est un prénom de garçon ! crie-t-il.

— Je sais.

— Je veux qu'on sorte ensemble, Finn !

Sans blague…

2

Will

Je n'ai pas envie de cette fille dans mon équipe.

Dès l'instant où Olivia Finnegan a franchi la porte du bureau de Peter, je l'ai su. Pire que si elle était entrée sur la BO des *Dents de la mer.*

Peter veut qu'elle rejoigne mes athlètes, et ça me dépasse. Elle a tabassé un membre de son équipe, bon sang ! Et, en admettant que son talent puisse la racheter, elle est capable du meilleur comme du pire. Pour un seul coup d'éclat, elle enchaîne les performances moyennes.

— Elle va nous attirer des ennuis.

Voilà ce que je dis à Peter, dès qu'elle a quitté la pièce. J'essaie de garder un ton neutre. De cacher mon agacement car ça va trop loin, je m'en rends compte moi-même.

— Tu as besoin d'un poisson-pilote, Will. De quelqu'un qui fera sentir aux autres qu'elles ont les moyens d'y arriver. Et qui leur donnera l'envie de se défoncer.

Peter a vingt-cinq ans de carrière d'entraîneur derrière lui – je suis loin du compte. Il s'est fait un nom dans le pays. Dans le monde entier, même ! Il aurait pu nous quitter pour une université plus réputée, depuis bien longtemps. C'est un expert.

Seulement, il est à côté de la plaque, cette fois ! Je lui fais remarquer :

— On a déjà Betsy.

Son ricanement est éloquent. Personne ne supporte Betsy. C'est une prétentieuse et une emmerdeuse. Elle est à peine plus rapide que les autres, mais elle se prend pour une star. Tout le monde a trop peur d'elle pour lui dire ses quatre vérités.

— D'accord, mais tu penses que Finnegan va motiver le groupe ? À côté d'elle, Betsy, c'est Mère Teresa.

— Tu l'as déjà vue courir, Will ?

Je fais non de la tête. J'ai décroché mon diplôme deux ans avant qu'elle commence son cursus dans le supérieur. J'ai entendu parler d'elle il y a quelques années, lorsqu'elle était en première année. On voyait alors en elle la future reine de la discipline. En fin de compte, ses performances ont déçu, et tout le monde l'a oubliée, moi y compris. Ce qui m'allait très bien !

— Elle est incroyable.

La vache, Peter en a presque des étoiles dans les yeux !

— Quand elle décide de se défoncer, on a l'impression que les autres filles courent au ralenti.

— Ça fait pourtant un moment qu'elle n'a pas brillé. En tout cas, ce n'est pas elle qui va souder le groupe.

— Tu es le mieux placé pour l'aider à y parvenir, non ? répond-il avec un sourire.

Entraîneur n'a jamais été le métier de mes rêves. Et, maintenant que j'ai rencontré cette fille, je nage en plein cauchemar. Elle est dangereuse. Pas seulement parce qu'elle va la jouer perso. C'est une manipulatrice et une hypocrite. Sans compter qu'elle est beaucoup trop jolie. Il fallait la voir parader dans le bureau comme un top model, avec ses jambes bronzées interminables, ses grands yeux verts et son sourire hautain. Le genre de fille qui crée des problèmes partout où elle passe.

Or, la dernière chose dont j'ai besoin en ce moment, c'est de problèmes supplémentaires.

3

Olivia

Je suis dans une voiture, et nous roulons trop vite. La rue est étroite. Des véhicules sont garés des deux côtés, ça nous gêne pour passer. Il y a un stop à chaque carrefour, mais nous ne ralentissons pas toujours. Je vois les épaules de ma mère se raidir, son dos s'enfoncer dans son siège. Mon frère m'attrape la main et la serre, fort, pour me préparer au choc.

Je vois la femme au croisement. Robe bleu marine, cheveux attachés. Elle ne m'aperçoit pas tout de suite. Et puis, nos regards se croisent. La suite ne fait aucun doute, ni pour elle ni pour moi.

Tout va alors très vite. Elle roule sur le capot. Du sang gicle sur le pare-brise, on croirait une œuvre d'art moderne. Nous écrasons le frein, et elle est projetée sur la chaussée. Juste après, la voiture tressaute en roulant sur son corps comme sur un dos-d'âne.

Ma mère se tourne vers moi, une peur panique au fond des yeux.

Brusquement, nous voilà dans sa chambre.

— Cours, murmure-t-elle. Cache-toi dans les bois.

Alors je cours.

Je cours de toutes mes forces, sans réfléchir.

Les bois, les bois, les bois. *Cette phrase tourbillonne dans ma tête.*

Cours jusqu'aux bois.

Je ne veux qu'une chose : obéir à ma mère, comme si cela pouvait tout résoudre. Je cours, encore et encore, en sachant qu'il est derrière moi. Le sang qui coule le long de mon dos n'est que le début. Ce que j'ai fait est terrible. Et, quand je m'arrêterai, toute cette histoire me rattrapera.

Je me réveille.

Je ne suis pas dans mon nouvel appart mais dans une rue qui m'est inconnue, vêtue du short et du débardeur que je portais quand j'ai sombré. Je suis pieds nus – je n'arrive jamais à garder mes chaussures quand je m'endors. Où suis-je ? Aucune idée. Le soleil n'est pas encore levé, mais le ciel en porte la promesse. L'obscurité frémit d'impatience. Mon cœur bat toujours la chamade après cette course folle, après cette peur panique.

— Salaud, je murmure.

Il ne me reste plus qu'à rentrer chez moi. Si je retrouve le chemin.

Il me faut plus d'une heure pour regagner mon appartement : je ne connais pas les environs. J'ai dû courir environ trois *miles* avant de me réveiller. Puis quatre de plus en sens inverse.

J'arrive au stade peu de temps après. Je suis sans doute la seule avec des heures d'effort dans les jambes. Mon regard flotte dans le vide. Autant faire mine de ne pas saisir les chuchotements des autres filles et leurs regards torves. Elles savent toutes qui je suis. La plupart aimeraient que je ne sois pas là. Surtout une, très grande, qui ne cache pas son mépris. La vache ! Je n'ai pas encore fait connaissance avec mes coéquipières et j'ai déjà envie de leur coller des gifles.

Will Langstrom, cette tête à claques de première, marche vers nous. Tous les regards se tournent aussitôt. Je suis loin d'être fan, mais je dois reconnaître qu'il est beau comme un dieu. Même sa façon de marcher est sexy. Ces cheveux châtains en bataille, ces pommettes hautes, ces lèvres pleines… On sent le mec sûr de lui, ce qui le rend encore plus attirant à mes yeux.

Voilà pourquoi je le déteste. Et pourquoi je me déteste aussi.

— Bonjour, mesdemoiselles, lance-t-il avec un sourire.

— Bonjour, coach ! répondent-elles en chœur.

Je reste muette. Elles le contemplent en battant des paupières. De vraies dindes ! S'il se mettait torse nu, là, tout de suite, la moitié d'entre elles tomberaient à la renverse. Et ce ne serait pas étonnant.

Il jette un coup d'œil dans ma direction.

— Vous avez toutes fait connaissance avec votre nouvelle équipière, j'imagine…

On ne le sent pas vraiment convaincu. La preuve : aucune réaction. Il commence par présenter les deux étudiantes de première année. Puis il se tourne vers moi.

— Voici Olivia Finnegan, notre unique transfert. Elle nous vient du Texas.

Elles m'observent. Dans leurs regards, je devine de la curiosité. Mais leur petit air moqueur ne m'a pas échappé. Oui, je faisais partie de l'élite universitaire avant d'être rétrogradée. Seulement, il est probable que je les aide à décrocher un titre. Elles aimeraient me prendre de haut, mais ça ne dure pas. En un sens, elles m'admirent aussi.

Will leur demande de se présenter. Je ne retiens que Betsy, celle qui me dévisageait avec tant d'insistance. C'est si agréable de mettre un nom sur le visage qu'on rêve de plonger dans une flaque de boue !

— Ce matin, nous allons courir dix *miles* autour du campus, ce sera plus sympa que des tours de stade. Vous avez de la chance, je vais courir avec vous !

Un chœur de soupirs navrés retentit. J'en déduis que ce n'est pas une bonne nouvelle.

— Allez, c'est parti ! Voyons combien d'entre vous se sont ramollies pendant l'été.

Pas moi, en tout cas. J'ai passé les dernières semaines à courir matin et soir. *Mais ça ne se verra pas aujourd'hui.*

Betsy s'élance, et nous lui emboîtons le pas. Elle impose un bon rythme. Rien de très difficile à suivre mais, vu que j'ai tout juste eu le temps de me doucher après ma séance de ce matin, je ne vais pas me plaindre.

Mes jambes pèsent des tonnes. On dirait que je traîne un boulet à chaque foulée. Comme si mon corps était tout engourdi. Je n'ai pas toujours cette sensation. Aujourd'hui, si. Je suis tout à fait capable de courir dix-sept *miles* en une journée, attention. Mais pas à cette vitesse. Je reste loin de mon maximum parce que j'ai dû sprinter pour ne pas arriver à la bourre, ce matin. Je n'ai plus grand-chose dans le moteur. J'essaie quand même. Pas le droit à l'erreur.

Faire ce cauchemar et me réveiller au milieu de nulle part, loin de chez moi, ne m'a pas étonnée. Ça m'arrive depuis que je suis gamine. Dans les situations de stress, la plupart du temps. Parfois, sans raison particulière. Pas mal de gens sont dans le même cas. Il y a même un forum Internet sur lequel ils partagent leurs cauchemars. Pour ma part, je les ai toujours gardés pour moi. Certains s'imaginent en train de dévaler un escalier ou de remonter une rue sur quelques mètres. Dans mes rêves, je cours pendant des kilomètres, toujours dans une forêt. Et je me réveille en sang, le corps trempé de sueur.

Même au sein d'un groupe de personnes hors du commun, j'arrive à me distinguer.

Il y a un stand de ravitaillement à mi-parcours. J'en profite pour observer attentivement mes coéquipières. À chaque pas, elles soulèvent un nuage de terre qui leur retombe dessus. Des gouttes de sueur coulent le long de leurs bras en se frayant un chemin au milieu de cette fine couche de poussière. Betsy est en tête. Je ne la sens pas, cette meuf. Il y a quelque chose d'arrogant, d'agressif dans son attitude. On pourrait dire la même chose de moi, j'imagine.

Will reste muet durant toute la course. Bien malgré moi, je suis admirative, car il parvient à suivre le rythme. Chaque kilo en plus, que ce soit du muscle ou du gras, c'est comme des briques qu'on se trimballe. Et lui doit peser au moins quarante kilos de plus que moi. Ça fait beaucoup de briques !

C'est avec un certain soulagement que j'aperçois la ligne d'arrivée. J'ai tenu la cadence, sans me taper l'affiche dès le premier jour. La sensation de malaise ne m'a pas lâchée, mais ça aurait pu se passer nettement plus mal. Nous rejoignons la piste d'athlétisme. Will nous informe qu'il fera le débrief demain, lors de l'entraînement. Là-dessus, il nous libère.

Enfin, il libère les autres.

— Olivia, il faut qu'on parle, me lance-t-il d'une voix tendue.

De toute évidence, ce n'est pas pour me souhaiter gentiment la bienvenue dans l'équipe. Betsy esquisse aussitôt un petit sourire. Je grommelle :

— Appelle-moi Finn, je préfère.

Il poursuit comme si je n'avais rien dit.

— Tu m'expliques ce qui s'est passé ? Quand je demande de courir dix *miles*, j'attends mieux que ça.

— Tu plaisantes ? J'ai tenu le rythme.

— Et alors, tu crois quoi ? Qu'on t'a laissée intégrer l'équipe pour que tu tiennes le rythme, tout simplement ? On a besoin d'une leader. Et toi, tu trottines comme une jeune maman qui essaie de perdre ses kilos de grossesse ?

Mais quel connard !

— J'étais fatiguée.

— Tu as couru la même distance que les autres. Tu n'as aucune raison d'être fatiguée. Sauf si tu as bu hier soir. Peter a été clair : pas d'alcool avant une séance d'entraînement !

Je suis coincée. Il ne gobera jamais l'histoire que je racontais dans ma fac précédente. Alors, je prends la décision (contestable) d'avouer la vérité. Même si cela ne m'a pas réussi, dans le passé.

— J'ai couru ce matin avant de venir.

Voilà, c'est fait. Son visage se crispe.

— Et… pourquoi, exactement ?

L'espace d'un instant, d'un millième de seconde, nos regards se croisent, accidentellement. Une part de moi aimerait le supplier de ne pas poser de questions, de ne pas insister, de ne pas m'extorquer mes secrets. Je détourne la tête. Pas question de me mettre à genoux. Devant lui ou un autre.

— Je… Je n'arrivais pas à dormir.

Il reste un long moment sans dire un mot, la mâchoire serrée et l'air incertain.

— Je t'ai dans le collimateur, à partir de maintenant, finit-il par marmonner. Cours quand je te le demande, point barre. Ne t'avise pas de recommencer.

Sur ces mots, il tourne les talons et s'éloigne.

J'ignore tout le monde dans les vestiaires. Ces meufs ne sont pas mes amies et ne le seront jamais. J'ai déjà essayé de m'en faire. Et je sais à quoi ça m'a conduite.

— Moi, c'est Erin, dit la fille qui se change à côté de moi.

— Salut, je réponds sèchement.

— Tu viens d'Austin, alors ?

— Ouais.

— C'est vrai que tu as été virée de ton équipe parce que tu avais tabassé un mec ?

Elle n'essaie même pas de cacher sa curiosité. C'est drôle, les gens me méprisent, mais ils n'ont aucune honte à vouloir des détails croustillants.

Tout en rangeant mon sac, je lâche :

— Oui, il paraît.

— Alors c'est vrai ? murmure-t-elle.

Comme si on vivait un moment de complicité entre copines, rien qu'elle et moi, alors que la moitié de l'équipe est là, l'oreille tendue.

— Oui.

— Pourquoi ? Il t'avait fait quelque chose, c'est ça ? insiste-t-elle.

— C'est ça.

Je les regarde fixement, elle et les autres curieuses. Elles ont cessé de feindre l'indifférence et nous observent avec intérêt.

— Il me posait trop de questions, ça a fini par m'énerver.

4

Will

— Alors, ça s'est passé comment ?

La tête que je tire est une réponse en soi, et Peter ricane.

— Tu es bien comme ton père, Will. Incapable de cacher ce que tu penses.

Il m'a fallu près de deux ans pour que le simple fait d'évoquer mon père cesse de me faire souffrir. Et il m'en faudra au moins vingt avant d'apprécier cette comparaison. Je lui ai toujours obéi. J'ai abandonné ma carrière de varappeur pour reprendre la ferme familiale, mais il a quitté ce monde avant de le voir. Cela n'aurait pas changé grand-chose, de toute façon. Il aurait quand même eu des milliers de critiques à m'adresser.

Dans un soupir, je réponds :

— J'espérais mieux.

— Comment se sont débrouillées les étudiantes de première année ?

— Pas trop mal. Evans a tenu la distance. L'autre, c'est moins sûr.

Peter hoche lentement la tête.

— Et Finnegan ?

Je pourrais lui dire un million de choses. Qu'elle a un sale caractère. Qu'elle regarde le reste de l'équipe avec des envies de meurtre au fond des yeux. Que sa performance était moyenne, voire carrément décevante. Je devrais lui signaler que ça ne tourne pas rond, chez elle. Pourquoi s'oblige-t-elle à courir juste avant l'entraînement ? Vraiment, il faut que j'en touche deux mots à Peter. Si on ne réagit pas, on court droit au désastre. Elle risque de s'effondrer ou d'avoir une attaque au beau milieu d'une course.

Mais, bizarrement, je repense à la détresse qui l'a saisie quand je l'ai interrogée là-dessus. Elle semblait perdue. Et *détruite.*

— Il y a du boulot.

Ce n'est qu'une partie de la vérité. Et pas la plus importante.

5

Olivia

Au self, je prends une salade et du poulet grillé. Sans fromage, ni sauce, ni pain. Les meilleures coureuses au monde n'ont que 15 % de masse graisseuse. Dans ma discipline, rien n'est plus important que de contrôler son poids. Le moindre demi-kilo en trop fait baisser la vitesse de deux secondes par *mile*. Ça n'a pas l'air énorme, a priori, mais courir six *miles* avec cinq kilos en trop prend deux minutes supplémentaires. La différence entre une victoire et une défaite, en somme.

J'observe les joueurs de football. Leurs assiettes remplies de frites, de burgers, de patates au four et de pizzas me font saliver. Rien qu'une fois dans ma vie, j'aimerais manger comme eux. Je passe mon existence à avoir faim. Parfois, je me dis que si je m'écoutais vraiment je mangerais jusqu'à exploser.

Erin m'aperçoit et s'assied en face de moi sans me demander mon avis. Elle est resplendissante, avec sa peau pâle, ses taches de rousseur et ses grands yeux bleus comme l'océan. Le genre de fille qu'on verrait très bien dans une pub pour une marque de vêtements chics. Il suffit de la regarder une seconde pour comprendre qu'elle n'a jamais souffert. Je la déteste à cause de ça. C'est plus fort que moi.

— Je suis vraiment désolée, dit-elle. Je me sens super mal. Tu avais raison, je n'avais pas à te poser cette question, ça ne me regardait pas.

— Peu importe.

Soyons honnête, je suis trop hypnotisée par le contenu de son plateau pour réagir. De la viande qui baigne dans de la sauce, des pommes de terre, du pain, un morceau de pizza et un verre de lait. Il y a deux mille calories sur ce plateau au bas mot. Le simple fait de regarder toute cette bouffe me retourne l'estomac et me met l'eau à la bouche en même temps. Je garde les yeux rivés à l'écran de mon portable, en priant pour qu'elle s'en aille.

— Tu n'es pas très aimable, dit-elle. Tu es au courant ?

— Oui.

Écoute bien, je viens de te donner un indice.

— Pourquoi ?

— Je n'ai pas besoin d'amis.

— Tout le monde en a besoin.

— Pas moi.

Je poursuis ma lecture.

— Tu n'arriveras pas à me faire peur, tu sais.

— Tu comptes continuer de raconter ta vie pendant que j'essaie de lire ?

— Oui, répond-elle d'un ton guilleret.

Là-dessus, elle attaque sa montagne de viande dégoulinante de sauce. Ça me dégoûte. Je tique, mais je ne détourne pas les yeux.

— J'ai connu pire que toi. Tu verrais mon frère… Il passe le plus clair de son temps en cure de désintox, dans une clinique spécialisée. C'est presque sa seconde maison. Enfin, si ça se trouve, c'est là qu'il se sent vraiment chez lui. Bref, quand il se drogue, qu'il est en descente ou qu'il se soigne, il est insupportable, tu n'imagines même pas.

— Incroyable, je murmure.

— C'est un mec génial, merci de demander, rétorque-t-elle sèchement.

Le coin de ma bouche se relève, et ça m'énerve. J'ai presque envie de sourire, mais pas la peine de l'encourager.

— Il est à Los Angeles en ce moment. Pour développer ses « compétences ». Tu dois te dire que ce n'est pas l'idéal pour quelqu'un qui vient de sortir de désintox. C'est ce que j'ai expliqué à mes parents, mais ils sont tellement heureux qu'il s'intéresse à quelque chose ! Du coup, ils font abstraction. C'est tout ce que tu comptes manger ?

La vache, cette fille ne se tait donc jamais ?

Je désigne son plateau et réponds d'un ton sec :

— Les meilleures coureuses n'ont que 15 % de masse graisseuse.

Erin n'est pas grosse. Elle pourrait être plus mince, cependant. Ces petits kilos en trop ne peuvent que ralentir l'équipe, et je lui en veux déjà. Oui, je lui en veux, car j'aurai beau me donner à fond et me laisser crever de faim, on n'arrivera à rien à cause de ces meufs qui mangent toute cette viande à presque tous les repas.

— Il faut manger pour prendre du muscle, argue-t-elle.

— C'est pour ça que j'ai pris du poulet.

— Tu devrais consulter la nutritionniste de la fac. Elle t'expliquera que ce n'est pas bon pour ta santé.

— Je suis ultra-calée en nutrition. Je me débrouille très bien toute seule.

— N'empêche, ce n'est pas bon pour ta santé.

— Tu es toujours aussi bavarde ?

Elle ouvre ses grands yeux, tout sourires.

— Oui. C'est pour ça qu'on a tout pour s'entendre, toi et moi. Tu ne parles jamais, et moi je ne me tais jamais. Tu as vraiment de la chance de m'avoir rencontrée !

Après avoir survécu à son monologue, je prends mon vélo. Direction le bout du campus, là où les vieilles maisons de style victorien laissent place aux champs et aux forêts. Le genre d'endroits où il n'y aura pas un seul panneau pour m'indiquer le chemin de mon appart. Il faut que j'apprenne à connaître cette ville comme ma poche.

En me couchant, je glisse toujours mon téléphone dans mon pantalon. Sans que ça serve à grand-chose, néanmoins. D'abord, parce que je n'ai personne à qui téléphoner. Ensuite, parce qu'en pleine forêt les chances d'avoir assez de réseau pour que le GPS fonctionne sont proches de zéro. Et puis, je dors tellement mal ! Bien souvent, je m'aperçois que j'ai attrapé mon portable et que je l'ai balancé à l'autre bout de la pièce, à un moment ou à un autre.

En règle générale, je ne parcours que quelques *miles* avant que quelque chose me pousse à me réveiller. Mais quelques *miles*, c'est déjà beaucoup quand on se retrouve au milieu de nulle part, sans savoir comment revenir sur ses pas. J'ai eu de la chance, ce matin. L'expérience m'a prouvé que ce n'est pas toujours le cas. Conclusion : mieux je connaîtrai les environs, mieux ce sera.

Si j'atterris dans la forêt, il faut que je sois en mesure de me sortir de là. En m'appuyant sur les lumières de la ville, la position des étoiles ou le bruit d'un cours d'eau, par exemple. C'est déjà assez pénible de se réveiller et de s'apercevoir qu'on est dehors, en pleine nuit, pieds nus, vulnérable, loin de chez soi. Et cette sensation-là est dix fois plus forte lorsqu'on se réveille sans savoir où on est.

Ça me rend dingue.

Les choses peuvent vite déraper. Ça m'est souvent arrivé, même quand je savais où j'étais. Dire que je prends tous ces risques pour rien : si je suis venue ici, c'était uniquement pour que Peter McEwan devienne mon entraîneur. Il aurait peut-être su me remettre sur les rails. Mais non, je vais être coachée par un abruti prétentieux qui ne faisait même pas de sport de haut niveau quand il était au lycée, je parie !

J'ai commis une erreur en tabassant Mark Bell. Une autre en venant dans cette ville. Y rester sera peut-être mon prochain regret. En fait, je suis quasiment sûre que ce sera le cas.

6

Olivia

Le lendemain matin, je suis prête à remettre cet abruti de Will Langstrom à sa place. Je n'ai toujours pas digéré ce qu'il m'a dit. *Quel connard !* Heureusement, j'ai eu une nuit de sommeil complète. On verra bien s'il a des critiques à faire, maintenant !

Les filles papotent. Entre le stress et l'excitation, leurs voix sont légèrement plus aiguës que d'habitude. Et encore plus insupportables. Ça vaut surtout pour Erin, qui n'arrête pas de parler à tort et à travers – et à moi exclusivement. Will finit par débarquer. Il lui suffit d'esquisser son petit sourire de bellâtre pour qu'elles se mettent toutes à glousser. Comme s'il était le chanteur de leur boys band favori. Je parie que s'il n'était pas aussi con je serais dans le même état, moi aussi. Tout est absolument parfait chez lui – le bleu de ses yeux, ses cheveux légèrement ondulés, sa bouche pleine et la façon dont le coin de sa lèvre se relève quand il essaie de ne pas sourire. J'aperçois un bout de tatouage qui dépasse de la manche de son T-shirt. J'aimerais le voir en entier.

— Vous allez courir six *miles* comme si on était en compétition, annonce-t-il. J'ai balisé la route, tout à l'heure. Je vous suivrai en voiture pour vous observer. Arrêtez-vous au virage à mi-parcours, on fera le point à ce moment-là.

Tu m'observeras de très loin, tu peux me croire ! J'ai bien l'intention de distancer tous ces boulets.

Au top départ, je démarre à toute vitesse, un vrai missile. Les autres filles n'existent plus. Je ne les entends même pas. Je me sens légère, comme si j'avais des ailes. Pas âme qui vive à l'horizon. C'est comme ça que j'aime courir. En étant libre de ne pas réfléchir, de ne pas me perdre dans mes souvenirs, de ne rien ressentir du tout.

Je ne me préoccupe que des repères que Will a tracés sur le parcours, histoire d'avoir une vague idée de la distance qui défile. Arrive le fameux virage. Je ne m'arrête pas. Il nous a demandé exactement le contraire, mais je suis en totale maîtrise.

Tant pis pour lui. Ce n'est même pas un coureur, alors…

Je ne tourne pas la tête quand j'entends un moteur ronronner à côté de moi. C'est Will. Il me crie d'arrêter. Si ça se trouve, ça fait un bon moment qu'il braille : il a l'air furieux. Et, maintenant qu'il m'a sortie de ma bulle, je suis furieuse, moi aussi. Alors je stoppe mon effort, à contrecœur.

Il se gare sur le bas-côté et me rejoint d'un pas décidé.

— Quand je te dis de t'arrêter, tu t'arrêtes, point barre ! grogne-t-il.

— J'étais en train de courir. Pas d'essayer de perdre mes petits kilos en trop, je rétorque.

— Retourne immédiatement au virage et cesse de faire ton numéro, lâche-t-il avant de s'éloigner.

J'atteins le point indiqué au même moment que Betsy, qui donnait le tempo, hier. Elle est pliée en deux, les mains sur les genoux, aussi essoufflée qu'à la fin d'une course. Sauf qu'on est à mi-parcours.

— Ça va, Bets ? lui demande Will.

— Ouais, répond-elle en se redressant.

Puis elle se tourne vers moi.

— On n'est pas en compétition, tu sais.

J'éclate de rire.

— On nous a dit de prendre une vitesse de course. Moi, j'obéis.

— Hé, redescends, meuf, tu n'es plus en première division ! De toute façon, tu n'avais pas le niveau.

C'est le gros problème, lorsqu'on se donne à fond. On est bourré d'adrénaline. Alors, quand quelqu'un commence à être pénible, on se transforme très vite en cocotte-minute prête à exploser.

J'avance d'un pas, et nous voilà face à face, elle et moi. Je dis :

— De nous deux, il n'y en a qu'une qui crache ses poumons.

— Ça suffit ! intervient Will.

Il pose la main sur mon épaule, m'oblige à reculer, puis se place entre nous.

— Vous êtes dans la même équipe. Faites semblant de jouer collectif.

Il m'accuse.

Il n'a rien dit mais, de toute évidence, il m'accuse. C'est elle qui a cherché les emmerdes, pourtant ! La saison n'a commencé que depuis deux jours, et je suis déjà énervée. Énervée par Betsy qui court à la vitesse d'un escargot. Par les autres qui réussissent l'exploit de courir encore plus lentement. Et par Will, parce que je n'ai jamais été sous les ordres d'un connard pareil.

Au moment de reprendre mon effort, je pars comme un missile, loin devant les autres. Betsy essaie vainement de ne pas être distancée. À la fin de la séance d'entraînement, elle se détestera un petit peu. Elle se sentira inutile, faible. Je le sais parce que cette sensation ne m'est pas étrangère. Elle va m'en vouloir et s'en vouloir encore plus à elle-même. Cette colère-là va s'accentuer et la hanter pendant des jours.

C'est ce qui m'arrive chaque fois que je perds.

Je regagne le terrain bien avant elle.

Eh, connasse, tu penses toujours que je n'avais pas le niveau ?

Will, qui s'est garé, se dirige vers moi.

— Tu as fait ça pour la foutre en rogne ?

— Oui. Ça te pose un problème ? Tu voulais un gros tempo. Tu as eu un gros tempo.

— Non, ce que je veux, c'est une équipe. Tu as le droit de courir pour gagner, Olivia, mais pas de courir pour voir quelqu'un perdre.

— Moi, c'est Finn.

C'est confirmé, il m'appelle Olivia pour m'emmerder.

— Et puis, c'est elle qui a commencé.

— Et elle avait raison, non ? Tu es là parce que tu n'as pas le niveau pour être dans une meilleure fac ?

— Non, je rétorque.

— Alors, fais comme si c'était le cas, conclut-il d'un ton méprisant.

Va te faire foutre, putain ! Je viens de courir en un temps record, tout ça pour que ce type me fasse la leçon ? Betsy finit son effort. Elle est à bout de souffle et me foudroie du regard.

Malheureusement, ce n'est plus elle que je déteste de tout mon cœur autour de ce terrain.

Je me rends à la cafétéria, Erin sur les talons. Cette fille est pire qu'un labrador ! J'ai beau me montrer odieuse, elle ne se rend compte de rien.

— C'était dingue, ce matin ! Tu cours vite, tu sais ? Super vite.

Je hausse les épaules. Je suis censée faire quoi, là ? Jouer les modestes ? Oui, je cours vite. Je ne serais pas là si ce n'était pas le cas. Quoi qu'il en soit, ça m'ennuie de la voir s'emballer. Elle ne m'a vue courir vite qu'une seule fois et elle a déjà des étoiles dans les yeux ? Je pourrais lui dire sans plus attendre qu'elle a tort de me faire confiance. Au lieu de quoi, je me contente de regarder l'écran de mon portable et de l'ignorer.

Elle n'est pas la seule à s'en être aperçue, cependant. L'après-midi, alors qu'on attend Will au bord du terrain, elle me rejoint en compagnie de son amie Nicole.

— Tu as couru comme une ouf, ce matin !

— On a vraiment une chance de faire de bons résultats grâce à toi, acquiesce Erin.

J'ai l'impression d'étouffer. Je n'ai aucune envie qu'elles comptent sur moi. J'ai déjà assez de mal à compter sur moi-même…

— On se calme, ce n'était qu'une course d'entraînement.

Will débarque, vêtu d'un T-shirt gris moulant et d'un short. Je m'en veux à mort de le trouver aussi canon. Savoir que c'est un connard de première devrait me calmer. Mais non, ça a l'effet inverse, on dirait.

Nicole et Erin commencent à glousser tout bas. De vraies ados. Pour ma part, je n'ai jamais joué les groupies et j'en suis fière.

— On adore son T-shirt gris, m'explique Erin avec un sourire coquin.

Je lève les yeux au ciel, et Nicole me regarde comme si j'avais réfuté la théorie de l'évolution.

— Tu ne le trouves pas sexy ? demande-t-elle.

— Peut-être que j'ai du mal à faire abstraction de son caractère de merde.

— Il n'est pas si horrible. En dehors du terrain, il est super sympa. Sur le terrain aussi, en fait.

— Eh bien, moi, je pense que non.

— Il apporte aux gens ce dont ils ont besoin.

La tête penchée sur le côté, Erin m'observe d'un air méfiant.

— Ne le prends pas mal, Finn, mais il a l'air de penser que tu as besoin de discipline.

Si cela ne me retournait pas l'estomac, j'admettrais sûrement que oui.

Will nous fait travailler notre pointe de vitesse. Tout de suite, je regrette mon numéro de ce matin. Je n'ai plus l'énergie qui m'a aidée à courir loin devant Betsy. Nous finissons au coude-à-coude, épuisées.

Mais c'est moi que Will interpelle, bien évidemment.

— Tu fais quoi, là ?

— J'enchaîne les tours de terrain.

— Ah ouais ? Moi, j'ai l'impression que tu fais la course avec Betsy.

— C'est peut-être elle qui fait la course avec moi. Pourquoi c'est toujours moi qu'on critique ?

— Parce que j'attends mieux de ta part.

— Tu as tort.

Il m'observe, me lance un regard inquisiteur. Sans arrogance ni agacement.

— Ouais, finit-il par dire d'un ton amer. Tu as sûrement raison.

Le reste de la semaine s'accompagne encore de quelques leçons de morale de sa part. En revanche, zéro compliment. Je suis ses ordres à la lettre. Je cours vite, mais pas trop. J'évite de faire la course avec Betsy, même si j'ai envie de la balancer par terre et de sauter sur elle à pieds joints. Résultat : pas un mot d'encouragement. Je lui jette des regards noirs quand je le vois ; on dirait que ça lui passe au-dessus de la tête. Sans doute parce que je ne serai bientôt plus un problème pour lui.

Je l'accepte aussi, j'imagine.

S'il n'est pas content de moi maintenant, il ne risque pas de le devenir quand les choses vont se corser. Les cours commencent dans deux semaines, et notre première compétition se profile. Avec le stress, je vais faire des cauchemars. Avec les cauchemars, je vais passer mon temps à courir. Et, quand je passerai mon temps à courir, je serai à peu près dans le même état qu'un retraité qui essaie de monter sur un tapis de course pour la première fois.

Dès que j'ai du temps entre deux entraînements, j'en profite pour explorer la ville et arpenter la forêt. C'est presque toujours là que je me réveille, au sortir de mes rêves. Pourquoi vais-je là-bas ? Aucune idée. Je préfère ne pas savoir, de toute façon.

Erin continue de me suivre à l'heure du déjeuner, alors que j'ai envie de manger seule. Et ce n'est pas faute de le lui répéter. Ce n'est plus une marque d'amitié, c'est du harcèlement !

En la voyant s'asseoir à ma table, je grogne :

— Sérieusement ? Je vais demander une injonction d'éloignement.

— Ça marche uniquement si la vie de la personne est en danger, répond-elle de son ton toujours aussi guilleret.

— Ça ne me surprend pas que tu sois calée sur la question.

Elle s'esclaffe. *Comme si je plaisantais !*

7

Will

Cinq sommets que j'ai escaladés apparaissent devant mes yeux tandis que je roule jusqu'à la ferme de ma mère. Je ne sais pas vraiment si c'est ironique, mais ça fait chier, clairement. Voilà comment le destin a choisi de se moquer de moi. En versant du sel sur la plaie.

J'ai grimpé ces sommets quand j'étais plus jeune. Chaque fois, contre la volonté de mon père. Chaque fois, ça donnait lieu à une dispute. À la longue, mon envie de faire de l'escalade s'est transformée. L'enthousiasme a cédé la place à la colère.

Je jette un coup d'œil en direction de ces montagnes impitoyables. Elles ont donné raison à mon père, en un sens. J'avais besoin de grandir. Hélas, le temps que je me décide, il n'était plus là pour le voir.

La ferme, c'est mon vrai travail. Elle m'a été confiée, bien malgré moi, à la mort de mon père. Elle était déjà sur une mauvaise pente quand j'en ai hérité. Je ne suis entraîneur qu'à mi-temps, ce qui me permet de payer les études de mon petit frère, guère plus. Entre ces deux jobs et la dette que mon père a laissée derrière lui, les journées sont et seront toujours trop courtes. Alors fini, l'escalade. Parfois, je me demande si mon père nous regarde d'en haut. Est-ce que ça le fait marrer ?

— Jackson n'est pas venu ce matin ou quoi ?

Voilà ce que je lance en entrant dans la maison. Nous avons vendu une partie de l'exploitation, mais ce qui reste est encore trop grand pour nous et nos employés occasionnels.

— C'est quoi, ce foutoir, dans les étables ? Elles sont dégueulasses.

Ma mère pousse un soupir.

— Si, il était là. Mais tu sais comment ça se passe, Will.

Oui, je sais. Personne ne va se ruiner la santé pour un travail saisonnier ou à mi-temps. C'est juste un moyen de gagner un peu d'argent en attendant de trouver mieux.

— Ton travail, ça va ? demande-t-elle.

— Pas trop mal, je réponds en haussant les épaules. L'équipe de cette année a l'air plutôt bonne.

Même si c'était le contraire, je ne le lui dirais pas. Elle s'en veut déjà assez que je passe des heures ici.

— Comment sont les nouvelles ?

— Difficile à dire. L'une d'elles est prometteuse.

Je ne voulais pas ajouter cette précision. Bizarrement, Olivia Finnegan me pousse à parler d'elle autour de moi. En même temps j'ai envie de nier son existence.

— Tu as quatre ans pour l'aider à progresser.

— Deux, seulement. C'est un transfert.

Ma mère hoche la tête.

— C'est vrai, Peter m'a parlé de cette fille.

Ah oui, vraiment ? Peter est un ami de la famille, je le connais depuis toujours, mais je ne savais pas qu'il discutait boulot avec ma mère. Est-ce qu'il leur arrive de parler de moi, aussi ?

— Elle est rapide mais du genre instable. Pour l'aider à régler tous ses problèmes, il faudrait une armée de psys.

— Will, elle vient d'arriver, souligne gentiment ma mère.

— Peter ne t'a pas raconté ce qu'elle a fait dans son ancienne fac ?

— Si. Et je me souviens de l'époque où c'était toujours la police qui te ramenait à la maison. Alors, ne la juge pas trop vite, hein ?

D'accord. La différence c'est que, moi, je n'ai jamais essayé de tuer quelqu'un.

Ma mère pose un plat sur la table.

— Mange ! m'ordonne-t-elle. Tu seras de meilleure humeur.

Sans doute. Il n'empêche : avoir le ventre plein ne me fera pas changer d'avis sur Olivia.

8

Olivia

Les deux semaines suivantes sont une copie conforme de la première. Je me défonce et, malgré ça, Will n'en a strictement rien à foutre. Les deux entraînements quotidiens sont si épuisants que je ne rêve même plus. Je me donne à fond sur le terrain pour lui. D'accord, ce n'est pas une raison suffisante pour qu'on me remette une médaille, mais j'ai quand même réussi l'exploit de ne pas lui dire d'aller se faire voir. Je mérite mieux qu'une médaille, en fait ! *Une nouvelle voiture, tiens, ou un séjour chez Disney.*

Erin ne se contente plus de prendre ses repas avec moi. Elle a aussi récupéré mon numéro de téléphone et me bombarde de textos. J'ai envoyé une réponse bien sentie à ses premiers messages.

Moi :

Arrête de m'écrire.

Erin :

Tu es trop mignonne. ;-) ;-)

Je déteste les emojis.

Je me demande pourquoi je ne l'ai toujours pas bloquée. À

présent, elle invite d'autres filles à manger avec nous : Nicole, une rouquine ultra-bavarde et la fille la plus rapide de l'équipe, après Betsy et moi ; Meghan, dont les boucles brunes me cachent la moitié du self quand elle s'installe face à moi ; Hannah, une blonde, plus calme que ses copines. Enfin, relativement.

Betsy et sa petite cour s'installent à une table à l'écart. Comme si on était deux bandes rivales. Je ne serais pas surprise qu'Erin et les autres filles soient devenues amies avec moi parce que je suis plus rapide que Betsy. Et puis, ça fait une recrue supplémentaire dans leur camp. De toute évidence, ce n'est pas mon caractère avenant qui les attire.

Je les écoute discuter sans desserrer les dents. Il n'est presque jamais question de course. Une seule chose les intéresse : les mecs.

— Demain, à l'entraînement, il y aura les garçons, m'annonce Nicole.

Je me fiche de les rencontrer. Les coureurs sont trop maigrichons à mon goût. *Je les préfère gaulés comme Will.*

La vache. Certains jours, j'aimerais me faire un lavage de cerveau…

— Tu verras Dan Brofton, c'est le plus canon de l'équipe, déclare Erin. À part Will, bien sûr.

Elles se mettent à glousser.

— Will ne compte pas, il n'est pas dans l'équipe, lui fait remarquer Nicole.

— Tu imagines si c'était le cas…

Ça ricane de plus belle. Les entraîneurs ne peuvent pas sortir avec les étudiants. Et, même si c'était possible, j'aurais du mal à être sensible au charme d'un connard comme lui. Non, c'est faux. Je pourrais être sensible à son charme. Mais je résiste.

— Vous avez vu comme son T-shirt le moulait, hier, à l'entraînement ? demande Meghan.

— J'aurais préféré que ce soit son short ! lance Nicole en ricannant.

Je lève les yeux au plafond.

— J'ai l'impression d'entendre une bande d'ados en pleine puberté.

— Bienvenue dans l'équipe ! répond Erin avec un grand sourire.

Le lendemain, nous finissons la séance d'entraînement sous l'œil de l'équipe masculine. Je reconnais immédiatement Brofton, car il a de sacrés atouts. Des cheveux bruns, un regard entendu, un petit sourire en coin. Assez mignon pour plaire à pas mal de filles. *Et pourtant…*

Bien malgré moi, je dois admettre qu'il n'est pas aussi canon que Will.

Brofton bondit dans ma direction. Les mecs sûrs d'eux font toujours ça.

— C'est toi qui étais en première division ?

D'un ton pince-sans-rire, je réplique :

— Waouh ! Impressionnants, tes pouvoirs psychiques !

Il sourit. Mon ironie lui passe au-dessus de la tête. C'est très agaçant.

— On nous a expliqué pourquoi tu es là.

— Ah oui ? Et qu'est-ce qu'on vous a dit ?

— Que tu avais envoyé Mark Bell à l'hosto.

— J'espère que vous avez tous peur de moi, alors.

— Tu n'as pas l'air très dangereuse. Et puis, j'ai croisé Mark plusieurs fois. On courait ensemble, au lycée. C'est une vraie tête de nœud. J'imagine qu'il l'avait bien cherché.

Exactement, il l'avait bien cherché.

9

Will

Je suis sur le versant sud du Denali, au cœur de l'Alaska. Ce n'est pas forcément l'ascension la plus compliquée, c'est juste super raide. Les mecs qu'on guide sont déjà fatigués, ce qui n'est pas bon signe, car nous avons encore trois heures d'efforts devant nous avant d'atteindre le prochain refuge.

Je demande à l'un des types :

— Vous vous en sortez ?

Il s'appelle Bob et vient de Beaufort, en Caroline du Sud. La ville est à peine au-dessous du niveau de la mer, c'est sa première grande ascension. Le Denali est loin d'être l'idéal pour débuter, mais ce n'est pas moi qui choisis nos clients.

Il a les traits tirés, la mâchoire serrée. Il acquiesce d'un signe.

J'ai posé la question. Je ne peux pas faire mieux.

Je lève la tête vers le sommet, le soleil réchauffe mon visage. Le froid est si intense qu'il efface au fond de moi les derniers doutes qu'il me reste. Même ma colère.

Mon père avait tort. À l'entendre, l'escalade n'était qu'un passe-temps, pas un véritable métier. Il pensait qu'un jour je rentrerais à la maison, la queue entre les jambes. Oui, il se trompait… Et c'est être ici qui me permet d'avoir cette certitude. Rien ne m'oblige à faire autre chose de ma vie. Il s'agit peut-être de ma dernière ascension. Tout varappeur digne de ce nom n'attaque jamais un relief sans envisager cette possibilité. Qu'importe, ça en valait la peine. Passer deux longues années en plein air, un sommet au-dessus de la tête, vaudra toujours mieux qu'une vie de travail à la ferme. J'ai beau fouiller dans mes souvenirs, c'est uniquement pendant ce genre d'ascensions que j'ai l'impression qu'il ne me manque rien.

Je me réveille. Je ne suis pas dans un refuge ou sur un bivouac. Les rares ascensions qui m'attendent, à l'avenir, sont celles que j'arriverai à caser dans un emploi du temps déjà surchargé. Je ne gravirai sûrement jamais l'Everest, l'Annapurna ou les autres sommets qui me font rêver. Je vais passer mon existence à m'occuper de cette ferme, avant d'en crever, exactement comme mon père.

À une différence près : lui a eu le choix.

Bah ! Tout n'est pas toujours simple quand on fait de l'escalade. Et je crois que ça aurait fini par me gêner. C'est dur d'être en couple quand on part plusieurs mois d'affilée. Si j'avais voulu des enfants, ça aurait été très compliqué. Mais j'avais vingt-quatre ans. Ce qui m'intéressait, ce n'était pas de m'engager, mais de vivre comme je l'entendais. Et c'était le cas. Certains jours je me dis que, si mon existence avait été un peu moins parfaite, renoncer n'aurait pas été aussi difficile.

Chaque après-midi, dès la fin de l'entraînement, une petite voix me suggère d'aller faire de l'escalade. Je l'ai entendue aujourd'hui, mais je n'ai pas cédé. Je ne cède jamais.

Je roule vers la ferme, mais la voix ne m'a toujours pas lâché. *Le soleil ne se couche que dans quatre heures*, me dit-elle. *Ce n'est pas beaucoup, mais ton équipement est déjà dans la voiture. Tu as le droit de t'offrir ça.*

Parfois, j'ai l'impression d'avoir une addiction à l'escalade. Et encore, cela n'avait fait de mal qu'à mon père. Je suis certain qu'il s'en mord les doigts, à l'heure qu'il est.

10

Olivia

Les cours ont commencé.

Entre ça et l'entraînement, je ne m'endors pas, je m'effondre. Tant mieux. Être épuisée m'évite de rêver.

J'ai de bonnes jambes tous les matins. Will est-il plus satisfait pour autant ? Non. Je cours bien, mais il a toujours quelque chose à critiquer. Je suis la fille la plus rapide de l'équipe, et de loin. Ça ne l'empêche pas de se plaindre de ma cadence et de ma foulée. Certains jours, il me demande de rester après l'entraînement. Je dois courir pendant qu'il me chronomètre, on croit rêver ! J'obéis à tous les ordres de ce connard, et il continue de me traiter comme un boulet ! Comme un cas social qu'on lui a collé dans les pattes.

— C'est bien, dit-il à Erin et Betsy, en fin de séance.

Il suffit que j'approche pour que son sourire s'évanouisse.

— Tu manquais d'explosivité au dernier tour.

— J'ai fini devant tout le monde. Peut-être que le reste de l'équipe manquait d'explosivité aussi.

Le coin de sa bouche tressaille légèrement. C'est le signe qu'il est furieux. Je le connais presque par cœur, à présent.

— Si tu te fiches de progresser, arrête de prendre la place de quelqu'un qui en aurait envie.

Même maintenant, alors qu'il est en colère, des détails me sautent aux yeux, c'est plus fort que moi. Il a le regard d'un bleu aussi limpide que la mer des Caraïbes, surtout quand il est en colère.

— Ça te plairait, hein ? Vu que tu n'es jamais content…

— Si je t'en demande autant, c'est parce que je te crois capable de faire mieux, Finn. Ça ne t'a pas effleuré l'esprit ? Les autres filles se donnent à fond, pas toi. Tu tiens à ce que je te laisse stagner jusqu'à ce que tu quittes cette fac, alors que tu as le potentiel ?

Pour la toute première fois, ses explications ne me mettent pas en colère. Elles me donnent envie de pleurer, bizarrement. Je préfère la colère. Pleurer, ce n'est pas pour moi.

— Je vais me doucher, dis-je d'une voix légèrement tendue.

Il acquiesce, l'air à la fois mécontent et déstabilisé. Inquiet, même.

Je me fiche qu'il s'inquiète pour moi.

Mais ça ne durera pas.

Le jeudi, Hannah apporte le colis XXL que lui a envoyé sa mère. Il est rempli de cookies faits maison et de plaques de nougatine. Il y a même des rouleaux de pièces pour la laverie.

— Pff, encore des sucreries, dit-elle en le posant au milieu de la table. On n'est qu'au début de l'année, et je fais déjà une overdose.

— Au moins, ta mère t'envoie des trucs faits maison. Moi, je viens de recevoir un paquet d'Oreo, s'esclaffe Nicole. Comme si je ne pouvais pas en acheter toute seule au supermarché !

Hannah me tend le colis que je passe à Erin, comme s'il s'agissait d'un déchet toxique. J'ai l'estomac noué et la gorge sèche.

— Oh ! là, là, Finn, profite un peu de la vie !

Erin attrape un cookie et le rapproche de mon visage. Je tourne la tête.

— Je n'aime pas les trucs sucrés.

Ce qui est faux. Ce que je n'aime pas, c'est cette sensation désagréable qui refuse de me lâcher. Toutes ces filles ont des familles. Des parents tristes qu'elles soient parties. Pas moi.

— J'ai vu la copine de Will juste avant qu'on reparte, dit Nicole avec un petit sourire. Elle marchait vers son bureau. J'en connais un qui aura du mal à se réveiller…

— Pas forcément, rétorque Erin. Elle travaille pour la fac. Peut-être qu'ils se voient pour le petit déjeuner, c'est tout. Elle est sexy ?

Nicole lève les yeux au plafond.

— À ton avis ? Elle sort avec Will !

Cette fille doit avoir un petit pois à la place du cerveau pour sortir avec ce mec, surtout ! Je me fiche qu'il soit canon. Ça n'enlève rien au fait qu'il m'emmerde.

11

Will

Après un été plutôt doux, comme souvent dans le Colorado, il fait une chaleur à crever depuis mercredi. Les filles étaient à la peine, ce matin. Et je doute que l'entraînement de cet après-midi leur permette de travailler leur vitesse.

Dès que j'en aurai terminé, il faudra que j'aille débroussailler autour des champs et pulvériser du produit sur la zone entre notre ferme et celle de notre voisin. L'employé de l'entreprise ne s'en est pas occupé la semaine dernière. Bref, j'ai trente-six choses à faire, toutes plus inintéressantes les unes que les autres, et je suis à cran.

Les garçons ont l'air encore plus insupportables que d'habitude. Dans le meilleur des cas, je les trouve pénibles. Cela fait tout juste une semaine que nous nous partageons la piste, et j'en ai déjà marre de les voir baver devant Olivia, comme si elle posait dans *Playboy*. Ces abrutis de l'équipe de football ont même inventé une chanson qu'ils chantent dès qu'ils l'aperçoivent. Du pur délire !

Si j'étais raisonnable, je ne leur jetterais pas la pierre. Olivia n'est pas seulement belle. On est presque obligé de la regarder, même si on n'en a pas envie, comme la Méduse de l'Antiquité. À cette différence près : d'un simple regard, Olivia pourrait changer en pierre tous ces crétins, mais ils ne s'en rendent même pas compte.

— T'es canon, aujourd'hui, Finn.

C'est Brofton. Olivia lève les yeux au ciel et poursuit son chemin. Au même moment, un autre garçon, Piersal, cesse de mater sa poitrine pour regarder son dos. Le tissu de son débardeur est à moitié déchiré.

— La vache. Qu'est-ce qui s'est passé ?

Il laisse courir un doigt sur sa peau. Elle bondit comme si on l'avait brûlée.

— Rien !

Il suffit de la connaître un tant soit peu pour saisir le message. « Fous-moi la paix », en gros. Alors, de deux choses l'une : soit Piersal est complètement idiot, soit il est suicidaire. Malheureusement, il s'entête.

— Rien ? Tu plaisantes ? C'est arrivé comment ?

Tout le monde se retourne pour observer la scène, et on lit un mélange de panique et de colère sur le visage d'Olivia.

— Je ne sais pas, grogne-t-elle entre ses dents.

Elle lui demande de s'écarter. Les autres s'exécutent, pas lui.

— Comment ça, tu ne sais pas ? s'esclaffe-t-il. On dirait que tu t'es fait poignarder. Tu sais forcément.

Avant même que je puisse réagir, Olivia fait volte-face et se jette sur lui. Elle l'attrape par le col de son T-shirt comme si elle avait l'intention de l'éjecter à l'autre bout du stade, alors qu'il la dépasse d'une bonne tête.

— Je ne sais pas, je te dis !

Elle le serre tellement fort qu'elle commence à l'étrangler.

— Pose-moi encore une fois la question, et je te fais bouffer tes dents !

Je finis par sortir de ma stupeur et m'empresse d'écarter Olivia.

Puis je crie aux autres de se mêler de leurs oignons. Lorsqu'ils sont partis, je me tourne vers elle.

— Qu'est-ce qui t'a pris ?

— Il m'emmerdait.

— Il te posait une question, rien de plus.

— Il s'est marré, surtout.

Elle parle d'une voix étranglée. On la sent vraiment blessée et furieuse.

— Ça t'a échappé ou quoi ? Une fille qui se fait poignarder, c'est vrai que c'est super drôle !

J'ai du mal à garder contenance. Je rêve ou elle insinue que quelqu'un l'a vraiment poignardée ?

Je finis par dire :

— Il ne pensait pas que c'était aussi sérieux.

Ça n'a pas l'air de la convaincre.

— Tu m'étonnes ! Il ne vous arrive jamais rien de grave. Vous êtes tous là, à guetter le moindre détail gore, la bave aux lèvres. Et c'est à moi qu'on reproche de vouloir préserver ma vie privée !

— Si tu avais répondu à sa question, il t'aurait laissée tranquille, tu sais.

— Mais c'est ce que j'ai fait ! Tu as déjà oublié ou quoi ? De toute façon, c'est mes affaires.

Quelqu'un a poignardé Olivia, putain !

Je n'arrive pas à m'enlever cette idée de la tête. J'ai pourtant envie de l'oublier. L'élan de compassion que je ressens au fond de moi ne me dit rien qui vaille : elle fait partie de ces filles qu'on a intérêt à ne pas prendre en pitié. On se sent mal et on commence à pardonner, à faire des exceptions. En toute honnêteté, il y a peu de chances pour qu'elle termine la semaine sans casser la figure à Betsy. Et pour qu'elle arrive au bout de la saison ? Aucune. Non, vraiment, s'attacher à elle est inutile, au mieux. Je n'ai pas envie de penser à cette fille. En fait, c'est la première fois que je suis soulagé de me rendre à la ferme et de me noyer dans le travail.

Voilà déjà deux heures que je m'échine dans les champs, lorsque ma mère débarque à bord de la voiturette de golf.

— Il s'est passé quelque chose au travail ? me demande-t-elle.

Elle lit parfois en moi comme dans un livre ouvert, c'en est presque flippant.

— Rien de très surprenant.

— Quel est le problème ?

Je secoue la tête.

— Il n'y a pas de problème.

C'est faux, bien sûr. Mais, en toute honnêteté, je ne sais pas quel est le problème. Je ne sais pas pourquoi Olivia Finnegan occupe un coin de ma tête. Dès l'instant où mon attention se relâche, elle revient aussitôt me hanter.

Je travaille comme un taré, j'essaie de me concentrer sur autre chose. Ça marche moyennement. Il faut que mon téléphone se mette à vibrer pour que je me rende compte que le soleil est bientôt couché.

Mince, c'est Jess.

— Coucou !

Je prépare une excuse acceptable. Je suis vraiment le pire petit copain du monde. Peu de personnes auraient sa patience.

— J'ai passé la journée à attendre un message de ta part, me dit-elle. Tu arrives quand ? On a rendez-vous chez Cathy à 7 heures.

Et merde. Il est 6 heures passées, je suis en sueur, et ma mère habite à près de vingt minutes en voiture de chez Jessica.

— Je vais avoir un peu de retard, désolé. J'aidais ma mère et...

— C'est bon, me coupe-t-elle. J'ai compris qu'elle passait avant le reste.

Cela fait un an que nous sortons ensemble, et Jess ne m'a jamais reproché de m'occuper de la ferme, pas une seule fois. Mais je l'imagine en train d'enrouler une boucle auburn autour de son doigt, le coin de ses lèvres pleines légèrement relevé. Je me sens nul. Elle mérite mieux qu'un type qui l'oublie toute une journée.

Je vais me rattraper, juré !

12

Olivia

La cicatrice dans mon dos est la seule trace d'un passé dont je me souviens à peine.

J'ai eu un frère, un père et une mère, mais ils m'ont tous quittée, l'un après l'autre, en peu de temps. Je ne garde d'eux que des souvenirs flous. Ils sont pourtant toujours dans un coin de ma tête. J'aimerais de toutes mes forces que ce soit le contraire. Certains jours plus que d'autres.

Le dimanche, par exemple. Quelque part dans le monde, mon frère fête son vingt-quatrième anniversaire. Il a fugué à l'âge de huit ans. Il n'avait que trois ans de plus que moi. La différence semblait immense, à l'époque. Un an plus tard, mes parents m'ont abandonnée avant de se volatiliser. Je me rappelle mon inquiétude à l'idée que mon frère ait peut-être essayé de revenir à la maison, comme un chien perdu, et découvert que nous n'étions plus là.

Est-il aussi seul que moi ? S'enfuir à un si jeune âge l'a sans doute conduit à grandir avant l'heure. Avec un peu de chance, quelqu'un l'a pris sous son aile. Il a dû finir ses études à la fac, à l'heure qu'il est. Il aimait construire des choses, bâtir des tours à base de boîtes de conserve et de bâtons, des échafaudages précaires qui s'écroulaient au moindre courant d'air. Si ça se trouve, il est ingénieur ou architecte. Il pense à se marier, si ce n'est déjà fait.

Au dîner, je prends un cupcake, mais pas pour le manger. Les yeux fermés, j'imagine qu'il y a une bougie dessus et que j'ai le droit de faire un souhait. Le souhait qu'il soit plus heureux que moi.

Je me réveille parfois avant que le soleil se lève, au milieu d'une route qui m'est inconnue.

L'anniversaire de mon frère me fait toujours cauchemarder. Je ne suis pas vraiment surprise, du coup. À mon avis, je ne suis pas si loin de mon appartement. Tant mieux. L'ennui, c'est que j'ai un assez gros éclat de verre planté dans le pied. Mon pied nu, évidemment.

— Pourquoi ? Pourquoi tu ne gardes pas tes chaussures, putain ? Voilà ce que je grogne tout en retirant le bout de verre, avec une grimace.

Ce n'est pas la première fois que ça m'arrive. Malheureusement, l'entaille est profonde. Regagner mon appart pieds nus est super douloureux. Je devrais être contente, ça m'a obligée à m'arrêter. Il n'est pas rare que la blessure s'invite dans mon rêve. Je tente le tout pour le tout, afin d'échapper à ce qui me poursuit.

J'arrive chez moi juste à temps pour nettoyer la plaie et appliquer un bandage par-dessus. Pourvu que ça m'aide à ne pas trop souffrir pendant l'entraînement...

Le verdict de Will tombe quelques heures plus tard.

— Tu cours comme une gamine de six ans à la kermesse de son école.

Sans me démonter, je réplique :

— Tes encouragements m'ont manqué, ce week-end. Juste pour info, je suis quand même plus rapide que toutes les autres.

— Pour le moment, je ne coache pas « toutes les autres », mais toi. Alors, explique-moi pourquoi tu as l'air de boiter.

Il plisse les yeux, la mine dure. Il pense que je suis sortie courir. Pas question de lui donner raison.

— J'ai cassé un verre, ce matin, et je me suis coupé le pied.

— Montre-moi.

Excédée, je me dirige vers un banc. Est-il vraiment inquiet ou simplement méfiant ? Je retire ma chaussure et ma chaussette, puis agite le pied sous son nez.

— Content ?

Il m'adresse un regard noir et soulève ma jambe, la main posée sous ma cheville.

— Il faut que tu ailles à l'hôpital, Olivia. Tu as besoin de points de suture.

Je hausse les épaules.

— Ça va aller. Dès demain, ce sera réglé.

Il examine attentivement ma blessure.

— L'entaille est très profonde, pourquoi ?

— Laisse tomber.

— Tu pourrais écouter ce qu'on te dit, pour changer ? Je sais reconnaître des cicatrices. Ça t'arrive souvent de marcher sur des éclats de verre ?

Je l'observe sans broncher.

— Tu t'imagines que je vais répondre à ta question ?

— Non, mais tu as intérêt à passer par la case *hôpital* !

— Malgré tes hautes connaissances en médecine, ce sera non.

L'espace d'un instant, son visage trahit une sorte de tristesse. Bon sang, j'aurais dû tenir ma langue. Il pousse un soupir.

— Va te doucher et attends-moi dans mon bureau.

De deux choses l'une : soit il va me passer un savon parce que je n'ai pas voulu obéir, soit il va m'annoncer que je suis virée de l'équipe. Dans les deux cas, ce serait logique. J'ai refusé d'obéir. J'ai couru bien qu'il m'ait interdit de le faire. J'ai failli étrangler un autre étudiant alors que j'étais censée me calmer.

J'ai toujours su qu'on me retirerait ma bourse. Autant partir sur un coup d'éclat !

Lorsque que j'entre dans la pièce, Will me regarde avec un mélange de résignation et d'agacement, comme s'il avait besoin de se blinder avant de s'occuper d'une mission pénible.

— Enlève ta chaussure.

Il sort d'une armoire une trousse de secours, place une chaise devant la mienne et m'attrape la cheville.

— Tu fais quoi, là ?

— À ton avis ? Puisque tu es trop têtue pour accepter d'aller à l'hosto, je vais te soigner moi-même.

J'avale péniblement ma salive.

— Ce n'est pas la peine. Ce n'est pas si douloureux.

Il secoue la tête et observe la coupure.

— J'ai compris que tu n'étais pas une petite nature, Olivia, bravo. Seulement, je sais que tu as mal, c'est obligé. Et ça t'empêche de courir. Alors, pour une fois, arrête de discuter.

Il s'occupe de nettoyer la plaie avec de l'alcool. Ça fait super mal, mais pas question de le montrer. Juste après, il recoud la blessure avec une précision chirurgicale. En deux temps, trois mouvements.

— Tu as appris à faire ça où ?

Il s'interrompt une seconde, l'air un peu moins tendu.

— J'ai acquis quelques rudiments de médecine dans mon dernier poste.

Il ne donne pas l'impression de vouloir engager la conversation. Peu importe, j'insiste.

— Tu n'as pas toujours été entraîneur ?

— Non.

— Tu faisais quoi ?

Il ne lâche pas mon pied des yeux.

— Guide, finit-il par dire. Guide en haute montagne.

Bizarrement, cela ne me surprend pas. Voilà qui explique pourquoi il est si bien gaulé. Et puis, il y a ces tatouages de *bad boy*. Mais ce n'est pas tout. Quelque chose d'intense émane de lui, on sent qu'il aime se donner corps et âme. Il n'est pas du genre à rester sur la touche et à regarder les autres réussir.

— Tu dirigeais des sorties en haute montagne, c'est ça ?

— Voilà.

— Qu'est-ce qui s'est passé ?

La mâchoire serrée, il explique :

— Mon père est mort, et je suis revenu m'occuper de sa ferme.

— Mais alors, être entraîneur, c'était dans tes projets ou pas ?

Il referme la trousse de secours avec un bruit sec.

— Il y a pire, comme job. J'ai eu de la chance de décrocher ce poste.

— Tu n'as pas répondu à ma question.

— Ah bon ?

Hum. Si, peut-être.

Soudain, je m'en veux d'avoir été aussi chiante. Je me suis fait tellement d'idées sur lui. Poser ces points de suture lui aura certainement rappelé ce qu'il a été obligé d'abandonner.

— Je parie que tu serais un super médecin, si tu te décidais à abandonner le monde lucratif du coaching. Attention, pas un médecin sympa. Non, un de ces mecs avec un caractère de merde.

— C'est vrai ? lance-t-il en se retenant de sourire.

— Ouais. Imagine, tu pourrais être… oncologue, tiens. Tu dirais des trucs du genre « Vos résultats sont minables » ou « Vous ne faites aucun effort pour guérir ». Je ne suis pas sûre que tes patients prendraient tes remarques aussi bien que moi.

Ça le fait rire, cette fois.

— Oui, tu les prends tellement bien !

Un moment pareil me donne presque envie d'être moins désagréable. D'être capable de rendre les gens heureux.

Ou, du moins, de ne pas leur briser le cœur.

13

Will

Cette fille…

Olivia vient de quitter la pièce, et j'ai encore le sourire. Dès que je m'en aperçois, je l'efface de mon visage. Hors de question de me laisser vampiriser par Olivia Finnegan ! La moitié des mecs de la fac la suivent à la trace, comme si elle était l'incarnation de leurs plus grands fantasmes. Je n'ai pas envie de rejoindre son fan club.

J'ai eu du mal à ne rien laisser paraître, lorsqu'elle a retiré sa chaussure. La plaie était profonde. Peu de gens auraient osé courir avec une entaille pareille, sauf si c'était une question de vie ou de mort.

Elle est forte, mais personne n'est capable de résister à des tendances autodestructrices. Et les siennes l'entraînent très loin. Je sais qu'elle continue de courir avant l'entraînement, même si elle ne l'admettra jamais. Quand je lui ai demandé si elle marchait sur du verre pilé tous les jours, ce n'était pas juste pour plaisanter.

Ce qui m'énerve profondément, c'est que rien ne l'arrêterait, si elle changeait de comportement. Elle peut aller à une vitesse phénoménale, c'est incroyable ! Elle ne devrait pas courir simplement pour une fac de première division, elle mériterait d'être sa star. Dans une autre université, avec un autre type d'entraînement, on la préparerait aux épreuves d'athlétisme des jeux Olympiques. Au lieu de quoi, elle s'apprête à disputer une petite compétition locale, contre quatre autres équipes de troisième division. Alors oui, elle est capable d'aider notre équipe féminine à finir la saison à la première place. Ce qui n'est pas arrivé depuis dix ans. Mais elle n'a pas été très performante avant d'arriver ici. Moralité : tout miser sur Olivia Finnegan est sans doute un très mauvais calcul.

14

Olivia

Notre première compétition tombe la semaine prochaine.

À part Betsy, l'équipe entière me regarde comme si j'étais leur sauveuse. C'est donc cette semaine que tout le monde – *à commencer par mon coach* – va s'apercevoir que ce n'est pas le cas.

Je me couche en tâchant de ne pas trop gamberger. J'essaie de penser à des choses agréables, aussi improbables soient-elles. Je m'imagine sur une plage, même si je n'ai jamais vu la mer. Je m'imagine en train de flotter sur un radeau, sur des flots tranquilles. Je m'imagine, de tout mon cœur, que cela m'aidera à rester au fond de mon lit cette nuit.

Le lendemain matin, je me retrouve au fond des bois, le souffle court et ruisselante de sueur, malgré l'air frais. Je rentre chez moi en courant et ôte mes vêtements, avant de m'écrouler. Une heure plus tard, mon réveil sonne, et je pars retrouver le reste de l'équipe au stade.

Ça m'arrive mardi matin. Mercredi aussi. C'est là que Will pète les plombs.

— Qu'est-ce qui t'arrive, bon sang ? Ça fait une semaine que tu cours au ralenti.

— Je suis fatiguée à cause des cours, c'est tout.

Il a son fameux rictus.

— C'est vraiment à cause de ça ? Ou c'est parce que tu cours avant l'entraînement, alors que je t'ai interdit de le faire ?

Impossible de lui dire la vérité, maintenant qu'il a son idée en tête.

— Non, je suis fatiguée, point.

— Si je te surprends en train de courir avant l'entraînement, tu es virée de l'équipe. C'est compris ?

Va te faire foutre, connard.

Je me retiens de le dire, mais je le pense très fort. La frustration me serre la gorge, j'ai le cerveau en ébullition et envie de hurler. De lui expliquer que c'est plus fort que moi. Que je suis la première à vouloir que ça s'arrête. J'en ai déjà parlé, d'ailleurs. Je sais où ça m'a menée. Je ne recommencerai pas.

À la fin de la séance de jeudi, nous nous rassemblons autour de lui. Il nous conseille de profiter de la journée de vendredi pour nous détendre, de boire beaucoup d'eau mais pas d'alcool, et de faire le plein de protéines et de sucres lents. Les étudiantes de première année posent des questions débiles – un grand classique.

Alors qu'il vient de nous laisser partir, je sens sa main sur mon épaule.

— Je ne devrais pas avoir à le répéter, mais évite de courir demain. Pigé ?

Je me dégage d'un geste brusque et grogne :

— J'avais compris la première fois.

— Ah bon ? Moi, j'ai l'impression que tu ne comprends pas ce qu'on te dit.

Vendredi soir, je cours jusqu'à ce qu'il fasse nuit noire.

Non, je n'ai pas obéi aux ordres de Will. Mais, si je suis épuisée, je ne me relèverai pas cette nuit. J'en suis sûre à cent pour cent.

Je me glisse sous les couvertures. *Pourvu que ça marche, pitié, pitié. Il faut que ça marche.*

Je me demande bien à qui j'adresse cette prière muette. De toute évidence, Dieu ne s'est pas intéressé à moi depuis que je suis venue au monde.

Lorsque je rouvre les yeux, je me réveille au milieu d'un champ, sous un ciel noir où percent quelques lueurs. Je suis pieds nus, et mes jambes sont tout égratignées. Le sang serpente jusqu'à mes chevilles. Pas de portable, pas de chaussures. La vache, je devrais me les coller aux pieds avec de la glu, avant d'aller me coucher ! Mon T-shirt est trempé, et mon cœur cogne fort dans ma poitrine, j'ai du mal à reprendre mon souffle. Je suis toujours hors d'haleine. Parce que j'ai couru à toute vitesse ou par terreur ? Question sans réponse. Ça m'est arrivé tellement de fois que j'ai arrêté de compter. Mais c'est toujours une surprise.

Je prends une grande goulée d'air avant de pousser une bordée de jurons. *Pourquoi ?* Pourquoi le jour de notre première compétition ? C'est foutu. Je n'ai aucune chance de défendre mes chances. Aucune.

Avec la sueur qui me colle à la peau, l'air matinal me donne la chair de poule. Il faut que je revienne sur mes pas. D'accord, mais comment ? Si on était en pleine nuit, j'apercevrais des lumières. En ce moment, je ne vois rien. Oui, l'est se trouve du côté où le ciel est le moins sombre. Mais ça ne m'aide pas des masses, puisque je ne sais pas dans quelle direction je suis partie.

Je traverse le champ en sens inverse, faute de mieux. Une route finit par apparaître. Il fera bientôt jour, et quelqu'un pourra m'indiquer où je suis. Le ciel s'éclaircit, et je m'aperçois que je m'enfonce dans les bois. Demi-tour. Je force l'allure. Il doit être environ 5 h 30. Je suis censée prendre un bus à 6 heures. À chaque foulée, j'ai conscience qu'on va me retirer ma bourse, une fois encore.

Tout à coup, le bourdonnement d'un vieux moteur retentit dans le lointain. À force de faire du stop, je finirai par me faire zigouiller.

Le véhicule s'immobilise près de moi. Le rugissement du moteur remplit le silence. Une vitre s'abaisse.

— Besoin d'aide ? demande le conducteur en m'observant des pieds à la tête, les sourcils froncés.

Je suis en tenue de course, à un détail près : il me manque mes chaussures.

Je me fiche de savoir si ce type est potentiellement dangereux ou pas. Même s'il a une machette sur le siège passager, je compte bien monter.

— Oui, merci. J'essaie de regagner le campus.

— Vous avez couru jusqu'ici depuis le campus ? s'étonne-t-il.

Je hoche la tête.

— Qu'est-ce qui vous a pris ?

J'aimerais que cesse ce jeu de questions-réponses, mais j'ai vraiment besoin de son aide. Alors je déclare :

— J'étais sortie courir et je me suis égarée.

Ce qui n'est pas complètement faux.

— Eh bé, vous êtes marathonienne ou quoi ? On est à sept *miles* du campus, facile.

Merde.

On démarre. Il commence à me raconter sa vie. Je m'en fous. Quelle galère, putain ! J'ai dû courir neuf *miles* en tout et pour tout. La fatigue finira par se faire sentir. Je serai forcément la fille la plus lente sur le terrain. Je vais expliquer ça comment ?

— Tu as un petit copain ?

Je regarde mon sauveur d'un air méfiant. Il a l'air plus vieux que moi, mais pas tant que ça. Et puis, je n'aime pas qu'il attende ma réponse avec cette petite étincelle dans le regard.

— Ouais.

Ça le fait marrer.

— Je parie qu'il n'assure pas. Tu ne serais pas sortie de son lit aux aurores pour aller courir, sinon.

Manifestement, il a un gosse de huit ans, qu'il ne voit qu'une fois par mois. Il a un bateau, aussi.

— Tu aimes ça, les balades en mer ?

Je hoche la tête. Même si je n'ai jamais vu la mer.

— Alors, on pourrait faire des sorties en bateau, toi et moi. Tiens, écris-moi ton numéro, me dit-il en poussant un ticket de caisse dans ma direction.

J'invente un numéro et je lui rends le papier. Puis je lui demande de rouler jusqu'à un bâtiment à l'autre bout du campus. Pas question que ce mec sache où j'habite.

Je rentre ensuite chez moi pour me changer. Juste à temps ! Hélas, il faut encore que je traverse le campus pour rejoindre le terrain d'athlétisme. N'empêche que je suis à la bourre.

Betsy sourit jusqu'aux oreilles. Je suis presque surprise de ne pas voir son visage se craqueler. Je monte dans le bus. Will ne me regarde pas. C'est volontaire, on dirait. Les filles discutent. Le stress les rend encore plus pénibles. Certaines auront leurs parents dans le public. Ce qui doit augmenter le stress, j'imagine.

Encore faut-il que vos parents soient dans le public.

J'avale d'un trait ma bouteille d'eau. Enfin, ce n'est pas boire des litres et des litres qui m'aidera à récupérer. J'éprouve cette fatigue diffuse qui se fait toujours sentir après une course difficile. Le genre de fatigue dont je ne pourrai jamais me débarrasser, malgré tous mes efforts. J'ai beau chercher dans mes souvenirs, je n'ai jamais couru aussi longtemps en l'espace de quelques heures. Je vais foirer la compétition. Exactement comme le reste.

— Tes parents seront là, Finn ? me demande Nicole.

Je fais non de la tête.

— Ils sont en voyage.

— Où ça ?

— Aucune idée.

C'est la stricte vérité. Aux dernières nouvelles, cela fait quatorze ans qu'ils voyagent. Depuis qu'ils m'ont confiée à ma grand-mère, avant de se barrer.

Will écoute notre conversation, toujours de marbre.

Nous finissons par arriver à destination.

— Pourquoi il fait la gueule ? me glisse Erin tandis que nous descendons du bus.

Je hausse les épaules. Aucune idée, mais ce sera bien pire à la fin de la course. Je passe aux toilettes. À peine sortie, j'ai envie d'y retourner. Je n'ai rien dans les jambes. Il m'arrive d'être un peu faiblarde, à cause du stress. Aujourd'hui, ce sera différent.

Will nous demande de rester devant les filles de Denton, nos principales adversaires. Il faut qu'on les bloque dans le dernier *mile*. Il ne se tourne pas une seule fois dans ma direction, comme si j'étais hors-course. Logique, en un sens.

Nous nous plaçons sur la ligne de départ. La fatigue m'écrase, d'un coup. *Secoue-toi, allez !* Je dois au moins rester au contact, ce serait déjà ça. J'ai encore envie de faire pipi. Trop tard. Le top départ est donné. Dès les premières foulées, je devine ce qui va se passer. Certains jours, on se sent faible mais on a assez de ressources pour s'en sortir.

Pas aujourd'hui.

Je cours le premier *mile* à côté d'Erin. Ses regards intrigués ne m'échappent pas. Je ne suis jamais restée derrière avec elle. Elle doit penser que c'est une stratégie de ma part.

Mais non.

Je cours avec elle, parce que je ne peux pas faire mieux.

Dès le deuxième *mile*, les choses se corsent. Je respire bruyamment, et mon dos dégouline de sueur. Elle me colle à la peau comme un monstre visqueux. Mon estomac gargouille. Toute cette eau que j'ai avalée en venant ici va finir par ressortir.

Au troisième *mile*, je suis toujours avec Erin, mais tout juste. C'est elle qui m'aide à tenir. Le bord de mon champ de vision a commencé à se réduire, comme si j'avais un projecteur braqué sur elle, dans une pièce plongée dans le noir.

Le cercle de lumière rétrécit.

Rétrécit. *Encore et encore...*

Lorsque j'émerge, je suis à l'arrière d'une ambulance à l'arrêt. Nous sommes encore au bord du terrain, j'imagine.

Will est là, derrière les brancardiers. Il a l'air vaguement inquiet. Et furieux, surtout, comme si j'avais fait exprès de tourner de l'œil. Malgré sa mine fermée, quelque chose m'attire chez lui. L'envie me prend de laisser glisser un doigt sur ses lèvres, le long de sa mâchoire...

Stop. Ce n'est vraiment pas le moment. Sans parler du fait que ce type est un parfait connard.

Ils viennent de me mettre une perf. Je marmonne :

— Pas la peine...

— Tiens, j'ignorais que tu étais diplômée de médecine.

C'est Will. Les infirmiers lui jettent un regard surpris devant ce ton cassant. Moi aussi.

C'est un connard, OK, mais je ne m'attendais pas à tant de froideur. On est dans une ambulance, quand même ! Je le foudroie du regard.

— Je ne suis pas déshydratée. Et, même si c'était le cas, ça va mieux. Je peux boire toute seule. Inutile de t'inquiéter pour moi.

— Ah, parce que ça y est, le reste de l'équipe t'importe ? C'est un peu tard pour penser à tes coéquipières, tu ne trouves pas ?

L'infirmier posté juste à côté de moi n'en croit pas ses oreilles.

— Vous êtes sérieux ou quoi ? Elle vient de s'évanouir !

La mâchoire serrée, je réponds à Will :

— Désolée qu'on ait raté la course.

Je le détestais déjà. Mais un nouveau cap vient d'être franchi.

— Je ne sais pas ce qui s'est passé. J'ai dû choper un truc.

— Ah oui ? rétorque-t-il en me jetant un regard noir. Tu avais pourtant l'air en forme en traversant le campus en courant, ce matin.

Ce trajet en bus est le plus long de ma vie. Personne ne semble me mettre cette défaite sur le dos – mais c'est parce que les filles ne savent pas en quoi c'est ma faute. Ce n'est pas la joie non plus, cela dit. Quant à Will…

Il n'ouvre pas une seule fois la bouche. Sauf pour me glisser, au moment de sortir :

— Dans mon bureau. Tout de suite.

15

Olivia

J'attends dans le couloir lorsque Will passe devant moi. Il a l'air tellement glacial, tellement dur… On dirait une statue. Je le suis dans son bureau, dont il fait claquer la porte derrière moi.

— Explique-toi, ordonne-t-il.

Hors de question de lui raconter ce qui s'est passé. Il ne me croirait pas, de toute façon.

— Pour ce matin ? Une fille n'est jamais sortie de chez toi à l'aube, en tâchant de ne pas se faire remarquer ?

Devant mon air moqueur, il plisse les yeux.

— Habillée en tenue de course ? Pieds nus ? Trempée de sueur ?

— Au risque de te surprendre, quand un câlin dure plus de trente secondes, les filles transpirent aussi.

— Arrête tes conneries, Olivia, et dis-moi la vérité, je te le conseille. Est-ce que tu es sortie courir ce matin, avant qu'on parte ?

Je n'ai plus rien à perdre. Il va sans doute me virer de l'équipe.

— Oui.

— Tu as couru combien ?

— Neuf *miles*, environ.

— Tu es complètement dingue, grommelle-t-il. Le jour d'une course, tu te tapes neuf *miles* supplémentaires. Pourquoi ?

Je reste muette. Il a raison, après tout, non ? Je suis complètement dingue. Le débat est clos.

— Je t'ai posé une question, insiste-t-il. Réponds, s'il te plaît. Je t'ai dit d'arrêter de courir avant l'entraînement, mais tu as recommencé. Si tu n'as pas une raison valable à me donner, tu es virée de l'équipe. Tu nous crées trop de problèmes.

— Tu n'en sais rien, je rétorque. Ce n'était que la première compète.

— Je sais que tu es super rapide, Olivia. On aurait dû finir à une bien meilleure place. Alors oui, tu nous crées des problèmes. Tu es incapable de te discipliner, et ça nous a tous pénalisés aujourd'hui.

— C'est plus fort que moi !

— Quelqu'un te menaçait ? Ça m'avait échappé, figure-toi.

— Je fais ça dans mon sommeil, OK ? Je suis somnambule en quelque sorte. Sauf qu'au lieu de marcher je cours.

Je ne sais pas ce qui m'effraie le plus. Le fait qu'il veuille me virer de l'équipe alors que l'année universitaire vient tout juste de commencer, ou le fait de lui avoir avoué la vérité. Qu'est-ce qui m'a pris ? Je ne l'ai dit qu'une seule fois depuis que je suis devenue adulte. Et ça ne m'a pas vraiment porté chance.

Il lève les yeux au plafond.

— C'est l'explication la plus débile que j'aie jamais entendue ! Et, crois-moi, j'ai de l'expérience.

— Très bien.

Je ne suis pas surprise par sa réaction. Mais ça fait mal quand même.

— Ne me crois pas, si ça t'amuse. Et vire-moi de l'équipe.

D'un bond, je me lève de mon siège.

— Non, tu sais quoi ? Ne te donne pas cette peine. Je me casse.

Je claque la porte de son bureau et traverse le campus en courant. Me voilà de retour dans mon appart pourri. Qu'est-ce qui m'a pris de venir ici, franchement ? J'aimerais pleurer un bon coup. Là, maintenant.

Je viens de tout foutre en l'air.

16

Will

La porte claque, et je reste cloué à mon siège, effaré.

L'histoire d'Olivia avait l'air tellement tirée par les cheveux. Pas un seul instant je me suis dit qu'elle pouvait être vraie. Pas avant qu'elle bondisse de sa chaise, une immense douleur au fond des yeux.

Allons, c'est impossible. On ne *court* pas dans son sommeil !

Décidément, elle ne manque pas de talents. Elle peut raconter un mensonge invraisemblable et le rendre crédible. Dès l'instant où ses grands yeux verts donnent un tant soit peu l'impression qu'elle vacille, j'ai envie de rendre mon tablier. Bonne chance au type avec qui elle finira !

Enfin bon, la voilà partie. Tant mieux. Elle nous posait problème, depuis le début. Ça y est, j'en suis débarrassé. Mais, étrangement, une sensation de vide me saisit tandis que je roule vers la ferme.

— Comment s'est passée la course ? me demande ma mère.

— Parlons d'autre chose, m'man. Je vais voir les chevaux.

— Ils vont bien. Assieds-toi, je vais te faire à manger.

— Je n'ai pas le temps de déjeuner. J'ai mille trucs à faire, et Jessica m'attend pour 7 heures.

— Avale juste un sandwich, et je te fiche la paix, me promet-elle.

Pendant le repas, je lui parle de la course, d'Olivia et de mon agacement. C'est à cause d'elle qu'on a perdu.

— De toute évidence, vous auriez perdu avec ou sans elle, non ? me demande-t-elle gentiment.

— Peut-être, mais on aurait fait un résultat correct, si elle n'était pas sortie courir ce matin ! Toute la différence est là. À notre retour, elle a inventé un mensonge invraisemblable pour se trouver une excuse.

— C'était un mensonge, tu es sûr ?

— Évidemment que oui, m'man ! Tu ne connais pas cette fille. Elle ment comme elle respire. On ne court pas dans son sommeil, enfin !

— Tu as l'air bien sûr de toi.

— Oui.

En toute honnêteté, je ne le suis pas du tout. Encore l'influence d'Olivia, tiens ! Une chance pour moi, j'en suis débarrassé.

— Elle nous crée des soucis depuis le début, elle n'a qu'à aller embêter quelqu'un d'autre.

— Pourquoi est-ce qu'elle mentirait, Will ?

— Justement. Avec elle, on ne peut jamais savoir.

Avec un soupir exaspéré, je m'écarte de la table. Olivia est comme cette douleur lancinante que j'ai à la hanche. Toujours là, prête à se rappeler à mon bon souvenir. J'ai beau en être débarrassé, je vois encore cette détresse sur son visage, comme si je venais de m'en prendre à une petite chose sans défense. Ce regard-là me hante. Je le vois au moment de sortir le tracteur. D'inspecter les champs. De réparer la plomberie. De quitter la ferme.

Bizarrement, je ne vais pas chez Jessica. Je regagne mon bureau.

Qu'est-ce qui m'arrive ?

À peine entré, j'accède à Internet. On ne court pas dans son sommeil, enfin ! Je m'en veux à mort de faire la recherche. Et j'en veux à mort à Olivia d'avoir cet ascendant sur moi.

Bon sang, ça existe ! Je me sens encore plus mal. À cet instant précis, je me rends compte d'une chose. J'espérais que mes recherches ne donneraient rien. Qu'Olivia sortirait de mon existence une bonne fois pour toutes.

Je refuse de croire qu'elle détruit sa carrière d'athlète… alors qu'elle n'y est pour rien.

Je refuse d'être désolé pour elle.

Je refuse d'avoir le moindre sentiment pour elle.

Et si c'était le cas, pourtant ? Je me soucie déjà de ce qu'elle va devenir. Ça me fait peur, pour une raison que je n'arrive pas à cerner.

Des dizaines de sites décryptent ce phénomène. Des personnes qui y sont sujettes en parlent sur plusieurs forums. Voilà qui explique tellement de choses. Pourquoi elle est si fatiguée, pourquoi sa carrière sportive n'a été qu'une longue série de déceptions. Je sors son fichier de l'université du Texas. Ils étaient forcément au courant, comment ont-ils pu ne pas réagir ? Je ne trouve rien. Les rapports n'évoquent que ses performances et le fait qu'elle a l'air d'imploser sous le coup du stress. On laisse entendre que ce comportement est un effet de l'alcool ou de la drogue. J'ai du mal à comprendre pourquoi ils ont pu croire une chose pareille. Olivia arrive à l'entraînement épuisée, mais jamais avec la gueule de bois !

Je parcours son dossier universitaire. Rien de très significatif, là encore. Elle a toujours eu de bonnes notes, sans jamais se faire remarquer.

Tout à coup, je tombe sur trois rapports rédigés peu après son arrivée.

Le premier indique :

3 h 42. L'étudiante a été interceptée dans le hall alors qu'elle essayait de quitter le dortoir. Informée qu'elle n'avait pas le droit de sortir du bâtiment, elle a piqué une crise de nerfs et échappé à l'agent de sécurité. Une fois identifiée et mise au courant que des sanctions disciplinaires seraient prises en cas de nouveaux incidents, elle a prétendu qu'elle n'avait aucun souvenir de ce qui s'était passé.

Le rapport suivant a été écrit deux semaines après.

2 h 19. L'étudiante a récidivé. Alertée, la sécurité du campus l'a découverte en train de courir pieds nus vers le sud du campus. L'intervention de plusieurs agents a été nécessaire pour la maîtriser : l'étudiante résistait et semblait avoir perdu toute notion du temps et de l'espace. Des membres du personnel médical ont été appelés sur place, et l'étudiante a été transportée à l'infirmerie. Ses proches n'ont pas pu être contactés.

Une semaine plus tard, le dernier rapport indique :

En raison de symptômes de détresse psychologique provoquée par la vie dans un lieu confiné, l'étudiante a sollicité et obtenu l'autorisation de séjourner hors de la résidence étudiante.

L'estomac noué, je m'aperçois qu'Olivia est plus complexe qu'il n'y paraît. Elle garde de nombreux secrets, depuis bien longtemps. Et aujourd'hui, alors qu'elle s'ouvrait enfin à quelqu'un, je me suis moqué d'elle.

Elle vit dans le pire quartier de la ville. La barre d'immeubles où elle habite a visiblement été construite dans les années 1970. C'est sans doute à cette époque qu'on l'a rénovée pour la dernière fois. Dès que nous aurons mis le doigt sur ce qui ne va pas chez elle, il me faudra la convaincre de s'installer sur le campus. Je ne me sens pas en sécurité moi-même.

Je frappe à la porte. Elle ouvre sans retirer la chaînette.

— Oui ? demande-t-elle d'un ton neutre.

— Je peux entrer ?

Elle se mord la lèvre.

— Je sors, finit-elle par dire.

Elle déverrouille la porte et entrouvre légèrement le battant, juste assez pour sortir. Il y a quelque chose ou quelqu'un que je ne dois pas voir dans son appart, j'ai l'impression.

Je désigne la porte et lance :

— Je dérange ?

— Ouais, je faisais mes valises.

Elle ne va pas me faciliter la tâche. Rien de très surprenant, en un sens.

— Désolé pour tout à l'heure. Je n'aurais pas dû sous-entendre que tu mentais.

Elle bat des paupières, l'air surpris.

— Tu as changé d'avis, comment ça se fait ? demande-t-elle d'un ton amer. Tu t'es aperçu que j'étais ta seule chance de gagner, dans deux semaines ?

— Tes performances n'ont pas été terribles, jusqu'ici. Tu penses sérieusement que tous mes espoirs reposent sur toi ?

Aussi dur que ce soit à entendre, c'est la vérité. Et je sais qu'elle préfère l'honnêteté à la flagornerie. Je pourrais lui dire que, oui, elle a les moyens de nous aider à gagner, qu'elle a un potentiel énorme, que presque tous les espoirs sont permis. Mais je m'en dispense. Elle ne me croirait pas, de toute façon.

— Alors, qu'est-ce que tu fiches ici ?

— Si je suis venu, c'est parce que j'ai peut-être eu tort.

— Incroyable, réplique-t-elle d'un ton sarcastique. Cette façon que tu as d'admettre que je ne mens *peut-être* pas.

Elle se tourne vers la porte.

— Merci d'être passé. Reviens si tu as envie de m'avouer que je ne vends *peut-être pas* de la drogue ou que je n'empoisonne *peut-être pas* des enfants. En attendant, va te faire foutre.

— Assieds-toi ! j'ordonne en désignant l'escalier devant sa porte. Et arrête d'être pénible.

Elle s'immobilise, les bras croisés sur la poitrine et le visage fermé, mais ne fait pas mine de s'en aller.

— Ça t'arrive depuis longtemps ?

Je la vois tiquer. Elle préférerait mourir plutôt que d'avoir cette conversation.

— Depuis que je suis toute petite, en fait, se contente-t-elle de m'indiquer.

— Pourquoi ?

— Si je le savais !

Elle finit par s'installer sur une marche à côté de moi.

Elle a les jambes couvertes de minuscules égratignures. Les infirmiers me l'avaient signalé, tout à l'heure, mais à ce moment-là j'étais trop énervé pour m'en préoccuper.

— Qu'est-ce qui est arrivé à tes jambes ?

Elle serre les dents avant de répondre :

— J'ai dû courir à travers des buissons. Rien d'exceptionnel.

— Ça ne te réveille pas ?

— Seulement si ça fait très mal.

Je pousse un profond soupir. J'ignore quoi faire avec elle. C'est un miracle qu'elle ne se soit pas blessée davantage.

— Tu as consulté quelqu'un ? Un spécialiste ?

Elle hausse les épaules.

— Quand j'étais gamine.

— Ça n'a pas aidé ?

— Au contraire, fait-elle en secouant la tête.

— Pourquoi ?

Elle secoue la tête à nouveau.

— Tu ne peux pas continuer comme ça, Olivia. Il faut que ça s'arrête.

— Parce que je n'en ai pas envie, à ton avis ? siffle-t-elle. Est-ce que tu as idée d'à quel point c'est humiliant de devoir faire du stop pieds nus, à 5 heures du mat ? De frapper à la porte de quelqu'un qu'on ne connaît pas et d'avouer qu'on ne sait pas comment on a atterri là ?

— La vache ! À l'avenir, évite de faire du stop.

— Je n'avais pas le choix ! Je ne serais jamais arrivée à l'heure pour la compète, sans ça.

— Un jour ou l'autre, tu auras des problèmes. Ce sera bien pire que de louper une course. Je parie d'ailleurs que ça s'est déjà produit.

Elle ferme les yeux. Je commence à décrypter son langage. Si elle ne répond pas au quart de tour, c'est qu'elle est d'accord, à contrecœur. Elle a dû vivre des trucs graves.

J'insiste.

— On pourrait te prescrire des somnifères.

— C'est ça. Et le lendemain je serais à moitié comateuse. Tu penses que j'ai mal couru, aujourd'hui ? Attends de me voir quand j'ai pris des cachets.

— Olivia, il y a plus important que le sport.

Elle me regarde comme si j'étais cinglé.

— Pas pour moi.

Ce qu'elle peut être pénible ! Elle n'a pas conscience qu'elle risque de s'attirer des ennuis ou quoi ?

— Et la vie ? Ce n'est pas plus important que le sport ?

Elle se tourne vers moi, un sourcil haussé, le regard sombre et déterminé. Non, rien n'est plus important.

C'est une réponse que je ne comprends que trop bien.

Les jours suivants se déroulent normalement. Olivia est à l'heure. Pas un regard noir, pas une remarque acerbe. Elle suit mes instructions à la lettre et supporte mes remarques en silence. Mais elle évite mon regard. Elle change de comportement. Moi, je commence à penser que si elle s'est forgé cette carapace ce n'est pas sans raison. Elle cache peut-être une immense fragilité. Et elle ne supporterait pas de le révéler au grand jour.

Hélas, dès vendredi, ça recommence. Elle ne tient pas la cadence et finit à la traîne, avec les plus lentes de l'équipe. Je me retiens de lui dire d'arrêter. Lorsque les filles se regroupent au niveau des tribunes, je vois ses mains et ses jambes trembler. Ses muscles se contractent. Les mains plantées sur les hanches, elle essaie de le cacher. Sans jamais croiser mon regard, là encore.

— C'était bien, les filles. Je vous libère, on se voit lundi. Profitez de votre vendredi de libre, le prochain sera dans longtemps.

Olivia commence à s'éloigner, je la retiens.

— Attends.

Elle accepte de rester, mais garde les yeux à terre, les genoux serrés. Elle fait peine à voir. J'imagine tous les efforts qu'elle doit faire pour être à la hauteur, les jours où elle n'a plus rien dans les jambes.

Je lui demande de s'asseoir et lui tends à boire.

— Qu'est-ce qu'on peut faire pour t'aider, Olivia ?

Cette fois, elle me regarde. L'air à la fois paniqué et furieux. L'instant d'après, elle tourne la tête.

— Je n'en sais rien. S'il y avait une solution, j'aurais déjà réagi.

— Qu'est-ce qui améliore la situation ? Qu'est-ce qui l'aggrave ?

— L'épuisement. L'épuisement améliore les choses. Le stress les aggrave.

J'observe le terrain d'athlétisme. À l'entendre, chaque course est un cocktail explosif. Une séance d'entraînement ne suffit pas à la fatiguer. Sans parler de tout ce stress qui s'invite. Et moi qui menace de lui faire perdre sa bourse au moindre faux pas ! Coacher une coureuse ne demande pas d'être prix Nobel. Seulement, j'ignore comment l'aider.

— Tes parents devaient savoir comment t'arrêter, non ? Ils ne laissaient quand même pas leur fille courir en pleine nuit ?

Elle me regarde à nouveau. La blessure qui la hante en secret surgit un bref instant, avant de disparaître.

— Personne ne m'arrêtait.

Bon sang, l'imaginer courir seule en pleine nuit me rend malade ! Elle a beau se croire forte, elle n'est pas bien grande et ne pèse pas lourd. Un adolescent un tant soit peu baraqué serait capable de la plaquer par terre. Et puis, la savoir obligée de rentrer chez elle en stop…

Cette idée m'écrase, littéralement. Je finis par lui dire :

— Si tu es trop loin du campus, n'hésite pas à m'appeler, d'accord ? Si tu as besoin de rentrer en voiture aussi. Mais surtout, cesse de faire du stop, par pitié !

Elle sourit presque.

— Comment veux-tu que je le fasse, Will ? Je ne pense pas à prendre mon portable avant de sortir !

Elle a raison. Entièrement raison. Tous ces risques qu'elle prend, ça me révulse.

— Il faut que tu consultes.

— Ça n'y changera rien, répond-elle aussitôt.

— Je me suis mal exprimé. Tu *vas* consulter. C'est non-négociable.

Elle me fixe d'un œil noir, et j'éclate de rire.

— Ne me regarde pas comme ça, on dirait que tu souhaites ma mort. Tout est rentré dans l'ordre, c'est rassurant !

Le coin de sa bouche se relève. Elle n'est pas facile à vivre, mais je la vois presque sourire. Ça en valait la peine.

17

Olivia

Ça va tellement mal se passer.

Will pense que je vais accepter de consulter un psy. Il croit quoi ? Qu'avant la fin de la séance je me mettrai à pleurer parce que je ne me suis jamais sentie aimée ou parce que ma mère a loupé mon spectacle de danse quand j'avais cinq ans ? Et qu'ensuite je vais me lever de mon siège, guérie et prête à tourner la page ? L'ennui, c'est que je ne suis pas comme les gens normaux. Loin de là, même. Je doute que les psychologues aient déjà vu un cas dans mon genre. C'est pour ça que j'aimerais inverser les rôles et me soigner moi-même.

Ça ne marche pas.

La thérapeute s'appelle Mrs Daniels. C'est une petite femme trapue avec un sourire artificiel plaqué sur le visage. Je la déteste au premier coup d'œil. C'est mauvais signe. Puisqu'elle a l'air d'être l'incarnation de la bonne santé mentale, j'aimerais lui demander pourquoi elle n'arrive pas à perdre tous ses kilos en trop. Je parviens à me retenir.

Elle a une voix de bébé, toute fluette, et me parle comme si j'étais une gamine.

— Olivia ?

Inutile de la reprendre sur mon prénom, je sais déjà que je ne remettrai pas les pieds ici.

— Ravie de vous rencontrer, gazouille-t-elle, tandis que nous prenons place.

Et ce sourire enthousiaste, comme si j'allais illuminer sa journée !

— Si vous me disiez ce qui vous amène ici ?

C'est quoi, ces conneries ? Elle le sait très bien. La fac ne la paie quand même pas pour rester là à m'écouter raconter ma vie, alors qu'elle est capable de lire toute seule ?

— Ce n'est pas déjà noté dans mon dossier ?

— J'ai vu deux ou trois choses, répond-elle de sa voix chantante, mais j'aimerais *vous* entendre.

Elle continue de sourire. C'est flippant. Si je suis venue, ce n'est pas parce que j'ai gagné au loto, alors qu'est-ce qu'elle a à sourire, putain ?

— Je suis là parce que mon coach m'y a obligée.

Voilà ce que je lui dis. Et puis j'ajoute :

— Si vous vous étiez renseignée, vous le sauriez.

Et bim ! Elle bat des paupières, un petit rictus au coin des lèvres. Ça l'a déstabilisée.

— Dans ce cas, voyons pourquoi vous n'avez pas envie d'être ici.

— Parce que je suis déjà passée par la case *psy*. Ça ne marche pas, point barre.

— Chaque thérapeute a sa spécificité. La dernière personne que vous avez vue n'avait peut-être pas les bonnes clés.

— Non, vous avez mal compris. Ça ne marche pour personne. Vous savez que le taux de suicide chez les psychiatres est plus élevé qu'ailleurs ?

Elle tique encore.

— Je n'en suis pas sûre.

— Faites-vous une raison.

— Je n'ai pas besoin de me faire une raison, Olivia, dit-elle en rougissant. Nous sommes là pour que vous mettiez des mots sur vos sentiments.

— Mon sentiment, c'est que vous avez trop peur pour vous faire une raison.

Je suis presque désolée pour elle. Presque… Si elle veut jouer à l'experte, elle n'a qu'à le prouver.

Elle observe le mur derrière moi. Il y a sûrement une horloge. À mon avis, elle essaie d'évaluer combien de temps ce jeu de massacre va encore durer. Car ça va durer, croyez-moi ! J'ai l'intention de tout faire pour que chaque minute de cette séance soit aussi désagréable pour elle que pour moi.

C'est l'un de mes rares talents.

18

Will

Mardi après-midi, j'annonce aux filles qu'elles disputeront un contre-la-montre le lendemain. Les trois meilleures s'envoleront pour l'Oregon au début du mois de décembre pour participer à une compétition d'envergure. Je n'ai pas envie de regarder Olivia, mais je le fais. Et je le regrette aussitôt. Elle a la trouille, je le lis dans ses yeux. Elle doit décrocher l'une des trois places. Elle en a amplement les moyens. La fac n'a pas eu une aussi bonne coureuse depuis dix ans, si ce n'est plus. Malheureusement, la peur que je devine chez elle ne fera que grandir. Ce qui la poussera à courir cette nuit. Je la laisse partir en me sentant impuissant. Je déteste cette impression. Et je déteste me dire qu'elle est prisonnière de sa souffrance.

Nous dînons tôt, Jessica et moi. Puis je la raccompagne chez elle. Mais je n'entre pas.

— Tu ne restes pas ? me demande-t-elle.

Elle me regarde sous ses longs cils, en cambrant son corps de danseuse. Sa poitrine frôle la mienne. Elle a un corps auquel peu d'hommes peuvent dire non. Et elle en est bien consciente.

— Désolé, je dois me lever tôt, demain.

Elle sait que je dors mal chez elle. Ce n'est pas à cause d'elle, mais je finis toujours par atterrir sur son canapé. Je suis incapable de m'endormir à côté de quelqu'un. Je n'y suis jamais arrivé. Mais ce n'est pas pour cette raison que je ne resterai pas ce soir.

— J'ai un réveil, tu sais, dit-elle en glissant la main dans mon jean.

Elle commence à défaire la boucle de ma ceinture. Je pose les mains sur les siennes.

— J'adorerais rester, mais tu risques un peu trop de me distraire. Et puis, j'ai du travail.

— Du travail ? Will, il est 22 heures. C'est quoi, ce travail qui ne peut pas attendre jusqu'à demain ?

C'est une question à laquelle je ne peux pas répondre.

Ce que je m'apprête à faire n'est pas raisonnable. Mais je n'ai qu'une idée en tête : essayer de retenir Olivia. Elle serait exceptionnelle après une nuit de sommeil complète. *Le reste, je m'en fous.*

Sur le chemin de l'appartement d'Olivia, je me rappelle une conversation avec Peter, il y a deux semaines de ça. Il m'avait accusé d'être trop dur avec elle. Il avait raison. Du coup, j'ai du mal à me trouver des excuses.

— Cette fille est une source de problèmes, Peter.

— De problèmes pour toi ou pour l'équipe ?

— Qu'est-ce que tu veux dire ? Pour tout le monde !

Il a haussé les épaules.

— C'est une très jolie fille.

— Quel est le rapport ?

— Je me demande ce qui t'inquiète le plus. Qu'elle crée des problèmes à l'équipe ou qu'elle te *crée des problèmes.*

— Tu sous-entends quoi, exactement ? Quand est-ce que j'ai eu une attitude déplacée avec une étudiante ?

Il a secoué la tête.

— Jamais. Et je ne sous-entends pas que tu vas commencer. D'ailleurs, je sais que ce ne sera pas le cas. Et c'est peut-être pour ça que l'idée d'avoir Olivia dans les parages te dérange à ce point. C'est une tentation inutile.

J'avais mis un terme à la conversation, en arguant que c'était grotesque. Maintenant que je me gare devant chez elle, je m'interroge. *Est-ce que je fais semblant ?* Suis-je vraiment là parce que je souhaite la voir réussir, ou pour une autre raison ? Olivia Finnegan est tellement jolie qu'on se sent forcé de la regarder, même malgré soi. On a envie de graver dans sa mémoire les contours délicats de son visage, sa bouche en forme de cœur, l'étincelle qui anime ses yeux verts et qui donne envie de découvrir tous les secrets qu'ils cachent. Si jolie que le mot lui-même est faible. Elle est d'une beauté qui me coupe le souffle, les rares fois où je la vois sourire.

C'est surtout ça qui m'inquiète.

J'observe son appartement. Je vois son ombre passer derrière la fenêtre, dans un sens, puis dans l'autre. Lorsque les lumières finissent par s'éteindre, je m'assieds sur les marches qui mènent à sa porte. Je ferais mieux de rester dans ma voiture, mais je suis tellement comateux que je risque de m'endormir sans la voir passer.

Il est près de 2 h 30 lorsque je suis réveillé en sursaut par un bruit à l'intérieur. Mon cœur bat à toute vitesse, comme si je piquais un sprint avant la ligne d'arrivée. Alors que je suis assis devant l'appartement d'une étudiante, en pleine nuit, rappelons-le.

J'ai déjà franchi la ligne rouge, j'imagine.

19

Olivia

L'orage approche. Une vraie tempête, même. Le soleil a disparu. Ma mère court dans tout l'appartement. Je demande :

— Maman ? Ça va ?

Un désastre n'est jamais loin, dans cette maison.

Elle fait volte-face pour me regarder, les mains plongées dans ses cheveux noirs, comme si elle essayait de se les arracher. Je n'aurais pas dû l'interrompre.

— Non ! hurle-t-elle.

Ce cri contient autant de colère que de tristesse. On devine toutes les larmes qu'elle veut retenir. La tristesse lui donne envie de péter un plomb. Mais, lorsqu'elle le fera, la culpabilité la rendra triste à nouveau.

— Laisse-moi tranquille cinq minutes, Olivia, s'il te plaît !

J'acquiesce et recule. Elle tombe à genoux avant de fondre en larmes, les bras tendus vers moi.

— Pardon, ma chérie, murmure-t-elle contre mes cheveux. Maman est un peu sur les nerfs, c'est tout.

Elle me dit qu'on part en voyage, il faut qu'on parte très vite. Il faut que je coure jusqu'à la cave pour prendre quelques-uns de mes jouets, puis que je retourne dans ma chambre et que je mette la robe blanche que je portais pour mon dernier jour d'école.

Je me précipite à la cave et attrape une poupée avec laquelle je ne joue jamais. Je ne l'aime pas vraiment, d'ailleurs. Lorsque je la regarderai, penser à tout ce que j'ai laissé derrière moi ne me chagrinera pas. Je remonte. Avant même d'atteindre ma chambre, j'entends la portière d'une voiture claquer dehors. Ma mère s'immobilise. Un violent frisson la traverse.

L'orage approche. Une vraie tempête qui nous fonce dessus.

Elle s'accroupit près de moi et me souffle :

— Cours jusqu'à la porte de derrière. Cours le plus vite possible et ne t'arrête pas tant que tu ne seras pas dans la forêt. Quoi que tu fasses, ne reviens pas.

— Je veux rester avec toi, dis-je d'un ton plaintif.

Au même instant, nous entendons la porte d'entrée s'ouvrir, un pas lourd sur la première marche. Ça y est, l'orage s'abat sur nous. Trop tard pour s'enfuir.

Ma mère me pousse dans le placard. Elle m'ordonne de me cacher et de ne pas faire de bruit tant qu'elle ne sera pas venue me chercher. Surtout, pas un bruit. Les mots qu'elle emploie me font peur, mais je lis une détresse insondable sur son visage.

— Ne regarde pas, me dit-elle. Et s'il te trouve, cours.

Là-dessus, elle referme le battant.

Je regarde à travers l'embrasure. La maison est plongée dans le noir, le tonnerre résonne, une ombre longue et mince traverse la pièce, depuis la porte jusqu'au lit. Ma mère est assise, les mains au creux de son ventre. Je sens sa peur qui se diffuse comme le souffle d'une explosion nucléaire. Elle ne l'affrontera pas. Certaines choses sont trop fortes, trop effrayantes pour qu'on les affronte. Il en fait partie.

Brusquement, je cours, à toute allure, comme elle me l'a demandé.

Direction le grand champ de maïs. C'est le seul endroit où je peux me cacher. Il est immense, et je suis minuscule. Il finit par me rattraper. Il m'attrape par-derrière, les bras enroulés autour de moi comme une camisole de force. Impossible de lui échapper. Je me débats. Peine perdue. Je me prépare à avoir mal. Une fois encore. J'attends cette brûlure dans mon dos, cette sensation poisseuse sur mon T-shirt et le sang sur ses mains. C'est ce qui m'attend, je le sais.

Mais non, rien.

Il me demande de me calmer. Il me supplie, même. Ce n'est pas la voix d'un monstre. C'est une voix apaisante, qui s'insinue en moi comme une drogue. Une voix qui me dit que je suis en sécurité. Ce n'est pas vrai, mais il le répète quand même.

Je baisse la garde.

Je le crois.

J'arrête de me battre, et tout plonge dans les ténèbres.

— Liv, il est l'heure de se réveiller.

J'ouvre lentement les yeux. Le jour s'est levé, et je ne suis pas dans ma chambre. Brusquement, ma léthargie cède la place à la panique. Si je ne suis pas dans ma chambre, c'est que j'ai fait une énorme connerie. Je suis sortie courir ou je me suis encore évanouie. Et je suis à l'hosto, voire pire.

Le contre-la-montre. Je l'ai loupé ou je vais le louper.

Je me redresse en battant des paupières à cause de la lumière aveuglante qui baigne cette pièce que je ne connais pas. Je commence par apercevoir Will. L'espace d'une seconde, je discerne sur son visage quelque chose que je n'ai encore jamais vu. Ni du mépris ni de l'inquiétude.

Il ferme les yeux.

— Bon sang, Olivia, grogne-t-il. Couvre-toi !

Oh non ! Je regarde au pied du lit. J'ai retiré mon débardeur pendant la nuit. C'est de pire en pire.

Je remonte le drap sur moi, mais Will s'est déjà tourné pour sortir.

— On est où ? je demande.

— On discutera quand tu seras habillée, réplique-t-il d'une voix légèrement étranglée.

Me mettre à poil ne me dérange pas. Je serais capable de me désaper devant presque tout le monde. Mais pas devant lui. Mon débardeur est encore un peu humide, je frissonne au moment de l'enfiler. Comment ai-je fait mon compte pour me déshabiller *ici* ? Et puis, je ne me souviens de rien, pourquoi ?

Je sors de la chambre. Will est dans la cuisine en train de verser du café, le dos crispé, comme s'il était en colère. Il met un point d'honneur à ne pas me regarder, on dirait.

Je répète ma question.

— On est où ?

— Chez moi.

Il lève les yeux, le temps de me tendre une tasse de café, puis sort de la pièce, une vraie tornade.

De toute évidence, j'ai fait une connerie monumentale. J'essaie de me rappeler la soirée de la veille. J'ai dû boire comme un trou. Voilà qui expliquerait pourquoi j'ai atterri ici et pourquoi je me suis mise toute nue. L'ennui, c'est que je n'en ai aucun souvenir.

Il revient dans la cuisine, me passe un T-shirt. Toujours sans me regarder.

— Mets ça, dit-il. Tu es à moitié à poil.

Je baisse les yeux. Mon débardeur ne laisse guère de place à l'imagination. Pourquoi suis-je chez lui, alors que je ne me souviens de rien ? Il n'y a qu'une explication logique…

Je demande :

— Qu'est-ce que je fiche ici ? Est-ce qu'on a…

— Non ! s'empresse-t-il de répondre d'un air mi-choqué, mi-dégoûté.

Eh bien, ça fait plaisir…

— Bien sûr que non.

— Pas besoin de prendre cette mine révulsée !

— Tu ne te rappelles rien ?

Je le fusille du regard.

— Ça ne te paraît pas évident ?

— Je t'ai surprise en train de sortir de ton appartement. Tu étais endormie ou… je ne sais pas dans quel état tu étais. Je t'ai arrêtée, et tu t'es comme évanouie.

Les yeux fermés, je sens une peur panique m'envahir. J'aurais préféré qu'il me voie bourrée. Ces épisodes de course sont un mystère pour moi. J'ai peur pendant ces cauchemars et j'ai peur quand je tente de les fuir.

— Est-ce que j'ai… fait quelque chose ?

Avec ma toute petite voix, je doute qu'il m'ait entendue.

— Tu m'as envoyé un pain, répond-il en ricanant. Mais je l'ai bien cherché, en un sens.

— Navrée.

J'essaie de voir s'il n'est pas trop amoché.

— Je t'ai fait mal ?

— Non, je savais à quoi m'attendre. Tu n'es pas réputée pour avoir un caractère facile.

Je lève les yeux au ciel. Puis je me force à poser l'autre question qui me taraude.

— J'ai parlé ?

Je ne veux pas savoir ce que j'ai dit. Et je ne veux pas qu'il ait entendu.

— Un peu.

Il hésite, et mon estomac se noue.

— Tu étais vraiment en colère. Tu n'arrêtais pas de répéter quelque chose du style « Je suis partie », mais je ne comprenais pas.

Je m'arme de courage afin de le regarder. Son visage exprime la seule émotion que je ne souhaitais pas voir.

De la pitié.

Il me prend l'envie de partir, sans perdre une seconde. Sauf que je suis pieds nus et que j'ignore dans quel coin de la ville je me trouve.

— Ensuite, tu t'es comme effondrée.

— Pourquoi tu étais là ?

Ses épaules s'affaissent.

— Je n'aurais pas dû. Je me suis dit que le stress du contre-la-montre risquait de te pousser à courir. Alors j'ai attendu. Je pensais que si je voyais ça en direct…

Il s'interrompt pour pousser un soupir, avant de secouer la tête.

— Je ne sais pas à quoi je m'attendais. Pas à une réaction aussi extrême. Tu te souviens de quoi parlait ce rêve ?

— Non.

J'observe mes mains refermées autour de la tasse de café. Je la serre si fort qu'elles sont toutes blanches.

— Tu devrais essayer de te souvenir. Ce serait peut-être la solution, avance-t-il. Tu as parlé à la spécialiste ?

— C'est une débile.

— À mon avis, tu dis ça d'à peu près tous les gens que tu rencontres. Il faut que tu consultes.

Mouais. Les thérapeutes, c'est pour les gens qui ont des problèmes minimes. Ils perdent pied dès l'instant où ils découvrent mon cas.

— Alors, comment j'ai atterri ici ? je demande.

Will se frotte les tempes et commence à arpenter la pièce.

— Ta porte était fermée à clé. J'aurais pu te réveiller, mais j'avais peur que…

— Que je flippe à mort ?

Il hoche la tête.

— Je ne savais pas où t'emmener. Je t'ai installée dans ma chambre et j'ai dormi sur le canapé. Mais j'ai eu tort. Tu ne devrais pas être là. Je pourrais me faire virer à cause de ça.

— Pourquoi ? Il ne s'est rien passé !

— Personne ne voudra le croire, Olivia, répond-il dans un soupir. Pas avec toi.

— Qu'est-ce que ça veut dire ? Quelques mecs de l'équipe de football ont essayé de me draguer, c'est tout. Ça ne fait pas de moi la chaudasse de l'équipe.

— Ce n'est pas ce que je voulais dire, grogne-t-il en se frottant les yeux. Tu es attirante, voilà.

Une douce chaleur s'empare de moi. Je n'aime pas cette réaction. Je ne devrais pas me soucier de son opinion.

— Ah oui, je suis attirante ?

— Ne t'inquiète pas, ton sale caractère gâche tout, lâche-t-il en s'éloignant. Allons-y. Tu vas nous mettre en retard, tous les deux.

Mes yeux glissent sur lui tandis qu'il me raccompagne chez moi en voiture. Il est tellement beau, avec cette mâchoire carrée, cette fossette au menton et ces traits burinés qui contrastent avec sa bouche charnue. C'est presque injuste.

— Merde, dit-il en se garant. J'ai oublié que tu avais fermé à clé.

— Je garde une clé sous le pot de fleurs, à droite. Juste au cas où tu recommencerais à m'espionner.

— Je ne t'espionnais pas, grommelle-t-il.

Je pousse un soupir. Rien n'est plus difficile pour moi que d'être honnête et de dire merci. Or, il est temps de le faire.

— Je crois que je ne t'ai pas encore remercié, dis-je d'une voix nerveuse. Du coup, euh… merci.

— Je n'ai aucun ordre à te donner mais, si tu parles de ce qui s'est passé, je risque de perdre mon job.

— Je garderai cette histoire pour moi.

Je fais mine d'enlever son T-shirt. Il me retient.

— Garde-le. Ce serait grave qu'on te voie en train de sortir de ma voiture. Mais pire encore si tu en sortais à moitié nue.

20

Olivia

Lorsque Will débarque au bord du terrain, un peu plus tard, j'évite de croiser son regard. De son côté, il a l'air d'éviter le mien. Il est d'une humeur massacrante, il passe l'échauffement à aboyer sur tout le monde. Sauf sur moi.

— Plus d'intensité, Olivia.

C'est la seule fois qu'il m'adresse la parole. Et encore, il le fait d'un ton morne, presque à contrecœur.

— Ne commence pas, lui dis-je doucement.

— Ne commence pas quoi ?

— À me traiter différemment des autres. Je ne suis pas une petite chose fragile.

— Loin de moi cette idée.

— Tu te fous de moi ? Tu tires la tronche. Et, quand c'est le cas, je suis la première à me prendre tes réflexions dans les gencives. Mais là, tu ne me parles pas. Je ne suis pas fragile. Ce que tu as vu n'est pas nouveau pour moi.

— En temps normal, tu te plains que je sois trop dur avec toi, soupire-t-il. Je n'aurai jamais raison, c'est ça ?

— Primo, je ne me plains pas. Deuzio, je préfère t'entendre râler. Tu es plus facile à vivre, dans ces moments-là.

Il me répond, dans un demi-sourire :

— Si j'étais plus facile à vivre, tu ne me reprocherais pas de râler.

Sur ces mots, je m'éloigne. J'ai envie de me marrer. En même temps, ça me déstabilise. Will m'a souvent rendue furieuse. Seulement, je ne sais pas quoi faire du sentiment qu'il vient de m'inspirer. Je ne sais même pas comment le décrire.

Après l'échauffement, Peter débarque au bord du terrain, suivi par l'équipe masculine. Ils disputeront le contre-la-montre en premier. Dommage que ce ne soit pas nous. Mon estomac s'est noué dès l'instant où je les ai vus arriver. Ça ira mieux à la fin de la course, pas avant.

— Tu es toute pâle, me glisse Erin. Ne sois pas si stressée, personne ne peut te battre.

— Tout arrive.

Il y a de la tension dans ma voix. Bizarrement, le simple fait de parler remue le nœud que j'ai dans le ventre. Je me sens encore plus fébrile.

— Même si tu as l'air de faire le vide quand tu cours, il faut que tu penses encore moins.

Pour toute réponse, je la fusille du regard. C'est quoi, ces bêtises ?

— Je suis sérieuse. Fais le vide dans ton esprit. Regarde.

Elle s'assied en tailleur et place les mains dans la position du lotus.

— Allez, Finn. Hooooom.

— Arrête ça, s'il te plaît.

— Ton attitude n'est pas très zen.

Je la mets en garde.

— Tu sais ce qui n'est pas très zen non plus ? Casser la figure de quelqu'un. Alors tais-toi un peu.

Erin n'a pas l'habitude d'avoir peur de moi – elle devrait,

pourtant. Je ne suis pas sûre de l'avoir impressionnée, mais pour une fois elle se tait.

Will nous fait signe de nous diriger vers la ligne de départ. Il a l'air nerveux. Étrange… On ne lui demande que de rester au bord de la piste. Nous nous rassemblons, et je croise furtivement son regard. *C'est pour moi qu'il est stressé.* Ça m'énerve. Je n'ai pas envie de porter les espoirs des gens. C'est déjà assez pénible quand je me déçois moi-même !

Le top départ est donné, et j'arrête de réfléchir. Mon esprit cesse de gamberger, et mon corps prend le relais. Il m'entraîne, comme si une force étrange était aux commandes. C'est ma façon de méditer. Ma façon de me vider l'esprit.

Mes jambes brûlent, et je sens ce souffle dans ma poitrine. Je suis partie trop vite. Pas grave. Je l'ignore pour une bonne raison. Je veux montrer à Will qu'il peut croire en moi. En l'espace de quelques semaines, il a fait tant de choses pour m'aider, malgré mon sale caractère. Personne ne peut en dire autant.

Je le vois debout au bord des gradins, concentré. Le reste n'a aucune importance. Je ne m'occupe même pas de la ligne d'arrivée. Je la franchis. À la première place. Plus rien ne compte à part lui.

21

Will

Olivia a été exceptionnelle.

Un truc de fou !

À vrai dire, je ne suis pas surpris. Il faut que je passe chez ma mère, mais une telle performance me fait oublier le reste. J'ai envie de l'aider à résoudre ses problèmes. J'ai envie qu'elle puisse donner le meilleur d'elle-même. C'est très naïf, j'en conviens. Sa famille a sans doute passé les dix dernières années à essayer de changer les choses, alors pourquoi serais-je mieux placé pour y parvenir ? Peu importe, il faut que je tente ma chance.

Je me replonge dans son dossier universitaire. Est-ce qu'elle se mettra en colère, si j'appelle ses parents ? Sans l'ombre d'un doute. Est-ce que ça me pose problème ? Pas vraiment. Les cauchemars qui la hantent doivent cesser. Je l'imagine en pleine nuit, dans ce quartier dangereux, à moitié consciente. Et ça me rend malade. Tôt ou tard, il lui arrivera malheur.

Tiens, le nom et l'adresse de ses parents ne sont pas mentionnés. Le seul contact que je trouve est celui de sa grand-mère, qui vit quelque part en Floride. Pourquoi n'y a-t-il pas les coordonnées de ses parents ? Pourquoi n'a-t-elle ni tantes, ni oncles, ni frères, ni sœurs ? Plus j'essaie de percer l'énigme Olivia Finnegan, plus le mystère s'épaissit.

Faute de mieux, je compose le numéro que j'ai. À l'autre bout du fil, une hôtesse d'accueil d'une maison de retraite me répond.

Je demande à parler à la grand-mère d'Olivia.

— Vous êtes de sa famille ? réplique l'employée.

— Non, j'appelle au sujet de sa petite-fille.

— Navrée, monsieur. Si vous n'êtes pas de la famille de notre pensionnaire, je ne suis pas autorisée à lui passer votre appel.

Je serre le téléphone. Surtout, ne pas perdre patience…

— Écoutez, c'est important. Je n'ai personne d'autre à contacter.

— Je doute qu'elle puisse vous aider, de toute façon.

— Comment ça ?

— Miss Anya souffre d'Alzheimer, murmure mon interlocutrice. Je ne suis pas censée vous donner cette information, mais elle est dans un état assez grave. Cela fait un moment qu'elle ne reconnaît plus personne.

— Depuis combien de temps est-elle chez vous ?

Avant même de poser la question, je devine que la réponse ne fera qu'aggraver les choses.

— Je ne suis pas non plus censée vous communiquer une information de ce genre, monsieur.

La seconde d'après, pourtant, elle m'indique dans un murmure :

— Un peu plus de quatre ans.

Olivia était encore au lycée. Qui l'a élevée pendant toutes ces années ? Et ses parents, où étaient-ils ?

Le soir, chez Jessica, je suis distrait pendant tout le dîner. Dès que je pense cerner ce qu'Olivia a traversé, je m'aperçois qu'il y a pire.

— À propos, tu devais faire quoi, hier soir ?

La question me ramène à la réalité.

Mes intentions vis-à-vis d'Olivia sont tout à fait pures. Je comptais d'ailleurs dire la vérité à Jessica.

Ce que je n'ai pas fait.

Quelque chose a changé lorsque je l'ai surprise, la nuit dernière. Et puis, ce matin, lorsque je l'ai vue endormie dans mon lit, le dos nu, en train de respirer calmement, ses cheveux étalés sur l'oreiller…

J'ai essayé cent fois d'effacer cette image de mon esprit. Sans parler du moment où elle s'est redressée et que le drap a glissé jusqu'à sa taille.

Impossible.

J'ai passé la journée à ne penser qu'à ça, malgré tous mes efforts. Au final, j'ai l'impression qu'une petite brèche s'est formée. Et que ça pourrait vite devenir ingérable.

Cela fait un an que je sors avec Jessica. Et, pour la première fois, je viens de lui mentir.

22

Olivia

Dès le lendemain, je me défonce pour Will.

Je suis à la lettre la moindre de ses instructions. Au bout du compte, alors qu'il ne me fait pas une seule critique, je feins d'être choquée.

— Waouh ! Tu n'as pas un truc méchant à me dire ? Tu es vraiment *satisfait*, alors ?

— Tu as bien couru et tu le sais. Ne viens pas quémander de compliments.

— Avec toi, c'est la seule façon d'en avoir, j'ai l'impression.

— Cours comme ça à la prochaine compétition, et tu en auras à la pelle.

Ma bouche dessine une ligne dure.

— Génial. En gros, dès que j'arriverai à maîtriser cette force incontrôlable qui me pousse à faire n'importe quoi, tu seras content.

Il soupire, se pinçant l'arête du nez entre le pouce et l'index. Je connais son caractère et ses tics. Ce geste, c'est le signe que quelque chose l'agace et qu'il doit affronter un sujet qui le dérange.

— Va te doucher et passe à mon bureau.

Ah bon, pourquoi ? Qu'est-ce que ça va changer, franchement ? Si ça se trouve, c'est pour me demander de revoir cette thérapeute débile. Une fois que je l'aurai vue, elle me renverra chez moi avec des conseils bidon. La dernière fois, j'étais censée établir une liste des trucs qui me rendent heureuse. « Un bon bain à remous, par exemple », avait-elle proposé. Je lui avais répondu que je trouvais ça idiot. La tronche qu'elle avait tirée !

Will m'attend derrière son bureau, la mine sombre.

— Pas question que je retourne chez la thérapeute, si c'est ton idée.

Il se passe une main dans les cheveux et sourit presque.

— Oui, tu m'as déjà donné ton avis sur elle.

— Alors tu veux quoi ? Il n'y a pas trente-six solutions. Soit je passe une nuit blanche, mais ça ne marchera pas, soit je sors courir la veille de la compétition. Parfois, si je me tape six *miles* juste avant d'aller dormir, je suis assez fatiguée pour…

— Non, il faut que tu sois d'attaque. Pas question que tu te pointes dans un état lamentable !

Je fronce les sourcils.

— Alors, c'est quoi, ton idée de génie ?

— Tu vas dormir chez ma mère.

Je m'insurge :

— Chez ta mère ? Tu es dingue ? Je t'ai mis un coup de poing dans la tronche. Je risque de lui faire super mal. Comment veux-tu qu'elle m'arrête ?

— Je serai là, moi aussi, répond-il en baissant légèrement les épaules. Je dormirai sur le canapé. Si tu essaies de sortir, je t'entendrai forcément.

Je sens mon estomac se nouer. Une douleur diffuse commence à s'emparer de moi et me donne envie d'échapper à cette conversation. Will a déjà tant fait pour moi.

— Rien ne t'oblige à…

— J'ai envie d'essayer.

Lorsque je me résigne à croiser son regard, je vois à quel point il souhaite que je m'en sorte. Dans *mon* intérêt, pas le sien. La douleur qui me dévore s'accentue, je détourne les yeux.

— Ça marche.

Ma réponse n'exprime pas toute l'étendue de ce que je ressens. Personne n'a jamais levé le petit doigt pour moi.

Le vendredi, Will passe me prendre à 18 heures. Tout en bouclant ma ceinture, je murmure :

— C'est super gênant.

— Qu'est-ce qui est super gênant ?

— Ta mère va me prendre pour une folle.

— Pourquoi elle aurait tort de penser ça ? demande-t-il d'un air hilare.

Je lui adresse mon regard le plus menaçant. Mais on dirait bien que ça ne l'impressionne plus. C'est très agaçant.

— Elle ne te prendra pas pour une folle, Olivia. Mon frère faisait du somnambulisme, lorsqu'il était gamin. Ce n'est pas si éloigné.

Pas si éloigné ? Tu parles ! Enfin, bon.

— Tu as mangé ?

— Oui. Un bol de flocons d'avoine.

— Tu as une compétition demain. Ce n'est pas suffisant. Souviens-toi de la dernière fois.

Je hausse les épaules.

— Disons que c'était une espèce d'anomalie.

— Tu es au courant qu'une anomalie est un phénomène exceptionnel ?

— Hé, j'ai dit que c'était *une espèce* d'anomalie !

— Voilà pourquoi tu seras *une espèce* d'invitée à dîner chez ma mère.

C'est étonnant de voir quel point la ville cède la place à la campagne dès qu'on s'éloigne du campus. Ça me rappelle l'endroit où vivait ma grand-mère, ces routes interminables entourées de terres cultivables, de forêts et rien d'autre. Will emprunte un chemin de terre rempli de nids-de-poule qui me font rebondir sur mon siège. Tout au bout, j'aperçois une petite maison flanquée d'une grande grange.

— C'est là que tu as grandi ?

— Oui. Tu as un commentaire à faire, j'imagine ?

Exactement ! Mais, maintenant qu'il m'a tendu la perche, je préfère garder ma réflexion pour moi.

— Non, je rétorque d'un ton agacé. J'allais dire que ça a l'air joli.

— OK.

D'un bond, il descend du véhicule et me précède.

La maison semble nettement plus grande à l'intérieur. On dirait une illusion d'optique digne d'*Alice aux pays des merveilles*. Un immense salon s'ouvre sur la droite, en même temps que la cuisine. Les chambres sont à gauche.

La mère de Will vient à ma rencontre.

— Bonsoir, vous devez être Olivia, dit-elle. Je m'appelle Dorothy.

Elle me serre dans ses bras. J'en conclus que Will lui a caché certaines choses sur mon compte. Le dîner étant loin d'être prêt, elle suggère qu'on sorte faire une petite balade à cheval. Une idée qu'il accueille avec une mine dégoûtée.

Je soupire, exaspérée.

— Tu n'as pas l'impression d'exagérer, Will ? On dirait que ta mère t'a demandé de me donner tes deux reins.

— Demain, il y a une compète. Tu risques d'attraper froid.

— J'ai fait du cheval pendant tout l'été. Ça va bien se passer.

— OK. Une promenade à cheval serait-elle à ton goût, dans ce cas ?

Je sors sans même prendre la peine de lui répondre.

— Tu sais seller un cheval ? lance-t-il en m'emboîtant le pas.

— Attends, tu plaisantes, là ? Tu crois que je vais monter à cru et hop, en avant ?

Je me dirige vers les écuries en tâchant de l'ignorer. Avant même que j'arrive, une odeur envahit mes narines. Une odeur qui n'a rien d'agréable, c'est le moins qu'on puisse dire. Ça sent le foin, le crottin et l'herbe qui a chauffé au soleil, le tout nimbé d'effluves de cuir. Mais ça me rappelle de bons souvenirs. J'ai passé plusieurs étés à nettoyer les écuries, près de chez ma grand-mère. Lorsque j'en avais terminé, je partais en balade. Ça compensait largement le salaire minable qu'on me versait.

Will me donne Trixie, qui a l'air très docile. C'est à se demander si elle restera éveillée le temps de la promenade.

— Tu peux aller au trot si tu veux, mais c'est tout, me prévient-il.

— Aucun risque, je ne suis même pas sûre qu'elle sache trotter !

Il vérifie que je suis bien installée, puis part devant, sans un mot de plus.

J'aimerais oublier qu'il est canon, perché sur ce cheval. Vraiment canon, même. Mais c'est impossible. Le vieux jean qu'il porte lui va à la perfection et, même de loin, j'arrive à distinguer les contours de ses bras. L'envie me prend de me porter à sa hauteur et de coller le nez au ras de sa nuque, tout près de ses cheveux coupés court. À cette idée, un léger frisson remonte le long de mes bras.

Je n'ai pas envie de lui.

Non, vraiment pas.

Je n'ai pas envie de son air autoritaire, de son sale caractère, du petit rictus qui se dessine au coin de ses lèvres quand il est furieux contre moi. Bien souvent, je préférerais lui donner un coup de genou là où je pense, plutôt que de coucher avec lui. Il faut que je me concentre sur cette partie de moi qui souhaiterait le voir se tordre de douleur. Parce qu'à cet instant précis c'est l'autre partie qui est en train de gagner, sans difficulté.

Nous atteignons le sommet d'une colline. Un lac apparaît sous nos yeux. J'en ai le souffle coupé.

— Waouh, incroyable ! Je pensais qu'il n'y avait que des bois, dans le coin.

— Mon père l'a créé pour mon frère et moi.

Je lui lance un regard soupçonneux. Ce n'est pas une mare. C'est une étendue de la taille d'un terrain de football.

— Il l'a *créé* ? Comment est-ce qu'on peut créer un lac ?

— Avec un diplôme d'ingénieur et une bonne dose de persévérance, j'imagine, me répond-il avec un haussement d'épaules.

— Vous vous baigniez dedans ?

— À peu près toute l'année. Il est juste au-dessus d'une source d'eau chaude, c'est toujours assez agréable.

— Pourquoi ?

Ma voix est mal assurée, je suis gênée de poser cette question.

— Pourquoi c'est agréable de se baigner ?

— Non. Pourquoi est-ce qu'il vous a fait un tel cadeau ?

Il penche la tête et m'observe d'un air circonspect.

— Parce qu'il nous aimait. Je ne vois pas d'autre raison.

Je me garde de répondre. À vrai dire, j'ai du mal à croire qu'on puisse être aussi attaché à ses enfants. Qu'on puisse être aussi attaché à quelqu'un tout court, même.

Le temps que nous finissions notre promenade, le soleil s'est couché et une brise s'est levée. L'air est frisquet, on sent l'automne prêt à chasser l'été.

— Hé, c'est quoi, l'histoire entre Mark Bell et toi ? me demande-t-il soudain alors que nous regagnons les écuries.

Me voilà aussitôt sur mes gardes.

— Comment ça ?

— Il faut vraiment être en colère pour frapper quelqu'un avec une batte de base-ball. Il t'a trompée ?

Je laisse échapper un petit rire étranglé.

— Non, on ne sortait pas ensemble. Je ne sors avec personne.

— Comment ça, tu ne sors avec personne ?

Il a l'air aussi surpris que si je lui avais confié que je ne respire pas pour vivre.

— *Jamais* ?

— Si je veux coucher avec un mec, je n'ai pas besoin qu'il passe son temps à m'envoyer des textos et à faire semblant qu'il tient à moi.

Will semble encore plus sidéré que la fois où je lui ai parlé de mon problème.

— Je ne sais pas quoi dire. Tu n'es pas sérieuse.

— Pourquoi ça ?

— Parce qu'un jour tu rencontreras forcément quelqu'un qui tiendra à toi. Et puis, comment sais-tu que les mecs font semblant ?

— Je connais mes points forts, Will. Être aimable n'est pas très haut dans la liste. Tu es bien placé pour le savoir.

— Je n'ai jamais dit ça de toi, proteste-t-il.

— Ce n'est pas nécessaire. Je le lis sur ton visage chaque fois que tu me regardes.

J'en ai ma claque de cette conversation. Une chance, nous sommes presque rentrés, je vais pouvoir y échapper.

— Ne t'inquiète pas, j'ai l'habitude.

— Olivia, il y a des mecs qui seraient capables de tenir à toi.

— Non, c'est faux. Il y a peut-être des mecs qui se persuadent qu'ils aiment tout chez une fille. En fait, ils n'aiment que l'emballage. Et ils s'en aperçoivent très vite.

— Très bien, conclut-il d'un ton excédé. Continue de perdre

ton temps avec des connards au lieu d'attendre le type bien qui voudra te rendre heureuse !

Un petit sourire aux lèvres, je réplique :

— Le jour où je me chercherai quelqu'un, je ne jetterai pas mon dévolu sur un type qui veut me rendre heureuse. Il n'y a rien de plus chiant qu'un mec trop gentil.

Ce que j'aimerais, c'est un mec qui n'ait pas peur de prendre ses responsabilités. Un peu autoritaire et sûr de ce qu'il veut. Quelqu'un comme…

Non, je n'ai même pas envie d'y penser.

Tandis que je desselle Trixie, Will s'occupe de son cheval. Nous en terminons en même temps et regagnons la maison.

— On fait la course ? je propose.

Je m'attends à ce qu'il refuse, bien sûr.

— Tu l'auras voulu !

Il fonce. Ça me prend de court, il me faut presque une seconde pour me rendre compte qu'il est parti comme une fusée.

— Hé, ce n'est pas du jeu !

Will ralentit juste assez pour que je le rattrape. Et c'est parti.

J'adore ce genre de course. Quand l'air chaud aide à avancer. On se sent si léger et si puissant qu'on se croirait presque capable de voler. Au dernier moment, Will se jette en avant pour rafler la première place, et nous nous écrasons contre le porche, hilares. Je proteste :

— Tu as triché !

— Triché ? Tu veux rire !

— Je ne savais pas que tu courais si vite. Je ne t'aurais jamais lancé ce défi, si j'avais su.

Dorothy nous observe depuis la porte.

— Will, tu as précisé à Olivia que tu avais fait de la course de fond pendant tes années de fac, toi aussi ?

— Quoi ?

Je le suis à l'intérieur, abasourdie.

— Tu as été fondiste ?

— Pas la peine de prendre cette tête effarée, répond-il en haussant les épaules.

— Ça m'étonne, parce que tu es immense. Enfin, je veux dire… Tu es à la fois très grand et très large d'épaules…

Tout à coup, je commence à bégayer. On dirait que je dresse le portrait de Will dans un magazine pour ados.

— Tu es ultra-musclé, c'est ce que je veux dire.

Oh ! là, là, je m'enfonce encore plus…

— Et puis, tu pèses ton poids.

Ouf, c'est bon, je me suis rattrapée aux branches. Tant bien que mal.

Je prends le chemin de la salle à manger d'un pas résigné. Will me désigne une chaise.

— Je t'ai élevé mieux que ça, intervient aussitôt sa mère d'un ton outré. Tire la chaise d'Olivia.

— M'man, grogne-t-il, ce n'est pas un dîner romantique. Je ne vais pas le faire.

— On tire toujours la chaise des dames.

Il esquisse un petit sourire.

— Olivia, une dame ? Elle-même doit trouver que tu exagères, je parie.

Je prends une minuscule portion du dîner que Dorothy a préparé. Aussi incroyable que cela puisse paraître, ce tout petit morceau m'alourdira lors de la course de demain.

— Allez, Olivia, on se ressert, dit-il en observant mon assiette.

— Je vais me rendre malade.

— Moins que si tu manges trop peu. Les crises d'hypoglycémie, c'est terminé.

Sous son regard vigilant, je termine mon assiette. On verra s'il fait encore le malin quand je serai incapable de courir, avec tout ce qu'il m'a fait manger !

Après dîner, Will débarrasse la table. Je m'apprête à l'aider, mais il m'ordonne d'aller m'asseoir. Je l'ignore et attrape un torchon, sans un mot. Je me hisse sur la pointe des pieds pour poser un bol tout en haut d'un placard.

— Je m'en occupe, dit-il en se plaçant derrière moi pour me le retirer des mains.

En me retournant, je me retrouve face à lui. Nos corps se touchent, et son bras frôle le mien quand il le baisse.

Il n'est pas seulement près de moi. J'ai l'impression qu'il m'enveloppe de sa taille immense. J'en ai presque le souffle coupé.

On dirait que la partie un tant soit peu raisonnable de mon cerveau ne répond plus. La seule qui fonctionne encore est celle qui sent son odeur et qui entend sa respiration rauque. Une étincelle traverse son regard et disparaît aussi vite qu'elle est apparue. C'est la première fois que je le vois comme ça.

L'espace d'un instant, je me demande si son cerveau fonctionne encore.

Je viens d'enfiler la tenue de course que je mets pour dormir quand on frappe à la porte. Dorothy passe la tête à l'intérieur, tout sourires.

— Je voulais m'assurer que vous n'aviez besoin de rien. Quand Will avait une compétition, je lui préparais toujours un verre de lait chaud avant qu'il aille au lit. Ça vous dirait ?

Un mélange d'envie et de joie s'empare subitement de moi.

— Non, merci, dis-je d'une voix pas très assurée. Tout va bien.

— Parfait, répond-elle. Dormez bien.

Je m'allonge avant d'éteindre la lampe de chevet. J'imagine Will à l'époque. Une part de moi est jalouse, mais je suis heureuse qu'il ait eu cette enfance-là. Même si je pouvais lui voler ce souvenir, me l'approprier, je ne le ferais pas.

Le savoir sous le même toit que moi m'apaise, savoir qu'il n'est pas loin m'aide à me sentir en sécurité. Si ça se trouve, je ne vais même pas rêver, cette nuit.

23

Will

Je laisse éclater mon agacement lorsque Olivia finit par aller au lit.

J'ai passé les trois dernières heures à tenter d'ignorer l'épisode dans la cuisine. Quand elle s'est retournée et retrouvée collée contre moi, ses grands yeux levés vers moi… Et puis, cette bouche. Cette bouche propre à inspirer mille fantasmes à n'importe quel moment – ce qu'elle a fait, d'ailleurs, car je n'ai pas simplement *songé* à l'embrasser. J'ai voulu le faire. Une partie de moi a pris les commandes et imaginé des tas de choses, avant que je reprenne le contrôle.

J'ai dû perdre la tête.

Olivia a ce pouvoir sur moi. Sur pas mal de gens, même, semble-t-il. Mais, en l'occurrence, je m'inquiète surtout pour moi. Parce que je risque de perdre mon job. Et parce que c'est mal, pour commencer. Elle me fait confiance. Elle compte sur moi pour l'aider à devenir une grande coureuse, elle en a les moyens. De mon côté, je ne pensais pas seulement à l'embrasser. J'étais prêt à coucher avec elle.

Hors de question qu'elle passe une nuit de plus ici ! J'expliquerai la situation à Peter dans la matinée. Ce que j'aurais dû faire, quand j'ai découvert la vérité. Il y a des risques que la fac soit forcée de l'évincer de l'équipe. Garder quelqu'un avec de tels problèmes psychologiques pourrait leur attirer des ennuis, si quelque chose tournait mal. Voilà pourquoi j'ai évité de lui en parler jusque-là. Mais qui sait ? Il aura peut-être une idée. Si Olivia accepte de consulter, il trouvera peut-être quelqu'un pour la surveiller, les nuits précédant les épreuves. Une chose est sûre : ce ne sera pas moi.

Plus jamais ça.

Je viens de m'endormir lorsqu'un bruit me réveille en sursaut. Je m'aperçois légèrement trop tard que c'est Olivia. Le temps que je me lève, elle est déjà dehors. Je lui emboîte le pas. Je saute par-dessus la rambarde du porche. Elle file à toute vitesse. Elle n'est pas loin des écuries au moment où j'atterris sur le sol. J'ai toutes les peines du monde à la rattraper. J'y parviens néanmoins. Et je passe à l'action. Ce n'est pas beau à voir.

Je me jette sur elle, et nous nous écrasons tous les deux par terre. Elle tente de se relever tandis que je roule sur le côté, un bras autour d'elle. Elle ne peut pas aller bien loin. Elle hurle, elle supplie, elle se bat. Je ne comprends rien, et c'est déchirant. J'ignore où elle s'imagine, à cet instant précis. Mais elle est paniquée. On croirait entendre une petite fille.

Je l'attire contre moi, sans me soucier de l'herbe boueuse dans laquelle nous sommes plongés. Je la ceinture, afin qu'elle ne s'échappe pas.

— Tout va bien, Olivia. N'aie pas peur. Personne ne va te faire du mal. Ce n'est qu'un mauvais rêve.

Je lui répète ces mots jusqu'à ce qu'elle cesse de lutter. Elle ferme les yeux. Nous sommes seuls, allongés au milieu d'un champ, alors qu'il fait nuit noire. Elle s'est endormie. Je la soulève avec mille précautions. Son visage apaisé est peut-être le plus beau spectacle que j'aie jamais vu. Aussi belle soit-elle en temps normal, ce que je vois en ce moment est encore plus hypnotisant : elle a l'air sereine, en confiance. Et c'est à moi qu'elle fait confiance pour ne pas lui faire du mal, pour l'aider à surmonter ses problèmes.

Je contemple ce visage et je prends conscience que je ne parlerai pas à Peter demain. Je trouverai un moyen d'affronter mes propres démons.

Pour l'heure, je ne désire qu'une seule chose au monde : m'assurer qu'Olivia affronte les siens.

24

Olivia

Tôt le matin, on frappe à ma porte. C'est Dorothy.

— Bonjour, bonjour ! lance-t-elle.

Elle est bien trop guillerette pour une heure aussi matinale. C'est à la fois agaçant et attendrissant.

— Ça y est, c'est le grand jour !

Je me redresse. Tiens, je suis encore au lit. Je souris.

— Je ne suis pas sortie courir ?

Est-ce que Will a résolu mon problème ? Les mots me manquent, ce serait un tel soulagement !

Les sourcils froncés, Dorothy traverse la pièce et attrape quelque chose dans mes cheveux. Une feuille.

— C'est quoi, ces traces sur ton T-shirt ? s'enquiert-elle. Et sur tes jambes ?

Je rêve ou elle a décidé de me tutoyer ? Mais ce n'est pas ce qui m'interpelle le plus.

Je baisse les yeux. Ma peau est couverte de taches de boue et d'herbe.

Will apparaît dans l'encadrement de la porte, nous nous tournons toutes les deux vers lui. Il jette un coup d'œil à mes genoux.

— Désolé, dit-il. Je, euh… J'ai été obligé de te plaquer au sol.

J'écarquille les yeux. Voilà qui explique les traces sur mes jambes. Dorothy quitte la pièce sans un mot.

— Tout va bien ? me demande-t-il.

— Oui. Je suis juste gênée.

Il s'assied dans le fauteuil, face à moi, les mains sur les genoux.

— Il n'y a pas de quoi.

— Non, bien sûr ! C'est tout à fait normal d'avoir besoin que ton coach te plaque au sol pour t'empêcher de perdre ta bourse. Je t'ai fait mal ?

— Non, on s'est simplement étalés par terre, tous les deux.

— Est-ce que j'ai fait ou dit… des bêtises ?

— Personne ne peut te tenir pour responsable de tes actes quand tu es dans cet état.

Ça ne répond pas vraiment à ma question.

— C'est juste que… je n'aime pas laisser cette partie de moi prendre le contrôle. Déjà que j'accumule les conneries quand je suis consciente !

— Tu n'as pas fait de conneries, insiste-t-il en se levant. D'ailleurs, tu es adorable quand tu es endormie.

— Ah oui, tu trouves ?

— Tout le monde l'est. Certaines personnes plus que d'autres, marmonne-t-il. Allez, habille-toi ! On s'en va dans dix minutes.

Au moment de partir, je remercie la mère de Will. Elle me fait un énorme câlin. Je suis tellement surprise que je reste plantée là comme une idiote.

— C'était un plaisir de t'avoir à la maison, Olivia, me dit-elle. Reviens quand tu veux.

Dans la voiture, j'avoue à Will que j'ai trouvé sa mère géniale.

— C'est la meilleure, admet-il.

— On se demande pourquoi tu es un connard pareil !

Il lève les yeux au ciel. Mais il a envie de sourire, je le sens.

— Tu es la seule à penser ça.

— Tu es sûr ?

Il s'esclaffe avant de convenir :

— Pas complètement.

Dans le bus qui nous emmène jusqu'au lieu de l'épreuve, ma sérénité s'évanouit. J'ai eu une bonne nuit de sommeil, mais je ne suis toujours pas dans mon assiette. Une fois sur place, nous découvrons que la piste est détrempée, ce qui va nous obliger à porter de longs survêtements. Je déteste ça. Les dents serrées, je plaque les mains sur mon ventre.

Ça ne va pas.

Ça ne va vraiment pas.

Peter approche pour nous parler. J'ai regretté de ne pas être coachée par lui, au début. À présent, je me demande si je n'ai pas gagné au change. Il nous donne des conseils assez banals. N'allez pas trop vite, ne faites pas trop les malignes si vous vous retrouvez en tête de course. À la fin de son discours, les personnes venues assister à la compétition nous entourent. J'en ai presque du mal à respirer. Leur excitation accentue mon mal au ventre. Nicole me présente à ses parents et me demande si les miens sont toujours en voyage. Je remarque que Will jette un œil dans notre direction lorsqu'elle pose la question.

— Oui, je crois.

— Ils en ont de la chance, dit-elle en se tournant vers ses parents. Les parents de Finn sont en voyage depuis des semaines. Vous devriez en faire autant !

Je parviens à m'éclipser et me dirige vers le champ derrière nous. Et moi qui croyais que fuir m'aiderait à me calmer... Hélas, c'est tout le contraire. J'ai dormi cette nuit, pourtant. La journée devrait super bien se passer, je devrais super bien courir. Mais non. Je le sens dans mon corps. J'ai beau avoir tous les atouts dont j'ai été privée lors des précédents événements, je vais quand même imploser. Et, quand ça arrivera, continuerai-je de croire que j'ai du potentiel ?

C'est foutu. C'est foutu, putain ! Je me le répète encore et encore.

Tout à coup, je me retourne. Will marche vers moi.

— Tu n'as pas l'air en forme, Olivia. Ça va ?

Je fais non de la tête.

— J'ai un mauvais pressentiment. Tu as eu tort de me forcer à manger. Pff, qu'est-ce qui m'a pris de t'écouter ? Je vais galérer.

— Liv, personne ne se sent au top, avant une course. Ça s'appelle les nerfs.

Je secoue à nouveau la tête. Ça va mal se passer, je le crois dur comme fer, et personne ne me fera changer d'avis.

— Écoute-moi bien.

La main posée sur mon épaule, il m'oblige à croiser son regard.

— Tu sais courir. Alors vas-y, fais ta course. Peter vous a conseillé de garder la tête froide pendant le dernier *mile*. Moi, je vais te dire autre chose. Lâche les chevaux. Sprinte. Tu en es capable. Il t'en reste toujours sous la pédale. Ce sera pareil aujourd'hui.

J'acquiesce. Une part de moi a envie de le croire.

Au coup de pistolet, j'essaie de me concentrer sur ses paroles. Mais je m'entends surtout respirer bruyamment.

Je me sens faible.

Je n'aurais pas dû manger autant.

Toute cette bouffe me pèse sur le ventre, ça m'alourdit.

Les crampons me déstabilisent. J'aurais dû m'entraîner davantage avec.

Will aurait dû nous entraîner dans ces conditions, pourquoi ne l'a-t-il pas fait ? Le premier mile *n'est jamais censé être aussi difficile.*

Ma voix commence à me faire paniquer. Mais je me force à me rappeler les conseils de Will. Il me croit capable de gagner. Si ça se trouve, il a raison.

Au même moment, le cap du premier *mile* est franchi, et nous sommes trois en tête de course, devant les autres. Nous avons démarré pied au plancher, voilà pourquoi c'était si dur ! J'ai beau me sentir mal, ça ne se voit pas quand je cours.

J'ai cette fameuse étincelle en moi, aujourd'hui. Dès l'instant où j'en prends conscience, je me détache en tête. Les autres n'existent plus.

Je fais ma course, comme Will me l'a demandé. Je lutte contre mon envie de ralentir, de me ménager.

Au dernier *mile*, je me donne à fond. Je sprinte. La ligne d'arrivée se dessine, un peu plus loin, et je me sens toujours bien. Lorsque j'aborde le virage, des bruits de cornes de brume et des cris me parviennent aux oreilles. À cet instant précis, je sais que je vais gagner. Je fonce. C'est fait !

Dans la foule, je cherche Will. Il court vers moi, il exulte. Quelque chose au fond de moi me pousse vers lui, comme un aimant. Il me rejoint en deux enjambées et s'immobilise, avant de poser la main sur mon épaule.

— Bravo, dit-il avec un grand sourire.

Je lui souris en retour. Si seulement j'arrivais à le remercier d'avoir cru en moi ! J'aimerais me jeter à son cou et le serrer contre moi, comme sa mère l'a fait avec moi.

À la place, je reste plantée là, muette, mon élan de gratitude coincé dans la gorge.

25

Will

J'avais promis à Jessica que je passerais après la compétition. Au lieu de quoi, c'est devant la ferme que je me gare, presque surpris d'y être.

— Je ne m'attendais pas à te revoir aujourd'hui ! s'exclame ma mère.

Cela m'attriste qu'elle en soit si heureuse, alors que je viens ici tous les jours. En l'espace de trois ans, elle s'est retrouvée toute seule dans cette grande maison.

— Je ne peux pas rester longtemps, m'man. Je m'arrête juste une seconde, histoire de jeter un œil aux chevaux.

Elle me connaît bien. Si je débarque ici sans prévenir, c'est que j'ai beaucoup de choses dans la tête.

— Comment s'en est sortie Olivia ? demande-t-elle.

Je ne peux m'empêcher de sourire.

— Elle a gagné.

— Ah, quelle belle nouvelle ! Je la trouve super, cette fille.

Ça ne me surprend pas. Olivia a fait ressortir la fibre maternelle chez elle. Ma mère était à deux doigts de l'installer sur une chaise haute et de la nourrir à la petite cuillère.

— Oh ! les goûts et les couleurs…

— Qu'est-ce que tu racontes, enfin ? s'insurge-t-elle en faisant claquer sa langue. Elle est charmante.

— C'est une emmerdeuse.

Ma mère me dévisage avec des yeux noirs. Pour la première fois depuis bien longtemps.

— Je n'en crois pas un mot.

Elle a entièrement raison. Pourquoi mentir ? Olivia n'est pas une emmerdeuse. Certes, elle n'en a fait qu'à sa tête, ici, que ce soit avec les chevaux, au moment de faire la vaisselle ou pendant le repas – malgré ses dénégations, elle n'a pas mangé grand-chose. Il n'empêche, c'était étonnamment… simple de l'avoir à la ferme. Ce qui n'était pas gagné, loin de là. On aurait dit qu'elle connaissait cet endroit depuis toujours. C'est peut-être ce qui la rend dangereuse, tiens. J'ai fini par baisser la garde. Logique qu'il y ait eu ce moment de trouble dans la cuisine. *Lorsque j'ai senti tout son corps collé contre le mien. Lorsqu'elle avait la bouche tendue vers moi, prête à…*

Détester Olivia est bien moins dangereux que l'autre option.

— Tu n'étais pas censé passer chez Jessica après la course ?

Je pousse un soupir. Oui, je suis attendu chez elle. Chez *ma copine*, dont j'ai complètement oublié l'existence la nuit dernière, à plusieurs reprises.

— Je vais y aller.

— Rassure-moi, il n'y a pas de problème ?

— Relax, tout va bien.

— Ça fait un petit moment que vous êtes ensemble. Ça devrait se passer mieux que bien, tu ne crois pas ?

— Où est-ce que tu veux en venir ? je demande d'une voix tendue.

— Nulle part. Je me dis juste que Jessica est plus investie dans cette histoire que toi.

— M'man, on n'est ensemble que depuis un an et on est jeunes, tous les deux. Je lui ai déjà dit que je ne me marierai pas avant un bon moment.

— Ce n'est pas parce que tu l'as dit qu'elle te croit.

Sans un mot de plus, je me rends aux écuries. Il y a beaucoup trop de choses auxquelles je n'ai aucune envie de penser, tout à coup. *Des choses qui concernent une certaine fille au sale caractère.*

Je bosse jusqu'à ce que je sois trop fatigué pour gamberger. À une époque, c'était en faisant de l'escalade que j'y parvenais. Mais ce serait égoïste de ma part de céder à cette envie, avec tout le travail à fournir ici. Le temps que j'échappe à mon inquiétude et que je me sente à nouveau d'aplomb, le soleil est en train de se coucher.

Traduction : je suis en retard. Très en retard.

Jessica a préparé le dîner. C'est froid.

Je m'excuse en disant que j'ai dû passer chez ma mère, ce qui n'est pas tout à fait vrai. Comment lui expliquer que me rendre à la ferme m'apaise ? Ce n'est pas le cas quand je viens chez elle.

— Pas de souci. Je vais réchauffer le plat.

— Tu n'avais pas à te donner tout ce mal. On aurait pu manger dehors.

— On ne peut pas manger dehors tout le temps. Laisse-moi un peu prendre soin de toi.

Je devrais la remercier, mais ce constat me stresse légèrement. Je sens quelque chose de louche dans l'attitude de Jessica, ces derniers jours. Il y a plusieurs semaines, elle m'a même proposé de s'occuper de ma lessive : j'ai refusé. Je lui ai répété que me caser ne faisait pas partie de mes plans. J'ai même laissé entendre que ce ne serait peut-être jamais le cas.

Bon sang, et si ma mère avait raison ?

26

Olivia

Quelque chose a changé. Je m'en rends compte dès le lundi, en arrivant au bord du terrain.

C'est la première victoire de l'équipe féminine depuis cinq ans. Tout le monde est en pleine effervescence, gonflé à bloc. On se donne à fond, on se découvre des ressources insoupçonnées. Hélas, à la fin de la séance, au moment où nous nous rassemblons autour de Will, ce sentiment agréable disparaît. Chez moi, en tout cas.

— Finn, si tu termines à la première place, la semaine prochaine, on va se qualifier, c'est sûr ! piaille Nicole.

Oh non… Ça y est, c'est lâché, c'est officiel. Les filles comptent toutes sur moi pour remporter la prochaine course. Et, si j'échoue, elles seront déçues. Tout repose sur mes épaules, et je n'en ai pas envie.

— On se calme, il y a une chance sur deux pour qu'elle tourne de l'œil au beau milieu de la course.

C'est Betsy. Elle a raison, difficile de le nier. Et c'est sans doute parce qu'elle a raison que sa remarque me met autant en colère. Je rétorque aussitôt :

— Si ça arrive, tu prendras le relais, hein, Bets ? Ah, mais attends... Tu n'as jamais fini dans le top 10 !

— Je n'ai aucune envie de devenir anorexique pour gagner une course à la con, rétorque-t-elle.

Ça me fait éclater de rire.

— Vu la taille de tes fesses, tu es loin d'être anorexique, c'est sûr !

— Ça suffit, vous deux, intervient Will. Olivia, j'aimerais te parler une minute. Tout de suite.

Si Betsy était plus intelligente, elle effacerait ce sourire moqueur de son visage. Car, dans trente secondes, c'est à coups de poing que je vais le faire disparaître.

Lorsque tout le monde s'est éloigné, j'explose.

— Tu m'accuses toujours ! C'est elle qui a commencé. Tu l'as entendue.

— Oui, je l'ai entendue.

— Alors pourquoi je suis seule avec toi ?

— Parce que c'est toi qui vas quitter l'équipe en cas de nouvel incident, tu te souviens ? Si c'est toi qui mènes l'équipe, il faut que tu changes d'attitude. Et ça commence par comprendre que Betsy est jalouse. Alors oublie-la.

— Je n'ai aucune envie de mener l'équipe. Qu'elles arrêtent de compter sur moi.

Il soupire.

— Je suis certain du contraire. Tu dis ça uniquement parce que tu doutes. Moi, je sais qu'elles auraient raison, si j'arrive à te faire croire en toi.

Le vendredi suivant, nous sommes de nouveau en route pour la ferme de la mère de Will.

— C'est une bonne idée, tu es sûr ? je demande tandis qu'il attrape mon sac.

— Pourquoi ça n'en serait pas une ?

— Parce que c'est une responsabilité… Ta mère n'est quand même pas super enthousiaste à l'idée de me voir.

— Monte dans la voiture. Ma mère t'adore. Elle est ravie que tu viennes aujourd'hui.

Je lui jette un regard surpris. Je sais qu'il ne ment pas. Mais j'ai du mal à le croire. Il remarque mon regard et hausse les épaules.

— C'est un mystère encore plus pour moi que pour toi.

À notre arrivée, une vieille Honda Civic est garée dans l'allée. J'interroge Will d'un coup d'œil.

— C'est Brendan. Mon frère.

Je rêve ou il n'est pas très content de le voir ?

Si j'en crois le peu que j'ai entendu, Brendan a tout l'air d'un électron libre. Enfin, bon… Tout le monde semble l'être, à côté de Will ! J'ai vu des photos de lui, c'est un beau mec avec un petit air narquois qui semble enchanter Dorothy mais agacer Will. *Et moi au passage.*

Si ça se trouve, je vais bien m'entendre avec lui.

Je n'ai pas à attendre longtemps avant de le rencontrer. Il sort de la maison en courant et se jette sur son frère aîné. Brendan est son sosie. Il a les mêmes yeux d'un bleu de glace, la même peau légèrement hâlée, la même bouche charnue, mais il demeure quelque chose d'adolescent chez lui.

Brendan se relève d'un bond et se met à courir en beuglant :

— J'ai gagné ! J'ai gagné !

Will se relève à son tour.

— Brendan, arrête de faire l'idiot et dis bonjour à Olivia.

C'est à ce moment seulement que celui-ci semble s'apercevoir de ma présence.

— Oh. Merde. Enfin, je veux dire… bonjour.

Il s'esclaffe.

— Désolé, je ne m'attendais pas à ça. Je savais que le frangin viendrait avec une étudiante, mais je ne me doutais pas que… waouh ! Désolé. Je vais la boucler, je crois.

— Bonne idée, gros débile !

Will attrape mon sac et le lance en direction de son frère, qui recule. J'interviens :

— Hé ! doucement. Et s'il y avait des trucs fragiles à l'intérieur ?

— C'est ça, lâche Will en ricanant. Comme si tu collectionnais des verres en cristal. Tout à fait ton genre.

— Moi, je te vois très bien collectionner des verres en cristal, Olivia, lance Brendan en souriant jusqu'aux oreilles.

Comme Will, il est ultra-canon. Et il en est tout aussi conscient !

— Elle serait plutôt du genre à les casser. Pose son sac dans ma chambre.

Brendan hausse un sourcil, et un sourire moqueur lui éclaire le visage. On n'a aucun mal à deviner ce qu'il pense.

— Arrête de te faire des films, ducon, grogne Will en me poussant à l'intérieur.

— Tu devrais venir avec nous, me dit Brendan, sans se soucier de la remarque de son frère. On va au Jimmy's. Tu connais ?

— On ne picole pas la veille d'une compète, répond Will d'un ton cinglant.

Ce qu'il peut être agaçant. Ce n'est pas comme si j'allais accepter !

Brendan m'observe en m'adressant un autre de ses petits sourires en coin.

— Je vais peut-être rester dîner, tiens, dit-il à sa mère.

— Je comptais préparer le repas dans un petit moment, le temps qu'Olivia puisse faire une balade à cheval, répond Dorothy.

— Cool. Je l'accompagne, alors.

Durant cette petite conversation, le visage de Will a changé. Le regard dur qu'il affiche en permanence s'est encore assombri. Et il fixe son frère d'un regard noir. Moi qui pensais être la seule à y avoir droit…

— Tu détestes faire du cheval, grogne-t-il.

— Pas toujours, lui répond Brendan.

27

Will

Je ne me rappelle pas à quand remonte la dernière fois où j'ai eu une immense envie de cogner mon frère.

Une chose est sûre, j'ai eu des raisons plus valables. Techniquement, il ne fait rien de mal. L'ennui, c'est qu'il collectionne les filles comme d'autres collectionnent les timbres. Et il adore les défis. La preuve : il regarde Olivia comme un alpiniste observe l'Everest depuis sa base.

Il ne s'est pas contenté de l'inviter à sortir avec lui. Lorsqu'elle a refusé (OK, c'est surtout moi qui ai refusé à sa place), il a préféré rester à la ferme, alors qu'il a fait trois heures de route pour voir ses amis. C'est bien la preuve qu'il pense presque toujours avec autre chose que son cerveau.

— Et si on allait marcher ? je lui souffle brusquement.

— Marcher ? Tu ne crois pas qu'on devrait rester ici et aider notre invitée à se mettre à l'aise ?

— Brendan, soupire tristement ma mère, accompagne ton frère.

Je me dirige vers les écuries sans desserrer les dents, en essayant de me calmer. Dès qu'il me rejoint, je me tourne vers lui. Plus question de jouer les diplomates.

— Laisse cette fille tranquille, Brendan.

— Pourquoi ? me lance-t-il sans se démonter. Tu te la gardes pour toi ?

— Je suis son coach, abruti !

— Justement. Si elle veut sortir avec moi, la voie est libre, non ? Et puis, c'est pas tes oignons.

— Elle n'a aucune envie de sortir avec toi.

Il hausse un sourcil.

— Tu es devin, maintenant ? Je ne l'ai pas entendue dire qu'elle n'avait pas envie de sortir avec moi.

— Fiche-lui la paix !

Avant même de comprendre ce qui m'arrive, je l'attrape par le col de son T-shirt et je l'attire vers moi. Nous nous regardons droit dans les yeux, l'air incrédule. La dernière fois que j'ai été à deux doigts de le menacer, on était gosses. Et on le sait tous les deux. Depuis toujours, je me suis interposé entre mon père et lui, pour le protéger. Pourquoi me suis-je laissé emporter de cette façon ? Pourquoi l'imaginer avec Olivia me rend fou ?

Je le lâche, avant de reculer.

— Désolé. C'est juste que… la vie n'a pas été tendre avec elle, tu comprends ? Elle a l'air forte, mais ce n'est pas le cas. Et tu sais bien comment tu fonctionnes.

— Qu'est-ce que ça veut dire ?

— Que tu te lasses des filles assez rapidement.

— Fais-moi confiance, insiste-t-il d'un ton qui me donne à nouveau envie de lui coller mon poing dans la figure. Je ne risque pas de me lasser de cette fille avant très, très longtemps.

Mon envie de le cogner est à son paroxysme. J'ai toujours protégé Brendan. Je ne compte même plus les fois où je l'ai couvert. Mais c'est terminé.

— Pose un doigt sur elle, et je dis à maman que tu as été chopé pour détention de stupéfiants, l'an dernier.

— Tu te fous de moi ou quoi ?

— Retourne à la maison, dis au revoir à maman et à Olivia, et tire-toi d'ici. Tu as intérêt à ce que je ne revoie pas ta gueule tant qu'Olivia est là.

— Sérieux ? Il se passe quoi, entre cette fille et toi ?

— Que dalle, mais on a une chance de décrocher un titre grâce à elle, ça ne nous est pas arrivé depuis dix ans. Je n'ai pas envie de tout foutre en l'air.

Brendan me regarde comme s'il ne me croyait pas. Je ne suis même pas sûr de me croire moi-même.

Une fois mon frère parti, j'ai l'impression d'être libéré d'un poids. J'ignore le regard étrange que me jette ma mère et demande à Olivia si une balade à cheval lui ferait plaisir. Pourquoi, au fait ? Je m'étais promis de rester strictement professionnel, cette fois. De dîner avec elle, rien de plus. Sauf que cette histoire avec Brendan m'a profondément agacé, alors merde. J'ai envie de faire une balade à cheval. Et, bizarrement, j'ai envie qu'elle soit là, elle aussi.

— Alors c'est lui, Brendan ? demande-t-elle, tandis que nous nous dirigeons vers les écuries. Vous vous entendez toujours aussi bien ?

— On a été proches. C'est devenu un peu plus tendu depuis la mort de mon père.

— Qu'est-ce qui a changé ?

— Pas lui, c'est certain…

Moi, ma vie s'est arrêtée à la mort de mon père. Pour lui, rien n'a changé. Il continue de sortir avec ses potes, de se défoncer, de coucher avec tout ce qui bouge, de travailler juste assez à la fac pour ne pas se faire virer. J'ai été obligé de grandir. Lui, il y a renoncé.

— Mon père nous a quittés en nous laissant des dettes énormes. La ferme se cassait la gueule, et aucun de nous n'était au courant. Du coup, on a dû renoncer à pas mal de choses. Peut-être que j'en ai marre d'avoir été le seul à tout plaquer.

J'ignore pourquoi je vide mon sac devant elle. Jessica m'a déjà posé des questions sur ce sujet, et je l'ai toujours envoyée promener.

— Vous avez pensé à vendre la ferme ?

— C'est fait, en partie. On n'a pas eu le choix. Mais c'est la seule source de revenus de ma mère, et ça fait des décennies qu'elle vit ici. Je ne peux pas la priver de ça. De toute façon, même si elle la vendait, mon salaire de guide ou de coach ne nous rapporterait pas assez pour nous faire vivre tous les deux, sans parler des frais de scolarité de Brendan. Et il faudra des années avant de rembourser le prêt contracté par mon père.

— Tu penses que ton frère aurait dû abandonner ses études pour vous aider ?

— Non. Il mérite de décrocher son diplôme, au minimum. J'ai envie qu'il termine son cursus. Mais, en ce moment, il a tout un tas de projets à la con. Il compte passer un casting pour une émission de télé-réalité en Europe. Ça l'occuperait pendant un an. Il n'a pas un seul but dans la vie. En tout cas, il ne compte pas revenir ici pour nous aider.

— Toi, tu avais un but et tu as été obligé de l'abandonner. Il devrait vous aider, non ?

Peut-être, sauf que mon père n'a jamais voulu qu'il reprenne la ferme. Il voulait que ce soit moi. C'est ce qui nous a séparés, mon frère et moi. C'est ce qui a créé cette amertume, dont je semble incapable de me défaire. Même mort, mon père continue de me pourrir l'existence.

Ce soir encore, Olivia touche à peine à son assiette. Elle déplace simplement les aliments du bout de sa fourchette. Comme si on allait croire qu'elle avait vraiment mangé !

— Tu n'as pas avalé grand-chose, déplore ma mère. Ça ne te plaît pas ?

— Si, c'est délicieux.

Pour une raison qui m'échappe, l'agressivité qui l'anime parfois disparaît quand elle est face à ma mère.

— Je suis stressée par la course de demain.

— Il n'y a pas de raison de l'être, ma puce, la rassure-t-elle. Tu n'as qu'à faire ta course. Le reste n'a pas d'importance.

— Les autres ne sont pas du même avis. Elles me regardent comme si j'allais inventer un remède contre le cancer.

— Ne t'occupe pas de ce qu'elles pensent ou de ce qu'elles veulent. Dis-leur que, si elles meurent d'envie de disputer les épreuves régionales, elles n'ont qu'à courir plus vite.

Je me décide à intervenir.

— Super, m'man ! Olivia a vraiment besoin de conseils pour se défendre. Donne-lui des cours de boxe, tant que tu y es.

Ma mère fronce les sourcils. Je vois le coin de la bouche d'Olivia se relever. Elle a envie de rire.

— Tes parents seront là ?

La question semble la déstabiliser.

— Oh ! euh… non, on n'est pas vraiment proches.

— Tu n'as pas dit qu'ils étaient en voyage ?

Je l'observe attentivement, tandis qu'elle répond :

— Si. Mais ils n'ont pas l'intention de faire un détour pour me voir.

C'est faux. Désormais, nous sommes deux à le savoir.

Le soir même, tandis qu'Olivia prend une douche, ma mère m'appelle. Elle est sous la véranda.

— Bon, c'était quoi, cette histoire avec Brendan ?

J'essaie de prendre un ton neutre – ce n'est pas évident.

— Tu as bien vu comment il la regardait, non ?

— Olivia est très jolie, Will. Ce n'est pas étonnant que les hommes la regardent de cette façon.

— Il ne se contentait pas de la regarder. Tu l'as entendu. Il était prêt à modifier ses projets pour rester ici et passer la soirée à la draguer.

Ma mère ne semble pas voir où est le problème.

— Brendan est égal à lui-même.

— Il n'a qu'à être égal à lui-même avec quelqu'un d'autre ! Olivia n'a pas à subir ça. Elle a assez de problèmes, pas la peine qu'il en devienne un de plus.

Ma mère ouvre la bouche, puis elle penche la tête en arrière, les yeux fermés.

— Il serait peut-être temps de mettre Peter au courant.

— Ce n'est pas possible, m'man. La fac serait responsable, s'il lui arrivait malheur. Ils la vireraient de l'équipe.

— J'ai l'impression que cela te fait beaucoup de choses à gérer.

— Pourquoi tu dis ça ? J'ai réussi à l'arrêter, le week-end dernier. Ce sera pareil ce soir.

Elle se lève et me fait un bisou. Puis, juste avant de rentrer, elle me lance :

— Mon chéri, nous savons tous les deux que je parle d'autre chose.

28

Olivia

Lorsque Will me réveille le lendemain matin, j'ai le sentiment qu'il évite de croiser mon regard. On dirait qu'il a peur de moi.

— Merde. Il s'est passé un truc cette nuit, hein ? Qu'est-ce que j'ai fait ?

— Rien, répond-il. Je t'ai rattrapée juste avant que tu sortes.

Pourquoi semble-t-il sur la défensive, alors ?

J'insiste :

— Et c'est tout ?

— C'est tout.

Il a beau dire, je ne le crois pas.

La seconde compétition est une copie conforme de la première, à une différence près : je n'ai plus peur pour les mêmes raisons. On ne court plus autour d'un stade mais sur un parcours, c'est plus difficile que les fois précédentes. Et je n'ai pas eu l'entraînement adéquat.

Une fois encore, Will est là. Juste avant le départ, il me donne ses recommandations. Je dois ignorer mes craintes et courir, c'est tout.

— Quand tu as cette impression, c'est comme si quelqu'un

courait à côté de toi en t'insultant pour te faire perdre le moral. Mais ça n'influera sur ta façon de courir que si tu y crois.

Je l'écoute. Je me demande bien pourquoi, d'ailleurs. Peut-être parce qu'il avait raison, la dernière fois. Ou peut-être parce que c'est plus profond que ça. S'il prétendait que je peux sauter du haut d'un gratte-ciel et m'en sortir, je serais presque prête à le croire.

Le départ est donné, et je laisse la voix de Will me faire oublier le reste. J'essaie de distancer cette personne invisible qui me répète que je vais échouer, cette personne convaincue que je suis toujours au bord de la catastrophe.

Lorsque la ligne d'arrivée approche, je m'aperçois que mes peurs sont loin derrière moi. Tout comme les autres concurrentes.

Peter est le premier à me rejoindre, il me serre fort dans ses bras.

— Tu vas remettre notre section *athlétisme* sur le devant de la scène ! s'exclame-t-il.

Will arrive juste après, l'air souriant et satisfait. Mais je devine de l'inquiétude, aussi. Je suis prête à parier que c'est à cause de cette nuit – et tant pis s'il prétend qu'il ne s'est rien passé. C'est pour ça qu'il garde ses distances.

Dans le bus, tout le monde est aux anges. Erin me propose de déjeuner avec elle. Je lui réponds que j'ai à faire. En l'occurrence, passer voir Will dans son bureau.

Il est en train de ranger ses affaires lorsque j'entre dans la pièce. Il a l'air surpris – et pas spécialement heureux – de me voir.

J'attaque bille en tête.

— Explique-moi ce qui s'est passé, cette nuit. Tu te comportes bizarrement depuis ce matin, alors dis-moi la vérité, s'il te plaît. Je t'ai frappé ou quoi ?

Ma question le fait éclater de rire.

— C'est ce qui t'inquiète ?

— En partie, oui.

— Tu ne m'as pas frappé, rassure-toi.

— Quoi, alors ?

Ses épaules s'affaissent.

— Rien d'important.

Oh non… Ça y est, je suis certaine que c'est grave.

— Dis-moi, enfin !

Il expire profondément et se passe la main dans les cheveux. S'il essaie de me déconcentrer en montrant ses biceps, c'est assez réussi.

— Tu… Tu as pleuré.

Pleuré ? N'importe quoi !

— Je ne pleure jamais, Will.

Je ne me rappelle pas quand j'ai pleuré pour la dernière fois. Si ça se trouve, ça ne m'est même jamais arrivé. Je suis *incapable* de pleurer. J'aurais voulu le faire, des dizaines de fois, mais non, ça ne marchait pas.

— Tu pleurais si fort que je ne te comprenais presque pas.

Je me laisse tomber sur la chaise derrière moi, les mains agrippées si violemment aux accoudoirs que je pourrais presque les briser net. J'ai envie de quitter la pièce et de faire comme si cette conversation n'avait jamais eu lieu. Seulement, s'il sait quelque chose sur moi, je dois le savoir aussi.

— J'ai dit quoi ?

Il hésite.

— C'était un peu comme la dernière fois. Tu répétais la même chose, encore et encore. *Je n'aurais pas dû partir.*

— Ça n'a aucun sens…

— Olivia, chaque fois que je te rattrape, tu as l'air terrifiée. Tu cours pour échapper à quelqu'un. Mais tu as l'air de t'en vouloir aussi. Je t'ai entendue dire que tes parents étaient en voyage, ces deux derniers mois. Sauf que nous n'avons qu'un seul contact te concernant : celui de ta grand-mère. Il s'est passé quelque chose ? Tu t'es enfuie de chez toi ?

Une boule me serre la gorge, j'étouffe presque. Impossible de respirer normalement. Will en sait trop. Tout m'échappe, et je ne peux rien y faire.

Je suis partagée entre l'envie de fuir et celle de me battre.

Sans surprise, j'opte pour la dernière option.

— J'ai le droit de garder certains trucs pour moi, dis-je d'un ton cinglant. C'est pour ça que je réponds qu'ils sont à l'étranger, quand on m'interroge sur eux. Va savoir pourquoi, les gens pensent qu'ils ont le droit de me bombarder de questions intimes. Et je ne me suis enfuie de nulle part, c'est compris ?

— Dans ce cas, où sont-ils ? insiste-t-il sans broncher.

— Ils m'ont abandonnée quand j'avais six ans, et je ne les ai jamais revus.

Je les déteste d'avoir fait ça. Et je me déteste aussi, pour la même raison. Si j'avais été différente, si j'avais été bien sage, comme Erin, les choses se seraient peut-être déroulées autrement.

— Tu as des frères et des sœurs ?

Ha, ça… S'il y a bien un sujet que je n'ai pas envie d'aborder, c'est celui de mon frère.

— Tu n'es pas meilleur que cette psy que j'ai consultée, laisse tomber.

— Tu ne réponds pas à ma question.

— J'avais un frère aîné. Il s'est enfui à huit ans.

— Attends… il s'est enfui… et c'est tout ? Il n'est jamais revenu ? Ils ne l'ont jamais retrouvé ?

Sur ces mots, je bondis de mon siège.

— Il faut que j'y aille.

— Olivia, attends !

Il se lève à son tour.

— Je suis désolé.

— Ce n'est pas la peine. Mes parents étaient nuls et ils m'ont rendu service, alors garde ton air triste pour un truc sérieux.

— Tu penses que ça n'a aucun rapport avec tes cauchemars ?

À cette idée, je me sens impuissante. Et ça me rend furieuse. Je tourne les talons.

— Même si c'est le cas, quelle importance ?

Je me rappelle à peine mes parents.

Mon père est une ombre aux marges de mon enfance. Une figure très secondaire, qui ressemblait plus à une menace qu'à une personne en chair et en os. Il m'avait emmenée pêcher, une fois. Mais surtout, c'était un type irascible, et je préférais l'éviter. Ça me soulageait de le savoir loin de la maison. À un moment donné, il est parti pour de bon et il a été remplacé par un autre type. Avec un caractère compliqué, lui aussi. C'était le genre que préférait ma mère, j'imagine.

Et puis, un jour, plus personne.

Je ne me rappelle pas qu'on me confiait aux voisins. Je ne me rappelle rien, vraiment. À part des flashs de mon enfance, quand j'ai changé de vie, sans raison apparente, et atterri chez ma grand-mère.

Ma grand-mère n'avait pas envie de m'avoir avec elle. Difficile de lui en tenir rigueur. Qui voudrait d'une gamine qui se réveille en hurlant au beau milieu de la nuit, avant de sortir de la maison comme une balle ?

Déjà à l'époque, elle commençait à perdre la tête. Elle ne se souvenait plus de certains mots tout simples. Elle m'appelait Alicia – c'était le prénom de ma mère. Si je la corrigeais, elle se mettait en colère. Parfois, elle fondait en larmes. C'était tellement triste…

Je préférais éviter ces scènes. Du coup, j'ai fini par arrêter de la reprendre. Sans surprise, son état s'est aggravé, et je ne pouvais m'empêcher de m'interroger. Était-ce à cause de moi – de mes cauchemars, de mes crises, de mes problèmes à l'école – qu'elle était dans cet état ? Je ne me souvenais pas de ma vie d'avant, avec mes parents. Les gens de mon entourage finissaient toujours par me quitter, d'une manière ou d'une autre. De toute évidence, ce n'était pas qu'une simple coïncidence.

Je sors du bureau de Will à toute vitesse. Mon envie d'arrondir les angles avec lui s'est évanouie. Ces questions me hantent en permanence. Aujourd'hui, il les a juste ramenées sur le devant de la scène. J'aurais aimé qu'il s'en dispense. Je regagne le campus pour dîner. Je me sens fébrile, il faut que je pense à autre chose. Landon est là. Il pose son plateau à côté du mien.

— Il y a une fête, ce soir. Tu viens ?

Oui. Je ferais n'importe quoi pour tout oublier.

Trois heures plus tard, la vie n'a plus rien d'insupportable. Avec une bonne dose d'alcool dans le sang, tout le monde se lâche. Si Landon et son pote Jason arrêtaient de me coller, la soirée serait parfaite.

Landon profite du fait que l'autre s'éloigne pour me dire :

— Arrête de lui parler.

— Pardon ? Je peux savoir pourquoi ?

Discuter avec Jason ne m'intéresse pas des masses, mais ce n'est pas cet abruti de Landon qui va me donner des ordres.

— Parce que c'est moi qui t'ai invitée.

— On n'est pas ensemble, Landon. J'ai le droit de parler avec qui je veux.

— Je vais lui casser la gueule, s'il continue de te draguer.

J'éclate de rire. Ces mecs sont tellement cons ! Ils sont prêts à se battre pour moi comme si j'avais l'intention d'en ramener un chez moi.

Le temps file à toute vitesse. Tous ces visages qui défilent me sont inconnus, mais je fraternise avec eux. Ouh là, je deviens même beaucoup trop sociable, il serait temps que j'arrête de picoler. Mais non, je continue. Ma conversation avec Will est toujours dans un coin de ma tête. C'est un poids qui m'écrase la poitrine. Je boirai jusqu'à ce que je l'aie oubliée.

Soudain, Jason surgit de nulle part.

— Viens, on danse ! me lance-t-il.

Une petite voix me met en garde. Landon risque de s'énerver. Mais une autre voix réplique aussitôt que ce n'est pas mon problème.

Jason s'empare de mon verre qu'il pose sur le comptoir. Il attrape mes deux mains et m'entraîne sur le *dancefloor.* Malgré sa taille, il danse plutôt bien. Et, malgré tous ces verres, je reste plutôt droite. On se retrouve collés-serrés au bout d'une ou deux chansons. Soit. Ce n'est pas comme si tout le monde ici – en l'occurrence, le salon de quelqu'un – faisait pareil.

Brusquement, je bascule en arrière et j'atterris au milieu des autres danseurs. Landon s'est jeté sur Jason. Je retrouve l'équilibre et je reste plantée là, surprise et vaguement amusée. Je regarde ces deux crétins se battre.

— Tu crées toujours le bordel ?

La question vient du mec derrière moi. Il est canon. Nettement plus que Landon et Jason.

Je lui adresse un sourire par-dessus mon épaule.

— Toujours.

— Viens, me dit-il, la main posée dans le creux de mon dos.

Il me conduit vers le jardin, nous prenant deux bouteilles de bière au passage.

Il s'appelle Evan et il a quelque chose de très séduisant. Il est grand et bien bâti – trop musclé pour faire de l'athlé, mais trop svelte pour être dans l'équipe de football. Un peu comme Will.

Une minute plus tard, nous sommes derrière la maison à discuter. Puis dans la chambre de quelqu'un. J'ai dû boire plus que prévu, mais ça va. Il y a un souvenir précis dont je dois me débarrasser, mais il ne s'en ira pas malgré tous mes efforts. Alors autant le remplacer. Evan m'embrasse, et je ne ressens rien. Il glisse la main sous mon T-shirt, dans mon soutien-gorge. J'attends qu'il en termine. C'est comme être assise devant un film qu'on ne trouve pas terrible. Seule satisfaction : nous sommes passés à l'étape suivante, et c'est bientôt terminé. Tout à coup, sa main glisse vers mon jean. Je saute hors du lit, paniquée.

— Désolé, bredouille-t-il, l'air étonné. Je pensais que tu étais d'accord.

— Je ne peux pas. Désolée. Je pensais que oui, mais non.

Il le prend plutôt bien. Mark Bell n'en aurait pas fait autant, dans les mêmes circonstances. D'ailleurs, il ne m'avait même pas demandé mon avis.

Et il ne s'était pas arrêté jusqu'à ce que je m'en charge.

29

Will

Je ne peux pas oublier ce qu'Olivia m'a confié, après la compétition. Comment ses parents ont-ils pu lui faire un coup pareil ? Elle n'avait que six ans ! J'en veux à mort à ces gens que je n'ai jamais rencontrés. Tout ça parce qu'ils ont provoqué les problèmes avec lesquels elle se débat en ce moment. C'est *leur* faute si elle fait ces cauchemars. C'est *leur* faute si elle met son existence en danger. C'est *leur* faute si elle est obligée de survivre en empruntant de l'argent, avec l'espoir de conserver sa bourse.

Jessica et moi dînons dehors avant de regarder la télé.

— Tu as la tête ailleurs, me dit-elle. Tout va bien ?

— Oui. La journée a été longue, c'est tout.

C'est un mensonge. En réalité, ce qui arrive à Olivia me rend furieux. Pire : je me sens étranger à moi-même, ce soir. Nous sommes allés manger dans un restaurant que j'avais choisi. Et à présent, nous regardons un film que j'avais envie de voir. Mais tout a l'air vide. C'est comme sortir de table en ayant encore faim, même si on a mangé comme quatre.

Rien à voir avec hier soir.

Je me suis pris la tête avec Olivia devant une émission de télé que je n'avais aucune envie de regarder. Et, au moment d'aller dormir, j'aurais aimé prolonger ce moment. Pour l'heure, je suis avec ma copine et j'aimerais que la nuit soit déjà terminée.

Plus tard, nous sommes au lit. Jessica sous moi. J'essaie de me concentrer sur elle. Mais, chaque fois que je ferme les yeux, je vois Olivia endormie dans mon lit, sur le ventre, le drap enroulé autour de la taille, sa chevelure étalée sur mon oreiller, le dos nu.

Je vois le moment où elle se lève. Le drap qui glisse.

Cette dernière image s'invite malgré moi, et j'atteins la jouissance avec un cri rauque et surpris.

Jessica se love contre moi. Mais c'est Olivia qui hante mon esprit, une fois de plus. Je me rappelle la nuit dernière, mon émotion, en la tenant entre mes bras. Je suis resté avec elle jusqu'à ce que ses pleurs cessent. C'était la meilleure chose à faire. Pourtant, j'ai l'impression que ça a été la pire décision de ma vie.

Parce que j'ai aimé ça.

Parce que je voulais rester là.

Résultat : je suis avec Jessica et je compte les secondes qui me séparent du moment où je partirai. Comme toujours.

Le lundi, après l'entraînement, je reçois un texto de Jeff Jordan, un assistant des coachs de l'équipe de football. Il faut qu'on parle, m'écrit-il. *Merde.* Un rendez-vous pareil n'est jamais bon signe. Il a un truc à me demander, c'est certain. Dans cette fac comme ailleurs, le football l'emporte presque toujours sur l'athlétisme, c'est la triste vérité.

Au bout du compte, c'est d'une bagarre survenue ce week-end qu'il souhaite me parler.

— Deux de nos joueurs se sont battus. L'un des deux s'est cassé la main, il manquera le reste de la saison.

— Ah oui ?

Je ne vois toujours pas en quoi ça me concerne. En quoi nos maigres ressources peuvent-elles l'aider à résoudre le problème ?

— Manifestement, c'est à cause d'une fille de ton équipe.

Avant même qu'il poursuive, je sais *exactement* de qui il s'agit.

Il m'expose les faits : Olivia aurait passé la soirée à allumer deux joueurs, puis elle les aurait regardés se battre en riant, avant de danser avec un troisième mec qui n'était pas son petit copain. C'est une version des événements. Je devrais écouter celle d'Olivia. Sauf que je n'ai aucun mal à l'imaginer en train de se marrer. Elle savait pertinemment qu'elle était en train de foutre la merde. Elle devait avoir ce petit sourire insouciant qu'elle affiche pour faire comprendre aux autres qu'on ne la contrôle pas si facilement.

La fin de l'histoire est encore plus énervante : elle s'est finalement barrée en compagnie du mec avec qui elle avait dansé. Étrangement, c'est ce détail que me fait voir rouge. Qu'est-ce qui lui a pris ? Je parie qu'elle ne le connaissait même pas !

— Résultat des courses, j'ai un joueur à l'infirmerie et la moitié de l'équipe qui prend la défense de l'un ou de l'autre. C'est vraiment la merde.

La mâchoire serrée, je lâche :

— Je suis désolé, Jeff. Je ne peux plus faire grand-chose.

— Si. Empêche cette fille de s'approcher de mon équipe, OK ? Je ne la connais pas et je me demande ce qu'elle a de si particulier. Mais j'ai besoin de mes joueurs sur le terrain, pas sur le banc de touche.

Avec une autre fille de l'équipe, ça m'aurait énervé qu'on lui donne tous les torts. Et j'aurais réagi. En conseillant à Jeff de discuter de l'incident avec les deux crétins qui se sont battus, par exemple. Au lieu de quoi, j'en veux à mort à Olivia. Et je suis quasiment sûr que ce n'est pas pour les bonnes raisons.

30

Olivia

Lundi dans l'après-midi, je suis convoquée dans le bureau de Will. Pas très bon signe, ça…

— J'ai entendu des rumeurs, commence-t-il en se calant dans le fond de son fauteuil. Il y a eu une bagarre, ce week-end. À cause d'une fille.

Allons bon…

— Ce n'est pas moi qui me suis battue pour une fille, si c'est ce que tu sous-entends. Ce n'est pas trop mon truc.

— Content que ça t'amuse, Olivia, dit-il en plissant les yeux. Car, moi, j'ai entendu que la fille en question faisait partie de l'équipe d'athlétisme et qu'elle encourageait les deux mecs. Comme si elle les allumait, quoi. Ils ont picolé encore et encore. Elle aussi. Et tout d'un coup elle trouve très drôle que ces deux-là aient envie de se battre. La bagarre éclate bien, et elle se tire avec un troisième larron. Quand on m'a raconté ça, je me suis tout de suite dit : *Pourvu que ce ne soit pas Olivia*. Tout de suite, je t'assure.

— Tu as immédiatement pensé que c'était moi ? Sympa…

— C'était toi, Olivia.

— Oui, effectivement. Et alors ? Ils ne sont pas de l'équipe d'athlétisme.

— On fait tous partie d'une grande équipe ! Tu ne l'as toujours pas compris, ça ? On bosse pour la fac, alors quand tu déconnes ça a des répercussions partout. J'ai les entraîneurs de football sur le dos, parce que l'un de leurs gars va passer le reste de la saison sur le banc, avec une main cassée.

Je me recroqueville sur mon siège et marmonne :

— Je ne leur ai jamais demandé de se battre. Et, si tu veux mon avis, c'est même assez misogyne de ta part. Deux adultes décident de se casser la figure pour une fille qui n'est intéressée ni par l'un ni par l'autre, et c'est elle qu'on accuse ?

— Je ne t'accuse pas, mais tu n'as rien fait pour arranger les choses, pas vrai ?

D'un ton faussement coupable, je m'exclame :

— Waouh, c'est vrai, honte sur moi ! J'avais trop bu, sûrement.

— J'allais y venir, justement. Tu ne pèses pas lourd et tu trouves malin de picoler en compagnie d'une bande de mecs bourrés de testostérone qui font deux fois ton poids ?

— Je sais me défendre toute seule.

— Ah oui ? La dernière fois que tu t'es défendue toute seule, dans ton ancienne fac, ça s'est passé comment ?

Tout mon corps se raidit, comme s'il allait exploser. Je me déteste, je déteste les décisions aussi stupides et injustifiables qu'il m'arrive de prendre. Et je déteste encore plus Will de me poser le nez dessus.

— Tu m'as fait ton petit discours. C'est bon, c'est fini ?

— Olivia, tu vas m'obéir. Je n'aimerais pas apprendre qu'on t'a virée à cause d'une nouvelle connerie.

Je me lève et sors de la pièce sans un mot. Je ne pourrai jamais promettre une chose pareille. Exactement comme avec mes cauchemars.

Pendant le reste de la semaine, Will se montre impitoyable avec moi. Il multiplie les critiques acerbes et ne m'adresse pas un sourire. Il aimerait que je disparaisse ou quoi ?

Cette histoire n'a aucun sens. OK, voir ces deux débiles péter les plombs m'a peut-être amusée. Ça ne fait pas de moi un monstre, quand même ? Comment étais-je censée savoir que l'un des deux se péterait la main ?

Le vendredi matin, alors que je suis en train de prendre mon petit déjeuner, quelqu'un pose un plateau à côté du mien. Un court instant, j'ai peur. Et si c'était Landon ou Jason ? Non. Pire. C'est Evan. Oh ! il n'a pas mal pris ce qui s'est passé, cette nuit-là. N'empêche, c'est la honte. La manière dont j'ai flippé me met mal à l'aise.

— Je te cherchais, me dit-il.

— Pourquoi ?

Il sourit, sans se laisser démonter par mon accueil peu avenant. Il est vraiment canon. Moi qui croyais que l'excès de bière avait altéré mon jugement… J'avais tort. Ses cheveux noirs sont coupés très court, presque à la militaire, ce qui souligne les contours de son visage – sa mâchoire carrée, sa jolie bouche, ses yeux pétillants.

— Tu es nettement plus sympa après quatre ou cinq bières.

— Ça vaut pour tout le monde, je réplique en plongeant le nez dans mon portable. Tu veux quoi ?

— Qu'on sorte ensemble un soir.

— On a déjà essayé, tu te rappelles ?

— Non. Cette fois-là, on s'était dragués.

Brusquement, je relève la tête pour dire :

— Écoute, tu as l'air d'un mec gentil. Mais je te vois venir. Tu espères qu'en me payant le dîner je coucherai avec toi, c'est ça ?

— Non, absolument pas !

Il a l'air légèrement blessé, je dois reconnaître.

— Si on sort ensemble un soir, je n'essaierai même pas de t'embrasser à la fin.

— Ça t'avancerait à quoi ?

— Finn, tu es la plus jolie fille du campus. De toute la région, même, je parie. Et tu es assez marrante quand tu ne m'envoies pas bouler. Voilà, tu as ta réponse.

— Je n'aime pas ce genre de rendez-vous.

— Pourquoi ?

— Ce n'est pas mon truc, point.

— Tu n'aimes pas manger ? insiste-t-il. Tu n'aimes pas aller au cinéma ? Au concert ?

Je hausse les épaules.

— Si, sûrement.

— Attends, tu es en train de me dire que tu t'amuserais davantage toute seule qu'avec moi ? Demain soir, par exemple... tu préférerais manger un bol de nouilles chinoises devant *L'Île de la tentation*, plutôt que d'aller au restau avec moi ?

— Je ne regarde pas ces conneries.

Ma réponse le fait marrer.

— Tu esquives ma question.

— Il faut que je réfléchisse, dis-je avec un petit sourire.

Sur ces mots, il attaque son petit déjeuner.

— Pendant que tu réfléchis, je mange.

— Hé, du calme, je ne comptais pas y réfléchir là, maintenant. Je ne vais pas me décider dans la seconde.

— Pas grave. En attendant, faisons comme si j'étais ton pote. Ton pote super canon, avec qui tu rêves secrètement de sortir.

Sa blague m'arrache un petit rire. Je ne compte pas sortir avec lui. *Pas question.* Mais j'aurais du mal à prétendre que c'est une perspective horrible.

31

Will

J'ai dépassé les bornes. Me mettre en colère de cette façon…

C'était une connerie monumentale.

Je le sais d'autant mieux que je me suis posé la question. Si Betsy, Hannah ou n'importe quelle autre fille de l'équipe avait forcé sur l'alcool et déclenché une bagarre, j'aurais réagi différemment. J'aurais renvoyé la faute sur les véritables responsables. En l'occurrence, les deux crétins qui se sont battus. Sauf que ce n'était ni Betsy ni Hannah. C'était Olivia. Elle est la seule à provoquer ce genre de réaction chez moi. Ce qui me met le plus en colère dans cette histoire, c'est bien le fait qu'elle soit partie avec quelqu'un.

Il faut que je prenne mes distances. Et c'est ce que j'essaie de faire depuis ces derniers jours. J'évite de lui parler, sauf si je n'ai pas le choix. Je ne la regarde pas. Je manque peut-être à mes obligations d'entraîneur, car je la néglige. Mais je ne lui rendrais vraiment pas service si je m'investissais de la mauvaise façon.

Cependant, dès le début de la semaine suivante, elle fait en sorte d'attirer mon attention.

Le mardi après-midi, je sens qu'elle est ailleurs. Elle enchaîne quatre 800 mètres, mais il y a quelque chose de distant chez elle, d'éteint. Elle était fatiguée à la séance de ce matin. Elle a son regard des mauvais jours, lorsque son corps a du mal à suivre la cadence. Elle a la mine de quelqu'un qui préférerait mourir sur place que d'arrêter.

À la fin du cinquième 800 mètres, je ne peux plus la regarder sans réagir. Je l'appelle. Elle se tourne vers moi. La panique que je lis en elle quand nos regards se croisent m'inquiète. Aussitôt, elle pâlit. Elle va tomber dans les pommes, c'est sûr. Je fonce vers elle avant qu'elle s'écroule.

Trop tard, elle s'effondre. J'avais vraiment flippé, la dernière fois. Mais là, c'est différent. Une peur terrible s'empare de moi. Des dizaines de scénarios défilent dans ma tête. Toute l'équipe se masse autour d'elle. C'est bon, elle a rouvert les yeux.

— Olivia, tu sais où tu es ?

— Oui, grogne-t-elle.

— Comment s'appelle le président des États-Unis ?

— Justin Bieber, répond-elle avant de refermer les yeux. Je vais bien. Aidez-moi à me relever.

Je laisse Betsy gérer le groupe et emmène Olivia dans mon bureau pour nettoyer ses plaies.

— Sale semaine, hein ? je lui lance en posant un bandage sur son genou.

— Sans déconner ?

— En fait, je me demande surtout *pourquoi* tu passes une sale semaine. C'est la compétition qui te stresse ?

Elle pousse un profond soupir, les yeux tournés vers la fenêtre, par-dessus mon épaule.

— Tout le monde s'attend à ce que je termine à la première place.

J'aimerais lui assurer qu'elle se trompe, mais c'est la vérité. Ses exploits ne sont plus une surprise. On s'y attend et, malgré son caractère difficile, je sais qu'elle n'aime pas décevoir.

— Mouais… Ce qui t'inquiète, c'est que tu ne dormiras pas chez ma mère. Pas vrai ?

Le lieu de la prochaine épreuve est trop loin du campus pour qu'on puisse faire l'aller-retour dans la journée. Traduction : nous passerons la nuit dans un hôtel. Ce sera nettement moins rassurant que chez ma mère.

— Un peu, fait-elle avec un nouveau soupir.

Un peu ? Carrément, même. Tout son corps paraît tendu, comme si elle faisait l'impossible pour ne pas avouer la vérité.

— La plupart du temps, comment ça se passe, quand tu es à l'hôtel ? Ça t'est sûrement arrivé.

— J'essaie de ne pas m'endormir.

Pas étonnant qu'elle ait eu des performances en dents de scie pendant tout son cursus universitaire !

— Même quand la lumière est éteinte et qu'il y a quelqu'un qui dort dans le lit à côté du tien ?

Ses joues se colorent de rouge. Tiens, je n'aurais jamais cru qu'elle puisse se sentir mal à l'aise.

— En règle générale, j'explique que je dois m'éclipser.

— Pour faire quoi ?

Pas la peine d'être aussi agressif avec elle, merde…

— Pour distribuer à manger aux sans-abris, rétorque-t-elle. Mais non, je les laisse croire que je vais retrouver un mec de l'équipe, qu'est-ce que tu crois ?

— Et c'est le cas ?

— Ça changerait quoi ? Tu penses que je risque moins de m'enfuir en courant de la chambre d'un mec que de la mienne ?

Au même moment, la tension qui flottait dans la pièce se dissipe, juste un peu.

— Tu fais quoi, alors ?

— Je sors et je marche pour rester éveillée. Si je trouve un endroit ouvert toute la nuit, j'y traîne. Et, quand je sens que je m'endors, je recommence à marcher.

— Olivia, ce n'est pas très malin de passer une nuit blanche en marchant des heures avant une course.

— Je sais, je sais. Mais c'est mieux que de me faire ramener par les flics ou de louper la compétition parce que je me suis perdue. Sans compter toutes les fois où mes coéquipières m'ont vue sortir de la chambre en hurlant, au beau milieu de la nuit !

— Évite de faire ça ce week-end.

— Alors, c'est quoi, ton plan génial, Will ? explose-t-elle. M'attacher au lit ? Je te préviens, j'adore ça.

Fort heureusement, je suis assis derrière mon bureau. Car une partie de moi réagit violemment à cette dernière phrase. J'en oublierais presque que je suis son coach et que j'ai intérêt à garder mes distances.

— Non.

Les yeux clos, j'essaie de chasser cette image de mon esprit.

— J'ai une meilleure idée. Tu partageras ta chambre avec ma mère.

32

Olivia

Au début, je refuse. Dorothy pourrait être victime de mes coups de folie, et ça me terrorise. Finalement, Will finit par me convaincre. Il me promet qu'il sera dans la chambre d'à côté, et que sa mère ne tentera pas de m'arrêter. Je suis touchée par tout ce qu'ils font pour moi, vraiment. Il n'empêche : ça me gêne. Le reste de l'équipe va penser que je partage ma chambre avec Dorothy à cause de ma mauvaise réputation.

— C'est n'importe quoi ! s'exclame Erin. Tu as déclenché une bagarre. De là à t'imposer un chaperon…

— Aucune importance. On n'aurait pas passé la nuit à nous faire des tresses et à parler des garçons.

— Dommage, je comptais justement te faire des tresses, répond-elle avec un grand sourire. Et je parle toujours des garçons !

J'esquisse un petit sourire à mon tour.

— Dans ce cas, il vaut peut-être mieux que je partage ma chambre avec Mrs Langstrom.

Dans le bus, cet abruti de Brofton s'assied à côté de moi. Il vire Reed Loughlin qui venait de me demander si le siège était libre.

Tant mieux. Je n'ai aucun mal à remettre un connard comme Brofton à sa place. Ce qui m'inquiète, c'est que Reed a peut-être un faible pour moi. Et ça, c'est plus compliqué à gérer.

— À ce qu'il paraît, tu seras avec la mère de Will ? dit-il en ricanant. Il faudra vraiment qu'on soit discrets quand je passerai te voir.

— Oh ! si tu venais dans ma chambre, je serais très discrète, c'est sûr. Je m'endormirais même tout de suite, si ça se trouve.

— Tu ne perds rien pour attendre, Finn. Ce sera encore plus kiffant quand tu crieras mon prénom.

— Si j'ai une loupe pour mieux voir, peut-être, je rétorque.

Reed et Erin s'esclaffent, mais je vois les épaules de Will se raidir. Il écoute, et ce qu'il entend ne lui plaît pas. Rien à foutre. Je ne suis pas bonne sœur. Je n'ai pas fait vœu de chasteté en intégrant cette équipe.

Heureusement pour lui, Reed s'occupe de changer de sujet.

— Tes parents seront là, Finn ?

Betsy intervient avant que je puisse répondre.

— Les parents de Finn ne viennent jamais. Ils doivent l'aimer autant que nous.

Je réplique d'un ton cinglant :

— Ça m'étonne que tes parents s'intéressent à ce que tu fais. Vu que tu n'as jamais gagné une seule course.

— Ça suffit !

Will a coupé court à la discussion sans même tourner la tête. De quoi il se mêle ? Ce n'est pas notre père, merde ! Je me console avec le regard noir que Betsy me lance. Je réponds par un grand sourire, avant de lui adresser un beau doigt d'honneur. Là-dessus, je lui tourne le dos.

À notre arrivée, Erin est attendue de pied ferme par ses parents. Ils ont les yeux qui brillent et une banane incroyable. Je suis jalouse, oui. Quelque part au fond de moi, je ressens toujours le bonheur des autres comme une insulte. Cela étant, je ne souhaite pas à Erin de se retrouver seule. Elle est trop gentille, trop douce. Si l'une de nous deux doit manquer de chance dans la vie, autant que ce soit moi.

Ses parents me proposent de dîner avec eux. J'accepte. Je ne mangerai pas avec Dorothy et Will. Pourquoi aurais-je envie de partager un repas avec mon connard d'entraîneur et sa mère ? Je me douche, je me sèche les cheveux, je me maquille, puis j'enfile un jean et ma veste bleue favorite.

— Tu es splendide ! s'extasie Dorothy. Où vas-tu, habillée comme ça ?

Au même instant, Will frappe à la porte. Il semble pâlir en me voyant, comme s'il ne s'attendait pas à me trouver ici.

— Prêtes pour le dîner ? lance-t-il.

— Erin m'a invitée à manger avec ses parents.

La bouche de Will n'est plus qu'une ligne dure.

— Hors de question.

— Pardon ?

— Je ne te fais pas assez confiance pour te laisser dîner avec Erin.

— Tu plaisantes ? Qu'est-ce qui pourrait m'arriver entre ici et la chambre d'Erin ?

— Plein de choses. Mais ce n'est pas ça qui m'inquiète. Tu risques surtout de ne rien manger.

— Je n'ai pas besoin d'une baby-sitter !

— J'ai dû te forcer à manger, pas plus tard que la semaine dernière. Qu'est-ce qui m'oblige à te croire ?

— Si je te dis que je vais manger, je le ferai.

Il retient un soupir agacé, puis enchaîne :

— Très bien. Alors, de deux choses l'une. Soit tu expliques à Erin que je t'ai interdit de sortir, soit tu notes par écrit tout ce que tu auras avalé pendant le dîner, et les parents d'Erin viendront personnellement m'assurer que c'est la vérité.

— Will…, souffle doucement sa mère.

— Ah non, m'man ! la coupe-t-il aussitôt. Ne prends pas sa défense. Je l'ai encore vue tomber dans les pommes, ça suffit. Je ne veux pas que ça recommence demain.

Il sort en claquant la porte, et je me retourne vers Dorothy, bouche bée. Je m'attends à ce qu'elle fasse la même tête. Mais l'ombre d'un sourire flotte sur son visage. Le genre de sourire qu'on a face à un chiot ou un bébé.

— Vous êtes d'accord avec lui ? Il déraille complètement, et vous lui donnez raison ?

— Non, mais il tient à toi. Et cela fait longtemps que je ne l'ai pas vu aussi attaché à quelqu'un.

Mon estomac se noue lorsque j'entends ça. Je me sens à la fois écœurée et euphorique. Mais je préfère me raccrocher à ma colère. Nourrir un tant soit peu d'espoir me conduit toujours dans une impasse.

33

Will

Je me demande pourquoi j'ai fait ça. Je pensais qu'elle mangerait forcément avec nous, voilà. Et je l'ai vue habillée de pied en cap, prête à sortir. J'en ai aussitôt été… quoi ? En colère ? Déçu ?

Peu importe, c'était tout à fait irrationnel, il y avait d'autres façons de procéder. J'aurais pu insister pour qu'elle prenne un petit déjeuner digne de ce nom le lendemain matin, par exemple. À la place, j'ai joué les petits chefs insupportables. Et voilà où nous en sommes : autour de la table d'un restaurant. Peter et ma mère discutent entre eux, tandis qu'Olivia et moi échangeons des regards noirs, sans un mot.

À la fin du repas, je l'arrête avant qu'elle regagne sa chambre.

— Désolé.

— Désolé de quoi ? demande-t-elle.

— Pour ce soir. J'ai dépassé les bornes.

Elle bat des paupières, toute surprise. Puis elle se détourne. La voir si mal à l'aise n'a rien de surprenant. Lorsqu'elle se sent menacée ou injustement traitée, personne n'est plus solide qu'elle. En revanche, montrez-vous un tant soit peu gentil avec elle, et elle vous regardera comme si vous veniez d'une autre planète.

Il est encore assez tôt, mais ma mère vit à l'heure de la ferme

– elle ne veille jamais le soir et se lève avant l'aube. Elle voudrait aller dormir, seulement, Olivia est trop nerveuse pour se coucher tout de suite.

J'ouvre donc la porte de communication entre nos deux chambres. Ma mère n'est pas là. Sans doute est-elle dans la salle de bains.

— Puisque ma mère souhaite aller au lit, tu peux regarder la télé ici, si tu veux.

— Pas la peine de m'accorder un traitement de faveur, répond-elle d'un air agacé. À t'entendre, on dirait que je suis un petit chaton qu'on t'a confié.

— Mais non, Olivia, c'est juste que…

Je m'interromps et me pince l'arête du nez.

— … Je n'aime pas enfreindre les règles.

— Il y a une règle qui interdit de regarder la télé ?

— Dans ma chambre, oui !

Elle me suit et s'allonge sur le grand lit double à côté du mien. Nous regardons la fin d'un film. Impossible de me concentrer sur l'histoire. Ça explose dans tous les sens, et j'adore, d'habitude. Mais là, chaque fois qu'Olivia remue, toute mon attention est attirée par elle et rien d'autre.

Elle porte un T-shirt et un short. Et ses jambes interminables sont au bord de mon champ de vision. Au moindre de ses mouvements, son T-shirt se relève en révélant un peu de sa peau bronzée, et je dois étouffer un grognement.

C'était si facile au lycée et à la fac ! Si une fille m'intéressait, j'arrivais presque toujours à mes fins. À présent, l'univers en profite pour se venger, c'est sûr. Je n'ai jamais éprouvé autant de désir. Sauf que je n'ai absolument pas le droit de l'assouvir.

Après le film, la chaîne diffuse un jeu qu'on suit également.

On répond à toutes les questions avant le candidat. Il repart avec une somme dingue.

— On aurait carrément pu le battre ! dit-elle en bâillant.

Elle tourne la tête sur l'oreiller pour me regarder. Son T-shirt se relève à nouveau, et je dois faire un effort surhumain pour ne pas laisser mes yeux dériver.

— Tu devrais peut-être participer à des jeux télé, si tu ne fais pas carrière dans le sport.

— Pourquoi pas ? répond-elle avec un grand sourire.

— Tu ferais quoi, avec tout cet argent ?

— Je claquerais tout pour me payer des mecs et du shit.

— Non, sérieusement, tu ferais quoi ? Tu resterais à la fac ? Tu continuerais l'athlétisme ?

Elle reste silencieuse un long moment. Je commence à croire qu'elle ne répondra jamais. Et puis, elle finit par avouer :

— Je retrouverais mon frère.

Ces mots me prennent aux tripes. Je n'ai pas envie qu'on parle de ça. Je n'ai pas envie qu'elle me montre encore cette part d'ombre. J'en sais déjà bien trop.

— Tu pourrais sûrement le retrouver grâce à une recherche Internet, non ?

Elle secoue la tête, à peine, comme pour elle-même.

— Il aurait pu me retrouver, s'il l'avait voulu.

— Alors pourquoi aurais-tu besoin de tant d'argent ?

— J'aimerais avoir l'assurance qu'il ne manque de rien.

Le regard qui accompagne sa réponse me fend le cœur.

— Tu penses qu'il est toujours en vie ?

Elle détourne les yeux et déclare d'une voix dure, sans trembler :

— C'était un sacré malin. Et il courait vite. Il pouvait battre n'importe qui. C'est ce qui lui a permis de fuir.

— Fuir quoi ?

— Tout ce qui essayait de l'arrêter.

— Ce qui te donne tous ces cauchemars, par exemple ?

— Il s'en est sorti, je te dis.

Sur ce, elle bondit hors du lit et quitte la pièce.

Après son départ, j'ai du mal à trouver le sommeil. Le regard qu'elle affichait et sa certitude que son frère allait bien me hantent. On sent qu'elle se raccroche de toutes ses forces à cette idée, de façon peut-être puérile. À mon humble avis, si elle n'a jamais tenté de le retrouver, ce n'est pas parce qu'il a définitivement coupé les ponts avec elle.

Les heures défilent, et je suis toujours éveillé, avec cette idée qui me trotte dans la tête. J'ai eu mon lot de coups durs. Comme tout un chacun. Mais ce n'est rien, comparé à ce qu'elle a subi. J'aimerais y remédier. J'aimerais réparer tous les torts qu'on lui a faits. La sortir de ce quartier atroce, mettre un terme à ses cauchemars et la protéger de tous les sales trucs qui l'attendent au tournant.

Je me faufile dans la chambre qu'elle partage avec ma mère et m'assied au bureau sans un bruit. Elle a l'air si vulnérable quand elle dort, avec ses longs cils qui lui frôlent les joues, la bouche légèrement entrouverte.

— Qu'est-ce que tu fais debout à cette heure ? me demande ma mère.

— Le stress.

— Olivia est super. Et elle est la seule à ne pas s'en rendre compte.

C'est vrai. Elle ne semble voir que ses défauts. Elle croit qu'elle ne mérite rien. Pourtant, quelque chose me donne envie de tout lui offrir.

— J'aimerais l'aider à aller mieux.

— Tu fais ton possible, mon chéri. Mais, pour le moment, va dormir, tu en as bien besoin.

— Non, j'ai trop peur de ne pas la rattraper à temps, si je suis dans l'autre pièce…

Ma mère hésite, puis descend du lit.

— Installe-toi ici, je n'ai qu'à dormir dans ta chambre.

— Mouais… Je suis déjà en train d'enfreindre les règles, je ne voudrais pas…

— Tu veux le meilleur pour elle, m'interrompt-elle. Je ne te le proposerais pas, si c'était une mauvaise idée.

Juste au moment où je ferme les yeux, Olivia se met à parler. Des mots incompréhensibles, on croirait entendre une petite fille. Subitement, elle repousse les couvertures. Je bondis hors du lit pour me placer à côté d'elle, un bras autour d'elle. J'essaie de la rassurer. Je lui souffle que tout va bien, encore et encore.

— Pas de panique, ce n'est qu'un mauvais rêve.

Soudain, elle cesse de lutter. Miracle. Elle tressaille, comme traversée par une décharge électrique, puis se love contre moi, la tête posée contre mon torse. Les mains agrippées à mon T-shirt, elle se met à pleurer dans son sommeil.

Je la garde contre moi jusqu'à ce que ses pleurs cessent. Au même moment, il se passe quelque chose. Un autre miracle ? Non, une vraie surprise.

Je m'endors à mon tour.

34

Olivia

Oh merde.

Merde, merde, merde.

Will est debout face à moi, torse nu.

J'en suis bouche bée. Une vraie cruche. Je me doutais bien qu'il devait être ultra-sexy, torse nu, mais la réalité dépasse mes suppositions. Bon, j'avoue qu'il m'arrive de m'imaginer en train de faire des choses avec lui. Des choses pas spécialement racontables, la plupart du temps. La grosse différence, c'est qu'il n'y a jamais de réveil qui sonne en guise de bande-son. Et il n'a ni un oreiller plaqué sur le ventre ni un air paniqué, comme en ce moment.

— Qu'est-ce que tu fous dans ma chambre ? je lance.

Son visage s'assombrit.

— Je te réveille. Bonjour quand même.

Je me retourne et pose l'oreiller sur ma tête.

— Je t'ai déjà vu en short, banane. Pourquoi tant de pudeur, brusquement ?

Il pousse un grognement guttural et se dirige vers sa chambre.

Dorothy apparaît à son tour et lui demande au passage :

— Elle a couru ?

— Elle n'a pas quitté le lit, répond-il en s'engouffrant dans la pièce.

L'oreiller toujours plaqué sur lui.

Pourquoi a-t-il pris ce ton ? Bizarre… Enfin, l'important, c'est que je ne suis pas sortie en pleine nuit. Avant une course qui me rendait malade.

— Attendez…, je demande soudain à Dorothy. Pourquoi sortez-vous de la chambre de Will ? Vous avez dormi là ?

Elle se fige, puis répond :

— Il s'inquiétait pour toi. Du coup, il a pris mon lit, et j'ai pris le sien.

D'un coin reculé de mon esprit me revient la sensation des bras de Will autour de moi. La sensation de m'être lovée contre un torse chaud, au cœur de la nuit.

Était-ce un rêve ? Peut-être. *Ou pas.*

Lorsque nous arrivons au stade, Will est à mes côtés. Tandis que nous traversons une grande pelouse, il tâche de me motiver, en me conseillant de ne pas déconner, surtout. Il tient à passer ce temps-là avec moi, alors qu'il a mille choses à faire. Un jeune coach qui marche à côté d'une étudiante… Voilà qui risque d'éveiller les soupçons. Il s'en fiche, apparemment.

Ce n'est pas très malin, cependant. Il a pris de gros risques pour moi. Qu'est-ce que je lui ai offert, en retour ? D'autres soucis.

Alors, aujourd'hui, j'ai envie de lui offrir la seule chose dont je suis capable. Une victoire.

Au top départ, je m'élance beaucoup trop vite. Le poids qui m'écrase la poitrine ne tarde pas à se rappeler à mon bon souvenir, mais je continue. Je vais gagner pour lui. Quitte à y laisser ma peau. Dans ma tête, une petite voix me dit que je vais imploser, si je continue à ce rythme. Que je n'y arriverai jamais.

Mais je la fais taire.

Je franchis la ligne d'arrivée à fond la caisse. Emportée par mon élan, j'ai du mal à ralentir. Cette fois, c'est Will – et pas Peter – qui me rattrape au vol. Il me retient par les épaules pour m'éviter de m'effondrer.

— Encore un record battu, Liv, me chuchote-t-il, tandis que Peter nous rejoint.

Je suis heureuse. Parce que je lui ai rendu le sourire.

Une équipe décroche la première place grâce aux temps cumulés de ses coureuses. Quant à nous, c'est la deuxième place qui nous échoit. Ce n'était pas arrivé depuis dix ans. Tout le monde saute de joie. Brofton me hisse sur son épaule et me fait tourbillonner. J'éclate de rire. Je ne le menace même pas de lui casser la figure, c'est dire ! Il me repose au moment de grimper dans le bus. Ma tête tourne tellement que je m'écroule sur Erin.

— Fais gaffe, dit-elle à Brofton. C'est notre billet pour les épreuves régionales. À partir de maintenant, traite-la comme une petite fleur fragile.

Je me marre.

— Une petite fleur fragile. C'est tout moi, tiens !

Betsy s'avance. Pourquoi est-ce qu'elle tire la tronche, alors qu'on a obtenu un beau classement ?

— Si l'une d'entre nous n'avait pas fini seizième, lâche-t-elle à l'intention d'Erin, on aurait peut-être gagné.

La tristesse qui se peint sur le visage d'Erin me révolte.

— On aurait aussi gagné si tu t'étais bougée, je rétorque.

La suite se déroule si vite que j'en garde à peine le souvenir.

Je me revois en train de répondre. La seconde d'après, Betsy me pousse de toutes ses forces. Mon visage cogne contre la carrosserie du bus. Pendant quelques secondes, la douleur m'aveugle. Betsy est à mes pieds, recroquevillée par terre. Du sang coule de ses narines, et les bras de quelqu'un me retiennent, à la façon d'une camisole de force.

— Liv, arrête !

C'est Will. Soudain, je prends conscience de ce que j'ai fait.

J'ai zappé ce qui s'est passé entre le moment où je me tenais près de la porte du bus et maintenant. Mais j'ai déconné, clairement. Will m'éloigne de Betsy. Tandis qu'elle se relève, Peter et toutes mes coéquipières m'observent, sidérés.

Will n'en croit pas ses yeux, lui non plus.

— Qu'est-ce qui s'est passé, putain ? Tu as gagné, et on a fini deuxièmes. Pourquoi vous vous battez ?

— Elle s'est jetée sur moi ! piaille Betsy. Elle est complètement folle, cette meuf !

— C'était de la légitime défense, intervient Brofton. J'ai tout vu. Betsy a fracassé la tête de Finn contre le bus.

Erin prend aussitôt le relais.

— Finn voulait me défendre. Mais ce n'était pas nécessaire. Tout le monde sait que tu es juste jalouse, Betsy.

Je vois la peur sur leurs visages. On m'avait laissé une chance, et j'ai tout foutu en l'air. Hannah, Nicole, Erin – elles me regardent toutes avec un mélange de détresse et de résignation. Elles aimeraient sauver la situation. Trop tard, hélas.

— Tu nous avais promis qu'elle ne ferait de mal à personne, pleurniche Betsy en se tamponnant le nez avec son T-shirt.

— Tout le monde dans le bus ! ordonne Will. On discutera de cette histoire en rentrant.

Le trajet jusqu'à la fac se déroule dans un silence insoutenable.

Betsy affiche un sourire narquois que je me serais fait une joie d'effacer de son visage si nous avions été seules toutes les deux. Erin a l'air perdue et préoccupée. Je vais perdre ma bourse. Ce n'est pas comme si je n'avais pas de plan B. J'en ai un, même s'il n'est pas terrible. Je peux vendre deux, trois trucs pour m'acheter un ticket de bus jusqu'à Seattle. Une fois là-bas, je deviendrai coach. L'idée m'avait effleuré l'esprit il y a longtemps.

Au moment où nous arrivons au campus, je suis effondrée et stressée comme jamais. Quant à Betsy, elle rayonne et ne tente même pas de le cacher. Nous suivons Will jusqu'à son bureau. Il commence par elle. Elle ressort une minute plus tard, l'air calmé, ce qui ne l'empêche pas de me jeter un regard triomphant. Peu importe la sanction qu'on lui a infligée, elle sait que la mienne sera pire.

J'entre. Will se tient la tête entre les mains. Il a l'air aussi abattu que moi. Pour l'une des premières fois de ma vie, je me sens coupable.

— Tu es une fille intelligente, Olivia. Tu n'as pas vu clair dans son manège ?

— Son manège ?

— Elle essaie de te foutre dehors. Elle crève de jalousie depuis ton arrivée. Tu lui as volé sa place au sein de l'équipe. C'était elle, la star. Mais, depuis qu'elle finit loin derrière toi, elle est furieuse. Sois plus maligne qu'elle.

— Attends. Ça veut dire que je ne suis pas virée ?

— Non, répond-il en poussant un profond soupir. Je ne te vire pas de l'équipe.

— Pourquoi ?

C'est un vrai cri du cœur.

— Tu m'avais pourtant défendu de recommencer…

— Qu'est-ce qui te prend de me poser cette question ? Tu tiens à ce que je te mette dehors ?

— Non, évidemment que non. C'est juste que… je ne comprends pas.

— Quoi qu'il en soit, pas question que ça se reproduise. Ne la laisse plus te tendre ce genre de piège.

Je corrige aussitôt :

— Elle n'essayait pas me tendre un piège, elle se comportait de façon dégueulasse avec Erin.

— Oui, parce qu'elle savait que tu réagirais. Je peux assurer qu'il s'agit de légitime défense, mais la position sera dure à tenir. La prochaine fois que ça arrive, même si elle te frappe, retiens-toi.

J'expire profondément.

— Ce sera difficile de te le promettre.

— Pourquoi pas ? Je ne vais pas te donner une dernière chance éternellement !

— Parce que j'ai des absences, je réponds, à contrecœur. Oui, je suis encore plus perchée que tu ne le crois.

— Comment ça ?

— Je ne sais pas ce que j'ai fait, tout à l'heure. Je n'ai aucun souvenir entre le moment où elle m'a poussée et celui où tu m'as éloignée d'elle. Aucun, je t'assure. Je ne sais même pas comment je l'ai balancée par terre. Je l'ai vue saigner, mais j'ai su que c'était à cause de moi quand tu m'as crié d'arrêter.

Il semble tomber de haut.

— Oh non… Ça t'est déjà arrivé ?

Je hoche la tête. Plein de fois, même. C'est à se demander comment je n'ai pas commis d'homicide involontaire.

— C'est ce qui s'est passé avec Mark Bell ? demande-t-il.

— À peu près. Enfin… je me rappelle qu'on se battait. Et je me rappelle avoir aperçu la batte de base-ball.

— Attends. Vous vous battiez ? Je croyais que tu l'avais attaqué sans raison.

— Pourquoi j'aurais fait ça ? Je suis cinglée, mais pas à ce point !

Son visage se fige.

— Il t'avait fait quelque chose ?

Je me mords la joue. Ce qui s'est passé avec Mark Bell ne concerne que moi. Et puis, ce n'est pas comme si on allait me croire.

— Disons que j'avais les moyens de me défendre.

— Ce n'est pas ce que je te demande, dit-il, la mâchoire serrée. Je veux savoir exactement ce qu'il t'a fait.

Je lève les yeux au ciel, comme si ça n'avait aucune importance. Mais c'est faux. Ça a de l'importance, pour moi, et il sera le seul à qui j'aurai dit la vérité.

— Il a découvert que je faisais ces cauchemars. Un soir, juste avant une compète, il m'a proposé de rester auprès de moi pendant la nuit, pour me retenir.

Will tressaille. Difficile de ne pas deviner la suite de l'histoire. N'importe qui y aurait songé à l'époque, d'ailleurs, sauf moi. C'était complètement débile de faire confiance à Mark, et je me demande bien pourquoi je l'ai fait. Peut-être parce que j'espérais de toutes mes forces qu'il y avait une solution.

— Je te laisse imaginer le reste…

La bouche de Will s'ouvre. Péniblement, il lâche :

— Il t'a violée ?

— Il a essayé. D'où la batte de base-ball.

Il se prend la tête entre les mains.

— Olivia… Tu en as parlé à la direction de la fac ?

Il plaisante ou quoi ?

— Ben voyons. Je dormais chez lui et j'étais la fille la plus mal vue de la fac. Qui aurait cru qu'il s'agissait d'un viol ?

— Même si tu sortais avec lui, tu aurais parfaitement eu le droit de dire non.

— Même si j'avais eu des preuves, personne n'aurait pris ma défense, Will. J'avais une réputation de merde et j'étais partie pour perdre ma bourse. Alors que Mark était la star de l'équipe. La conclusion était assez prévisible.

Mark avait l'intention de porter plainte contre moi. Heureusement, il a renoncé quand je lui ai dit que j'étais allée à l'hôpital et que j'avais des preuves. C'était du bluff, évidemment. Quelques bleus et un T-shirt déchiré ne valaient pas grand-chose, mais il l'ignorait, manifestement.

Will se cale au fond de son siège, l'air impuissant, sonné.

— C'est dingue. Toute cette histoire est dingue. Tu mériterais d'être encore là-bas. Quant à ce connard, il devrait être en taule.

— Je serais forcément partie. Ma bourse n'aurait pas été renouvelée pour l'année suivante.

— Ce n'est pas la question ! s'exclame-t-il. Tu es partie en laissant des centaines de personnes croire que tu es une dingue qui règle ses problèmes à coups de batte.

— Mais *je suis* une dingue qui règle ses problèmes à coups de batte, Will. J'ai eu un blanc à partir du moment où j'ai vu cette batte dans un coin de la pièce, alors qu'est-ce qui les aurait fait changer d'avis ?

Il se rembrunit.

— Je commence à entrevoir le véritable problème. Tu t'en veux à mort que ce soit allé aussi loin. Et c'est la façon que tu as trouvée pour te racheter.

La douleur qu'on devine dans ses mots ne me plaît pas.

— Merci pour cette analyse, docteur Langstrom. Si la séance est terminée, j'aimerais partir.

— Comment va ta joue ? demande-t-il.

Je hausse les épaules.

— Bien, j'imagine.

— Montre-la tout de même à quelqu'un.

— T'inquiète…

— C'est vrai, j'oubliais que tu es diplômée de médecine.

Il se lève et s'agenouille devant moi.

— Attention, ça risque de faire mal, me prévient-il. Laisse-moi juste m'assurer que ce n'est pas cassé.

Je ferme les yeux car il est trop proche. Cette bouche charnue, ce visage aux contours nets et cette mâchoire volontaire sont tout près de moi, et je n'en mène pas large. La pulpe de son pouce appuie sur ma peau. Il s'arrête en me voyant grimacer de douleur. Immobile, il attend mon signal. Puis il continue. Sentir sa peau frôler la mienne éveille en moi d'autres sensations. Des choses que je ne suis pas censée éprouver. Mes yeux s'ouvrent tout seuls et plongent au fond des siens. Sa main attrape mon visage. La bouche à peine ouverte, il me regarde. J'ai le souffle court. Lui aussi. Je veux qu'il m'embrasse. Je veux tellement qu'il m'embrasse que mon sang commence à bouillir. La raison fuit mon esprit. Comme toujours dès que nous sommes seuls tous les deux. On dirait que des sables mouvants nous aspirent à toute vitesse. Comment résister ? Will se penche vers moi. Mais, brusquement, il retire la main et s'écarte d'un bond.

— Tu n'as rien de cassé. Mets de la glace dessus pendant le week-end, d'accord ?

Je sors de son bureau presque en courant. L'idée de perdre ma bourse me foutait la trouille. Mais ce qui a failli se produire entre lui et moi est mille fois pire.

35

Will

Je refuse de m'interroger sur ce que je viens de vivre.

Il ne s'est rien passé, rien du tout.

Olivia et moi avons discuté, j'ai contrôlé sa joue, puis elle est partie profiter de son week-end à sa guise. Exactement comme moi.

Il ne s'est rien passé.

OK, ce rien me pousse néanmoins à mettre les bouchées doubles à la ferme, si bien que j'arrive en retard chez Jessica, une fois de plus. Je suis si déconcentré que j'ai du mal à suivre une simple conversation… N'empêche qu'il ne s'est rien passé.

Je suis sorti avec plein de jolies filles. Jessica était la plus belle de mon lycée, et de loin. Sauf qu'elles étaient toutes… interchangeables. De son côté, Olivia ne ressemble qu'à elle. Le désir qu'elle m'a inspiré tout à l'heure était fort, urgent, douloureux. Je n'avais jamais ressenti un truc pareil. À ce moment-là, je ne voulais qu'une chose au monde : elle. Du grand délire ! Je le prends comme un avertissement.

Il faut que j'établisse des distances.

Le lundi, je l'ignore. C'est mieux pour tout le monde. Elle en sera furieuse, et tout redeviendra comme avant. J'espère juste que ça ne tardera pas à arriver : je ne songe qu'à cette bouche, tout près de la mienne. À ma surprise, en découvrant les fantasmes qu'elle m'inspire.

Pendant que l'équipe court six *miles*, j'essaie de ne pas y penser. Je trouverai bien une solution. Le week-end prochain, quand elle dormira chez ma mère, je... Non, je ne sais pas ce que je ferai. J'ai cinq jours pour le déterminer. Seule certitude : hors de question de me retrouver seul avec elle.

Les filles quittent le terrain d'athlétisme. Je m'apprête à en faire autant, quand deux policiers débarquent.

Je devine ce qui les amène ici.

36

Olivia

Le lundi, à l'entraînement, Will me parle avec un certain malaise. Comme si l'épisode dans son bureau était entièrement ma faute ! Une fois de plus, il me voit comme une criminelle.

Autre problème, et non des moindres : la police souhaite me parler dans le bureau de Peter.

— Tu as une idée de ce qu'ils te veulent ? me demande-t-il au moment d'entrer.

— Non, je réponds d'une voix dure.

— Ne me laisse pas sans savoir, Olivia. Si tu as fait quelque chose, dis-le-moi, s'il te plaît.

Je prends un air excédé.

— Hé, on se calme ! Je ne suis pas une ancienne taularde en liberté conditionnelle, Will. Je ne finis pas au tribunal tous les quatre matins.

Le temps de prendre ma douche, je me dirige vers le bureau de Peter, une boule au ventre. D'accord, je suis responsable de pas mal d'« incidents ». Mais ce n'est pas comme si je profitais de mon temps libre pour braquer des banques. Il y a peu de risques pour que j'aie fait un truc pareil dans mon sommeil. Encore que… Il m'est arrivé de jurer que je n'avais jamais pleuré en dormant, et je me trompais sur toute la ligne !

Les visages qui m'accueillent sont fermés. Mon estomac se noue un peu plus.

— Assieds-toi, Olivia, me dit Peter.

Il me présente aux inspecteurs, dont j'oublie aussitôt les noms. L'un est immense, l'autre pas bien grand. Ils me donneraient presque envie de faire une blague. Enfin, vu que je serai peut-être arrêtée dans deux minutes, le moment serait sans doute mal choisi.

Ce qui me stresse le plus, ce n'est pas la présence de ces flics. Non, c'est le regard de Will. Il a quelque chose de dur et d'angoissé, ça ne sent pas bon. Je commence à frissonner. Et ce n'est pas parce que j'ai les cheveux humides.

— Olivia, ces messieurs sont là pour te parler de ton frère, commence-t-il avec douceur.

Mon cœur s'emballe immédiatement, et je me mets à transpirer. J'ai envie de bondir de mon siège. Will doit d'ailleurs le sentir, car il s'installe sur la chaise à côté de moi et pose la main sur mon bras.

Le grand flic attaque :

— Comme vous le savez, votre frère était présumé mort…

— Non ! je le coupe aussitôt. Vous ne l'avez jamais retrouvé. Ça ne veut pas dire qu'il est mort.

— Le dossier a connu un rebondissement, intervient alors son collègue.

Peu importe ce qu'ils s'apprêtent à m'annoncer, je ne veux pas le savoir. Je préférerais me boucher les oreilles et chanter à tue-tête pour ne pas entendre. M'enfuir, aussi.

— Le mois dernier, le corps d'un enfant a été retrouvé enterré dans les bois, tout près de votre ancienne adresse.

Un bruit suraigu résonne dans ma tête, j'ai du mal à respirer. Je me lève brusquement, mais Will me retient.

— Olivia, s'il te plaît. Écoute-les jusqu'au bout.

Je me débats.

— Non ! J'ignore qui est ce gosse, mais ce n'est pas mon frère !

— Miss Finnegan, nous avons procédé à un test ADN. Les résultats sont formels.

Ma sueur se glace. Allez, je me barre. Pas question d'écouter ces conneries une seconde de plus. Je commande à mes pieds de me diriger vers la porte. Ils refusent de répondre.

— Nous avons également procédé à une autopsie, poursuit l'autre flic.

— Arrêtez, je murmure. Arrêtez de parler.

Pourquoi suis-je incapable de bouger ? Seigneur, je ne désire qu'une chose : sortir de ce bureau ! Je me tourne vers Will pour le supplier :

— Pitié, demande-leur d'arrêter.

Il me suffit de voir sa mine résignée pour comprendre qu'il ne le fera pas.

— Miss Finnegan, votre aide nous serait très précieuse. Quelqu'un lui a brisé le cou.

Il faut que je me casse. Vite. Vite. Vite.

Je fais un pas vers la porte, et tout devient noir. Un long tunnel qui m'aspire…

La première chose que je vois, c'est le visage de Will. On a beau être en octobre, il est toujours bronzé. Il a des yeux magnifiques. Deux billes bleues qui ont l'air de briller.

— J'ai appelé les secours, annonce la secrétaire de Peter.

D'où sort-elle, celle-là ?

— Non. Je vais me débrouiller.

— On devrait quand même…

— Laissez, la coupe Will.

Il ne me lâche pas du regard. J'ai l'impression de me noyer. Mais ses yeux sont là pour m'empêcher de sombrer.

— Tout va bien. Elle ne risque rien.

Il relève la tête et dévisage les deux flics.

— Ça vous ennuierait de sortir, s'il vous plaît ? Elle a besoin de se remettre.

La porte se referme, et il n'y a plus un bruit. Je me relève, et il recule, juste assez.

J'aimerais pouvoir pleurer. Une infinie tristesse m'envahit, une tristesse telle que je suis incapable de faire quoi que ce soit.

— Tu peux demander aux flics de partir ? Je ne veux plus les voir.

— D'accord, mais tôt ou tard il faudra que tu leur parles. Tu le sais, hein ?

Je hoche la tête, les yeux clos. Mon frère… Je n'arrive pas à y croire. Mais je l'imagine, malgré tout. Si petit, si fragile.

— Je me sens mal…

Soudain, je me penche et vomis dans la corbeille à papier. Will me tient les cheveux, tandis que mon estomac se vide.

Je finis par m'écarter, la tête enfouie dans les genoux.

— Tu as cours, cet aprèm ? me demande-t-il.

— Oui, à 14 heures.

— Tu comptes y aller ?

Bonne question, tiens.

— Non.

— Alors viens, dit-il en m'attrapant délicatement la main.

— Tu m'emmènes où ?

— À la ferme. Pas question que tu restes seule chez toi à gamberger. Et ne crois pas que je vais te laisser passer la nuit là-bas.

Le poids sur ma poitrine, la boule au creux de mon ventre… Ça ne partira jamais, que je sois seule ou pas.

— Ne te sens pas obligé. Je vais bien.

— Tu ne vas pas bien, et ça ne va pas s'arranger !

En temps normal, ce ton de petit chef m'aurait donné envie de me rebeller. Mais là, je suis juste soulagée qu'il décide à ma place.

Il pose la main au creux de mon dos.

— Allez, on rentre.

37

Will

Olivia a l'air absente, ça me fout la trouille.

Elle semble aussi fragile que dans son sommeil. Nous nous dirigeons vers ma voiture, et elle me suit docilement. Est-ce qu'elle a conscience de ce que nous faisons ? Conscience que je suis à ses côtés ? Je lui demande :

— Ça va ?

Nous avons déjà démarré.

— Mmmh, me répond-elle.

Elle tremble. Je lui attrape la main.

— Tout va bien se passer.

Elle me regarde et hoche la tête. Mais elle attend que nous soyons arrivés à la ferme pour me lâcher la main.

Peter a prévenu ma mère de notre arrivée. Elle nous guette sous le porche. Elle se précipite vers la portière passager dès que la voiture s'immobilise. Elle la prend dans ses bras.

— Oh ! ma puce…, s'écrie-t-elle, tandis que des larmes ruissellent sur son visage. Je suis navrée.

Olivia secoue la tête.

— Ça va, murmure-t-elle. Je vais bien.

Elle tremble toujours. Je ne suis même pas sûr qu'elle s'en rende compte.

— Elle devrait se reposer.

Je conduis Olivia jusqu'à ma chambre, la main au creux de son dos. Je l'enveloppe dans la couverture. Mais il suffit que je me dirige vers la porte pour que la panique s'empare d'elle.

— Tu veux que je reste ? je lui demande.

C'est oui. Alors, je m'assieds sur ma vieille chaise de bureau, à côté du lit, frustré de la voir dans cet état et de ne rien pouvoir y changer. Elle fixe un point derrière mon épaule, d'un air absent. Elle n'a pas cessé de trembler.

— Décale-toi un peu.

Elle s'exécute, et je m'installe à côté d'elle. Nous nous sommes déjà retrouvés ainsi, plus d'une fois, même si elle n'en a gardé aucun souvenir. Je me sentirais nettement moins coupable si une partie de moi n'en avait pas envie.

Lorsqu'elle s'endort, je descends prudemment du matelas et quitte la pièce.

— Comment va-t-elle ? me lance ma mère.

— Elle s'est endormie. À part ça, je n'en sais rien.

— La pauvre. La police a des pistes ?

— Nous n'avons pas été jusque-là. Olivia est tombée dans les pommes et elle a voulu qu'ils partent.

— C'est pour ça qu'elle a ces cauchemars, tu penses ?

— Aucune idée.

Ce serait logique. Sauf que la temporalité ne colle pas. Son frère s'est enfui – si tant est qu'il se soit enfui – lorsqu'elle avait cinq ans. Ses cauchemars ont commencé après son emménagement chez sa grand-mère. En d'autres termes, un an plus tard. La situation s'était aggravée après la disparition du petit ? Ça semble difficile à croire.

Je retourne sur le campus pour superviser l'entraînement de l'après-midi et appeler Jessica. Je lui explique qu'il y a eu un décès dans la famille d'Olivia et qu'elle va passer la nuit auprès de ma mère. Je ne vais pas pouvoir passer.

— OK, je te retrouve là-bas, alors ! s'exclame-t-elle joyeusement. J'apporterai le dîner.

Elle a l'air de croire que notre nuit ensemble ne passera pas à la trappe. Que la tragédie vécue par Olivia peut laisser de la place pour un moment romantique. Je la dissuade avec tact, et elle finit par se résigner. Sans dissimuler sa contrariété. Curieux. Elle s'est toujours montrée si compréhensive quand je devais aider ma mère.

Je passe à l'appart d'Olivia pour récupérer deux ou trois affaires. Aura-t-elle besoin de son ordi portable ? Sans doute. De vêtements aussi, mais je n'y toucherai pas. J'ai assez de problèmes à cause d'elle, ce n'est pas pour ouvrir le tiroir où sont rangés ses sous-vêtements.

J'attrape la clé qu'elle cache sous le pot de fleurs et entre. À peine à l'intérieur, je m'immobilise.

La pièce est vide.

Pas de canapé, pas de table, pas de photos. Rien à part un mug sur le plan de travail. Si je ne l'avais pas vue entrer et sortir de cet appartement à plusieurs reprises, je penserais m'être trompé d'adresse. Je m'étais douté qu'elle cachait quelque chose ou quelqu'un, la fois où j'étais venu lui parler. De là à penser qu'elle cachait *ça*…

Dans la chambre, je trouve des effets personnels. Mais c'est encore plus troublant. Ses vêtements sont rangés dans une valise ouverte par terre. Elle a bien un ordi portable. En revanche, elle n'a ni livres, ni bureau, ni lampe, ni lit. Il n'y a qu'un sac de couchage. Il m'est arrivé de me retrouver fauché. Mais jamais à ce point-là.

À mon retour, Olivia s'est réveillée. Elle est assise sur le canapé, toujours enroulée dans la couverture. Elle se rembrunit en apercevant sa valise.

— Pourquoi tu ne m'as pas dit que tu vivais comme ça ? je lui demande.

— Je me débrouille, répond-elle sans croiser mon regard.

— J'aurais pu t'aider. Enfin mince, c'est dingue que tu aies vécu deux mois dans cet appart !

Elle ouvre la bouche pour parler, puis se ravise.

— Je ne suis pas à la rue. J'ai ce qu'il me faut, finit-elle par dire.

Au même moment, ma mère sort de la cuisine, où elle faisait de la pâtisserie. C'est sa façon à elle d'évacuer son stress. Elle pose une assiette de cookies devant nous.

— Tu sais quoi, Will ? s'exclame-t-elle joyeusement. Tu devrais emmener Olivia faire de l'escalade.

— Elle n'en a jamais fait.

— Alors apprends-lui. Ça t'a toujours aidé, dans les moments difficiles.

Je jette un coup d'œil incertain en direction d'Olivia.

— À mon avis, elle n'en a pas très envie.

À ma grande surprise, Olivia se lève et se débarrasse de la couverture.

— Si.

Dans d'autres circonstances, j'aurais refusé. Cette partie de ma vie est derrière moi. Cela dit, je suis incapable de refuser quelque chose à Olivia en temps normal. Et ce n'est pas aujourd'hui que je vais commencer…

38

Olivia

Nous nous tenons au pied d'un rocher gigantesque.

Ça s'escalade, un truc pareil ? La paroi n'est pas lisse comme un miroir, certes, mais ça ne ressemble pas non plus à mur d'escalade.

— Je ne vais jamais grimper ça !

— Mais si, me répond Will. Tu auras un harnais. Il ne t'arrivera rien.

La promesse me semble difficile à tenir, mais je le crois quand même.

Il bondit sur la roche, sans corde.

— Crois-moi, c'est facile. Regarde !

Il se lance dans son ascension et gravit la paroi rocheuse sans effort. Son corps ondule, on dirait une chorégraphie qu'il a répétée des milliers de fois. Je n'ai jamais rien vu d'aussi sexy. Chacun de ses muscles est tendu, il est concentré sur ses mouvements.

— Il faut savoir basculer ton poids, c'est tout, me crie-t-il. Et, si tu fais comme moi, le haut de ton corps ne sera pas trop sollicité.

Il se laisse retomber en douceur et m'aide à enfiler un harnais. Il attache soigneusement les cordes et s'assure qu'elles sont bien assujetties, les miennes comme les siennes. Puis il se lance à nouveau à l'assaut du rocher. Il plante quelque chose dans la roche et y fait passer la corde. Après cela, il se laisse glisser jusqu'en bas avec une agilité sidérante.

— Prête ?

Son visage est illuminé d'un grand sourire. Je ne l'ai jamais vu comme ça. Il est heureux, mais pas seulement. On le dirait présent à cent pour cent, investi corps et âme.

— Euh… oui ?

Je n'en suis pas très sûre.

Je pose le pied à un endroit accessible, le nez en l'air. Bon sang, à quoi je peux me raccrocher ? Je redescends par terre d'un bond.

— Tu t'es bien débrouillée jusqu'à ce que tu paniques.

Bon, je réessaie. Je me sers des mêmes points d'appui. Will pose la main au creux de mon dos pour que je me stabilise.

— Tu as remarqué ? Si tu prends bien appui sur tes pieds, tu n'as même pas besoin de tes mains.

Non.

Ce que je sens, à cet instant précis, c'est la main de Will. Cette main chaude et large, posée sur moi. J'ai du mal à respirer, c'est encore plus dur que de trouver une prise ou de garder l'équilibre. Il m'apprend à me déplacer sur le rocher. Mais le résultat est moins artistique et cent fois plus lent.

— Quand on te regarde, ça a l'air plus facile !

— Pas la peine de crier. Tu n'es qu'à trente centimètres du sol.

— Connard, je murmure.

— J'ai entendu ! Pas la peine de crier, je te dis.

Je retente ma chance, à plusieurs reprise. Une fois que je me débrouille à peu près, Will m'indique que je peux commencer mon ascension. Je comprends mieux pourquoi il faisait de l'escalade pour oublier ses problèmes. Ça demande tellement de concentration, impossible de penser à autre chose.

Alors que je suis à quelques mètres au-dessus du sol, je perds l'équilibre et pousse un grand cri. Oh mon Dieu, je vais m'écraser par terre ! Mais non, je pendouille juste contre la roche. En contrebas, Will éclate de rire.

— Tu ris *de moi* ou *avec moi*, là ? J'ai comme un doute.

— Tu t'en sors super bien, répond-il avec un grand sourire. Tu as besoin de faire une pause ?

Je calcule la distance qu'il me reste à parcourir et réponds :

— Non. Je vais arriver au sommet. Tant pis si j'y passe toute la nuit.

— Olivia Finnegan est dans la place ! s'exclame-t-il fièrement.

L'espace d'un instant, j'ai l'impression de flotter dans les airs. C'est fou, ces quelques mots me galvanisent, je me demande bien pourquoi.

Le reste de l'ascension me prend une heure. Le temps d'arriver au sommet, je suis tombée un paquet de fois. Mes bras et mes jambes sont tout éraflés, et mes muscles tremblent. Je me laisse glisser le long de la corde et m'effondre aux pieds de Will.

— Alors ?

— Il va falloir que tu me portes jusqu'à la voiture.

Son sourire respire à la fois la fierté, la joie et une pointe de regret.

— Mais tu as aimé quand même ?

J'éclate de rire.

— Oui, on dirait.

De retour dans la voiture, je dis à Will qu'il n'a qu'à me déposer chez moi.

— Je te ramène chez ma mère, réplique-t-il.

— Elle ne devrait pas se donner tant de peine, dis-je dans un soupir. Ça va aller.

— Ma mère est ravie de t'avoir. Et tu me rends service.

— Hein ? Pourquoi ?

— Parce que son canapé est nettement plus confortable que l'escalier devant chez toi. Et je dormirai sur l'un ou sur l'autre.

Je ne sais pas quoi répondre. Bizarrement, son envie de prendre soin de moi au quotidien me fait mal.

La nuit venue, je suis incapable de trouver le sommeil. Je suis trop *épouvantée* pour m'endormir. En temps normal, l'idée de cauchemarder me fait flipper. Ce soir, elle me terrifie. Je regagne le salon pile au moment où Will sort de la salle de bains, douché et torse nu. La vache, il devrait être en couverture des magazines, avec sa peau bronzée et légèrement humide. Sans parler de ses muscles… Il est si beau que j'ai peur de me mettre à gémir d'envie.

Je me dirige vers lui en sachant pourtant que c'est une erreur. Mais c'est plus fort que moi. Il se raidit en me voyant approcher.

— C'est juste pour voir ton tatouage.

Il reste étrangement immobile, tandis que je laisse courir les doigts sur son bras gauche. On dirait qu'il retient son souffle.

— *Denali* ?

— Je l'ai fait graver la première fois où j'ai escaladé le massif. Je comptais gravir les sept grands sommets du monde et avoir un tatouage en souvenir de chaque ascension.

J'aimerais m'approcher davantage, me lover contre lui.

— Il n'y a pas le K2, pourquoi ?

Soyons honnête, je me cherche un prétexte pour ne pas lâcher son bras.

— Parce que c'est cette fois-là que j'ai compris que je ne gravirais pas les cinq autres.

Sa voix est tendue. Il s'écarte et attrape un T-shirt dans son sac de sport.

Et merde.

Je saisis l'occasion pour l'interroger du regard. Finalement, il avoue :

— Juste avant l'ascension, j'ai appelé la maison. Je pensais que mon père serait fier de moi. Il était temps que je grandisse, c'est tout ce qu'il m'a dit. Je lui ai raccroché au nez comme un petit con prétentieux et je me suis lancé. En regagnant le camp de base, j'ai appris qu'il avait fait une attaque. Il est mort avant que je revienne à la maison.

Mon estomac se serre.

— Navrée. Tu es revenu chez toi pour de bon, du coup ?

Il hausse les épaules comme si ce n'était pas le plus grave.

— Il voulait que je grandisse, répond-il. C'est la dernière chose qu'il m'a dite. C'était le moins que je puisse faire.

— Tu as un super job, Will. Un job où tu es bon, en plus. Tout le monde ne peut pas en dire autant.

— J'avais des obligations envers ma famille. J'aurais dû aider mes parents. Mais non, j'ai laissé mon père s'occuper de tout. Pas étonnant qu'il ait eu cette attaque.

— Rien ne prouve que les deux sont liés.

— Rien ne prouve qu'ils ne le sont pas, déplore-t-il en étalant une couverture sur le canapé.

Une fois assis, il ajoute :

— Au fait, qu'est-ce que tu fiches debout ?

— Pas envie de dormir. Prends la chambre, je risque de veiller.

— Toute la nuit ? Olivia, je te rattraperai, si tu fais un cauchemar. Hormis la première nuit, tu n'es pas sortie de la maison.

Je secoue la tête.

— Ce n'est pas à cause de ça.

— Où est le problème, alors ?

J'hésite. Je ne tiens même pas à mettre des mots dessus. Finalement, j'admets :

— Je n'ai pas envie de rêver de lui.

— De ton frère ? Je ne savais pas qu'il s'invitait dans tes rêves.

— Parfois.

En règle générale, c'est au début du rêve. Mon frère et moi sommes dans une voiture ou autour de la table de la cuisine. Rien d'extraordinaire, à un détail près : je suis terrorisée et lui aussi. Il y a une part d'invention dans mes cauchemars, mais avoir appris les détails de sa mort me laisse penser que mes peurs étaient fondées. Pire : je n'ai aucun mal à imaginer les derniers instants de Matthew, car je les ai vécus des dizaines de fois.

Will s'allonge sur le canapé et tapote l'espace devant lui.

— Viens là, dit-il.

À contrecœur. Il se sent coupable pour tout un tas de choses. Et j'en fais partie, désormais.

Je déglutis difficilement et lâche :

— OK.

— Je suis crevé, Olivia. Et toi aussi, ajoute-t-il en tendant le bras. Alors, arrête de discuter et viens dormir, bordel.

— Quelle distinction !

J'ai beau me moquer, je m'installe. Il attrape la couverture et l'enroule autour de moi. C'est la dernière chose dont je me souviens.

39

Will

Malgré la fatigue, le sommeil ne vient pas. Une fois de plus, trop de choses vont de travers. Je prétends réconforter Olivia ; en réalité, tout mon corps est en éveil. Normal, elle est à deux centimètres de moi, en train de dormir paisiblement. Par précaution, j'ai attendu qu'elle s'endorme pour glisser un bout de la couverture entre nous. Mais ça n'aide pas. En résumé, je suis en train de draguer une étudiante et, en un sens, de tromper ma copine. Je ne sais pas comment me sortir de ce merdier.

Cela étant, la situation n'a pas que des inconvénients. J'aime l'avoir près de moi. J'aime l'odeur de son shampooing, la façon dont ses épaules se lèvent et s'abaissent. Toute l'énergie et toute la force qui l'animent ont disparu, elle est parfaitement tranquille. La journée qui vient de s'écouler a été terrible pour elle. Malgré tout, cela fait des années que je ne me suis pas senti aussi bien.

Parce que j'ai fait de l'escalade ? Pas seulement. J'ai partagé ce moment avec elle. J'aurais dû me douter qu'elle adorerait. Qu'elle oublierait ses soucis et s'en libérerait pendant un moment. Certaines fois, j'ai l'impression que nous ne sommes pas si différents, au fond.

C'était le cas aujourd'hui. Et j'aurais préféré que ça ne le ne soit pas.

40

Olivia

Lorsque je me réveille, le lendemain matin, Will est déjà levé et habillé.

— Laisse-moi cinq minutes, et je suis prête.

— Tu n'as pas à courir, aujourd'hui. Alors profites-en pour te reposer, d'accord ? Je repasserai et je te conduirai à la fac pour tes cours.

Je secoue la tête.

— Non, il faut que je reprenne l'entraînement.

— Comme tu veux. Mais tu dormiras ici ce soir.

— Toujours aussi autoritaire…

J'ai beau grogner, j'aurais du mal à prétendre que cette perspective me chagrine.

Après l'entraînement de l'après-midi, je retrouve Will sur un parking à l'écart. Inutile qu'on me voie. Oh ! nous ne faisons rien d'illégal, mais je me sens coupable. Parce que lui-même culpabilise à cause de toute cette histoire, justement. Et ce serait l'horreur si quelqu'un nous voyait.

Il se tourne vers moi juste après s'être glissé sur le siège conducteur.

— Un peu d'escalade, ça te dirait ?

Il me pose la question d'un air radieux. Même si je n'en avais pas envie, je serais d'accord.

— Tu n'as pas du travail, à la ferme ?

— Si, acquiesce-t-il gaiement.

— Je vais enfin découvrir le côté obscur de Will Langstrom, alors ?

Il hausse un sourcil.

— Ce qu'on va faire est loin de révéler mon côté obscur, Olivia.

Gloups.

Je ne pensais pas que c'était possible, mais il est devenu dix fois plus sexy, tout d'un coup.

Il m'apprend à être première de cordée. Au lieu de s'appuyer sur une corde fixée au sommet, on doit s'accrocher à des pitons déjà plantés dans la roche, tout au long du parcours. Il m'apprend aussi à assurer les cordes, afin de l'accompagner dans son ascension. Malgré tout, j'ai peur de faire une bêtise. De lui donner trop de mou et de le tuer par accident.

— Je te fais confiance, Liv.

— Tu as tort. J'ai failli tuer quelqu'un de mon équipe, tu n'as pas oublié ?

— Je te fais confiance quand même.

Il est toujours aussi souriant.

Le regarder grimper est un spectacle ahurissant. Il dégage un mélange de puissance, d'agilité et de grâce.

— Waouh, on dirait Spiderman !

Son rire résonne sur la paroi rocheuse.

— Tiens bien la corde au cas où ! me crie-t-il.

Sur le chemin du retour, je le trouve encore plus léger et enjoué que d'habitude. Un vrai gamin !

— Je ne comprends pas pourquoi ton père te reprochait de faire de l'escalade. Ça te met de meilleure humeur.

— Mouais. À l'entendre, travailler n'a pas pour vocation de rendre les gens heureux. De son point de vue, l'escalade était un prétexte pour échapper à mes responsabilités.

Parler de son père semble l'ennuyer. Seulement, dès que la ferme se dessine à l'horizon – avec une décapotable bordeaux garée dans l'allée —, il s'assombrit. Tout son corps se raidit.

— Qu'est-ce qu'il y a ? C'est Peter ?

— Non. C'est Jessica, ma copine.

Je ne sais pas grand-chose de cette fille. Mais si j'ai une boule dans le ventre c'est entièrement à cause d'elle. Je n'ai aucune envie de la voir, mais lui ? Il devrait être content, non ?

— Je m'occuperai des chevaux, tu auras du temps pour toi.

Il acquiesce, les lèvres serrées en une ligne dure, et entre comme s'il devait affronter un peloton d'exécution.

Je prends le chemin des écuries. Je brosse et nourris les bêtes, sans me presser. Moi qui espérais qu'elle serait partie au moment où je regagnerais la maison… Hélas, je l'aperçois de loin, sous le porche, les jambes croisées. On dirait une reine de beauté, avec ses longs cheveux roux qui retombent en cascade sur ses épaules. Oh ! je ne la trouve pas antipathique, de prime abord. Je la déteste !

Elle se lève d'un bond et descend les marches, le bras tendu.

— Tu es Olivia, c'est ça ? me lance-t-elle avec un sourire éclatant. Je suis Jessica, la copine de Will.

— Salut.

Je ne fais pas mine de sourire. Ça m'étonnerait beaucoup qu'elle devienne ma meilleure amie…

— Qu'est-ce que tu fais là ?

Elle parle d'une voix trop enjouée et trop pincée à la fois. On dirait que je viens d'entrer sur une propriété privée et qu'elle m'invite poliment à rebrousser chemin.

Je hausse un sourcil et laisse échapper un petit sourire moqueur. Ma présence la gêne, alors pourquoi me priver ?

— Des choses et d'autres.

— Dans la grange ?

— Oui. Je nettoyais les écuries. Elles étaient dans un sale état depuis le départ de Jackson.

Son sourire s'évanouit. Elle n'était pas au courant, de toute évidence. *1-0 pour moi.*

Au même moment, Will sort de la maison, juste derrière Dorothy. Ils n'ont pas seulement les mêmes yeux, ils ont les mêmes tics. Leurs épaules se raidissent de la même façon, et c'est maintenant que je le remarque.

— Je vois que vous avez fait connaissance, toutes les deux, dit la mère de Will.

— Oui, répond Jessica. Olivia vient de m'expliquer qu'elle s'est occupée des chevaux. Si vous aviez besoin d'un coup de main, il fallait me demander, Dorothy.

N'importe quoi ! Je ne sais pas comment cette fille s'est payé une BMW ou ces chaussures de luxe alors qu'elle bosse pour la fac, mais je ne l'imagine pas du tout en train de nettoyer les écuries.

— Olivia a grandi auprès des chevaux.

Jessica vient alors se placer à côté de Will et lui prend la main.

— Tu devrais m'apprendre. Comme ça, je pourrai me rendre utile, la prochaine fois. Tôt ou tard, il faudra que j'apprenne, pas vrai ?

Ça veut dire quoi, ça ? Qu'il y a un mariage dans l'air ?

Will se tourne vers elle comme si elle n'avait rien dit.

— Prête à sortir ?

— À sortir ? Ta mère a préparé à dîner. Et puis, on ne passe pas assez de temps ici. Tu sais que j'adore être là.

— On n'était pas censés manger dehors ? s'étonne-t-il.

On croirait entendre un ado blasé.

— On peut manger dehors quand on veut. Mais ce n'est pas tous les jours qu'on peut dîner avec ta mère et ta meilleure coureuse.

Je me retiens de ricaner. *Détrompe-toi, ma grande !*

Ce n'est pas super agréable d'être assise à la même table qu'une fille aussi insupportable que Jessica. Et puis, que sait-elle sur moi ? Dorothy me demande comment s'est passée notre séance d'escalade. Bon, voilà un premier sujet abordé. J'explique que Will m'a appris à utiliser les pitons.

— Tu as refait de l'escalade, alors ?

Dorothy se tourne vers son fils, l'air radieux.

— Oui, répond-il avec un demi-sourire. J'ai quelques beaux restes.

Je le coupe.

— Il a mieux que de beaux restes. On aurait dit Spiderman ! Tant mieux, d'ailleurs, parce que je n'étais pas sûre de moi. Je n'avais pas envie d'attendre qu'il s'écrase comme une crêpe pour avoir la réponse.

— Ne t'inquiète pas pour lui. C'est un varappeur-né.

— Je n'étais pas inquiète. Je n'aurais pas su comment rentrer seule, c'est tout.

Jessica ouvre la bouche à s'en décrocher la mâchoire, tandis que Will éclate de rire. C'est sa réaction qui m'importe, rien d'autre.

— On devrait faire de l'escalade, de temps en temps, suggère Jessica en le regardant.

Il bat des paupières, comme si elle parlait dans une langue étrangère, sans traduction. Si ça se trouve, il a oublié qu'elle était là. Ce qui serait difficile à concevoir, vu la façon dont elle s'agrippe à lui.

— Bien sûr, répond-il d'une voix hésitante. Je ne pensais pas que ça t'intéressait.

— J'attends d'essayer pour te donner la réponse. Qu'est-ce que tu as prévu pour Thanksgiving, Olivia ?

Je hausse les épaules.

— Je ne me suis pas encore décidée.

— Il faut que tu viennes ici, déclare Dorothy. Enfin, si tu ne rentres pas chez toi, évidemment.

— Tu devrais retourner dans ta famille, reprend Jessica sans hésiter. C'est important de garder le contact, quand on part pour la fac.

J'esquisse un sourire tendu, tout en essayant de ne pas lever les yeux au ciel.

— On verra bien.

— Oh ! reste avec nous, insiste Dorothy. Ce ne sera pas pareil sans toi.

J'ai l'impression d'avoir été parachutée sur une scène de théâtre. À un détail près : je n'ai pas mon texte. Je ne veux pas que Dorothy se sente obligée de m'inviter. Mais sa proposition emmerde tellement Jessica que je me surprends à hocher la tête. Pour le seul plaisir de voir le visage de Miss America se décomposer un peu plus.

Après dîner, je me charge de débarrasser. Sans surprise, Jessica décide de mettre son grain de sel. Elle m'ôte les assiettes des mains.

— C'est bon. Avec Will, on s'en occupe. C'est toi l'invitée. Tu devrais t'asseoir.

C'est tout sauf faux. Mais, bizarrement, l'envie me prend de lui envoyer mon poing dans la figure. C'est moi l'invitée et pas elle ? Comme si je les forçais à m'héberger !

— C'est bon, je gère.

Sur ces mots, je me dirige vers la cuisine en la frôlant volontairement. Je commence à rincer les assiettes et à les disposer dans le lave-vaisselle. Jessica attrape les bols que j'ai déjà installés et les place ailleurs. On se demande bien pourquoi.

— La famille de Will est super, pas vrai ? me lance-t-elle. C'est étonnant que Dorothy ne soit pas entourée d'animaux de compagnie. Montre-lui un chien abandonné, et elle fond littéralement.

Sur ces mots, elle m'adresse son sourire de pétasse et repart vers le salon.

Will sort avec Jessica. J'aimerais bien qu'il reste. Mais c'est un soulagement d'échapper à sa copine. Je prends place sur le canapé, à côté de Dorothy.

— Et voilà, je connais Jessica, maintenant. Elle est adorable.

Quel talent d'actrice, je m'épate moi-même !

— À mon avis, elle a été un peu déstabilisée de te trouver là. En temps normal, elle n'est pas du genre à… tout contrôler.

Je marmonne :

— Will mériterait cent fois mieux. Je me demande ce qu'il lui trouve.

J'exagère. Il faut être miro pour ne pas le comprendre. J'attendais mieux de lui, sûrement.

— Elle est très gentille, répond Dorothy dans un soupir. Et

puis, Will la connaît depuis toujours. Du temps où il était au lycée, son père espérait qu'ils se mettraient ensemble. Sauf qu'il ne s'intéressait pas à elle.

— Je comprends pourquoi. Qu'est-ce qu'ils ont en commun, franchement ? Elle vient à la ferme en stilettos !

— Ce n'est peut-être pas elle que j'aurais choisie pour lui, mais le choix ne m'appartient pas. Elle pourrait devenir ma belle-fille. Il faut que je me fasse une raison.

Je n'en crois pas mes oreilles.

— Vous pensez qu'il va se marier avec elle ? Il mérite tellement mieux !

Le visage de Dorothy se décompose légèrement.

— Jessica a envie de se marier, en tout cas, répond-elle prudemment. Et elle est assez forte pour parvenir à ses fins.

41

Will

Mon estomac s'est noué dès l'instant où j'ai vu la voiture de Jessica dans l'allée. Je préfère cloisonner les différentes parties de ma vie – la ferme, mon job de coach, Jessica. J'ai aussitôt ressenti sa venue comme une intrusion, mais qu'est-ce que je pouvais dire ? Elle est un bout de ma vie, un bout à part. Ce n'est pas le cas d'Olivia. Olivia est liée à cette ferme. Si elle n'est pas là quand j'y passe, j'ai la sensation qu'il manque quelque chose. Et, puisque j'ai du mal à m'expliquer ce phénomène, comment pourrais-je me justifier devant Jessica ?

Elle était là, assise sur le canapé, en train de parler à ma mère, qui arborait sa mine polie – celle qu'elle réserve aux étrangers. Je ne me souviens pas qu'Olivia y ait eu droit.

— Je ne t'ai pas dit qu'on aurait du mal à se voir, ce soir ? j'ai demandé à Jess.

J'ai peiné à dissimuler mon agacement.

— C'était l'occasion de faire enfin la connaissance d'Olivia. Elle a l'air souvent chez vous.

Beaucoup de choses inquiètent Jessica. Et Olivia en fait partie. Cette fois, c'était clair. J'aurais dû m'y attendre, j'imagine. Mon intérêt pour ce travail et le temps que j'y consacre ont grimpé en flèche depuis qu'elle a intégré l'équipe.

Pff, quelle galère ! Déjà que Jess était du genre à flipper pour un rien, voir Olivia en chair et en os n'a rien arrangé.

Je suis allé me doucher, et ma mère m'a rejoint avant que je sorte sous le porche, où m'attendait Jess.

— Jessica est au courant de quoi ? m'a-t-elle demandé.

D'un ton méfiant, j'ai répondu :

— Elle sait qu'Olivia a dormi ici avant certaines compétitions.

— Elle sait que tu as dormi ici, toi aussi ?

— C'était sous-entendu.

Ma mère a fait claquer sa langue pour marquer sa réprobation.

— En d'autres termes, tu n'as jamais abordé le sujet directement avec elle, espérant qu'elle te penserait chez toi. Et là, elle va rencontrer Olivia, dont n'importe quelle femme serait jalouse, même la plus sûre d'elle. Elle va découvrir que tu as dormi ici avec elle.

— Je n'ai absolument pas dormi *avec* elle ! Jessica n'a pas d'inquiétude à avoir. Tu fais une montagne de trois fois rien.

Elle a secoué la tête avant de sortir.

— Pour quelqu'un qui a souvent fréquenté les filles dans sa courte existence, Will, tu ne connais pas grand-chose aux femmes.

Moins d'une minute plus tard, lorsque j'ai vu leurs regards, à toutes les deux, j'ai compris que ma mère avait raison.

Nous voilà chez Jess. Son silence est plus éloquent qu'un discours.

— Tout va bien ? je demande.

J'aimerais qu'elle retrouve le sourire et qu'on passe à autre chose. Mais ce ne sera pas le cas. Résultat : nous restons dans cet entre-deux gênant jusqu'à ce qu'on parle, enfin. Et parler avec elle ne se passe pas forcément bien. La seule façon de s'en sortir, c'est de faire une promesse, même si c'est à contrecœur.

Elle pousse un profond soupir.

— C'est elle, la fille qui dort chez ta mère ?

— Oui, je t'en ai déjà parlé.

— Hum. Elle est jolie.

C'est un piège. Si j'acquiesce, je risque de déclencher une nouvelle crise de doute. Et, si je nie, cela ne servira à rien. Il faut être aveugle pour ne pas remarquer Olivia. Et, depuis quelque temps, on dirait que je suis de plus en plus incapable de m'intéresser à autre chose. Je réponds :

— Sans doute, oui.

— Tu as passé la soirée d'hier avec elle, c'est ça ?

— Jess… Pas la peine de te faire des films. C'est une de mes athlètes, point barre.

— Elle n'a pas l'air de s'en rendre compte.

— Crois-moi, Olivia est parfaitement au courant qu'on est ensemble, toi et moi.

— Le problème n'est pas là, Will. À la voir, on dirait que…

Elle laisse sa phrase en suspens, son agacement est devenu palpable.

— Que quoi ?

— Peu importe. Je ne vois pas pourquoi elle doit dormir chez ta mère, c'est tout.

— Elle vient d'apprendre que son petit frère a été assassiné, Jessica.

Je sens ma voix se tendre.

— Tu lui interdirais d'être épaulée le temps qu'elle surmonte cette épreuve ?

— Non. Mais rien ne vous oblige à vous en charger…

— Elle s'est installée ici il y a deux mois à peine. Elle ne connaît personne.

— Eh bien, à mon avis, elle ne devrait pas rester chez ta mère plus longtemps.

Je commence à perdre mon calme. Au prix d'un effort surhumain, j'arrive à ne pas hausser le ton.

— Pourquoi ?

— Parce que ça la fout mal ! Je travaille au service de com' de la fac, je te rappelle, et permets-moi de te dire un truc. Personne ne croira que tu traînes avec une fille pareille parce que tu as bon cœur.

— Je me fous de ce que les gens pensent. Olivia a les moyens de devenir une star mondiale de l'athlétisme, et c'est elle qui peut aider notre équipe à remporter la saison, pour la première fois depuis dix ans. S'il faut qu'elle reste auprès de ma mère pour aller mieux, elle restera auprès de ma mère.

— Tant que les choses en restent là entre elle et toi…

J'acquiesce parce que cela devrait être le cas. Il faut que ce soit le cas. Il n'y a pas d'autre solution.

Je retourne à la ferme aux alentours de 23 heures. Jessica a été franchement déçue que je ne reste pas. Mais, vu qu'elle a été odieuse avec Olivia, je m'en fous.

À peine couché, j'entends un bruit. Ça vient de la chambre d'Olivia. Elle est entortillée entre les draps et répète quelque chose sans s'arrêter. Je m'approche doucement. Elle s'agite de plus en plus.

— Arrête de pleurer, dit-elle dans un murmure.

Je m'assieds sur le matelas.

— Olivia…

Je laisse courir la main sur son dos. Comme on le ferait avec un enfant.

— Tout va bien, je t'assure.

Elle attrape mon bras et écarquille les yeux.

— Arrête de pleurer, insiste-t-elle. Arrête, je t'en prie.

— Olivia, tu es en train de rêver. Tout va bien.

— S'il te plaît, arrête de pleurer…

Soudain, elle éclate en sanglots, tout bas. C'est un spectacle insoutenable.

Je l'attire contre moi.

— D'accord, Olivia. C'est promis. D'accord.

— Ne pleure pas, continue-t-elle de répéter. Ne pleure pas.

Elle finit par se rendormir, et je sors de sa chambre. Ma mère est là à m'attendre, la tête entre les mains.

— Tu as entendu ? je demande.

Elle hoche la tête.

— Qu'est-ce qui leur est arrivé, à son frère et elle ?

J'aimerais le savoir. Et j'ai bien peur d'avoir la réponse un jour ou l'autre.

42

Olivia

Le mercredi, je retourne chez moi.

Dorothy et Will ont insisté pour que je reste. J'ai refusé. Ça vaut mieux pour Will – il a besoin de s'occuper des travaux de la ferme au lieu de me tenir compagnie. Et puis, il pourrait perdre son job à la fac. Cela doit également lui causer des problèmes avec Jessica, même si je m'en fiche un peu.

Il me reconduit avant la séance d'entraînement du matin. Le temps de sortir ma valise du coffre, il repart.

J'ouvre la porte et m'arrête net, avant même de franchir le seuil. Ce n'est pas l'appartement que j'ai quitté lundi matin.

J'appelle aussitôt Will.

— J'ai été cambriolée. Quelqu'un s'est introduit dans mon appartement et l'a entièrement meublé.

— Ouh là, ça, c'est grave ! J'espère que tu as appelé la police.

J'éclate de rire, avant de me taire. Ce que je m'apprête à dire me demande un effort invraisemblable. D'une voix tremblante, je murmure :

— Merci. Les mots me manquent.

— Ce n'est pas grand-chose.

— Tous ces meubles… Tu les as trouvés où ?

— Je connais plein de gens qui voulaient se débarrasser d'un truc. On m'a même proposé un vaisselier et une horloge comtoise, si ça t'intéresse.

Pour la première fois depuis que j'ai quitté la résidence universitaire, au début de mes études, j'ai des meubles. Un canapé, une table, un lit. Il y a même une télé. J'aurais préféré que Will ne se donne pas tant de peine. Pas parce que je n'ai pas envie de tous ces trucs - j'adore —, mais à cause du sentiment que cela m'inspire. Exactement comme quand je passe du temps avec lui.

J'ai quelque chose à perdre, désormais.

Le week-end suivant, Will passe me prendre pour m'emmener chez Dorothy. Pour une fois, ce n'est pas par charité. Je n'ai pas cette impression, du moins. Dorothy m'a demandé de dormir chez elle et de m'occuper des chevaux. Will est paraît-il obligé de retourner à la fac pour la journée portes ouvertes. Vraiment ? Mais je n'ai aucune envie de rester seule tout le week-end. Alors j'accepte.

La voiture de Brendan est garée devant la maison.

— Je ne savais pas que ton frère serait là.

— Moi non plus.

Un muscle de sa mâchoire tressaille.

Dorothy et Brendan sortent ensemble de la maison.

— Olivia ! s'exclame ce dernier.

Comme si on était potes depuis toujours.

Il attrape ma valise et passe un bras autour de mes épaules.

— Je te débarrasse. Qui dort dans quelle chambre ?

— Oh ! Will ne va pas…

— Elle dormira dans ma chambre et moi, sur le canapé.

Will est intervenu d'une voix ferme.

Je hausse un sourcil. Il n'y a pas à s'inquiéter, puisqu'il n'y a pas de compétition cette semaine. Qu'est-ce que ça veut dire, alors ? Qu'il veut protéger sa mère ?

— Tu as peur que je distribue des pains à tout le monde ? je demande d'une voix dure.

— Moi, avoir peur ? Je t'ai seulement vue taper deux personnes. Sans compter la fois où tu m'en as collé une.

Pendant ce temps, Dorothy conduit Brendan à l'intérieur.

— Du calme. Laisse-les tranquille une minute.

J'attends qu'ils soient entrés pour dire d'un ton sifflant :

— Je ne ferai *jamais* du mal à ta mère.

Will a l'air surpris par ma véhémence. Ses traits se détendent.

— Je n'en doute pas une seconde, Olivia.

— Alors, pourquoi tu restes ?

— Tu as l'air d'oublier qu'on est chez ma mère. Je n'ai pas besoin de raison pour dormir ici.

— Très bien. Je dormirai sur le canapé, alors. Que tu me laisses ta chambre avant une compétition, d'accord. Mais pas cette nuit.

— On est entourés de forêts, insiste-t-il. Tu ne dormiras pas sur ce canapé, point final.

Je pousse un soupir excédé.

— Ça ira, Will. Je n'ai pas fait beaucoup de cauchemars, ces derniers temps. Et, si ça m'arrive cette nuit, je ne risque pas d'aller loin. Courir pieds nus dans la forêt me réveille assez vite.

— Et si les choses se passent autrement ? Tu sais jusqu'où s'étendent ces forêts ? Tu voudrais qu'en me réveillant je m'aperçoive que tu es perdue dans les bois, en train de geler depuis des heures ? Tu crois que je vais dormir ? Et puis, je n'ai pas envie que mon frère débarque dans le salon et te regarde te balader en pyjama.

— Je dors en tenue de course presque toutes les nuits. Moins sexy, tu meurs.

— Tu portes un débardeur et pas de soutien-gorge, grogne-t-il. C'est suffisant. Tu as remarqué la façon dont il t'a regardée, il y a deux secondes ? Ce serait dix fois pire.

Si je le connaissais moins bien, je le trouverais un peu trop possessif. Ça me plaît. Il a l'air très au fait de ce que je porte la nuit. Et ça me plaît aussi.

— OK.

— OK ? Tu acceptes sans discuter ?

Je hausse les épaules.

— Oui. Si tu y tiens à ce point, je dormirai dans ta chambre cette nuit.

— C'est sans doute pour ça qu'il fait aussi froid, cette aprèm, dit-il en ouvrant la porte.

Brendan et Dorothy se tiennent juste derrière. Il y a de grandes chances pour qu'ils aient tout entendu.

— Il va neiger !

Dorothy m'emmène dans la cuisine. Elle a des tas de missions à me confier. Elle semble surtout très contente de pouvoir cuisiner pour quelqu'un, une fois de plus.

— Tout va bien, c'est sûr ?

Ça doit faire la centième fois qu'elle me pose la question.

— Tu n'as pas été obligée d'annuler un rendez-vous galant, hein ?

Je pars dans un grand éclat de rire.

— Non !

— D'après Will, tu as l'embarras du choix. Toute l'équipe

masculine d'athlétisme et la majorité de l'équipe de football sont à tes pieds, il paraît.

— C'est légèrement exagéré.

— Pas du tout. J'ai entendu dire que les footballeurs chantaient une chanson en ton honneur depuis les tribunes. Ça met Will en rogne.

— Will est toujours en rogne. Et il y a un moment qu'ils sont passés à autre chose.

Dorothy hoche la tête et ajoute :

— Will en a touché deux mots au responsable de la section football.

— Il vous a parlé de ça ?

J'ignorais que cette histoire l'avait autant agacé. Et moi qui pensais être la seule à m'énerver pour un oui ou pour un non !

Dorothy me demande de mettre la table. Je m'exécute avec joie… jusqu'à ce qu'elle m'informe que nous avons besoin d'un couvert en plus. Jessica sera des nôtres. J'attends son arrivée avec inquiétude. Je me prépare à supporter son sourire en forme de piège à loup, ses petites moues et ses jambes de mannequin. Sans oublier sa manie de ne jamais lâcher Will.

Elle débarque dans une tenue manifestement hors de prix, c'est à se demander combien elle se fait payer par la fac ! Je me sens bête, avec mon sweat et mon jean. Elle fait la bise à tout le monde, même à moi. Pour la chaleur, on repassera.

— C'est toujours un plaisir de dîner chez vous, madame Langstrom, s'extasie-t-elle, au moment de passer à table.

Le temps de jeter un coup d'œil dans ma direction, elle ajoute :

— Si j'avais su que nous serions si nombreux, je serais venue plus tôt pour vous prêter main-forte.

— J'ai toujours eu l'habitude de cuisiner pour un régiment, répond Dorothy.

— Ah oui ? Eh bien, vous n'auriez pas dû.

Jessica s'interrompt une seconde pour attraper la main de Will.

— J'aimerais apprendre comment préparer les plats préférés de Will. Et si je venais demain, tiens ? On pourrait préparer le dîner ensemble.

Je suis à deux doigts de vomir. Mon regard croise alors celui de Brendan. Il est dans le même état que moi.

— Oh non, ce n'est pas nécessaire, répond Dorothy d'un ton plus affirmé. Si j'ai besoin d'aide, je peux compter sur Olivia.

Sur moi ? Pour l'aider à cuisiner ? Je suis loin d'être la meilleure recrue du monde. Cela dit, j'aime la façon dont le visage de Jessica est à deux doigts de se fissurer. Le sourire qu'elle affiche ressemble davantage à une grimace.

— Je serais ravie de le faire.

Je minaude un peu. Brendan dissimule son rire derrière une quinte de toux et se tourne vers moi.

— Bon, où est-ce qu'on va, ce soir ?

— Nulle part, réplique aussitôt Will. Olivia est trop jeune pour boire de l'alcool.

— Mais, dans pas longtemps, elle pourra, pas vrai ?

Je réponds :

— J'aurai vingt et un ans au mois de décembre.

— Je n'ai pas envie qu'on me voie boire avec une étudiante qui n'a pas le droit de consommer de l'alcool.

Will est vraiment en pétard. Il faut que je calme le jeu.

— C'est bon. Vous n'avez qu'à sortir. Je resterai ici avec Dorothy, on regardera la télé.

Je surprends une étincelle dans le regard de Will. Est-ce le signe qu'il aime nos soirées à la maison ?

— Non, rétorque Brendan. Will et Jessica n'ont qu'à sortir de leur côté. On ira ailleurs, tous les deux. Rien de plus simple.

— Mais…

— C'est bon, intervient brusquement Will. On n'a qu'à choisir un endroit loin du campus.

Nous nous rendons donc dans un bar country juste à la sortie de la ville. Bizarrement, Brendan a l'air de connaître tout le monde, alors que sa fac est à trois heures de route. Il passe un bras autour de mes épaules, et nous nous éloignons de Jessica et Will. Il me présente aux serveurs comme la future Mrs Langstrom. Le temps de commander à boire, nous avons salué la moitié des poivrots de la région, au bas mot.

Je lui lance :

— Tu en connais, du monde, dis donc !

— Je suis du genre charismatique, me répond-il avec un grand sourire. Mais ça, tu as dû t'en rendre compte, pas vrai ?

— Oui. Dès le moment où tu t'es jeté sur mon coach.

— C'est bizarre qu'il soit ton coach. Enfin, je veux dire… ça doit te faire tout drôle, non ?

Je hausse un sourcil.

— Pourquoi ?

— Vous êtes presque du même âge, pour commencer. Et puis, vous avez l'air d'un couple. Quand vous vous disputez, il y a une de ces tensions sexuelles, c'est dingue !

— Tu regardes trop de porno.

— C'est fort possible. N'empêche qu'il y a un truc.

— Il n'y a rien du tout.

Je ne peux m'empêcher de regarder Will. Il est assis à une table, dans un coin, l'air renfrogné.

— On ne devrait pas les rejoindre ?

— Sûrement pas ! Mon frère a besoin de comprendre qu'il

se fait chier quand il se retrouve seul avec Jessica. Et puis, c'est marrant de le rendre jaloux.

— Il n'est pas jaloux.

— On parie ? Regarde.

Brendan pose la main au creux de mon dos, puis la laisse lentement descendre, jusque sur mes fesses. Avant que je puisse me dégager, Will nous rejoint et se place entre nous.

— Ça prend un temps fou, non ? grogne-t-il en attrapant le pichet.

Tandis que nous le suivons jusqu'à leur table, Brendan se penche vers moi.

— Qu'est-ce que je t'avais dit ?

C'est super chelou d'être assise là. Brendan et Will s'entendent comme chien et chat ; quant à Jessica et moi, on se déteste cordialement. À mon grand soulagement, Brendan m'entraîne loin de la table.

— Tu sais danser la country, hein ? me demande-t-il.

— Je viens du Texas. Je pourrais presque donner des cours.

Nous voilà sur la piste de danse. Un moment plus tard, nous sommes rejoints par Will et Jessica. On sent qu'il a envie d'être ailleurs. Brendan me fait tournoyer sur moi-même, puis me penche en arrière. Encore un peu et je me cogne la tête par terre.

Ça le fait marrer.

— Tu es à fond sur moi, maintenant, hein ?

— Tu m'étonnes. Il n'y a rien de plus sexy qu'un mec qui te provoque une commotion cérébrale pendant que tu danses !

— Tu es une vraie dure à cuire, soupire-t-il. Pas étonnant que mon frère te kiffe.

— Oh ! pitié, arrête avec ça ! Ça devient vraiment bizarre.

Je lui adresse mon regard le plus assassin, mais ça ne marche pas avec lui. Exactement comme avec son frère.

— Crois-moi, c'est *déjà* bizarre.

Dès que nous nous retrouvons à proximité de Will et de Jessica, Brendan s'écarte de moi sans crier gare et attrape le bras de Jessica.

— Changement de cavalière !

De nous quatre, c'est le seul qui paraît s'amuser. Il s'éloigne avec elle en dansant.

Will et moi restons plantés là sans un mot. Le malaise est total. Je m'apprête à regagner la table, mais il m'en empêche, la main autour de ma taille.

— Oh ! et puis merde, souffle-t-il en attrapant ma main libre. Ça ne sortira pas de cette pièce.

Je lève les yeux au ciel.

— Tu penses vraiment que je vais me vanter d'avoir dansé avec toi ?

— On ne m'appelle pas le roi de la country pour rien.

Vu le peu d'entrain avec lequel il dansait tout à l'heure, j'ai du mal à le croire.

— Qui t'appelle comme ça ?

— Toi, bientôt, répond-il avec son sourire prétentieux.

Ce sourire qui pourrait me faire faire n'importe quoi. Je dis bien : *n'importe quoi.*

Il me fait tourner à droite, à gauche, à une vitesse ahurissante. Je n'ai pas d'autre choix que de le suivre.

— La vache ! Tu as appris ça où ?

— Auprès de ma mère. Elle prétendait que ça nous serait très utile plus tard.

— Et … elle avait vu juste ?

— Ça m'a aidé à conclure plus d'une fois, avoue-t-il en me faisant tourbillonner sur moi-même.

Je suis tellement étonnée que je manque de lui lâcher la main. Lui-même a l'air légèrement surpris.

— Je n'aurais pas dû dire ça. Désolé.

Brusquement, je me retrouve collée contre son torse. Nos bouches sont à quelques centimètres l'une de l'autre. Je murmure :

— Will, je me doute que ça t'aide à pécho.

Nos regards se croisent, dans une tension incroyable. Il ferme les yeux.

— Ne fais pas ça, dit-il entre ses dents.

Sur ces mots, il s'écarte et s'éloigne en direction des toilettes.

Je pousse un soupir et regagne la table, seule. J'ai osé croire Brendan. Je ne referai pas cette erreur.

Plus tard, alors que je viens de me mettre au lit, on frappe à la fenêtre. J'écarte les rideaux. C'est Brendan, avec son petit sourire diabolique. Il tient un pack de bières.

J'ouvre.

— Et dire que c'est moi qu'on accuse d'avoir une mauvaise influence !

Il m'adresse un clin d'œil et répond :

— Il y a forcément des avantages à grandir dans une maison de plain-pied.

Je passe un sweat par-dessus ma tenue de course et j'escalade le rebord.

— À mon avis, tu l'as fait un certain nombre de fois.

— Je me suis fait choper un certain nombre de fois aussi, m'explique-t-il en ricanant.

Nous descendons jusqu'aux écuries. Avec toute cette paille, il y fait bien chaud. D'un ton sarcastique, je lance :

— C'était l'éclate, ce soir.

— Il n'y a pas moyen de s'amuser quand Jessica est là. Elle se la raconte tellement.

— Je me demande pourquoi ton frère ne s'en rend pas compte.

— C'était le cas, avant. Quand ils étaient ados, mon père insistait pour qu'il l'invite à sortir. Tu aurais vu la tronche de Will ! On aurait dit qu'il le forçait à avaler une assiette de caca. Et puis, mon père est mort. Ils se sont mis ensemble. Ça me dépasse.

— Si tu la détestes à ce point, qu'est-ce qui t'obligeait à venir avec nous ? Tu n'as pas de potes, dans le secteur ?

— J'avais mes raisons, élude-t-il. Et toi ? Pourquoi est-ce que tu dors ici avant les compétitions ? Et pourquoi est-ce que tu es là ce soir ? Tu n'as pas de compète demain ?

Je le regarde sans cacher ma surprise. Personne ne lui a rien dit. Ni Dorothy ni Will. Ils me laissent mes secrets.

— Tu vas me prendre pour une dingue.

— Hé, je suis fiché pour exhibitionnisme. Ce n'est pas moi qui vais t'accuser.

Tout mon corps se raidit.

— C'est vrai ?

— Petit détail amusant, se foutre à poil pendant un week-end d'intégration est assimilé à de l'exhibitionnisme. Tu parles d'une injustice. Je veux dire, regarde-moi. Les filles ont eu de la chance de pouvoir mater un beau mec comme moi.

Je pousse un soupir excédé. Il me donne un petit coup de coude.

— Allez, explique-moi pourquoi ma mère a envie de t'adopter. Mon frère risque son job et sa santé mentale pour t'avoir ici, ce n'est pas sans raison.

Pour la première fois, je décide en mon âme et conscience de raconter mon histoire à quelqu'un parce que j'en ai envie, et non parce que les circonstances m'y obligent. C'est toujours humiliant. Cela dit, avoir révélé mon grand secret à Will et Dorothy m'a aidée à franchir un cap.

Au terme de mon histoire, Brendan est soufflé.

— C'est génial ! Tu fais une séance d'entraînement entière et tu n'en as même pas conscience.

Trouver ça « génial » est peut-être exagéré. Mais c'est mieux que rien.

— En résumé, tu dors sous le même toit que mon frère, vous vous voyez tous les matins, il préfère passer du temps avec toi qu'avec sa copine. À part ça, il ne se passe rien.

— Will est mon coach, Brendan. Il se ferait virer. De toute façon, on n'est pas intéressés.

OK, c'est un mensonge. Mais, vu la façon dont je l'ai fait fuir, tout à l'heure, c'est vrai pour l'un de nous deux.

— Eh, tu sais quoi ? me dit Brendan en se rapprochant. Il paraît que son petit frère est super sexy. Et libre.

— Will n'aimerait pas trop ça, je crois.

— Exactement. Ça l'aiderait peut-être à réviser ses priorités.

— Ça ne ferait qu'aggraver les choses, surtout. Votre relation est déjà assez tendue.

Une petite étincelle lui traverse les yeux.

— Will a toujours été mon meilleur ami. Je ne comprends pas ce qui lui est arrivé.

43

Will

La journée de samedi commence très mal.

D'abord, mon frère tourne autour d'Olivia comme un chien en rut depuis qu'elle est arrivée à la ferme, hier soir. Ensuite, je suis coincé sur le campus pendant des heures à cause de la journée portes ouvertes. Brendan va certainement lui tenir la jambe jusqu'à mon retour. La façon dont elle s'est lovée contre moi la nuit dernière et ma réaction ne me quittent pas. Seigneur, on devait voir que j'avais la gaule depuis l'espace !

Pour finir, Jessica m'a fait une scène pas possible quand je lui ai annoncé que je dormais chez ma mère.

— Je n'en reviens pas que tu dormes sur le canapé ! Olivia n'a qu'à se trouver une famille.

Jessica a la chance d'avoir des parents friqués, des frères et des sœurs. Elle part au ski et au bord de la mer tous les ans. Et elle me reproche le peu que nous essayons d'offrir à Olivia ?

— La famille d'Olivia se compose d'une seule personne. Qui est atteinte d'Alzheimer, en plus. Où veux-tu qu'elle s'en trouve une ? Explique-lui, elle adorerait !

— Tu as compris ce que je voulais dire, Will. Tu n'as pas à être la seule personne dans sa vie. Tu as déjà fait énormément pour elle. Il faut arrêter la charité, au bout d'un moment.

Je l'ai regardée comme si un voile venait de se déchirer. Mais, pour être honnête, j'avais déjà deviné sa vraie nature, au lycée. La différence, c'est que je m'étais laissé influencer par l'opinion de mon père. Il la trouvait gentille. Elle était pom-pom-girl, à l'époque, la star de l'établissement. Alors que, moi, j'étais le garçon que la police raccompagnait chez lui tous les quatre matins. Il m'avait répété une bonne centaine de fois que, si je revenais dans le droit chemin, je pourrais conclure avec une fille dans son genre.

Ce que j'avais déjà fait, sur la moquette de la chambre de quelqu'un, durant une soirée dont je ne me souviens même pas. Je ne lui avais rien dit. Je me rappelais à peine ce moment, pour ne rien cacher. Il n'empêche : Jessica avait passé l'année suivante à me proposer de venir chez elle dès que ses parents n'étaient pas là. Elle m'invitait dans leur résidence secondaire, au bord du lac. Et elle se mettait en rogne quand je refusais. Des années plus tard, mon père s'est mis à dire :

— Ah, cette Jessica Harper. Ça, c'est une fille avec qui tu devrais te caser.

Serait-il resté du même avis s'il avait entendu ce qu'elle avait dit, hier soir ? Et puis, surtout, ai-je eu raison de me laisser influencer par l'opinion de quelqu'un qui ne l'a jamais vraiment connue ?

Je récupère Jessica en rentrant du campus. En réalité, je ne souhaite pas qu'elle vienne à la ferme et je n'ai pas envie qu'elle se retrouve dans la même pièce qu'Olivia. Mais ai-je le choix ? Si nous sortons ce soir, mon abruti de frère aura le champ libre pour faire son numéro de séducteur. *Et ça n'arrivera pas.*

Depuis la chambre, Jessica me lance qu'elle est quasiment prête. Puis elle passe la tête par la porte.

— Viens t'asseoir ici, me dit-elle d'une voix charmeuse. On a tout notre temps avant le dîner.

Je secoue la tête en évitant son regard et me tourne vers la télé.

— Ma mère m'a demandé de ne pas tarder à rentrer.

C'est faux, mais la perspective de coucher avec Jessica ne me tente pas.

— Allez… cinq minutes, insiste-t-elle avec une petite moue.

— Je vais regarder le match, dis-je sans même me tourner vers elle.

Olivia est absente quand nous arrivons à la ferme. Sans surprise, Brendan est assis sur le canapé, devant un match de football. Le reste lui passe au-dessus de la tête. Dans ces moments-là, lorsque je pense aux deux jobs que je cumule pour lui payer ses études, je comprends pourquoi mon père m'en voulait à ce point. Il tenait à ce que je fasse passer la famille d'abord, que je commence à assumer mes responsabilités. Et moi, en bon petit égoïste, je refusais de voir les difficultés qu'il avait. Je n'étais pas à la hauteur.

Tandis que Jessica part à la recherche de ma mère, je m'installe dans le fauteuil face à lui et tente d'engager la conversation.

— Alors, c'est comment, à la fac ?

Il hausse les épaules.

— C'est comment d'avoir deux copines ?

— Je n'ai pas deux copines, je réponds d'une voix tendue.

— Ben voyons ! Tu as passé la soirée d'hier à lui mater le cul, mais non, il n'y a rien entre vous.

— Je ne vois pas de quoi tu parles.

— Cool. Parce que, si tu n'es pas intéressé, moi si. Et je vais tenter ma chance.

J'en ai le souffle coupé. L'imaginer avec Olivia n'a rien de difficile. On aurait dit un véritable couple, hier soir, au bar. Lorsqu'il lui a caressé les fesses, c'est la présence de Jessica qui m'a retenu de péter un câble.

— Fiche-lui la paix, ne m'oblige pas à te le répéter.

— Répète-le tant que tu veux, je m'en fous. Dis à maman que les flics m'ont pécho. De toute façon, c'est uniquement parce que tu veux garder Olivia pour toi tout seul. Ce n'est pas toi qui décides avec qui elle sort.

Non, effectivement, mais je n'ai aucune envie d'être là quand ça arrivera.

— C'est elle qui choisit. Mais, tant que c'est moi qui paie les factures, laisse-la tranquille.

Brendan se lève aussitôt et lâche d'un ton amer :

— Bravo, Will. Tu es devenu comme papa !

Il a raison. Mais je m'en fiche parce qu'il a tout le reste – à commencer par sa liberté d'ado attardé. Il n'aura pas Olivia en prime.

44

Olivia

Je déteste Jessica !

Je pensais que je détestais Betsy mais, de toute évidence, ma chère coéquipière ne m'inspire qu'un agacement relatif comparé à ce que j'éprouve à l'égard de la copine de Will. Le truc, c'est qu'elle n'a rien fait de grave, ce soir. En apparence, du moins. Peu importe : je déteste la voir assise sur les genoux de Will avant le dîner. Je déteste la façon dont elle lui caresse le poignet du bout du pouce et je déteste le bras qu'il enroule autour d'elle, presque machinalement. Je déteste cette mine triomphante qu'elle affiche quand il le fait. C'est à moi qu'elle s'adresse, même si elle ne regarde pas dans ma direction.

Lorsque nous entendons Will rire dans la cuisine avec Dorothy, Brendan affiche un air excédé.

— Il a dû prendre ses petits cachets. Il a tiré la tronche pendant tout le week-end.

Jessica nous adresse un clin d'œil à tous les deux.

— C'est parce qu'il a fait un peu de sport tout à l'heure, si vous voyez ce que je veux dire.

Connasse.

— Il faudrait que je passe le voir au travail, ajoute-t-elle en me souriant. Ça l'aiderait à évacuer la pression.

À cet instant, je ne me contente plus de la détester. J'ai envie de lui redessiner le portrait à coups de pompe.

Je passe la soirée la mâchoire serrée et les poings fermés. Pile au moment où je commence à me détendre, ils se lèvent pour partir. Will quitte la pièce, et elle me prend à part.

— Hé, c'était juste pour te dire… Je suis désolée pour ton frère.

Je hoche la tête. Elle est désolée ? Tu parles ! Et Will qui refuse de voir que c'est une conne. Ça me dépasse.

Elle poursuit :

— Ça m'ennuie d'avoir à aborder ça avec toi, mais… Will et sa famille n'ont pas les moyens d'aider quelqu'un en ce moment. Ils sont dans une mauvaise passe, et je doute qu'ils puissent gérer des problèmes supplémentaires.

— Je ne leur ai pas demandé de m'aider.

— Non, mais tu vois ce que je veux dire… Ils ne peuvent pas être ta famille de substitution. Ils ont assez de choses à gérer de leur côté. Dorothy et Will n'oseront jamais te l'avouer, évidemment, mais c'est assez évident, non ?

Je déteste chacun des mots qui sortent de sa bouche. Mais je déteste encore plus savoir qu'elle a sans doute raison.

45

Will

Le lundi matin, j'arrive au bord du terrain avec un mauvais pressentiment. La semaine sera pourrie. Ce qui se confirme très vite.

Pour commencer, Olivia débarque de plus en plus stressée et avec de vraies valises sous les yeux. À chaque succès, le nombre de gens qui s'attendent à la voir gagner augmente. Son stress aussi. Et ça se comprend. Offrir aux gens une agréable surprise est une chose. Répondre aux attentes de tout un groupe en est une autre. Je me demande pourquoi ça lui tombe dessus, tout d'un coup.

Pour ne rien arranger, il y a Betsy, qui a un don pour trouver le point faible de quelqu'un et appuyer dessus de toutes ses forces. Soudain, la voilà qui lance à Olivia :

— Hé, si tu ne finis pas première la semaine prochaine, on n'ira pas aux épreuves régionales.

— Peut-être que si tu bougeais ton gros cul je ne devrais pas tout assumer, réplique Olivia d'un ton cinglant.

On sent quand même qu'elle a peur. Je n'ai jamais été fan de Betsy, mais maintenant je la déteste, et c'est dur de le cacher.

Autre problème : l'organisation de notre déplacement dans le Wyoming est une catastrophe, les types que j'embauche pour nous aider à récolter le maïs et le soja sont en retard, et Jessica est ultra-collante. Elle a même osé venir me voir au bord du terrain, alors que je lui avais demandé de ne pas le faire.

— Qu'est-ce qu'il y a ? s'étonne-t-elle. Je n'ai pas le droit de rendre une petite visite matinale à mon copain ?

— On en a déjà parlé. Je n'aime pas mélanger mon métier et ma vie privée.

— J'ai du mal à le croire, quand on sait qu'Olivia est toujours fourrée chez ta mère.

Seigneur, j'aurais préféré qu'elle ne fasse jamais la connaissance d'Olivia. Elle est insupportable depuis la semaine dernière. Avec un soupir, je réponds :

— Je n'ai pas le choix.

— On a toujours le choix, Will.

Le mercredi, Olivia arrive avec des jambes en coton. Elle a les bras légèrement écorchés. Je lui dis aussitôt :

— Tu dors chez ma mère ce soir !

— Non.

— Si. Tu flippes, et je n'ai aucune envie que tu te blesses ou que tu sois épuisée juste avant la compétition.

— Je ne sortirai pas pour courir.

— Comment veux-tu tenir une promesse pareille ? Tu n'aimes pas passer du temps avec ma mère ?

Une ombre flotte sur son visage. Elle me fait soudain penser à la petite fille qu'elle a dû être autrefois. Fragile comme du verre.

— Je ne suis pas un cas social.

— Personne n'a jamais prétendu ça.

— Je vous remercie pour tout ce que vous faites, ta mère et toi, mais je n'ai pas besoin d'aide.

— Si tu ne le fais pas pour toi, fais-le pour l'équipe.

Je n'aime pas avoir à lui mettre davantage de pression. Mais il y a pire : l'imaginer courir dans la nuit, à travers son quartier pourri. Et je ne compte pas passer chaque nuit à dormir sur le pas de sa porte.

— Grâce à toi, nous avons des chances de décrocher le titre. Pense à ce que ça représenterait pour les autres.

Elle finit par hocher la tête. Elle a l'air fatiguée, dépassée. Je n'aurais pas dû aborder le sujet. Autant dormir devant chez elle que la voir aussi dévastée.

46

Olivia

Dorothy semble heureuse de me voir. Je garde néanmoins en tête les propos de Jessica.

— Tu devrais rester ici jusqu'à la compétition, me propose-t-elle pendant le dîner. Un peu de repos et de bons petits plats, ça te ferait du bien !

— Merci, c'est très gentil, dis-je d'une voix mal assurée. Mais j'ai déjà prévu des trucs.

— Ah oui, quoi ?

Je hausse les épaules. J'aimerais tellement éviter cette conversation…

— Je suis censée sortir avec quelqu'un.

J'ai lancé ça bêtement, sur un coup de tête. Voir Jessica se pointer au bord du terrain m'a tellement énervée que j'ai fini par accepter de sortir avec Evan. Je vais le regretter, je le sais déjà.

Will relève brusquement la tête.

— Ah bon ? Avec qui ? me demande-t-il.

— Tu ne le connais pas. Il est dans l'équipe de natation. Il s'appelle Evan.

— Evan ? Evan Rainier, tu veux dire ? C'est le capitaine de l'équipe, bien sûr que je le connais !

— Will…, dit sa mère d'un ton réprobateur.

— Désolé, marmonne-t-il.

Il garde la mâchoire serrée.

— C'est quoi, le problème ? je demande. C'est un tueur en série ?

— Non, je… Tu n'as pas l'air très sûre de toi.

— Parce que je n'ai pas envie de sortir avec un mec. Je lui ai dit, mais il m'a demandé de lui laisser sa chance.

L'explication semble ravir Dorothy.

— Ohhhh. Il a l'air très gentil, ce garçon, Olivia.

— C'est le cas.

Evan est très gentil. L'ennui, c'est que je préfère le contraire des gentils garçons. Et j'en ai un spécimen face à moi en ce moment même.

— Est-ce qu'il n'est pas trop gentil ?

Nous voilà ramenés à notre précédente conversation. Will veut savoir si je compte coucher avec Evan. Il croit quoi ? Que je vais refuser, parce qu'il me fait culpabiliser ?

— Non, il n'est pas *trop* gentil, pas du tout.

Will se lève alors et laisse tomber sa fourchette dans son assiette. Sans doute un peu trop brusquement.

— En résumé, ce mec ne t'intéresse pas, mais tu vas coucher avec lui quand même ?

Dorothy en est bouche bée. Elle le fixe d'un air réprobateur.

— Pourquoi je ne devrais pas, Will ? Tu couches bien avec Jessica et tu ne l'aimes pas, que je sache ? Pourquoi je ne pourrais pas en faire autant, hein ?

On dirait que je viens de lui coller une gifle.

— Jessica est ma copine. Je l'aime.

— Tu parles ! Ça, c'est un bobard monumental. Chaque fois que tu aperçois sa voiture en arrivant ici, tu te décomposes.

Chaque fois qu'elle ouvre la bouche, tu grimaces. Tu ne l'aimes pas, mais il y a pire, à mon avis : une part de toi la déteste même au plus haut point. Or, moi, j'aime être avec Evan. C'est sympa de passer du temps avec lui, de discuter avec lui. Sois honnête une minute : tu oserais dire la même chose au sujet de Jessica ? Avant de répondre, calcule le nombre de fois où tu as essayé de l'éviter, ces derniers temps. Et demande-toi pourquoi.

Un silence pesant tombe sur la cuisine à la fin de mon petit discours. Nous sommes tous un peu sous le choc. Will tourne les talons et sort de la maison. Dorothy semble plus stupéfaite qu'en colère. Et encore, difficile à dire. Son fils vient de partir en trombe à cause de moi, quand même.

— Désolée.

Elle me fixe, la mine défaite. Pour la première fois depuis que je la connais, elle fait son âge.

— Ne sois pas désolée, me dit-elle. Il avait besoin de l'entendre.

Peut-être. Mais alors pourquoi a-t-elle l'air aussi triste ?

Will n'est toujours pas rentré quand je vais me coucher. Est-ce que je n'ai pas dépassé les bornes ? Il a toujours été inquiet à l'idée que je sorte courir dans la nuit. C'est terminé ? Si ça se trouve, je l'ai poussé à bout, et il a laissé tomber.

Il me faut un temps fou pour m'endormir. J'attends d'entendre la porte d'entrée s'ouvrir. Je vais sortir courir, c'est sûr, et pour la première fois de ma vie ce n'est pas à cause d'une compétition, de mon frère ou d'un truc qui s'est passé il y a des années.

C'est à cause d'un garçon.

47

Will

Je roule loin de la ferme, le plus vite possible, comme pour me détacher de ce qu'Olivia vient de dire. J'en suis incapable. Parce qu'elle a raison. Chacun de ses mots était juste.

Je n'aime pas Jessica. Pire : je la redoute. Je redoute de la voir débarquer dans mon bureau, chez moi ou à la ferme. Elle ne me dégoûte pas, non, bien sûr que non. Mais elle ne m'inspire rien. Ni désir ni intérêt. Je n'ai même pas l'envie de penser à elle quand elle n'est pas là. Toutes ces nuits où j'ai dormi sur le canapé de ma mère, j'ai pensé à une fille. Et cette fille n'était pas Jessica.

J'en veux terriblement à Olivia de m'avoir mis le nez dessus. Et je m'en veux encore plus de ne pas l'avoir compris plus tôt.

Je fais demi-tour. De retour à la ferme, je m'assieds sous le porche, la tête entre les mains. Pourquoi me leurrer ? Jessica m'a toujours indifféré. Si je me suis mis avec elle, c'était pour essayer de faire plaisir à mon père. Et encore, il était trop tard.

J'ai repris la ferme, comme il le voulait. Je suis sorti avec la fille qu'il m'avait choisie. J'ai passé deux ans à m'amender, pour lui montrer que j'étais désolé d'avoir autant déconné, de l'avoir envoyé bouler autant de fois, de l'avoir laissé s'occuper de tout, tout seul, sans jamais lui donner un coup de main. L'ennui, c'est qu'à force d'essayer de me racheter ma vie est devenue une coquille vide. Et ça ne l'a pas fait revenir. Pathétique !

Je me lève, car la porte vient de s'ouvrir à toute volée. Je bondis droit devant moi. Bon sang, j'aurais dû entrer dans la maison plus tôt ! J'attrape Olivia juste avant qu'elle descende les marches. Elle hurle, elle se débat, puis finit par lâcher prise, avant de s'effondrer contre moi en sanglotant faiblement. C'est terminé.

Je la porte jusqu'à sa chambre. C'est marrant. J'ai grandi dans cette pièce mais, en peu de temps, elle est devenue la chambre d'Olivia. Ce sera toujours sa chambre, même quand elle ne sera plus là.

Je l'étends sur le lit. Elle est toujours agitée. *Oh ! et puis merde.* J'ai envie de rester, la voilà, la vérité. J'aime m'endormir à côté d'elle. J'y pense aussi souvent que je pense à elle toute nue. Ce qui m'occupe une bonne partie de la journée, malgré tous mes efforts.

Je la glisse dans le lit. Juste au moment où j'essaie de retirer mon bras de sous son corps, elle se tourne vers moi. Là, les yeux encore fermés et presque endormie, elle lève la tête et m'embrasse.

Mille fois, j'ai imaginé ce que je ressentirais en l'embrassant. Je ne peux pas regarder sa bouche sans y songer, jamais. Mais c'est encore plus incroyable que je ne le pensais. Ces lèvres douces, ce corps lové contre le mien. L'espace d'un instant, je m'abandonne à la délicieuse sensation sans réfléchir. Plus rien n'existe à part sa bouche, sa peau parfaite et ce corps qui semble appeler mes caresses.

Le grognement que je laisse échapper brise le silence. Le charme est rompu. Mon cerveau se remet en marche, et je rouvre les yeux. Olivia est allongée sur le dos, et je suis presque penché au-dessus d'elle, les mains sur ses hanches. Mes doigts commencent à se glisser sous son débardeur. *Merde*. Elle est toujours endormie, et je suis sur le point de… je ne sais pas quoi. Je ne veux pas savoir.

Je m'écarte, quitte la pièce et vais m'asseoir sur le canapé. La culpabilité me rend malade. Mais pas tant que ça, car j'ai envie de retourner dans cette chambre et de recommencer.

J'ai rêvé de cette scène. On est censé être heureux de vivre ce dont on a rêvé, non ? Eh bien, pas moi. Maintenant que j'ai eu un aperçu de ce que j'éprouverais avec elle, je vais passer le reste de ma vie en sachant aussi à quoi j'ai renoncé.

48

Olivia

— Tu es complètement dans le cosmos, aujourd'hui, Finn.

— Tu m'étonnes, elle sort avec Evan, ce soir !

Erin, Hannah et les autres filles avec qui je prends mon petit déjeuner s'esclaffent.

— Finn qui craque pour un mec, c'est ouf, non ?

Je lève les yeux au ciel et leur laisse croire qu'elles ont raison. C'est d'ailleurs le cas, en partie.

Sauf qu'elles se trompent de mec.

Hier soir, j'ai embrassé Will. Et, à cause de ce baiser, j'ai passé toute la matinée un doigt sur mes lèvres, pour tenter de revivre ce moment.

Je me suis réveillée pendant la nuit. Les bras de Will étaient enroulés autour de moi, ils me protégeaient. Ce n'était pas la première fois. La sensation m'était familière, mais pas suffisante. Je voulais qu'il m'en donne davantage. Alors, à moitié endormie, je l'ai pris.

La bouche de Will était aussi douce et charnue que je l'avais imaginé. À ma grande surprise, il ne s'est pas écarté. Il a laissé échapper tout bas un grognement. Il m'a attirée contre lui et m'a embrassée comme s'il en avait eu envie depuis un long, un très long moment. Il m'a fait rouler sur le dos, il s'est penché sur moi… et s'est arrêté net, avant de reculer, comme si je l'avais brûlé.

Ce n'était pas un baiser agréable.

C'était un baiser extraordinaire, un truc de dingue. Je m'en souviendrai chaque fois que je serai avec quelqu'un d'autre. J'y penserai même quand j'aurai quatre-vingts ans. Je donnerais ma vie entière pour revivre ce baiser !

Il m'a à peine parlé, ce matin. Nos regards ne se sont quasiment pas croisés. Peu importe. À présent, je sais qu'une partie de lui en a envie, qu'il l'admette ou pas.

Evan passe me chercher en voiture. En vrai gentleman, il ne fait presque aucune remarque sur mon quartier pourri.

— Ce n'est pas mal, dit-il. Je parie que tu n'as pas beaucoup de chemin à faire pour trouver de la drogue !

Nous sortons de la ville et prenons la direction des montagnes. Il m'emmène dans un petit restau qui sert les meilleures grillades du monde. À l'arrière s'ouvre une terrasse couverte, sur laquelle souffle une brise légère. Je n'avais pas envie de ce rendez-vous, mais ça va.

— C'est plus sympa que de manger des nouilles toute seule, pas vrai ? me lance-t-il.

— J'en sais rien. Un bon plat de nouilles au goût crevette, c'est le paradis.

— Tu passes un bon moment, avoue.

— C'est bon, tu as gagné. Je passe un bon moment.

— Et on ressortira ensemble un autre soir.

— On verra.

— Génial ! s'exclame-t-il en se penchant vers moi. Au fait, je t'ai menti, la première fois où je t'ai demandé de sortir avec moi. Je vais essayer de t'embrasser.

C'est un baiser agréable, à l'image de ce rendez-vous. Mais il est cent fois moins bien que celui de la nuit dernière, avec Will.

49

Will

— J'ai l'impression qu'il manque quelque chose, me dit ma mère, dans l'après-midi. La maison a l'air vide.

Je n'ai même pas à lui demander de qui elle parle. Cette maison était mon refuge. Et voilà qu'en effet il y manque quelque chose.

— Je n'aurais jamais pensé vivre ça avec Olivia.

— Will… Il vaut parfois mieux s'avouer les choses au lieu de se convaincre qu'elles n'existent pas.

— Tu veux que j'admette qu'elle me plaît ? OK, je l'admets. Et oui, ça remonte au jour où je l'ai rencontrée. Voilà, c'est dit, mais ça ne m'aide pas à aller mieux.

— Si elle te plaît à ce point, pourquoi restes-tu avec Jessica ?

— Je ne sais pas. Je devrais laisser passer Thanksgiving. Elle a dit à sa famille qu'elle ne rentrerait pas. Mais ça rendra les choses encore plus difficiles.

— Pourquoi ?

Je pousse un soupir excédé. Une seule chose m'a empêché de vraiment déconner : le fait d'être en couple. Je suis bien trop souvent avec Olivia et je me retrouve dans des situations où il suffirait d'un rien pour que je commette une erreur. Comme la nuit dernière, tiens. Mais ça, ma mère n'en saura rien.

— Je suis souvent avec Olivia.

Espérons qu'elle comprenne…

— Dans ce cas, essaie de trouver une meilleure solution, mon chéri. Si tu évitais de dormir ici la veille des compétitions ?

— Sans rire ! Et c'est toi qui te chargeras de la retenir quand elle voudra s'enfuir, m'man ?

— Évidemment que non ! Brendan pourrait, lui.

— Non.

Je réponds d'une voix glaciale, les poings serrés.

— Pourquoi pas ? Il est aussi grand que toi, et presque aussi rapide. Je suis sûre qu'il sera d'accord.

— Oh ! ça oui, aucun risque. Il sautera sur l'occasion, à tous les sens du terme. Alors, c'est non.

— Si tu ne peux pas être avec elle, passe le relais.

— Je ne l'empêcherai jamais de se mettre avec quelqu'un. Mais ne compte pas sur moi pour l'encourager à se trouver un mec.

— J'ai envie qu'elle soit heureuse. Et, si elle l'était avec l'un de mes fils, ce serait encore plus beau.

— Tu penses que…

Ma voix tremble, je dois faire un effort pour lâcher :

— Tu penses que Brendan lui plaît ?

Elle pousse un soupir et répond :

— On ne le saura pas tant que tu continueras à lui mettre des bâtons dans les roues.

Fais-moi confiance, je ne compte pas m'arrêter maintenant.

Brendan. Evan. Le monde est rempli de mecs susceptibles de me voler Olivia. Un jour, l'un d'entre eux y parviendra.

50

Olivia

Tout le monde veut savoir comment s'est passé mon rendez-vous. C'est la première chose qu'on me demande dès que je pose le pied sur le terrain.

Je grogne :

— Vous êtes tellement prévisibles…

La soirée s'est bien passée. Mais, pour être honnête, je l'ai presque déjà oubliée et je n'ai pas envie de perdre du temps à en discuter maintenant.

— Ha ha, elle fait sa cachottière ! lance Nicole en ricanant. Ça veut dire qu'ils ont fait des trucs.

— Hé, les filles, ce serait trop vous demander d'arrêter de jacasser et de faire vos étirements ? intervient Will.

C'est comme s'il n'avait rien dit.

— Il est comment, sans T-shirt ?

J'ai du mal à ne pas éclater de rire.

— C'est un nageur, Nic.

Je commence à en avoir marre. Je suis à cran, et les conneries de mes coéquipières n'arrangent rien.

— Fais une recherche sur Google, tu sauras à quoi il ressemble sans son T-shirt.

— Je sais. Mais je voulais t'entendre admettre que tu l'as vu de près.

— Une femme a le droit d'avoir ses secrets, dit Erin.

— Et le devoir d'en parler à ses copines ! répond Nicole.

Dans l'après-midi, Evan passe au stade pour regarder notre entraînement. Erin est la première à le repérer. Will suit son regard et se crispe aussitôt.

— Olivia, demande à ton petit copain de quitter le stade, s'il te plaît.

Je bougonne :

— Ce n'est pas mon petit copain. Et puis, en quoi ça pose problème qu'il soit là ?

— Il va te déconcentrer. Tu es là pour progresser, pas pour faire la star devant un mec.

— Je ne faisais pas la star, je ne savais même pas qu'il était là !

— Peu importe, grommelle-t-il. Soit tu le lui expliques toi-même, soit j'appelle son coach. À toi de voir.

Une fois que Will en a terminé avec son discours à la con, je grimpe dans les tribunes pour rejoindre Evan. Il pose son bouquin et désigne Will d'un mouvement de tête.

— C'est quoi, le problème ? Vous vous preniez le chou ou quoi ?

— Il m'expliquait que tu n'avais pas le droit d'être là. Désolée. Si tu ne t'en vas pas, il appellera ton coach.

— Sérieux ? De quoi il se mêle ? J'ai le droit de m'asseoir ici, on est dans un lieu public.

— Il pense que tu vas me déconcentrer.

— Ah oui ?

Pff, j'imagine d'ici les films qu'il va se faire…

— Je ne dis pas le contraire. Mais je suis assez concentrée pendant l'entraînement.

Les yeux plissés, Evan observe Will qui ramasse des plots posés sur la piste.

— Pas grave. On peut toujours passer du temps ensemble en dehors de l'entraînement. Il ne sera pas sur ton dos pour te surveiller.

Pas sûr. Si Will se décidait à le faire, il y parviendrait, je le sens.

La compétition de dimanche m'angoisse tout au long de la semaine. Le samedi, j'ai l'estomac noué, le doute s'empare de moi. Betsy est la plus rapide de l'équipe après moi, et je ne l'ai jamais vue finir mieux qu'à la sixième place. Traduction : il faut que je termine en tête pour que notre score global soit le plus haut possible. Si je foire, on pourra dire adieu aux épreuves régionales.

J'ai passé la journée à tourner en rond dans mon salon. Lorsque Will vient me chercher, je n'ai même pas la force de l'engueuler pour son cirque de la veille.

Dorothy a préparé le dîner, mais j'ai du mal à avaler le contenu de mon assiette. Je les écoute discuter, sans participer. Tout ce qui pourrait merder demain m'occupe trop l'esprit.

Will pousse un soupir en contemplant mon assiette encore pleine.

— Allez viens, on va faire une balade à cheval.

Nous nous rendons au lac creusé par son père. Je l'observe tandis que les chevaux broutent un peu d'herbe. Je commence à comprendre pourquoi il éprouve des sentiments aussi ambivalents à l'égard de son père. Celui-ci l'a traité durement, c'est vrai, mais il voulait aussi son bonheur.

Will s'assied à côté de moi.

— Sur une échelle de 1 à 10, la course de demain te stresse à quel point ? demande-t-il avec un sourire moqueur.

— 1000.

— Olivia…

— Oui, oui, je sais, il faut que je me donne à fond en oubliant le stress. N'arrivera que ce qui doit arriver.

— En fait, j'allais te dire de ne pas perdre, par pitié.

Je manque de m'étrangler en m'esclaffant.

— Connard !

— Mais surtout, donne-toi à fond. N'arrivera que ce qui doit arriver.

— Toute l'équipe me détestera si je me rate, demain.

Il fronce les sourcils.

— Il t'arrive de dire des conneries, mais là, on dépasse les limites. Pourquoi est-ce que les autres filles te détesteraient si tu échoues ? Ça voudrait dire qu'elles ont échoué, elles aussi.

— Parce que je suis la seule capable de gagner.

Ça peut sembler arrogant de ma part, mais c'est la vérité. Les autres ont beau bosser comme des tarées, le travail ne fait pas tout. Les gènes jouent un rôle, eux aussi.

— Si je n'avais pas tourné de l'œil lors de la première compétition, on aurait déjà décroché notre ticket pour les épreuves régionales. Tout reste à faire.

— Dis-toi plutôt que, si tu n'étais pas venue chez nous, on aurait enchaîné les résultats moyens. Si on est en aussi bonne place, c'est grâce à toi.

Hum. Peut-être. Mais ça ne change rien au fait que nous serons toutes déçues, si je foire demain. Peu importe, il y a d'autres sujets que j'aimerais aborder. Le baiser de l'autre soir, tiens. Est-ce que ça lui a plu ? S'il en a envie, il peut recommencer. Mille et une pensées négatives s'agitent dans mon esprit, et je passe mes journées à les chasser. Le seul point positif, c'est ce baiser. Or, c'est le seul sujet tabou.

— À force de parler de ça, j'ai l'estomac noué. On peut changer de sujet ?

— L'inspecteur qui était venu à la fac m'a laissé un message, finit-il par dire. À ce qu'il paraît, tu ne réponds pas à ses appels.

— Je n'ai pas envie qu'on parle de ça non plus.

— Liv… À un moment ou à un autre, il faudra que tu le fasses.

— Pas question !

— Pourquoi ? Au fond de toi, tu avais renoncé à retrouver ton frère, tu l'as dit toi-même. Toute cette histoire est terrible, mais est-ce que ça change quelque chose ?

Il attend ma réponse. Je le connais assez bien pour savoir qu'il va me poser la question, encore et encore, jusqu'à ce que j'avoue la vérité.

— Si je retrouvais mon frère maintenant, on serait deux étrangers l'un pour l'autre. C'est juste que, s'ils ont raison…

Ma voix se brise. Will attend toujours.

— S'ils ont raison, ça veut dire qu'il était tout petit, le pauvre… Comment peut-on faire une chose pareille à un gosse ?

Ma phrase s'éteint dans un murmure étranglé, et je sens un étrange chagrin s'emparer de moi et essayer de trouver la sortie. Mon cœur commence à battre à toute vitesse. Il ne gagnera pas cette course-là.

Will se rapproche. Nos deux corps sont tout près l'un de l'autre. Ça fait vraiment du bien. Il passe le bras autour de mes épaules, et je plonge la tête contre son torse. Je savoure la sensation de sa toison sous ma peau, de ses muscles sculptés, de son odeur et des battements de son cœur, tout près de mon oreille.

— Je donnerais n'importe quoi pour le ramener, dit-il tout bas. Ça me mine d'être aussi impuissant.

Je mets une bonne minute avant de répondre :

— Tu as déjà fait beaucoup pour moi, Will. Personne ne m'a autant aidée que toi.

Il cesse de bouger. On dirait que ses poumons et son cœur ont arrêté de fonctionner. Je lève la tête, nos regards se croisent. Qu'est-ce qu'il ressent ? Pour ma part, cela va plus loin que le désir. Quand est-il devenu aussi important pour moi ? C'est très risqué de tenir autant à quelqu'un, je suis bien placée pour le savoir.

Un mélange de panique et de calme se peint sur son visage. Finalement, il détourne le regard.

— Tant mieux, répond-il tout bas. Heureux d'avoir pu t'aider.

Nous regagnons les écuries sans un mot. Je suis à la fois gênée et agacée. Pourquoi lui ai-je dit ça ? J'espérais quoi ? Je desselle Trixie et la brosse à la vitesse de l'éclair. Parce que j'ai hâte de fuir, tout simplement.

— Tu vas encore sortir avec Evan ? demande-t-il.

D'un ton détaché, je réponds :

— Aucune idée. Peut-être.

— Ce n'était pas top ?

Je pourrais consacrer quelques minutes de plus à Trixie. Tant pis. Au moment où je passe devant Will pour sortir, je lâche :

— C'était sympa.

Il m'emboîte le pas.

— Alors où est le problème ?

— Je n'ai pas envie d'être avec quelqu'un.

— Tu parles ! Tu as envie de t'attacher aux gens.

Je le fusille du regard.

— Pas du tout.

— Réponds-moi franchement. Avec la nuit qui t'attend, tu préférerais être seule plutôt qu'en compagnie de quelqu'un qui pourrait t'épauler ? Même si l'avenir n'est pas rose, même si tu dois passer tes journées assise sur un canapé à regarder des émissions de télé-réalité, comme ma mère, tu n'aimerais pas avoir quelqu'un à tes côtés ?

La colère et la tristesse s'emparent de moi. De ma gorge, de ma poitrine et de ma tête. Ça va exploser, je le sens.

Je m'arrête et lâche dans un souffle :

— Si. En admettant que j'aie envie de vivre ça avec toi, tu dirais quoi ?

La brise souffle entre nous, soulignant le silence pesant dans lequel nous sommes enfermés tous les deux. J'ai envie de le détester pour m'avoir forcée à faire cet aveu. Mais, devant tant d'inquiétude et de fragilité, je renonce.

Si je pouvais pleurer, je le ferais, là, maintenant. Je pleurerais et je le supplierais d'ôter son armure. D'admettre que ces moments que nous passons ensemble illuminent son quotidien. Pour moi, c'est le cas. *Admets-le, Will. S'il te plaît.*

— Désolé, dit-il d'une voix rauque. J'ai eu tort d'aborder le sujet.

Il s'éloigne, les poings serrés. Je l'interpelle.

— Tu as aimé dormir avec moi ?

Il s'arrête net.

— Je sais que tu as passé la nuit avec moi, avant la dernière compète. Et dans cet hôtel. Tu es resté, alors que ça ne s'imposait pas. Tu as aimé ça ?

Il baisse la tête.

— Olivia, je n'ai pas le droit d'aimer ça. Je suis ton coach. Je ne serai jamais que ton coach.

Il aimerait se barrer, et j'aimerais me foutre des gifles. Quelle débile ! Je croyais quoi ? Qu'il allait lâcher son job et sa copine pour moi ? Je n'ai pas de famille, pas d'argent. J'ai un casier judiciaire, et il y a un risque certain que je perde ma bourse avant de décrocher mon diplôme. Je déclenche des bagarres, je ne peux pas contrôler ce que je fais pendant mon sommeil et je n'éprouve aucune émotion. Hormis de la colère, la plupart du temps.

Pourquoi quelqu'un abandonnerait tout pour ça ?

Au matin, je suis dans un état lamentable. Je n'ai pas couru, pourtant. Et si je le sais c'est parce que j'ai été incapable de dormir. Je n'avais pas pris conscience de l'importance qu'aurait la réponse de Will, jusqu'à ce qu'elle me revienne en mémoire dans la nuit. Il m'a dit non, poliment mais fermement. Dorothy essaie de me faire manger. Ma nausée revient immédiatement. Si je tourne de l'œil aujourd'hui, ce ne sera pas une surprise, mais ce serait terrible pour l'équipe. En même temps, c'est comme si plus rien n'avait d'importance.

Nous nous préparons à partir. Je n'ai toujours pas dit un mot. Dorothy me souhaite bonne chance en me serrant fort contre elle.

— On se voit mardi, hein ? demande-t-elle.

Je la regarde sans réaction.

— Pour le week-end de Thanksgiving !

Impossible. Je ne peux pas passer un week-end de plus chez Will après l'épisode d'hier soir. Ça m'obligerait à assister au triomphe de Jessica, et il n'en est pas question. Il est temps de couper le cordon. L'autre pétasse avait raison. La famille de Will s'est sacrifiée pour moi, ils n'ont pas à recueillir une orpheline, par-dessus le marché.

Je réponds :

— Oh ! j'ai complètement oublié de vous le dire : je rentre au Texas avec Erin. Désolée.

Le visage de Dorothy se décompose, et la culpabilité me noue l'estomac, sans parler du reste. Au bout du compte, je ne ferai jamais partie de cette famille. Alors, autant arrêter de faire semblant.

51

Will

J'ai merdé.

Je sais que j'ai merdé.

C'était prévisible.

Je voulais lui dire la vérité. Bien sûr que j'ai envie des mêmes choses ! Et j'ai envie de les vivre avec elle. J'ai envie de ces soirées plan-plan, assis sur un canapé défoncé à écouter des présentateurs débiles et à nous moquer de leurs invités. J'ai envie de passer ma vie entière à la protéger, même si ça m'oblige à dormir sur le canapé, à l'extérieur de sa chambre. Je n'ai jamais désiré quelque chose aussi fort qu'elle, et l'idée de l'abandonner est mille fois pire que d'abandonner l'escalade.

Mais ça aurait changé quoi ? Je ne compte pas attendre un an et demi, surtout si c'est pour la voir s'en aller. Quant à la convaincre de ruiner son avenir et de rester avec moi dans un bled où aucun de ses rêves ne se réalisera, je n'essaierai même pas.

N'empêche que j'ai merdé.

À chaque minute qui passe, ce matin, je la sens de plus en plus distante. Elle n'a pas ouvert la bouche pendant le trajet en voiture, et c'est à peine si elle a dit trois mots dans le bus.

Je la vois faire les cent pas avant la course, comme toujours.

Sauf qu'aujourd'hui elle n'a pas envie de m'entendre. Elle est comme le jour où je l'ai rencontrée. Elle garde jalousement ses secrets, écrasée par un poids immense, certaine que personne ne peut l'aider à le porter.

J'ai un mauvais pressentiment. Elle n'a pas mangé, elle a l'air épuisée, et il lui manque quelque chose… Sans doute à cause de moi.

Au top départ, elle fonce comme un missile, à toute vitesse. Mais ça, c'est ce qu'on fait à la fin d'une course, pas au début.

— Qu'est-ce qu'elle fout ? bougonne Peter.

Je me pose la même question. C'est peut-être une stratégie. Sauf qu'en temps normal elle fait l'inverse : elle se retient jusqu'aux derniers hectomètres. Sa spécialité, c'est de rester au coude-à-coude avec les deux premières et de les laisser donner le tempo. Ensuite, elle puise dans ces réserves incroyables qu'elle est la seule à avoir. Aujourd'hui, c'est différent. Je connais déjà le scénario : les meilleures coureuses vont la rattraper, car elle ne pourra pas garder cette cadence éternellement. Alors, elle se mettra à paniquer, à se flageller mentalement, comme souvent, et elle lâchera.

Au troisième *mile*, mes craintes se réalisent. Je la regarde perdre pied, incapable de l'arrêter.

Peter est furieux.

— Et merde ! Elle vient de nous faire louper les épreuves régionales.

Je réponds du tac au tac :

— Ce n'est pas sa faute, c'est celle de l'équipe. Sans elle, on n'aurait jamais osé y croire.

Olivia termine quatrième. Un bon classement, certes, mais pas suffisant. Lorsqu'elle approche, je pose la main sur son épaule.

— C'est bon, tu as fait de ton mieux.

Elle hoche la tête. Mais c'est de la déception qu'on lit sur son visage. Nicole et Erin l'entourent, tandis que nous regagnons le bus. Elle ne réagit pas. On ne dirait pas qu'elle est triste : elle est vide. Elle n'a jamais voulu s'attacher à cette équipe. Mais tout a changé.

De retour au campus, je lui dis au revoir. Les cours s'arrêtent mardi à cause de Thanksgiving. C'est un déchirement. On aurait dû avoir plus de temps.

Elle descend du bus, et je la regarde disparaître de mon champ de vision. J'aurais tellement aimé trouver les mots pour la faire rester.

Passer les jours suivants à la ferme est déprimant au possible. Cela me rappelle les semaines qui ont suivi le décès de mon père, quand on se mettait à table pour dîner. Voir sa chaise vide nous minait le moral. Ma mère m'en veut. En silence, mais tout de même. Je le vois dans ses yeux, dans la façon dont elle tique quand je prononce le nom d'Olivia. La seule personne qui semble s'en réjouir, c'est Jessica.

Le mardi soir, tandis que nous roulons jusqu'à la ferme, elle me dit :

— Ne le prends pas mal, hein, mais ce sera sympa de passer un peu de temps en famille sans elle.

Du temps en famille ? Au prix d'un gros effort, je me retiens d'exploser.

— Et puis, il est temps qu'elle se trouve une famille à elle, poursuit-elle. Elle ne peut pas tout le temps se reposer sur vous.

— Comment veux-tu qu'elle se trouve une famille, Jess ? En passant une petite annonce ?

Voilà, c'est sorti.

— Will, ne sois pas désagréable avec moi. Tu comprends ce que je veux dire.

— Non, absolument pas, bordel !

— Tu prends toujours sa défense, dit-elle d'un ton de reproche. Depuis qu'elle a débarqué ici, tu n'as fait que lui trouver des excuses. Et elle en profite.

Jessica a une grande famille et des parents qui lui donnent tout. Si elle a une voiture et un appartement immense qu'elle n'aurait jamais pu se payer avec son salaire, c'est parce que son père et sa mère ne lui refusent rien. Voilà pourquoi son petit discours est insupportable.

— Elle profite de quoi, exactement, Jessica ? De la villa et du yacht de ma famille ?

— Will, reprend-elle avec des trémolos dans la voix, j'ai eu une semaine compliquée, OK ? Ne m'accable pas, s'il te plaît.

— Compliquée comment ?

J'ai répondu avant même qu'elle ouvre la bouche.

— C'est la semaine où mon grand-père est parti, murmure-t-elle, le doigt collé au coin de l'œil comme pour sécher une larme.

Nous sommes presque arrivés. Je devrais laisser tomber et ronger mon frein le temps de cette soirée. Mais je ne peux pas.

— Quand ?

— Quand quoi ? dit-elle en reniflant.

— Quand est-ce que ton grand-père est parti ?

— Il y a quelques années.

— Combien, Jess ?

— Je ne sais pas. J'étais au collège.

— En quelle classe ?

— Je ne sais plus ! explose-t-elle. Peut-être en sixième. Qu'est-ce que ça change ?

— Tu voudrais que je sois désolé pour toi parce que ton

grand-père est mort il y a près de dix ans, mais tu penses qu'Olivia devrait se trouver une famille à elle ?

— Je suis triste de ne pas être avec eux pour les fêtes, et on dirait que tu t'en fous !

C'est du Jessica tout craché. Noyer le poisson pour lancer une nouvelle accusation.

— Je suis restée pour toi, tu as oublié ou quoi ?

— Rien ne t'empêchait d'aller les voir.

Ses parents ont emménagé à Denver pendant l'été, mais elle a tenu à rester ici pour Thanksgiving, même si je l'avais quasiment suppliée de partir.

— C'est bon, bafouille-t-elle en sanglotant. Tu n'auras qu'à m'accompagner à Denver pour Noël, ce sera bien.

Elle plaisante ou quoi ? Je lui ai dit que je voulais être auprès de ma mère pour les fêtes de fin d'année.

C'est là que je fais demi-tour.

Je voulais croire que mon père avait raison à son sujet. J'ai essayé de voir ses qualités. J'avais tort. On avait tort tous les deux.

— Tu fais quoi ? demande-t-elle.

— Je te ramène chez toi.

— Ce n'est pas la peine.

Elle sourit tout en essuyant une autre larme invisible. Et puis, elle évacue sa fausse tristesse.

— Ça va, je suis juste un peu triste de ne pas voir ma famille. Je vais tenir.

Je prends une grande inspiration. Malgré mon mépris, je réponds d'un ton neutre :

— Désolé, Jess, mais ça ne va pas le faire.

— C'est bon, Will. J'avais juste besoin de pleurer un bon coup…

J'ai beau me concentrer sur ma conduite, je la sens se braquer.

— On est en train de casser ? s'écrie-t-elle.

— Ça ne marche plus, Jessica. Si tu prends une minute pour y réfléchir, tu t'en rendras compte, toi aussi.

— Mais ça fait un an qu'on est ensemble ! Tout se passe bien entre nous.

— Non, justement, tout ne se passe pas bien. Regardons la vérité en face.

— C'est à cause du sexe ? Parce que c'est toi qui me dis toujours non. J'ai essayé de t'en parler…

— Ce n'est pas à cause de ça.

— À cause de quoi, alors ? Tu ne peux pas me quitter comme ça, sans raison ! s'exclame-t-elle d'une voix suraiguë. Tout le monde pense que tu vas me demander en mariage, et tu veux qu'on fasse une pause, à la place ?

— Je n'ai jamais eu l'intention de te demander en mariage. J'ai eu beau te le dire des centaines de fois, tu n'as pas voulu m'écouter. Et je n'ai pas envie de faire une pause. J'ai envie qu'on casse.

Je me gare devant son immeuble.

— Pourquoi ? insiste-t-elle. Je ne descendrai pas de cette voiture tant que tu ne m'auras pas donné d'explication.

— On n'a rien en commun, Jessica. Réfléchis deux minutes, tu comprendras que j'ai raison. Tu ne cours pas, tu ne fais pas d'escalade, tu n'aimes même pas le sport. Et je ne partage pas tes centres d'intérêt.

À vrai dire, je me demande ce qu'elle fait de ses journées, à part travailler et claquer son argent dans les boutiques.

— D'accord, avoue-t-elle. Pardon de ne pas être comme ta chère Olivia.

— Elle n'a rien à voir là-dedans.

— Tu te fiches de moi ou quoi ? C'est entièrement sa faute ! Tout allait bien entre nous jusqu'à ce qu'elle débarque. Tu me trompes avec elle depuis que tu as arrêté de coucher avec moi, je le sais.

— Je n'ai jamais couché avec Olivia, ne dis pas n'importe quoi.

— Arrête tes mensonges, Will, ne me prends pas pour une conne ! Vous êtes toujours fourrés ensemble, vous dormez sous le même toit, mais vous n'avez jamais couché ensemble ?

Je croise son regard.

— Que tu le veuilles ou non, c'est la vérité.

— Tu vas t'attirer des ennuis ! Tu vas perdre ton job. Ensuite, ta mère perdra la ferme. C'est ce que tu veux ?

Cette fois, je tonne :

— Je ne couche pas avec Olivia ! Il n'y a rien entre elle et moi, point barre. Maintenant, descends de ma voiture, s'il te plaît.

— Très bien.

Elle s'exécute.

— Pour info, tu n'as pas besoin de coucher avec elle pour avoir des problèmes. Vous dormez tous les deux chez ta mère, et ça, c'est déjà assez grave.

Sur ces mots, elle penche la tête en arrière, avec un grand sourire.

— Quand ça se saura, tu seras vraiment dans la merde.

— Tu rentres tôt, me dit ma mère.

— Oui.

Je m'affale sur le canapé, les yeux fermés.

— Où est Jessica ?

— On a cassé.

— Oh ! désolée.

J'éclate de rire.

— Tu plaisantes ? Tu ne l'as jamais appréciée. Admets-le.

— Elle avait des qualités.

Elle-même s'esclaffe devant tant d'hypocrisie.

— Qu'est-ce qui s'est passé ?

— Elle a encore dit du mal d'Olivia, et ça a été la goutte d'eau.

Nous restons silencieux un long moment. Puis j'attrape la télécommande.

— À propos d'Olivia… où est-elle ?

Je n'ai pas envie de penser à elle pour le moment. Je n'ai pas envie de penser à la colère qui m'a saisi quand Jessica s'en est prise à elle. La semaine sera horriblement vide, sans elle. J'allume la télé et zappe mollement d'une chaîne à l'autre.

Je finis par répondre :

— Chez Erin.

— Elle vit où ?

— Pourquoi tu me demandes ça ? Tu comptes organiser une mission sauvetage ?

— Non. Je suis juste curieuse.

J'essaie de me rappeler où habite la famille d'Erin. La plupart des filles viennent du Colorado. Pas elle, puisque ses parents prennent l'avion pour la voir courir. Ils ne l'auraient pas fait s'ils habitaient dans le secteur. Et ils ont un pied-à-terre à Chicago.

Ils sont dans le New Jersey.

Merde.

J'entends ma mère dire quelque chose, mais j'ai déjà bondi jusqu'à la porte.

52

Olivia

J'ai tout perdu.

Trois jours se sont écoulés depuis la compétition, et j'ai passé mon temps à me répéter cette phrase. J'ai laissé tomber toute l'équipe. Et puis Will, surtout. Nous conduire jusqu'aux épreuves régionales pour sa deuxième année en tant que coach aurait été si important pour lui. Je l'ai privé de ce bonheur. J'en ai aussi privé Nicole, qui terminera ses études à la fin de l'année. Le pire, c'est que je n'ai rien fait pour empêcher ce désastre. Je n'avais pas couru pendant la nuit. J'étais prête et pleine d'énergie. Si je n'avais pas tant gambergé, j'aurais su que j'allais trop vite. Sauf que j'étais stressée, en colère, amère et un peu trop impatiente de laisser ces émotions derrière moi.

C'est ma faute.

Plusieurs filles m'ont appelée ou m'ont écrit pour prendre de mes nouvelles, ce qui m'a minée davantage. Comment peuvent-elles être aussi gentilles avec moi, alors que j'ai tout gâché ?

J'ai couru près de trente *miles* depuis la course de ce week-end et je ne me suis toujours pas débarrassée de ce sentiment qui me tenaille. La culpabilité. J'ai fait du mal à tout le monde, j'ai anéanti nos chances de remporter cette saison. J'ai même procuré une fausse joie à Dorothy. Tout ça parce que j'étais furieuse contre Will.

Mes conneries de ces dernières années me sautent aux yeux : la fois où j'ai tabassé Mark, celle où j'ai perdu ma bourse entre autres. Et maintenant, ça.

Un jour, ma grand-tante m'a accusée d'être responsable de l'état de ma grand-mère. Je lui en ai voulu à mort, et ça n'a pas changé depuis. Mais, à l'heure qu'il est, je serais tentée de lui donner raison.

Je suis tellement refermée sur moi-même, ce mardi soir, que je manque de sursauter en entendant frapper à ma porte.

Will entre en trombe dans mon appart.

— Tu m'as menti. Tu m'as menti, putain ! Tu n'es pas rentrée avec Erin.

Les mains sur les hanches, j'essaie de prendre un air blasé.

— C'est bon, j'avoue, je ne suis pas partie. Et alors ?

— Alors explique-moi pourquoi. Tu as menti à tout le monde !

Il se met à arpenter la pièce, dans un sens, puis dans l'autre. Une vraie cocotte-minute.

Froidement, je réponds :

— Effectivement. Je mens à tout le monde. Mais ce n'est pas un scoop, si ?

— Pourquoi tu m'as fait ça ? Pourquoi tu as fait ça à ma mère ?

— Ta famille n'a pas à m'accueillir pour chaque période de vacances. Ne vous sentez obligés à rien.

— Qu'est-ce que tu racontes ? On avait envie que tu viennes.

— Tu parles ! Tu m'as clairement fait comprendre que tu ne voulais pas de moi dans les pattes, Will. Et j'imagine que c'est encore plus vrai depuis que j'ai perdu la course, dimanche dernier. Alors oui, j'ai menti. Colle-moi un procès.

Il me dévisage, bouche bée.

— La vache ! Certaines fois, j'aurais envie de te secouer.

— Vas-y. J'ai connu pire.

— Fais tes bagages. Tu viens à la maison avec moi.

— Pas question. L'opération *Sauvons Olivia Finnegan* est terminée.

— Ouvre un peu les yeux, Olivia ! Pour une raison inexplicable, ma mère t'adore.

Il lève les bras en l'air, puis les pose à plat sur le plan de travail de la cuisine.

— À l'heure qu'il est, elle est à la ferme, elle regrette que tu n'y sois pas. Et visiblement, tu lui as menti pour éviter de venir.

— Bien sûr que j'ai menti. Je mens toujours. Vous n'auriez pas dû me faire confiance, tous.

— Tout ce cirque parce que tu as perdu ?

Je déglutis difficilement.

— Non.

Une boule grossit dans ma gorge.

— Je ne suis pas de ta famille, et la saison est bientôt terminée, on n'a plus vraiment de raison de se voir.

Formuler ce constat me replonge dans un gouffre de tristesse. Je ne reverrai jamais Dorothy, la ferme et les chevaux. C'est fini.

— Olivia, ma mère te considère comme la fille qu'elle n'a jamais eue. Que tu le veuilles ou non, tu es de la famille. Crois-moi, j'aurais préféré quelqu'un de moins pénible que toi. Mais on n'a pas toujours le choix. On te veut tous avec nous. Tu as comblé un vide dont on n'avait même pas conscience. En ton absence, cette vérité nous saute à la figure.

Soudain, l'impensable se produit. Je suis sur le point de pleurer. Je déteste voir Will dans cet état, je déteste savoir que Dorothy a le moral à zéro, je déteste mes mensonges et ma solitude qui me donne envie d'être avec eux. Ils me manquent, et ça me tue. Mes yeux se remplissent de larmes, ma lèvre tremble. C'est humiliant, je suis furieuse d'en arriver là à cause d'eux. Le poids qui m'écrase la poitrine se fait sentir. Il est trop lourd, cette fois.

Will se décompose aussitôt. Comme si je l'avais giflé.

— Tu pleures ?

— Non.

Les larmes se mettent pourtant à couler le long de mon visage. Le temps de me retourner, je fonce dans la salle de bains.

— Rentre chez toi, Will !

Il m'attrape le bras et me fait pivoter contre lui. Il semble ébahi, triste et plein d'espoir en même temps.

— Si, tu pleures.

Il m'enlace et me serre fort. Ma tête est juste sous son menton.

— Liv, je suis désolé.

J'essaie de le repousser, il refuse de lâcher prise.

— On a le droit de pleurer, de temps en temps.

Mes épaules tremblent, et je reste muette. J'ai cessé de lutter. La minuscule explosion a déclenché un véritable tremblement de terre, ça me fout la trouille. J'ai l'impression que ça ne va jamais s'arrêter, que ça continuera encore et encore.

Alors je pleure. Je pleure sans retenue. Je n'en reviens pas. Malgré tout, ça ne cesse pas. Will me conduit vers le canapé et m'attire contre lui.

— Je n'arrive pas à m'arrêter.

Je pleure et je ris en même temps. Il me caresse les cheveux.

— Je sais. Tout va bien.

Je pleure jusqu'à épuisement, jusqu'à ce que le poids de la fatigue m'emporte. Je pleure jusqu'à ce qu'il ne me reste plus une seule larme à verser. Et puis, je m'endors.

Je me réveille lovée contre Will. Nos deux corps sont mêlés dans un espace presque trop petit pour une personne. Ma tête sur son épaule, son bras autour de ma taille, ma jambe coincée entre les siennes. Il dort à poings fermés. Si j'étais plus intelligente, je le réveillerais. Ou, au minimum, j'irais dormir dans mon lit en lui laissant le canapé. Sauf que je suis tout sauf intelligente. Je me pelotonne à nouveau contre lui et je replonge dans le sommeil.

Lorsque je me réveille à nouveau, il y a de la lumière dans la pièce. Je lui tourne le dos et je sens quelque chose contre mes fesses, à travers son jean et le mien.

J'éclate de rire.

— Monsieur est réveillé, on dirait. Espèce de pervers.

— Tu te fous de moi ou quoi ? grogne-t-il. Chaque fois que j'essayais de bouger, tu collais ton cul contre moi.

— Je n'ai pas l'impression que tu bouges, en ce moment.

— Si tu t'écartais, je le ferais. Tu as du mal à être aimable, parfois.

Je me lève. Lui aussi. Il plante les coudes sur les genoux.

— Désolée.

— Désolée de quoi ? demande-t-il sans relever la tête.

— De m'être foutue de toi, là. Et d'avoir menti.

— Ça va faire de la peine à ma mère, si elle l'apprend.

— Tu ne vas pas lui dire, quand même ?

— Non, me rassure-t-il. Car tu vas venir avec moi et lui annoncer qu'il y a eu un changement de programme. Bref, comme je te l'ai dit avant qu'on s'endorme, fais tes bagages.

53

Will

— Je t'ai apporté un cadeau de Noël en avance, m'man.

Ma mère passe la tête par la porte de la cuisine, et un sourire illumine son visage. Un sourire trop radieux et trop soudain pour être factice.

— Olivia ? s'exclame-t-elle. Et ton voyage, alors ?

— Il y a eu un changement de programme, répond Olivia d'une voix mal assurée. Ça ne pose pas de problème ?

Ma mère lui fait un câlin XXL.

— Un problème ? Et puis, quoi encore ? Je suis ravie !

Brendan débarque en T-shirt et pantalon de pyjama. Il passe la main dans ses cheveux en bataille.

— La vache, vous en faites, du bruit !

Il cligne des yeux en apercevant Olivia, puis se redresse. Il a l'air un peu trop heureux de la voir ici. Je me place devant elle. Sans trop savoir pourquoi.

Mon frère éclate de rire.

— Hé, arrête ton numéro de magicien. Ce n'est pas parce que tu te plantes devant elle qu'elle va disparaître.

Ma mère arrive à convaincre Olivia de prendre un petit déjeuner digne de ce nom, pour une fois. Elle me propose ensuite de l'emmener faire de l'escalade.

Je secoue la tête.

— Il faut que je jette un œil au tracteur. Le moteur risque de nous lâcher avant la fin du mois, vu le bruit qu'il fait.

— Je n'ai qu'à l'accompagner, lance mon frère.

Un sombre pressentiment me gagne. Brendan sait faire de l'escalade, je lui ai tout appris. De là à ce que je lui fasse confiance…

Je rétorque :

— Pas question. Inutile que ma meilleure athlète finisse à l'hosto pour le reste de la saison, tout ça parce que tu auras oublié d'attacher un truc.

— La saison est terminée.

Ça, c'est Olivia.

— Tu disputes une dernière compétition dans deux semaines, tu as oublié ?

— Non, mais gagner cette course ne nous permettra pas de nous qualifier pour les épreuves régionales.

Je rétorque aussitôt :

— Ça aurait été formidable d'y participer. Mais cette course est plus importante pour toi. Les médias s'y intéressent toujours.

— Alors c'est décidé, conclut Brendan. Tu n'as pas le temps de l'emmener et moi si. Amuse-toi bien avec le tracteur !

L'enfoiré.

Peut-être que s'il m'avait proposé de s'occuper lui-même du tracteur, j'aurais eu le temps.

54

Olivia

— Je n'ai aucune envie de faire de l'escalade.

C'est ce que m'annonce Brendan dès que nous montons dans sa voiture.

— Alors pourquoi as-tu insisté pour m'emmener ?

— Pour emmerder Will. Et ça a marché. Tu as vu la tronche qu'il tirait ?

Je lève les yeux au ciel. Il n'en faut pas beaucoup pour emmerder Will. Et c'est moi qu'on accuse d'avoir un sale caractère !

— Qu'est-ce qu'on va faire, à la place ?

— Un truc cent fois plus marrant, répond-il, tout sourires.

Il nous conduit dans une petite ville, à vingt minutes de là. Elle se réduit à une grande rue. On passe les cinq heures qui suivent à picoler. Puis nous nous baladons pour essayer de cuver notre alcool.

Nous rentrons pour dîner. Lorsque Dorothy nous demande comment s'est passée notre sortie, nous éclatons de rire tous les deux.

— J'ai loupé un truc ? grogne Will.

Le muscle de sa mâchoire tressaute.

— Ouais, répond Brendan en me souriant. Même pas mal de trucs.

Le lendemain matin, je me réveille à 6 heures pour aider Dorothy. Je n'ai aucun mal à me lever puisque ça m'arrive tous les jours. La différence, c'est que j'ai du mal à le faire pour… cuisiner.

À peine suis-je entrée dans la cuisine qu'elle me tend un sac de patates. Je les regarde d'un air bête.

— Euh… je suis censée faire quoi ?

— De la purée.

— OK, d'accord. Je commence par les cuire ?

Je l'ai dit, mes talents de cuisinière sont proches de zéro. En dehors des œufs et des nouilles chinoises…

Elle s'esclaffe. Et j'en suis un peu vexée.

— Il faut qu'elles soient molles, non ? Moi, la purée, je la fais en sachet.

— Tu n'as jamais vu quelqu'un en préparer ?

Je hausse les épaules.

— Ma grand-mère a arrêté de cuisiner quand j'étais gamine.

Elle fait volte-face. Je la sens triste.

— Ce n'est pas possible, enfin !

— Et pourtant…

J'ai envie que cette conversation s'arrête, et vite.

— Bon, qu'est-ce que j'en fais, alors ?

— Tu les épluches, tu les coupes en quartiers et tu les mets à bouillir. Ce sera déjà bien.

— Ça fait beaucoup pour quatre personnes.

— Peter sera là, lui aussi.

Comme si c'était une raison pour me coller vingt kilos de patates sur les bras ! Je suis tentée de lui faire remarquer qu'elle a rougi jusqu'aux oreilles en prononçant le prénom de Peter, mais je m'abstiens.

— Tu avais quel âge quand tu as été obligée de remplacer ta grand-mère aux fourneaux ? me demande-t-elle.

Je ne réponds pas tout de suite. C'est une question anodine, mais la réponse ne l'est pas. Si je m'écoutais, je changerais de sujet. *Un certain âge*, ai-je envie de lui dire. Je m'abstiens.

— Onze ans.

Je me concentre sur les pommes de terre et sur l'eau glacée qui coule sur mes mains. Tant pis si Dorothy s'est complètement interrompue.

— Tu préparais quoi pour Thanksgiving ?

— La même chose que d'habitude. Elle ne faisait pas vraiment la différence. Et puis, on n'était pas très fêtes.

— Tu n'as jamais fait un vrai repas de Thanksgiving, alors ?

Je mets un instant avant de répondre :

— Si, peut-être, avec ma mère. Je me souviens qu'elle avait préparé une tourte, une fois.

Un frisson me traverse. Dans mon souvenir, ma mère a le sourire, elle me fait participer, elle m'explique que la citrouille est un fruit à cause des graines. On peine à croire qu'elle ait pu abandonner un jour son enfant. Je préfère le monstre que j'avais créé dans ma tête. Au moins, ça me donnait l'impression que c'était en partie sa faute.

— J'ai toujours voulu avoir une fille, me dit alors Dorothy. Surtout à cette période de l'année.

— Tu peux toujours en avoir une.

Elle a l'air toute jeune. Trop jeune pour avoir des enfants adultes, à vrai dire.

— Pour moi, c'est fini. Et puis, maintenant, tu es là…

Will émerge une heure plus tard. Il est craquant, avec son air endormi et son visage mal rasé. Sexy, même. Dès le réveil, on a envie de coucher avec lui !

— Dehors ! lui ordonne sa mère.

— Du café, réplique-t-il en se frottant le visage.

Il m'aperçoit et se fend d'un sourire.

— Ma mère a osé de te donner un couteau ?

— C'était avant de savoir que tu entrerais dans la pièce. J'espère pour toi que ton café sera vite prêt.

Il se hisse sur le plan de travail et me regarde éplucher mes patates.

— Pour info, j'aimerais ma purée sans morceaux de doigt dedans.

— Continue et tu auras droit à un petit glaviot en supplément !

Quelques minutes plus tard, il revient habillé et rasé. Brendan est là aussi.

— On a faim ! dit-il à sa mère.

— Mange des céréales.

— Des céréales ? On est en pleine croissance.

— Si vous continuez de grandir, la maison ne sera plus assez grande. Allez, ouste !

— M'man, on crève la dalle !

Will a l'air d'un petit garçon, je suis obligée de me marrer.

Comme sa tentative ne marche pas, il se tourne vers moi.

— Et si tu offrais quelques-uns de ces feuilletés à ton coach préféré ?

Je fais mine d'être surprise.

— Peter est arrivé ? Super !

Il s'esclaffe en me faisant un doigt d'honneur. Ce n'est vraiment pas digne d'un entraîneur professionnel.

À 13 heures, tout est prêt. Enfin, presque.

— Il est temps qu'on se prépare, déclare Dorothy en dénouant son tablier.

Elle passe la tête hors de la cuisine et ordonne à ses fils d'aller se changer. Ils protestent tous les deux, mais elle s'en fiche.

— On se met tous sur notre trente et un pour le repas. Will et Brendan détestent ça. Chaque année, ils râlent. Mais c'est la règle.

— Oh ! euh… je n'ai rien apporté. Je n'ai que mon jean.

Dorothy se mord la lèvre, puis répond d'un ton hésitant :

— En fait, il se trouve que… je t'ai acheté quelque chose. J'espère que ça ne te dérange pas. Je suis tombée dessus dans un magasin et je me suis dit que ça t'irait à merveille.

— Tu n'aurais pas dû.

C'est vrai, cette famille est aussi fauchée que moi !

— J'ai toujours rêvé d'avoir une fille pour lui offrir de beaux vêtements. Alors, je peux bien t'acheter quelques robes pour me rattraper.

Je la suis jusqu'à sa chambre. L'angoisse m'envahit. Il y a de grandes chances pour qu'elle m'ait acheté un truc immettable… que je devrais mettre quand même. Will et Brendan vont passer le repas à se foutre de ma gueule. Je leur en veux déjà.

Lorsqu'elle approche de l'armoire, j'attrape une photo posée sur sa commode. Un petit blondinet pose torse nu au bord d'un lac avec un sourire espiègle auquel il manque quelques dents. C'est Will. J'ai encore le sourire lorsque Dorothy en a terminé.

— Il était craquant, pas vrai ?

Je ne peux qu'acquiescer. Oui, il est adorable sur cette photo. Il dégage une telle joie de vivre, une telle insouciance ! Ça me fend le cœur. Je ne l'ai jamais vu aussi joyeux, à part la fois où on a fait de l'escalade.

Dorothy me montre deux robes différentes.

— Je t'en ai pris une pour aujourd'hui. L'autre, ce sera pour la soirée de la section *sport*, à l'automne.

Je laisse échapper un petit rire gêné.

— L'espèce de nuisette, c'est pour aujourd'hui, j'imagine.

— Mais non, ce n'est pas une nuisette, enfin ! Et puis, c'est pour la prochaine fois.

Les deux tenues sont magnifiques. Seulement, l'idée de les porter me rend méfiante et inquiète. Dorothy me tend la robe qui ne ressemble pas à une nuisette. C'est un fourreau beige. Je l'essaie. Elle me va comme un gant, on dirait qu'elle a été cousue sur moi.

— Je savais qu'elle t'irait à merveille. Tu aimes ?

— Oui, beaucoup. C'est juste que je n'ai pas trop l'habitude de porter des robes.

— En un sens, ça vaut mieux, non ? Tu es déjà assez dangereuse en tenue de course. Allez, file te faire une beauté, on se retrouve dans la cuisine.

Une fois dans ma chambre, je me mets du mascara et du gloss. Pourquoi faut-il que j'y attache autant d'importance ? Pourquoi ai-je envie que ça plaise à Will ? J'espère bêtement que cela changera les choses pour nous. Il a été clair, pourtant : il ne se passera rien du tout. Ma tentative est donc vouée à l'échec. Il n'empêche… je compte tenter ma chance quand même.

J'avais pris des chaussures à talons, au cas où on sortirait un soir, Brendan et moi. Je les enfile et me regarde une dernière fois dans le miroir.

Pas mal. Mais ce ne sera pas suffisant.

Je vois Will avant qu'il me voie. Il est assis à la table de la salle à manger, en train de découper la dinde. Il porte un pantalon militaire et une chemise légèrement entrouverte. Ce n'est pas ce que j'appelle se mettre sur son trente et un, mais pour lui c'est déjà un gros effort vestimentaire. Il est magnifique. Même en chemise, on devine sa force brute, ses épaules larges, ses bras musclés. Il est tellement sexy, tellement fort et… Les mots me manquent, mais une chose est sûre : j'en ai presque le souffle coupé.

Il lance à Dorothy :

— Hé, m'man, tu veux que…

Il s'interrompt lorsque j'entre dans son champ de vision. Sans un sourire. Sans un mouvement. Il se contente de me regarder. Je lui dis :

— Pas la peine de faire cette tronche. Je ne me promène pas avec la tête de quelqu'un sous le bras, quand même !

— Ce serait moins surprenant que de te voir en robe, marmonne-t-il en revenant à la découpe de la dinde.

55

Will

La vache !

La robe d'Olivia épouse ses moindres formes. Des formes dont je n'avais même pas pris conscience. Pourtant, je ne résiste pas au plaisir de la regarder. Pendant quelques secondes, je suis incapable d'ouvrir la bouche. J'ai envie de lui dire qu'elle est magnifique, extraordinaire, d'une beauté à couper le souffle. Je suis saisi d'un sentiment encore plus fort que du désir. Et, comme je suis obligé de le garder pour moi, je fais comme d'habitude.

J'essaie de me dire qu'elle n'est pas là.

La journée entière est une torture. De A jusqu'à Z. C'est une vraie torture d'être près d'Olivia. De l'observer sans pouvoir la toucher. C'était déjà une torture de la voir dans la cuisine avec ma mère. On aurait dit qu'Olivia l'avait arrachée à sa solitude. Ce dont nous n'avons jamais été capables, que ce soit mon frère, mon père ou moi. C'est une torture de constater qu'elle est chez elle, ici, alors que ce ne sera jamais le cas. C'est une torture de voir le sourire moqueur de mon frère. Je ne sais pas ce qu'ils ont fait hier. Pas de l'escalade, en tout cas.

Pour ne rien arranger, ma mère a invité Peter. J'ai déjà du mal à cacher les sentiments que m'inspire Olivia en temps normal. Alors si mon patron est là par-dessus le marché… Il risque de demander ce qu'elle fabrique ici, sous le même toit que moi. Est-ce une raison pour qu'il me vire ? Sans doute pas. Seule certitude : il me rappellera que je ne peux pas passer la nuit ici. Or, il n'en est pas question.

Cela étant, vu la façon dont Olivia est en train de m'observer, ce serait la décision la plus sage.

Peter ne prend pas la chaise de mon père, au bout de la table. Non, il s'installe à côté de ma mère et me laisse la place. En signe de respect, sans doute, mais j'aurais préféré qu'il s'abstienne. Je comptais lui parler de sport et en profiter pour oublier le reste. Hélas, il s'est lancé dans une grande conversation avec ma mère, alors qu'Olivia est à côté de moi, si jolie que mes yeux s'attardent irrésistiblement sur elle, chaque fois que je lève la tête.

Peter et ma mère ont mille et une choses à se raconter. Je ne savais pas qu'ils avaient autant de points communs. Ils font partie du même club de lecture ! En ce moment, ils parlent d'une amie commune, Tina, qui s'est mise à boire parce qu'elle soupçonne son mari d'avoir une maîtresse. J'aurais dû me rendre compte que ma mère avait une vie en dehors de la ferme. Mais c'est bizarre de se dire que cette vie-là recoupe aussi celle de mon patron.

Je n'aime pas ça.

— Comment vont les cours, Brendan ? demande Peter. Tu vas décrocher ton diplôme dans les temps ?

Mon frère hausse les épaules comme si c'était le cadet de ses soucis. Alors que c'est mon salaire qui finance ses frais de scolarité…

— Je ne sais pas. Je ne vois pas à quoi me servirait ce diplôme, de toute façon.

— Ah bon, pourquoi ?

— Un de mes potes essaie de nous trouver du boulot dans une boîte qui organise des voyages à vélo. Ce sera toujours mieux que travailler dans un bureau.

J'interviens :

— Si tu ne comptes rien faire de tes journées, pourquoi tu ne viens pas nous filer un coup de main à la ferme ?

La vache, j'ai l'impression d'entendre mon père ! Aigri, injuste, jamais satisfait. Je me déteste. Mais ça ne calme pas ma colère.

Brendan éclate de rire. Oui, il éclate de rire.

— Tu as raison, bosser dans une ferme est aussi épanouissant que traverser l'Europe à vélo !

Avant de rencontrer Olivia, cette réponse m'aurait rendu furieux. Mais là, je suis hors de moi. Parce qu'il nous laisse tomber ? Parce qu'il a le choix, plutôt. Si ça lui chantait, il pourrait sortir avec Olivia, ce soir. Prendre place face à elle, autour d'une table de restaurant, savourer ce merveilleux spectacle et se demander pourquoi il a autant de chance. C'est peut-être lui qui lui retirera sa robe quand ils rentreront à la maison. Et surtout, il pourrait être celui qu'elle suivra quand elle quittera la fac, l'an prochain.

J'ai envie que ce soit moi. Terriblement envie. La preuve : je me sens devenir dingue. La tête basse, j'essaie de me concentrer sur ce moteur en rade qui doit être réparé. Je pense à ces montagnes que je n'escaladerai jamais et à cette fille, face à moi, que je n'aurai jamais. Je suis très près de laisser exploser ma colère, là, maintenant. Tout cela est tellement injuste !

Brendan dit quelque chose qui m'échappe. Olivia et lui échangent un coup d'œil. Il la regarde comme s'il partageait tous ses secrets. S'ils finissent ensemble, je ne le supporterai pas.

Mon téléphone se met alors à vibrer. Un nouveau message. Je me lève de table d'un bond. Il faut que je m'éloigne deux secondes, histoire d'oublier qu'Olivia pourrait se mettre en couple avec Brendan. Ou avec n'importe quel autre mec. C'est ça ou devenir cinglé.

Je prends mon temps pour passer dans l'autre pièce, mon portable à la main. Je consulte ostensiblement l'écran. C'est Jessica. Elle m'écrit comme si notre discussion de mardi n'avait jamais eu lieu. Elle m'a envoyé quelques messages hier, pour qu'on parle. Je les ai tous ignorés. Moi qui la pensais à Denver. Ce n'est pas le cas. Elle est en chemin pour la ferme.

J'ai un petit cadeau pour ta maman. Peut-être qu'on pourrait en profiter pour parler.

Il ne manquait plus que ça.

56

Olivia

Will s'est comporté bizarrement pendant tout le déjeuner. Il a l'air fâché. Contre qui ? Mystère. En ce qui me concerne, je lui en veux un peu. Non, je suis surtout blessée. Je savais que mettre cette robe ne changerait pas grand-chose, mais je me disais que peut-être… J'ignore ce que je me disais, en fait. Robe ou pas robe, il ne me calcule pas. Point. Ce n'est pas une surprise, au fond.

— Jessica va passer, soupire-t-il en regagnant la table. À ce qu'il paraît, elle a un cadeau pour toi, m'man.

Il m'adresse un regard inquiet. Je demande :

— Qu'est-ce qu'il y a ?

— Lorsque j'ai cassé avec elle, elle t'a accusée de tous les maux.

— Dans ce cas, je vais rentrer.

— Non, s'empresse de dire Dorothy. Pas question ! Tu ne vas pas partir juste parce que Jessica a eu une mauvaise idée.

— C'est trop tard, de toute façon, m'man. Elle sera là d'une minute à l'autre.

— On n'a qu'à lui dire que je sors avec Olivia, propose Brendan avec un grand sourire.

Un tic agite aussitôt le visage de Will.

— Non !

— Je n'ai qu'à aller aux écuries. Je m'occuperai des chevaux.

Sur ces mots, je me lève de la table.

— Et ta robe ? me lance Will.

Trop tard, je suis déjà au niveau de la porte. *Quel désastre !*

J'étais tellement contente qu'il ait cassé avec Jessica. Hélas, j'ai beau être habillée comme une star de cinéma, il s'en fiche. Et maintenant, la bombe atomique qui lui sert de copine va débarquer. De deux choses l'une : soit il va regretter de l'avoir quittée et se remettre avec elle. Soit il va camper sur sa décision, et elle va péter un câble en me trouvant ici. Elle se doutera que je suis là – mes affaires sont partout dans la pièce, et mon assiette est toujours sur la table.

Brendan me rattrape alors que j'approche des écuries.

— Rien ne t'oblige à m'accompagner.

— Ça m'a bien fait marrer de voir mon frère se décomposer quand je suis sorti. Et puis, il faut que tu m'expliques ce qui se passe entre Peter et ma mère.

— C'est pourtant évident, non ?

— Bien sûr, mais ça dure depuis combien de temps ? Ils ont l'air d'un vrai couple.

Je me gratte la tête.

— Je ne sais pas. Ta mère n'aime pas trop aborder le sujet, j'ai l'impression.

— Et Will, il en pense quoi ? Je veux dire… Peter est son patron, c'est chelou.

Je m'esclaffe.

— Will ne s'en doute même pas. Ça paraît dingue, pas vrai ?

Brendan secoue la tête.

— Ça n'a rien de dingue. Il est incapable de comprendre ses sentiments, alors ceux des autres…

Une fois aux écuries, je brosse Little Boy, un beau cheval à la robe isabelle. Pendant ce temps, Brendan s'allonge confortablement et profite du spectacle.

—Tu pourrais m'aider, flemmard.

— Je pourrais. Mais tu m'en voudrais que je te prive de ton travail. Et puis, c'est sympa comme surnom, Flemmard, je n'ai pas envie d'en changer.

— Rassure-toi, je ne manque pas d'imagination.

— Je suis extrêmement attaché à tout ce qui peuple mon quotidien.

Je hausse un sourcil.

— Ah oui, c'est vrai ? Comme tes cours à la fac ?

— N'exagérons rien. Mais je fais de la muscu tous les matins, religieusement.

— Je ne t'ai jamais vu en faire.

— Je n'ai pas encore commencé. Mais, en décembre, je ferai la une de *Muscu Magazine*.

Tandis que j'éclate de rire à mon tour, des voix résonnent. Nous échangeons un regard. C'est le rire factice de Jessica. On entend aussi Will marmonner.

Miss America entre alors d'un pas décidé. Will la suit, manifestement à contrecœur.

— Jessica a insisté pour venir saluer Brendan.

Elle ne regarde que moi, d'un air si malveillant que je ne serais pas surprise de voir ma peau brûler.

— Je savais que tu serais là, dit-elle.

Brendan m'attire à lui, un bras enroulé autour de ma taille.

— Tu as un problème avec ma copine, Jessica ?

— Ah bon, vous êtes ensemble ? s'étonne-t-elle. Depuis quand ?

Brendan tourne la tête vers moi.

— Ça fait combien de temps, chérie ? Depuis le soir où je t'ai convaincue de me rejoindre en passant par la fenêtre, je crois. Quatre semaines ? Cinq semaines ?

Will nous foudroie du regard. Hélas, je suis obligée d'entrer dans le jeu de Brendan.

— Oui, à peu près cinq semaines.

— C'est quoi, cette histoire de fenêtre ?

Les yeux de Will jettent des éclairs. La colère qui les anime est palpable.

Brendan m'adresse un sourire espiègle.

— Je suis sorti par la fenêtre de ma chambre, elle m'a imité. Le reste ne regarde que nous.

Si son histoire est crédible, c'est parce qu'elle est vraie. Il a simplement omis de préciser qu'il ne s'est rien passé.

Il se tourne et m'enlace.

— Les cinq plus belles semaines de ma vie, dit-il en approchant ses lèvres des miennes.

Il me tient serrée contre lui, impossible de m'écarter. Soudain, il plonge la langue dans ma bouche, tout en me caressant les fesses. Il finit par me lâcher. Je frissonne. Il m'adresse un grand sourire qui me ferait marrer, si je n'avais pas autant envie de le gifler.

— Tu as trouvé un bon moyen d'entrer dans la famille Langstrom, on dirait, me lance Jessica.

— Exact, répond Brendan. Pour ce qui te concerne, c'est fini, alors dégage !

Jessica tourne les talons et s'éloigne. Will s'attarde une seconde. On lit de la colère sur son visage, mais pas seulement. Il a l'air triste. Tellement triste que j'ai envie de lui courir après lorsqu'il se tourne pour rattraper Jessica.

Je m'adosse contre le poteau qui sépare les box.

— Tu n'aurais pas dû faire ça, Brendan.

— Tu as vu sa tête ? s'esclaffe-t-il. J'aurais aimé le filmer.

Je hausse un sourcil.

— Pourquoi ça t'amuse autant de le torturer ?

— C'est comme ça, dans les fratries, c'est l'amour vache. Et puis, il a besoin qu'on le secoue un peu.

— À mon avis, change de méthode.

Je ramasse la brosse que j'ai lâchée lorsque Brendan m'a sauté dessus.

— Viens aider ta famille quand tu auras décroché ton diplôme, par exemple.

— Pourquoi ? Will arrive à tout gérer.

Je le regarde, incrédule.

— Tu es sérieux ? Will cumule deux boulots pour te permettre de poursuivre tes études. Ton père a laissé tellement de dettes qu'ils ne peuvent pas embaucher d'employé à plein temps. Je suis mal placée pour te dire ça, et Will n'a pas envie que tu le saches, mais la ferme est en train de couler. Et toi, tu abandonnes le navire pendant que ton frère essaie d'écoper !

Il semble tomber des nues.

— Je n'aurais jamais cru ça. La ferme a toujours bien fonctionné.

— À mon avis, ça va mal depuis un bon moment. Ton père a contracté un deuxième prêt pour garder la tête hors de l'eau.

— Pourquoi est-ce que ma mère ne m'en a pas parlé ? Et Will ?

— Il a essayé de te préserver. Mais il n'a pas une vie facile, Brendan. Alors, quand tu parles de faire le tour d'Europe à vélo, ça l'énerve, forcément.

— Super. En plus de se tuer à la tâche, il pense que j'essaie de lui voler sa copine !

— Je ne suis pas sa copine.

— Tu parles ! Mais admets que c'était le meilleur baiser de ta vie. Pour info, je me défends très bien pour le reste aussi.

— J'ai connu mieux.

Je pense à Will, bien sûr.

— Personne n'est meilleur que moi, argue-t-il.

Au même moment, je lève la tête, juste à temps pour voir Will se diriger vers nous. Il ne fixe que Brendan.

— Oh merde…

Le poing de Will jaillit et s'abat sur la mâchoire de Brendan. Lequel encaisse le coup, avant de reculer. Il se frotte le visage en grimaçant.

— Je t'accorde celui-là, dit-il à son frère. Mais tu n'as pas intérêt à recommencer.

— Will, qu'est-ce qui te prend ?

Il m'attrape par le poignet et m'entraîne hors des écuries. Il attend que nous soyons sortis pour faire volte-face.

— C'était quoi, ça ?

— Je te retourne la question ! Qu'est-ce qui t'a pris de le frapper ?

— Tu sors avec lui ?

— Bien sûr que non, et tu le sais.

— Ah bon ? C'était très crédible, pourtant. Et puis, si vous n'êtes pas ensemble, pourquoi est-ce que tu l'as laissé t'embrasser ?

— J'avais le choix ? Il a menti pour te sauver la mise, et j'ai joué le jeu. Tu devrais le remercier.

Soudain, il me plaque contre le mur, les mains agrippées à mes épaules, le visage tout contre le mien. Je ne l'avais jamais vu autant en colère.

— Ce n'est pas mon intention. Alors ne recommence pas !

Je sens la puissance de son corps. La colère qui m'habite se métamorphose alors, et une vague de chaleur m'envahit. Son souffle contre mes lèvres, il semble deviner que quelque chose a changé en moi. Lui aussi s'est transformé. Tout à coup, sa bouche fond sur la mienne. Il m'attire contre lui.

Ce n'est pas possible. Et pourtant… Je n'ai jamais éprouvé un tel désir.

Cette bouche charnue, cette peau légèrement râpeuse, cette odeur, cette chaleur… C'est trop. Mais cela ne me suffit pourtant pas.

Il n'y a aucune incertitude, aucune hésitation dans ce baiser, mais une urgence. Plus rien n'existe à part lui. À part cette bouche, cette langue, ce souffle haletant, ces mains sous ma robe, qui remontent le long de mes cuisses.

Brusquement, Will s'écarte de moi, l'air perdu.

— Oh ! là, là… Je suis désolé.

— Désolé de quoi ?

— Je suis ton coach. Je ne peux pas…

Sa voix se brise, il secoue la tête et recule, l'air horrifié.

— Je ne peux pas, répète-t-il.

Il fait volte-face et disparaît aussi vite qu'il est apparu. Que dois-je faire ? Je suis à la fois en colère, triste et excitée.

Je regagne les écuries. Brendan m'observe et sourit, sans cesser de se frotter la mâchoire.

— Qu'est-ce que je t'avais dit ?

57

Will

Qu'est-ce qui m'arrive, bordel ? Je viens de frapper mon frère et d'embrasser la fille que je coache, alors que mon patron est dans les parages. Malgré tout, j'ai envie de recommencer.

Notre premier baiser, celui que nous avions échangé sur le canapé, m'avait donné l'impression d'enfreindre un tabou. Mais cette fois j'en avais envie, et la voix de la raison s'est tue.

J'ai fait une erreur, à tous les niveaux. Pourtant, je m'en fiche. Tant pis si cette histoire ne va nulle part, tant pis si cela crée de nouveaux problèmes à résoudre et de nouveaux souvenirs à oublier. J'avais envie d'Olivia. Et, l'espace d'une seconde, avant de retrouver mes esprits, j'ai voulu lui faire l'amour, là, contre le mur des écuries, avec mon frère à deux pas.

Je suis devenu dingue ou quoi ?

De retour dans la maison, je m'installe à la table, sans même essayer de cacher mes sentiments. À quoi bon, de toute façon ?

— Ça ne s'est pas super bien passé avec Jessica, hein ? me demande ma mère.

— Non, pas vraiment.

Brendan et Olivia reviennent quelques minutes plus tard. Je devrais m'inquiéter de leur réaction. Ma mère risque de péter un câble quand elle apprendra que j'ai envoyé un coup de poing à mon frère. Mais la vérité, c'est que rien ne m'intéresse en dehors d'Olivia. Avec ses cheveux en bataille et ses lèvres gonflées, elle est encore plus belle. J'ai du mal à croire ce que j'ai fait. Encore plus de mal à croire que je me suis arrêté.

— Oh ! là, là, Brendan ! Qu'est-ce qui est arrivé à ton visage ? s'écrie ma mère.

Il lui fait un grand sourire et me jette un rapide coup d'œil.

— Je me suis pris un râteau dans la tronche. T'inquiète, ça va. Je ferai plus attention la prochaine fois.

Olivia ne croise pas une seule fois mon regard, je me demande bien pourquoi. Est-ce qu'elle m'en veut d'être parti sans crier gare ? Ou de l'avoir embrassée ? J'aurais du mal à le croire. Elle ne se serait pas lovée contre moi de cette façon si elle n'en avait pas eu envie, elle aussi. Et elle n'aurait pas eu le souffle court quand ma bouche a fondu sur la sienne. Repenser à ce moment met aussitôt mon corps en éveil.

Ma mère et elle servent la tourte. À ma grande surprise, nous arrivons jusqu'au dessert sans encombre. Je n'ai agressé personne, ni enfreint le règlement de la fac.

Le temps que nous finissions de tout nettoyer, j'annonce que je rentre chez moi. Ma mère et Olivia lèvent la tête, je fais taire leurs objections d'un simple regard.

Je me dirige vers ma voiture en compagnie de Peter.

— Will…

Il s'interrompt, secoue la tête et pose la main sur mon épaule.

— Tu es un mec bien. Je sais que je peux te faire confiance.

Ça y est, j'ai l'impression d'être un connard.

58

Olivia

Will m'a embrassée.

Il m'a embrassée comme si sa vie entière en dépendait. Comme si j'étais la bouffée d'oxygène qui le sauverait de l'asphyxie.

Il m'a embrassée comme s'il n'avait pas d'autre choix. J'ai oublié tout ce qui avait pu se passer. J'ai oublié toutes ces barrières, tous ces obstacles.

Et puis, il s'est enfui.

Quel lâche ! C'est lui qui a commencé. Et maintenant, il m'évite ! Si ça se trouve, il veut qu'on se pose pour parler, mais il a la trouille. La trouille de m'expliquer que ça ne peut pas marcher entre nous et qu'il en est vraiment navré. Comme si j'étais une ado avec un petit faible pour lui.

Pas question de le laisser s'en tirer à bon compte.

Puisqu'il n'a pas donné signe de vie depuis le déjeuner, je demande à Dorothy de me reconduire chez moi.

— Pourquoi ? demande-t-elle. Tu ne comptais pas rester tout le week-end ?

— Il faudrait que je révise mes cours.

— Tu n'as pas apporté tes bouquins ? S'il te plaît, reste aujourd'hui au moins, insiste-t-elle d'un ton suppliant. Je te préparerai un bon poulet rôti, et l'une des gosses du voisin a envie de faire une balade à cheval. J'espérais que tu l'accompagnerais.

Et merde. Elle est aussi convaincante que Brendan. Je me demande si Will possède un peu de ce talent. Si c'est le cas, qu'est-ce qu'il me demandera ?

Ce n'est pas bien, Olivia. Tu n'y mets pas du tien alors que tu essaies d'être fâchée.

Je nettoie les écuries, ratisse la cour, donne mon cours d'équitation et laisse Dorothy m'apprendre une recette de tourte. Je risque d'être coincée ici. N'empêche : pas question que je reste plantée, l'air bête, quand Will rentrera.

Une fois encore, je m'interroge, tout en laissant courir les doigts sur ma bouche. Il m'a embrassée. Et c'était tellement bon, tellement parfait. Comment pourrai-je vivre sans éprouver à nouveau cette sensation divine ?

59

Will

J'évite Olivia. C'est la seule solution, non ? La porte que j'avais fermée, fermée à double tour, même, est en train de se rouvrir. Elle n'a plus qu'à s'y engouffrer. Je devrais arrêter de déconner. Mais non, je ne peux pas oublier le goût de ses lèvres, le petit gémissement qu'elle a laissé échapper. Ce qui me rappelle à quel point j'aurais souhaité aller plus loin.

Le mécanicien arrive pour réparer le tracteur. Durant le trajet jusqu'au champ, il me parle en long et en large d'un engin agricole. Je l'écoute d'une oreille distraite. Il pourrait me raconter qu'il a assisté à une invasion de zombies, je ne m'en rendrais même pas compte.

Non, si j'évite Olivia, c'est parce que je suis faible. Parce qu'une part de moi veut que ce soit elle qui monte au créneau. Qu'elle enfreigne toutes les règles et me débarrasse de ma culpabilité. Ce qui n'est pas possible. Pour que cela ne dépende pas de moi, il faudrait qu'elle m'attache à une chaise – mince, l'image risque de me hanter un bon moment ! Or, je ne peux pas lui faire ça. Ni à Peter.

Cela ne m'empêche pas de penser à ce moment toute la journée. Le plus dur à accepter, c'est qu'elle me manque. Je ne suis pas auprès d'elle, et ça me rend dingue.

Plus tard, ma mère débarque à bord de la voiturette de golf. Elle m'apporte de quoi manger.

— Comme tu n'avais pas l'intention de rentrer déjeuner…

— Il y a du pain sur la planche, m'man.

— N'exagère pas. Rien ne presse. Explique-moi plutôt pourquoi tu as frappé ton frère et pourquoi tu comptes passer la journée à te cacher.

J'aurais dû me douter qu'elle ne goberait jamais l'excuse bidon de Brendan.

— Il a embrassé Olivia. Pour me couvrir devant Jessica, à ce qu'il paraît. Mais il a dépassé les bornes.

— Will, tu es tellement amoureux de cette fille que tu débloques complètement ! Redresse la barre, ou ça risque de dégénérer.

— C'est quoi, la solution, m'man ? Je ne peux pas lâcher mon poste. On n'a pas le choix. Je pourrais aider Olivia à décrocher une bourse dans une autre fac. Maintenant qu'elle enchaîne les bons résultats, elle aurait les moyens d'intégrer une des meilleures universités du pays. Seulement, on ne va pas la parachuter ailleurs, alors qu'il lui reste trois semestres à faire ici. En plus, je n'ose pas imaginer ce qui se passerait, si elle se retrouvait seule quelque part, sans personne pour l'arrêter…

— Je sais, ça me paraît inconcevable, à moi aussi. Il faut qu'on réfléchisse. Et si Peter te trouvait un autre poste ?

— Ça ne changerait rien, je n'aurais pas non plus le droit de sortir avec elle. Et puis, elle a besoin de quelqu'un pour l'épauler au moment des déplacements. Qui se chargera de la rassurer avant le début des courses ? Peu importe, de toute façon. Elle s'en ira juste après avoir décroché son diplôme. Pas moi.

Ma mère penche la tête.

— Ce n'est pas une raison pour baisser les bras. Les choses s'arrangent quand c'est nécessaire.

— Rien ne s'est arrangé pour moi depuis longtemps. Pourquoi je devrais espérer que ça change ?

— On s'occupera de ça plus tard. En attendant, emmène Olivia faire un peu d'escalade. Elle a besoin de se vider la tête.

— Ah bon ? Ce n'est pas Brendan qui a pour mission de lui changer les idées ?

— Ton frère t'adore. Il a une drôle de façon de te le montrer, je sais, mais je pense qu'il essaie de t'aider.

Olivia est en rogne. Elle ne me regarde même pas lorsque je m'approche. Vu sa raideur, c'est intentionnel. Elle est sur ses gardes. Est-ce qu'elle s'attend à être blessée ? Peut-être. Ça me révolte. Hélas, je ne peux rien y changer.

— On va faire de l'escalade ?

Elle a envie de tirer la tronche. Mais mon idée la tente encore plus. Je le vois sur son visage. Elle finit par acquiescer, à contrecœur.

On passe le trajet en silence. Sans doute espère-t-elle que je fasse le premier pas. Que je m'explique. Si ça se trouve, la vérité est tellement évidente qu'aucun de nous ne ressent le besoin de mettre des mots dessus.

Lorsque nous prenons à gauche en direction de l'autoroute, elle me jette un coup d'œil.

— Ce n'est pas la même route que d'habitude.

— Exact. Je me dis que tu es prête pour un gros morceau.

Elle sourit presque. C'est le premier signe de joie que je vois sur son visage depuis le début de la journée.

— Quoi ? Tu es en train d'admettre que j'ai des qualités ?

— Non, j'admets juste que tu es un peu moins nulle.

— Un peu moins nulle ? Tu vas le regretter, trouduc !

À notre arrivée, le doute s'installe. J'ai choisi une voie difficile, très technique. Pour de mauvaises raisons, en plus. Je voulais quelque chose d'assez dur pour faire taire cette gêne entre nous. Pousser Olivia dans ses derniers retranchements. Mais, brusquement, j'ai peur qu'il lui arrive malheur.

— Je plaisantais, tout à l'heure. Tu t'es bien débrouillée jusque-là. Seulement, maintenant qu'on est là, je me demande si c'est une bonne idée.

— Flippe si tu veux. Moi, je monte ! lance-t-elle par-dessus son épaule.

Et merde.

Quelqu'un a déjà établi le trajet. Je n'ai pas confiance pour autant. Alors je monte en premier. Je vérifie les pitons jusqu'à mi-parcours. Pas question de la laisser aller plus loin. Je m'accroche à chaque piton pour m'assurer qu'ils supporteront son poids. Ça devrait le faire. Il ne me reste plus qu'à redescendre et à attraper les cordes.

— Le but du jeu n'est pas d'atteindre le sommet. Il s'agit simplement de t'entraîner à gérer des angles difficiles. À certains moments, tu auras l'impression que tu bascules en arrière. N'oublie pas que je suis là pour te servir de parade, d'accord ? Si tu n'as pas assez de force pour continuer, laisse-toi glisser jusqu'en bas.

Elle roule les yeux, l'air plus excédé que jamais.

— J'ai assez de force.

Sa réponse devrait m'agacer. Au lieu de quoi, un élan de désir s'empare de moi. Je resserre les poings autour de la corde.

La sensation ne me lâche pas tandis que je la regarde attaquer la paroi rocheuse. Elle se jette dessus comme une vraie guerrière. L'intensité qu'elle dégage me laisse imaginer des tas de choses qui me seront à jamais interdites.

Elle arrive à mi-parcours bien plus rapidement que prévu. Je lui crie :

— C'est bien ! Redescends, maintenant.

Elle me regarde d'en haut, un sourcil haussé.

— C'est une blague ? Tu m'accuses d'être nulle et tu penses que je vais laisser tomber à mi-parcours ?

Merde. Je n'avais pas envisagé qu'elle refuserait de m'écouter. Mais est-ce qu'elle m'a déjà écouté, rien qu'une seule fois ?

— Je n'ai jamais dit ça ! Fais gaffe, Liv, ça devient de plus en plus dur, et tu vas fatiguer. Je n'ai pas contrôlé la suite du parcours. Ne fais pas de conneries.

— La prochaine fois que tu veux m'empêcher de faire des conneries, garde tes réflexions pour toi.

Elle reprend son ascension. Elle dépasse le dernier piton que j'ai vérifié. Je n'ai plus d'autre choix que de la suivre des yeux. Pour le moment, elle ne risque rien. Mais cela ne durera pas. J'ignore qui a établi ce parcours et quand. Tout ce que je sais, c'est qu'un coup de vent pourrait arracher les pitons. S'il y avait quelqu'un avec nous, je pourrais lâcher la corde et rejoindre Olivia. Hélas, je suis obligé de regarder ce spectacle d'en bas, plus énervé que jamais.

— Olivia, arrête !

Elle vient de s'accrocher à un nouveau piton. Elle m'ignore. Je ne l'emmènerai plus jamais faire de l'escalade ! Il suffirait d'un rien pour qu'elle finisse écrabouillée par terre, putain.

Pire : l'épuisement la gagne. Ses mains et ses épaules sont crispées. Ce n'était pas le cas il y a cinq minutes. Est-ce qu'elle essaie de me punir ? En tout cas, ça marche. Je me demande comment l'arrêter. En même temps, je m'émerveille. La grâce et l'agilité dont elle fait preuve sont incroyables, et j'aimerais… Merde. J'aimerais des tas de choses, et pas une seule ne se réalisera.

Je finis par gueuler :

— Descends tout de suite ! Je ne plaisante pas, Olivia, redescends. Tu es crevée et tu vas te blesser.

Elle s'en fout. D'un ton qui se veut menaçant, je lance :

— Je ne t'emmènerai plus jamais faire de l'escalade, si tu continues !

— Je ne referai plus jamais d'escalade avec toi de toute façon, connard ! me crie-t-elle en réponse.

J'entends sa douleur derrière sa colère.

— Et puis, tu te prends pour qui, hein ? Tu m'embrasses et tu te barres comme si j'allais te harceler.

— Olivia, ce n'est pas pour ça que je me suis barré. Redescends, s'il te plaît, on va en parler.

Soudain, tout bascule. Sa main glisse, et je la vois tomber. Mon pire cauchemar se réalise tandis qu'elle pousse un hurlement déchirant : le premier piton ne supporte pas son poids et se détache. Elle continue sa chute. J'observe la scène, pétrifié. La terreur m'empêche de réfléchir.

Je connais déjà la suite. Si le deuxième piton lâche à son tour, elle va y passer. La chute sera trop forte. Soit son poids arrachera les derniers pitons en contrebas, soit elle sera projetée contre la paroi rocheuse comme une bille de flipper. Tout peut arriver, en l'espace de trois secondes. Ce sont les trois secondes les plus longues, les plus lentes de ma vie.

La corde se tend au moment où elle tire sur la cheville métallique. Ça tient. Mais la force d'inertie la pousse en direction de la paroi, et je suis sans voix. Je ne trouve pas les mots pour lui demander si elle est blessée. Cela fait longtemps que je n'ai pas prié, mais là, je prie de toutes mes forces.

— Ça va ! me crie-t-elle depuis là-haut.

Ma gorge est encore serrée, mais j'arrive à lui répondre :

— Ne bouge pas. Je vais te faire redescendre.

— Ça va, je te dis ! Je peux me débrouiller seule.

D'une voix sans doute trop dure, je lance :

— Non. N'y pense même pas.

60

Olivia

Je suis couverte de bleus, et mon cœur bat tellement vite que c'est à se demander pourquoi il n'a pas déjà explosé. Will me redescend. Il va m'engueuler parce que j'ai continué mon ascension, alors qu'il me l'avait déconseillé. Il avait raison. J'ai fait une connerie monumentale.

Lorsque je suis à deux doigts de toucher le sol, je me blinde en prévision de son sermon. Mais non, il reste muet, dévoré par l'inquiétude. Il me prend dans ses bras avant même que j'atterrisse par terre. Il colle le front contre mon dos. Je sens son cœur battre aussi vite que le mien.

Il plonge la tête dans mes cheveux. Il me retient si fermement que j'ai du mal à respirer.

— Tu m'as foutu la trouille, putain.

Je me tourne vers lui.

— Désolée. Tu avais raison, je…

La lueur dans ses yeux me retourne l'estomac, comme une fleur qui se contracte avant d'éclore. Sa bouche s'empare de la mienne, en étouffant mon petit cri de surprise. C'est un baiser passionné, un baiser brûlant qui me fait tout oublier.

Ses mains remontent de ma taille jusqu'à ma poitrine, sur

laquelle ses doigts se referment. Lorsque son souffle frôle mes lèvres, je me love plus encore contre lui, pour lui demander plus. Plus d'intensité, plus de force, plus de fougue.

— J'ai cru que tu allais mourir, Olivia. Si tu recommences, je te tue moi-même.

Ses mains se referment sur mes fesses et m'attirent à lui. Le désir qu'il m'inspire bouillonne en moi, tandis que ses doigts glissent sous mon haut et se déploient sur la peau brûlante de mon dos.

— Il faut qu'on arrête, grogne-t-il.

Mais sa bouche est toujours sur ma nuque. Et ses doigts remontent jusque sous mon soutien-gorge.

Je glisse les mains entre nous, dans la ceinture de son pantalon. Jusqu'à son membre. Ce n'est pas une surprise, mais il est très bien fichu.

— Olivia, je…

Je laisse courir les doigts sur son sexe. J'adore la façon dont son corps tressaille au moindre de mes mouvements. Il ferme brusquement les yeux.

— Oh ! putain…, souffle-t-il. Arrête. Il faut qu'on arrête.

L'air se bloque dans sa gorge lorsqu'il m'attrape par le poignet.

— S'il te plaît, dit-il d'un ton suppliant.

Il pose le front contre le mien. Sa voix n'est plus qu'un murmure rauque.

— Je ne suis pas sûr de me contrôler si ça va plus loin.

— Tant mieux.

— Liv… Merde, je ne sais plus ce qui m'arrive.

Il recule.

— Si les choses étaient différentes… mais ce n'est pas le cas. Rien ne va changer. C'est sans issue. On le sait tous les deux. Dès que j'essaie de prendre la bonne décision, ça déconne. Tu tombes ou tu embrasses Brendan. Et je perds la tête. Je ne sais même pas quoi dire. Je suis désolé. Oui, désolé, vraiment. Avec tout ce qui s'est passé, je devrais présenter ma démission à Peter. Je ne peux même pas.

J'ai envie d'être fâchée contre lui, mais je n'y arrive pas. Il a l'air si déchiré, si coupable. Il veut nous aider, tous. Me sauver, laisser Brendan terminer ses études à la fac, sauver la ferme, offrir à Peter la première place en fin de saison. Satisfaire tout le monde, en somme. Et c'est moi qui l'empêche de le faire, c'est moi qui lui mets des bâtons dans les roues.

Je lui dis que je comprends. Et, pour l'heure, j'ignore cette partie de moi qui prétend le contraire.

Ce soir-là, je me mets au lit en sachant que c'est ma dernière nuit chez eux avant un long moment. La dernière tout court, si ça se trouve. C'est la meilleure solution, ne serait-ce que pour ma santé mentale. Dorothy, Brendan, la ferme… Mon avenir n'est pas lié à tout ça. Will non plus, et c'est ce qui me désole. Il ne tient pas assez à moi pour attendre.

J'ai un poids sur la poitrine, la gorge nouée. *Ne pleure pas, putain.* Mon cœur bat la chamade, et j'essaie de refouler ma tristesse. Pleurer pour Will, et puis quoi encore ?

Ma mère m'appelle son oisillon. « Retourne te coucher, s'il te plaît, ma puce », murmure-t-elle chaque fois que je grimpe sur son lit, le matin. Ce jour-là, ça me surprend de voir que Matthew s'est réveillé avant moi. Il s'est installé au bout de mon lit.

— Papa est rentré, dit-il tout bas.

— Oh.

Mon estomac se noue.

Mon père est resté absent un long moment, cette fois. Assez long-

temps pour que j'arrive à nouveau à respirer. Assez longtemps pour que j'en oublie presque ce moment d'angoisse qui nous saisit, au réveil, lorsque nous nous demandons ce qui se passera quand nous descendrons au rez-de-chaussée.

Nous entrons tous les deux dans la cuisine et nous nous asseyons à nos places en silence, tandis que ma mère termine de préparer le petit déjeuner. La journée va mal se passer, c'est certain. Mon père a son regard mauvais. Pas un seul muscle de son corps ne bouge. Aujourd'hui, le rempart que nous dressons autour de lui ne sera pas plus épais qu'une feuille de papier.

Nous nous mettons à manger, dans un silence tendu. Ma mère a les traits tirés, mais il l'ignore. Il nous ignore tous. Il ne mange pas, il ouvre des factures, les unes après les autres. L'agacement le gagne petit à petit. Mes bras et ma poitrine se contractent, comme si j'étais prise dans un étau gigantesque.

Tout à coup, il en examine une plus longtemps que les autres. L'air qui flotte dans la pièce semble se resserrer autour de nous. On attend.

— C'est quoi, ça ? demande-t-il à ma mère en brandissant le papier sous son nez.

Il parle tout bas, c'est mauvais signe. Bien plus que quand il crie.

Je sens la peur qui la saisit lorsqu'elle répond :

— La chienne a eu des crampes.

Sa voix n'est pas assez assurée, on la sent faible. Elle devrait faire attention. Même moi, je le sais. Mon père sent la peur et la faiblesse comme un prédateur l'odeur du sang.

— Je ne t'ai pas demandé ce qui arrive à ce putain de clébard. Je t'ai demandé ce que tu as payé.

— Les médicaments, murmure-t-elle. Le véto a dit qu'elle en avait besoin. Sans quoi, ça va s'aggraver.

Je n'ai que cinq ans, mais je devine qu'elle ferait mieux de se taire. D'arrêter de se justifier, de donner l'impression qu'elle est en tort.

Mon père ne dit rien. Il reste immobile un moment. On attend qu'il lève la main, qu'il fasse tomber ma mère de sa chaise avec un petit cri de surprise. Mais non, il se tourne vers la chienne, roulée en boule dans un coin de la pièce.

— Je vais te montrer ce qu'on fait d'un chien malade, dit-il.

Daisy ne sent pas le danger. Elle lève le museau vers lui lorsqu'il l'attrape. Certaines fois, quand je pressens l'arrivée d'une catastrophe, il ne se passe rien. Alors je me sens bête d'avoir eu peur, je me trouve cinglée de penser que ça va déraper !

Mon père berce la chienne dans ses bras. Elle se détend. Moi aussi.

Et puis, il lui attrape le cou et tourne.

Elle est toujours entre ses bras, les yeux grands ouverts, elle ne bouge plus. Un silence pesant s'abat sur la pièce. Soudain, nous éclatons en sanglots. Un concert de larmes, de détresse et d'incrédulité. Ma mère étouffe, les pleurs l'étranglent.

— Oh ! mon Dieu, oh, mon Dieu, oh, mon Dieu !

C'est tout ce qu'elle arrive à dire.

— Tu l'as tuée ! pleurniche mon frère.

— Arrête de chialer ! lui ordonne mon père. Et va creuser un trou.

Matthew l'ignore. La tête posée sur la table, il laisse libre cours à son chagrin. Mon père l'attrape par le col de son T-shirt pour qu'il se redresse.

— Je t'ai dit d'arrêter de chialer et d'aller creuser un trou ! hurle-t-il.

Je cesse de pleurer, si vite que je manque de m'étrangler. Comme si cela allait compenser le fait que Matthew n'en est pas capable. C'est la seule qualité que me reconnaît mon père.

Dans ma tête, je supplie mon frère. Arrête de pleurer, Matthew. Arrête, s'il te plaît. Regarde-moi. Fais comme moi. Regarde-moi.

Ma mère reprend ses esprits à son tour. Elle attrape Matthew par la main. D'une voix entrecoupée de sanglots, elle lui demande de se calmer et d'aller dehors, comme mon père le lui a ordonné. Mais il refuse. Il ne peut pas. Il n'est plus dans son état normal.

Je me lève si vite que j'en renverse ma chaise. Et je m'écrie d'une voix stridente :

— Je m'en occupe ! Je vais creuser le trou !

Mon père hoche la tête.

— C'est bien, ma fille. Pour une fois que quelqu'un me ressemble, dans cette famille.

Mon frère me regarde alors. La colère, la haine se peignent sur son visage. C'est pour lui que je l'ai fait. Mais, brusquement, je suis un monstre, comme mon père.

61

Will

Les hurlements d'Olivia réveillent toute la maison.

J'arrive dans sa chambre en trombe, aussitôt suivi par ma mère et Brendan. Appuyé contre la porte, il observe la scène, catastrophé.

— J'ai creusé le trou, dit-elle en serrant sa gorge comme si elle avait du mal à respirer. J'ai creusé le trou.

Elle est roulée en boule, les genoux serrés contre sa poitrine. J'essaie de l'attirer contre moi, mais son corps est tellement tendu qu'elle ne bouge pas.

— Tout va bien, Liv. Ce n'était qu'un mauvais rêve. Tout va bien.

— Non, dit-elle en s'étranglant à nouveau. Ce n'était pas un rêve. C'était moi. J'ai creusé le trou.

— Quel trou ? je demande en essayant de lui écarter les bras.

— Le trou où il a enterré Matthew. C'est moi qui l'ai creusé.

Si quelqu'un d'autre m'avait raconté cette histoire, je ne l'aurais pas crue. C'est trop horrible pour être vrai. Seulement, toute l'enfance d'Olivia a été horrible. Et ce rêve explique bien trop de choses.

Elle dit que son père l'a emmenée dans les bois pour qu'elle creuse un trou afin d'enterrer leur chienne. Après avoir trouvé un endroit convenable, il l'y a laissée toute la journée. Il y avait un chêne juste au-dessus d'elle, qui faisait pleuvoir des glands sur sa tête de temps à autre. Lorsqu'il était revenu la chercher, la nuit était tombée. Elle avait plein de petites écorchures sur les bras. Le lendemain, Matthew avait disparu. Son père avait prétendu qu'il avait fugué.

Une fois arrivée au bout de son histoire, Olivia fond en larmes. Elle tremble comme une feuille. Pour la toute première fois, j'aimerais qu'elle puisse tout oublier. Des heures durant, je reste allongé auprès d'elle, en la berçant contre moi. Je lui caresse le dos en lui promettant que tout ira bien.

Elle somnole un peu, mais se réveille toujours en sursaut, comme si elle venait de revivre la scène, une fois encore.

Juste avant l'aube, elle se réveille à nouveau et pose sur moi ses yeux vitreux et gonflés de fatigue. Je lui dis :

— On devrait prévenir la police, Liv.

Mon idée semble la terroriser, je ne l'ai jamais vue dans cet état. Pas même hier, juste après la chute.

— Non, répond-elle en secouant la tête. Je ne peux pas.

— Olivia, ton père a tué ton frère. Tu le sais. S'il est toujours en vie, il faut qu'on l'arrête.

— Je ne peux pas, insiste-t-elle. Non, je ne peux pas.

Je la laisse dormir pendant la matinée. De mon côté, je vais au bureau. Je me saisis de la carte de l'inspecteur de police que j'avais rangée précieusement dans un coin de mon bureau. Au fond, je savais que ce serait moi qui passerais ce coup de fil, et pas Olivia.

J'explique l'épisode de cette nuit. Il me répond qu'il doit l'interroger au plus vite.

— Elle ne voudra jamais vous parler. Elle a la trouille. De ça comme du reste.

— Les enfants impliqués dans ce genre d'histoires ont été tellement menacés que la peur de parler ne les lâche pas toujours, soupire le flic. Mais il faut qu'on tente le coup. Les informations de seconde main que vous pourrez me donner ne nous avanceront pas beaucoup.

— Dites, et si vous interrogiez les autres adultes impliqués dans l'affaire ? Sa mère, par exemple ?

— Elle est morte depuis plus de quinze ans. Ce n'est pas elle qui risque de nous aider.

Je me cale au fond de mon siège. Les mots du policier résonnent dans ma tête. *La mère d'Olivia est morte, elle aussi ?* J'ai presque du mal à le concevoir.

— Olivia m'a dit que sa mère l'avait abandonnée. Je veux dire… Elle croit vraiment que sa mère l'a abandonnée.

À l'autre bout du fil, le flic pousse de nouveau un profond soupir.

— Écoutez, je ne sais pas ce que cette fille vous a raconté, mais sa mère est morte, et elle est au courant. C'est arrivé sous ses yeux.

Olivia ne m'a pas menti sur ce point, j'en suis sûr. Mais alors, pourquoi ne connaît-elle pas la vérité ?

— Est-ce que… c'est son père qui l'a tuée ? Il est en prison ?

— Il aurait dû finir en taule, oui, mais on n'avait rien contre lui. Olivia était le seul témoin, et elle a prétendu qu'elle n'avait rien vu. C'est sans doute ça qui l'a sauvée. Si elle avait parlé, il aurait sûrement essayé de la retrouver.

Un frisson glacial remonte le long de mon dos.

— Si son père est toujours dans la nature, est-ce qu'elle est en sécurité ?

— Tant que ce type ne sera pas sous les verrous, elle ne le sera jamais complètement, me répond l'inspecteur.

Surtout si ses souvenirs commencent à remonter à la surface.

La peur au ventre, j'ouvre mon ordinateur portable. Une partie de moi refuse de savoir. Exactement comme Olivia. Et si cette version des événements n'était que le fruit de son imagination ?

Ce n'est pas dur de trouver des informations une fois qu'on sait ce qu'on cherche. Si j'avais entré le nom de sa mère dans le moteur de recherche il y a quelques mois, je serais immédiatement tombé dessus. Difficile de croire qu'Olivia ne l'ait pas fait. Et pourtant… Pendant longtemps, quelque chose l'a dissuadée de se pencher sur cette histoire. Ce qui l'a préservée, en un sens.

L'article fait froid dans le dos. Mais c'est la photo qui est insoutenable – la petite Olivia pose tout sourires à côté de sa mère. La pauvre femme a été poignardée quarante-deux fois, et Olivia a couru près de quatre *miles* dans le noir avant d'être retrouvée inconsciente le lendemain. La blessure dans son dos saignait encore.

Cette nuit passée à courir. Cette cicatrice dans son dos. La façon dont elle perd connaissance quand on s'en prend à elle. Je me suis souvent demandé d'où ça venait. Je n'aurais jamais imaginé une histoire aussi horrible.

J'appelle à nouveau la maison de retraite. Cette fois, je ne demande pas la grand-mère d'Olivia, mais sa grand-tante. J'aurais dû y penser plus tôt. Olivia n'avait que seize ans quand sa grand-mère a été admise dans cet établissement. À l'époque, elle n'avait évidemment pas l'argent nécessaire pour payer la structure.

Si cette femme a aidé sa sœur, elle aurait également dû aider Olivia, bordel ! Je la déteste avant même qu'elle décroche. Elle décroche, et c'est encore pire.

J'explique la situation. Elle se lance aussitôt dans une grande tirade contre Olivia.

— Il n'aurait pas été inutile qu'elle parle à la police, à l'époque, vous ne trouvez pas ? lance-t-elle d'un ton accusateur.

— Les souvenirs viennent de remonter à la surface. Elle a encore la conviction que ses parents l'ont abandonnée.

Je l'entends faire claquer sa langue à l'autre bout du fil.

— Misère… Ma sœur, Anya, l'a laissée croire à ces fadaises, mais je vais vous dire une bonne chose. J'y aurais mis le holà sans attendre. Cette gamine savait pertinemment ce qui s'était passé. Elle a failli se vider de son sang. On n'oublie pas une histoire pareille du jour au lendemain.

— Quelle histoire ?

— Oh. Elle piquait une crise de nerfs dès que les gens évoquaient le sujet, alors tout le monde a fini par laisser tomber. On ne pouvait même pas dire que ses parents étaient morts. Anya a donc commencé à prétendre que sa mère était « partie ».

Je suis tellement perdu, comment y voir clair ?

— Qui d'autre serait en mesure de me renseigner ? Olivia a dû côtoyer d'autres personnes, au moins au lycée, si sa grand-mère est malade depuis un moment.

La vieille mégère est sur la défensive, son silence me le prouve.

— Je n'ai pas pu l'accueillir chez moi, vous vous en doutez, finit-elle par avouer. Je n'étais plus assez jeune pour élever quelqu'un. Surtout une fille avec autant de problèmes.

— D'accord, dis-je en rongeant mon frein. Alors, avec qui a-t-elle vécu ?

— Personne. Elle est restée dans la maison. Elle s'est débrouillée. Ma sœur était malade depuis un moment, et Olivia s'occupait de tout. Il valait mieux qu'elle reste seule, de toute façon.

Je raccroche violemment et reste assis à mon bureau. Je

regarde par la fenêtre, sans rien voir. Cette histoire dépasse tout ce que j'aurais pu imaginer. Bien souvent, dans ma vie, j'ai eu la sensation d'être impuissant. Maintenant, cette sensation devient une certitude.

Dès le début, j'ai éprouvé le besoin de protéger Olivia. Et ce besoin aurait dû me mettre sur mes gardes. Je voulais être celui qui la sauverait. Au lieu de quoi, j'ai ouvert la boîte de Pandore et je risque de la détruire.

Il est temps que je redresse la barre avant que la situation dégénère.

Peter pourrait difficilement avoir l'air plus inquiet lorsqu'il ouvre la porte de son bureau.

— Je ne m'attendais pas à te trouver là un samedi matin, me dit-il en s'écartant pour me laisser entrer.

— Désolé. Mais ça ne pouvait pas attendre.

Je lui raconte le cauchemar qu'Olivia a fait la nuit dernière. Je lui transmets les informations de la police et lui explique comment je l'ai empêchée de courir. Ce qui prouve qu'elle et moi avons dormi sous le même toit.

— Will, bougonne-t-il en se frottant les yeux, faisons comme si tu n'avais pas mentionné ce détail, d'accord ?

— Écoute, il fallait que je t'en parle. Les problèmes d'Olivia sont plus importants que mon travail. Je ne peux pas l'abandonner maintenant.

— Bien évidemment que non ! Alors ne répète pas ce que tu viens de me dire. Vous dormez sous le même toit ? Il faut que ça cesse. Or, je sais que tu ne vas pas renoncer. Alors faisons comme si je n'étais pas au courant.

Il va essayer de se procurer le nom d'un spécialiste. Pas l'idiote de la fac, mais quelqu'un qui aura les moyens de gérer la situation.

— En attendant, ne changeons rien. Il y a une course la semaine prochaine. Tâchons qu'elle tienne jusque-là.

— Est-il bien nécessaire de lui imposer toute cette pression ?

Peter secoue la tête.

— Cette fille n'a vécu que des moments difficiles. Elle ne demande pas la vérité, mais la possibilité de se faire un nom. Et, si elle gagne la semaine prochaine, nous pouvons l'aider à réaliser ce rêve. Faisons de notre mieux pour qu'elle ait sa chance.

62

Olivia

Tout le monde est étrangement attentionné avec moi, comme si j'étais en sucre. C'est gentil, mais ça m'énerve. Leur attitude me rappelle en permanence ce qui s'est passé, ce qu'ils savent sur mon compte et que j'ignore.

J'ai aidé mon père à enterrer mon frère. À part ça, qu'est-ce que j'ai oublié ? Ma tête ressemble à la cave d'une maison hantée – autant ne pas s'en approcher car une armée de démons rôde dans les ténèbres. Will a l'air distant, sur ses gardes. Prévenant et méfiant en même temps. Sans doute parce qu'il se pose les mêmes questions que moi. De quoi suis-je coupable ? À qui d'autre ai-je fait du mal ? Pas étonnant qu'il ne me demande pas d'attendre quand j'aurai mon diplôme.

Dimanche, lorsque Brendan repartira pour la fac, j'insisterai pour rentrer chez moi. Will a pris sa décision. Autant que je coupe le cordon au lieu de passer mon temps à redouter le moment de la séparation.

Pendant la semaine qui suit, l'équipe continue de s'entraîner. Trois d'entre nous seulement ont une raison de le faire jusqu'à la fin de la coupure hivernale, et ça se voit. Les autres font semblant. Et encore, pas très bien. Will me regarde d'un air vaguement coupable, et je songe à ce qui m'échappera toujours. Le trouble que j'ai ressenti avant la dernière course m'écrase encore. Plus rien ne semble avoir d'importance. Autrefois, l'athlétisme était tout pour moi, car je n'avais rien de mieux. Cela n'a pas changé, malgré tous mes espoirs. Conclusion : il faut vraiment que je sois au top pour dimanche.

Le vendredi, Erin se pointe chez moi. Le moment du départ approche.

— Tiens, me dit-elle en me tendant un sac de cookies. Ça te portera bonheur.

— Ça porte bonheur, les cookies ?

— A priori non, mais tu ne voulais pas que je t'offre ma culotte préférée, quand même ?

— Non, effectivement.

Elle me serre fort dans ses bras.

— On t'aimera, que tu gagnes ou pas, Finn. Ne l'oublie pas, cette fois, OK ?

Le lendemain, neuf personnes de l'équipe s'envolent pour le Wyoming afin de disputer la compétition. Peter emmène Dan Brofton, Marcus Phipps et un gamin qu'ils appellent Rooster – il a sans doute un véritable nom, mais je ne le connais pas. Côté filles, il y a Nicole, Betsy et moi. Will nous accompagne, bien sûr, ainsi que Dorothy. Le règlement de la fac impose qu'il y ait une femme avec nous. Tous ses frais de déplacement sont couverts, une chance.

Nous atterrissons à Cheyenne en début de soirée, et on nous donne nos chambres. Je suis évidemment logée avec Dorothy.

— Il faut toujours qu'on te tienne la main, à ce que je vois, lance Betsy en ricanant. Jusqu'à la dernière minute.

— Ça ne l'a pas desservie, on dirait, fait remarquer la mère de Will. Elle a quand même fini à la première place, la dernière fois qu'on a dormi ensemble. Tout le monde ne peut pas en dire autant.

Je me retiens de rire. La vache, Dorothy sort les griffes quand il faut ! Pas étonnant qu'on s'entende aussi bien.

On mange tous ensemble. Peter et Dorothy s'installent à un bout de la table. Ils discutent avec animation, et chacun goûte un peu du plat de l'autre. À croire qu'ils sont ensemble depuis toujours.

— Parmi tous ces jolis petits jeunes, lesquels sont à vous ? leur demande la serveuse.

— Tous, répond Peter avec un grand sourire.

Will hausse un sourcil surpris. Un moment d'étonnement qu'il chasse en un clin d'œil. Pour quelqu'un qui est assez perspicace en temps normal, il a du mal à saisir l'allusion. À moins qu'il ne s'y refuse.

Une fois Dorothy couchée, je vais m'allonger sur l'autre lit de la chambre de Will. Il fait tous les efforts du monde pour oublier ma présence. Et ça m'énerve.

— C'est la dernière compétition, dis-je en me tournant vers lui. Je vais te manquer ?

J'ai beau poser la question d'un ton léger, j'attends une véritable réponse.

Il me jette un bref coup d'œil.

— Ton T-shirt remonte, m'indique-t-il d'une voix rauque.

Je baisse la tête et hausse les épaules.

— Voir un tout petit bout de peau ne va pas te tuer. Réponds-moi.

Je laisse courir un doigt sur ma lèvre. L'intensité que je devine dans ses yeux me donne des frissons. Une petite étincelle surgit, et il détourne la tête.

Puis il déglutit et s'assied.

— On se verra encore. Je veux dire, tu resteras avec nous pendant les vacances, hein ?

— À mon avis, ce n'est pas une si bonne idée.

— Reste, s'il te plaît. Tu sais que ma famille tient à toi.

— Et c'est tout ?

— Liv. Tu n'auras pas mieux.

Le lendemain matin, je me réveille avec ma dose de stress habituelle.

— Mange un peu, ma puce, dit Dorothy.

— Je ne peux pas, tu le sais bien.

Elle parvient tout de même à me faire avaler une demi-banane avant qu'on parte pour le stade. Je ne me sentais pas trop mal au réveil. Pourtant, dès que nous nous retrouvons au bord du terrain, mon estomac se noue. Un frisson me secoue, et ce n'est pas parce qu'il fait frisquet.

Il faut que j'en parle à Will.

— Ça ne va pas. Je n'ai rien dans les jambes.

— Mais non, me dit-il d'un ton rassurant.

Il tend le bras pour me caresser le dos, avant de retirer brusquement la main.

— C'est le stress, rien de plus.

— Non, c'est différent. Je me sens vaseuse, je vais vomir.

— Tu n'es pas malade. Pendant la course, ça passera, et tu le sais.

Je hoche la tête. Sauf que, cette fois, je ne suis pas convaincue. Et si c'était le contrecoup de mon échec lors de la dernière compétition ? Hum, pas sûr. La chance a tourné. J'avais enchaîné quelques victoires, dans le Texas. Et puis, la série avait pris fin, et je n'avais plus fait un seul résultat digne de ce nom.

Cette journée sera catastrophique.

Nous nous plaçons sur la ligne de départ. J'ai un goût de ferraille dans la bouche. Ça descend jusque dans mon ventre, ça remonte. Mes tripes se tordent, et mon sang se fige. Lorsque le coup de pistolet retentit, je m'élance trop vite. C'est la seule façon d'échapper au frisson qui remonte le long de ma colonne vertébrale et à la certitude que je vais me planter. Je pense à Will, au bord du terrain. Que va-t-il ressentir en me voyant perdre ? Il a dû être dévasté quand j'ai gâché notre chance d'accéder aux épreuves régionales, il y a deux semaines. Je me force à ralentir et laisse les autres donner le tempo. Mais, comme j'ai peur, j'ai l'impression qu'on traîne.

Et puis, les tours de terrain s'enchaînent. Je me sens plus énergique, plus forte, plus sûre. Je suis au coude-à-coude avec une fille de Californie que tout le monde s'attend à voir gagner. Mais je l'entends respirer bruyamment. Nous avons parcouru deux *miles* seulement, et elle a déjà du mal, alors que je pourrais courir à ce rythme toute la journée.

Je me détache du peloton. Un peu tôt, sans doute. C'est risqué. Ai-je les moyens de courir encore deux *miles* à toute vitesse ? Pas sûr. Mais aujourd'hui, je suis prête à repousser mes limites. Pour Will, pour Peter et pour Dorothy autant que pour moi. C'est possible. Je le sens.

J'aperçois la ligne d'arrivée et je commence à sprinter. La foule crie si fort que je m'entends à peine respirer. Leurs rugissements deviennent assourdissants lorsque je déchire le ruban.

Dans la seconde qui suit, me voilà cernée par une équipe de

télé et des photographes. J'essaie de me frayer un passage. Je cherche un visage. Will fend la foule et se jette à mon cou.

— Tu l'as fait, Liv, murmure-t-il.

Son souffle chaud me caresse l'oreille. Il m'enveloppe. Je me sens en sécurité, heureuse et comblée.

Je voulais gagner. Mais je voulais gagner afin de vivre ce moment avec lui. Je ne garderai pas forcément le souvenir de cette course. Mais ça, je ne l'oublierai pas.

Il me lâche lorsque Peter et Dorothy nous rejoignent.

— 19'22" ! s'exclame Peter.

Pour la plupart des gens, cela ne veut pas dire grand-chose. Pour nous, si. À cinq secondes près, j'aurais battu le record du monde du 6 000 mètres.

Je suis emportée par la foule. On me félicite. Des gens que je ne connais pas me prennent dans leurs bras. Nous rejoignons le groupe des garçons. Dan me serre contre lui. Un peu trop longtemps.

— Ça ira, Brofton !

C'est Will, juste derrière nous.

Même Betsy est presque gentille.

— 19'22", dit-elle en secouant la tête. Je te déteste toujours. Mais c'est un temps de ouf !

Plus tard, on me demande des interviews, plein de gens souhaitent me parler. Puis c'est l'heure de la cérémonie de récompense. Toute ma vie, j'ai rêvé de cet instant. Will passe avant, pourtant. C'est lui que je regarde tout en répondant aux questions d'un journaliste.

— Qu'est-ce que ça vous fait d'avoir failli battre le record du monde ? me demande-t-il.

Je donne la réponse attendue, oh, là, là, je suis sur un nuage, c'est dingue, c'est le plus beau jour de ma vie, bla-bla-bla. Durant toute l'interview, j'observe Will. Je pourrais renoncer à tout pour lui – à mes victoires, à mon équipe, à mon avenir. Encore faudrait-il qu'il soit d'accord.

De retour à l'aéroport de Denver, nous prenons le bus jusqu'au campus tous ensemble. Ça me fend le cœur de dire au revoir à Dorothy et à Will de manière aussi impersonnelle, en deux secondes chrono. On se sépare comme si on était des étrangers. Je les reverrai à la fête, mais c'est tout.

Une heure après être rentrée chez moi, j'entends quelqu'un frapper à ma porte. C'est Will. Il entre, la tête basse et les mains dans les poches. Il s'approche de moi.

— Hier soir, tu m'as dit que tu ne voulais pas passer les vacances avec nous. À t'entendre, ce ne serait pas une bonne idée. Pourquoi ?

— C'est assez évident, non ?

— Écoute, ce qui s'est passé ne se reproduira pas, je te le jure. Allez, reste avec nous, s'il te plaît.

— Je n'ai pas envie que ça se reproduise, tu crois ? C'est tout ce que je veux, au contraire.

Le désire embrase son regard.

— Ne dis pas des choses pareilles, Olivia, maugrée-t-il en plongeant la main dans ses cheveux.

— C'est la vérité.

— Ce qui s'est produit était une erreur. Mais tu fais partie de la famille, maintenant. Tout le monde tient à toi. On tournera la page.

— Le problème est là, Will. Toi, tu peux tourner la page. Pas moi.

— Comment ça ?

Je déglutis difficilement, les yeux plongés au fond des siens.

— Si tu me voulais vraiment, tu pourrais m'avoir. Tu aurais aussi pu me demander d'attendre jusqu'à ce que j'aie mon diplôme. Mais non, tu ne l'as pas fait et tu ne le feras jamais. Tu sais à quel point c'est dur pour moi de te regarder ?

Ma voix devient tendue, je dois m'interrompre. Pas question de pleurer devant lui. Pas encore.

— Oui, c'est dur de te regarder en sachant que tu as fait ton choix et que tu ne m'as pas choisie.

Je le vois tiquer.

— Olivia, ce n'est pas une question de choix. Je n'ai pas le choix.

— Si, Will. On a une année devant nous. Demande-moi d'attendre. Demande-le-moi maintenant, et j'accepterai. Sans hésiter. Mais ce n'est pas ton intention, hein ?

Il ferme les yeux. Le muscle de sa mâchoire tressaute. Il ne dit rien.

Il regagne la porte, qu'il ouvre à toute volée.

— C'est bien ce que je pensais.

63

Will

J'attends de regagner la voiture. J'attends précisément ce moment pour taper sur le volant en poussant une bordée d'injures interminable.

Et voilà, j'ai perdu Olivia.

Oh ! je n'ai jamais cru qu'on serait ensemble. J'ai refusé de considérer qu'un jour il me faudrait renoncer. Je pensais voler tous ces moments avec elle. Chez ma mère, au bord du terrain, pendant nos séances d'escalade. Je les ai gravés dans ma mémoire, comme s'ils pouvaient m'aider à supporter son absence.

Pendant longtemps, je me suis montré très égoïste avec elle. Je n'aurais jamais dû l'amener chez ma mère. Il y avait d'autres solutions. Mais non, je voulais être avec elle. C'est moi qui devais la sauver.

Et ce soir, bien trop tard, j'ai enfin pris la bonne décision. Mais je ne veux qu'une chose : revenir sur mes pas et défaire ce que j'ai fait. Je repense à la tension dans sa voix quand elle m'a parlé d'attendre.

Je descends de ma voiture…

Et m'arrête.

Pas question de la laisser foutre en l'air son avenir en s'enterrant dans une ferme criblée de dettes. Il est temps de prendre la bonne décision pour elle. Tant pis si ça me brise le cœur.

— Je suis passée voir Olivia, hier, me dit ma mère.

Trois longs jours se sont écoulés. On ne s'est ni vus ni appelés. J'aimerais juste savoir ce qu'elle fait en ce moment et…

Non, j'ai envie de voir son beau visage, de plonger le nez dans ses cheveux, de la tenir tout contre moi et de rester dans cette position tant qu'elle me le permettra.

— Elle allait bien ?

— Comme toi, elle faisait mine d'aller bien, alors que c'est tout le contraire.

— À t'entendre, c'est à cause de moi.

— Bien sûr que c'est à cause de toi, Will ! Tu es amoureux d'elle. Tu le lui as dit ?

Je m'écarte de la table. Après toutes mes conneries, je n'arrive pas à croire que j'ai pris cette décision et que ça la rend folle.

— Ça n'aurait rien changé, m'man. On ne peut pas être ensemble.

— Elle aura bientôt terminé ses études, Will. Elle ne sera plus étudiante pour longtemps.

— Bon, d'accord. Et ensuite ? Tu crois qu'elle souhaitera vivre dans une ferme pourrie, sans entraîneur et sans groupe avec lequel s'entraîner ? Elle n'aura aucun sponsor. Où trouvera-t-elle l'argent pour se rendre dans les grandes compétitions ? Tu veux qu'elle renonce à son avenir pour ça ?

— Tu ignores ce que le futur réserve. Plein de choses peuvent arriver en un an.

Je me lève. Il est temps d'en finir avec cette conversation. D'autant que j'ai rejoué la scène dans ma tête des dizaines de fois.

— M'man. Je ne peux pas partir, et elle ne peut pas rester. C'est tout ce qu'il y a à savoir.

Le samedi soir, alors que l'heure de la fête approche, je suis prêt à me couper une jambe pour revoir Olivia. C'est pire qu'une drogue. Cela ne résoudra rien, mais je m'en fiche. Je veux la voir.

J'ai passé la semaine à gamberger. Chaque jour, j'ai sombré un peu plus dans le désespoir. Mes arguments deviennent plus forts et moins probables. *Et si*… La moindre idée qui me traverse la tête commence par ces deux mots. Chacune d'elles me plonge dans des affres indescriptibles. *Et si je prenais un troisième travail ? Je pourrais me payer l'avion pour la rejoindre. Lorsque Brendan aura terminé ses études, j'aurai les moyens. Avec un peu de chance, elle décidera d'arrêter l'athlétisme après la fac.*

J'ai tort de nourrir ce genre d'idée. Il faut que j'assiste à cette soirée sans y penser. La mission de mon pote Jack Daniel's sera de m'aider à tenir le choc.

Ma mère est déjà là, assise à côté de Peter. Comment ça se fait ? J'aurais pu l'emmener si elle tenait tant à venir. Peter a toute ma confiance. Tant qu'il ne se fait pas des films…

Je me dirige vers le bar. J'ai besoin d'un truc à boire, sans quoi la soirée sera insupportable. Je prends une bière que j'avale à moitié avant de me diriger vers le coin de la pièce réservé à l'équipe d'athlé.

À mi-parcours, mon regard croise celui de Jessica. Elle est là dans son rôle de chargée de com', alors qu'elle n'était pas venue, l'an dernier. Depuis Thanksgiving, elle m'a laissé des dizaines de messages sur mon répondeur, entre désespoir et colère. Soit pour me dire que je lui manque, soit pour m'annoncer que je vais regretter de l'avoir traitée de cette façon.

Ce soir, elle a choisi de se montrer joyeuse et sociable. Elle marche droit vers moi et se jette à mon cou pour me faire la bise.

— Will ! piaille-t-elle. Ça fait tellement plaisir de te revoir !

— Ah oui ? je demande en me dégageant.

Elle part dans un grand éclat de rire et m'attrape le bras.

— Ce n'est pas parce qu'on a cassé qu'on ne peut pas être amis, idiot.

— Je ne sais pas, Jess. Dans ton dernier message, tu m'as expliqué que ma mère aurait dû avorter quand elle était enceinte de moi. Ce n'est pas ce que je dis à mes amis.

Elle balaie ma remarque d'un geste. Si elle pouvait me lâcher le bras…

— J'avais mal, Will. Tu m'as fait du mal. Mais ça va mieux, je t'assure.

Ouh là, méfiance…

— Tant mieux. Bon, je vais m'asseoir.

— Viens avec moi, insiste-t-elle en me tirant par le coude. Je t'ai gardé une place.

Au même moment, Olivia débarque. Elle porte une robe en soie verte assortie à ses yeux. La tenue épouse ses formes à merveille. Elle est juste assez décolletée pour laisser de la place à l'imagination. Elle a les cheveux détachés. Ils retombent en cascade sur ses épaules, jusque dans son dos. Ce qui met en valeur son long cou et le contour de son visage.

Comme toujours, mes yeux se concentrent sur sa bouche. Je me demande si ce n'est pas la première fois que je la vois porter du rouge à lèvres. Bizarrement, cela m'inspire toutes sortes de fantasmes. Une vraie boîte de Pandore ! J'ai envie de dévorer ces lèvres. De les embrasser de toutes mes forces, à en perdre haleine. Reculer et la voir alors la bouche entrouverte, son rouge à lèvres étalé tout autour.

Seigneur, j'en ai tellement envie ! Comment vais-je tenir toute la soirée sans tenter ma chance ? Sans parler du reste… Mon envie de glisser les mains sous cette robe et de la remonter. De découvrir la moindre parcelle de ce corps dont je rêve depuis des mois.

Hélas, ses yeux se posent sur la main de Jessica, agrippée à mon bras. Lorsqu'elle les relève, la douleur que j'y lis me poignarde en plein cœur. Je m'écarte avant d'avaler ma bière d'un trait.

— Je vais rejoindre ma mère.

— Ne t'en fais pas, j'ai tout compris, lâche-t-elle en nous observant à tour de rôle, Olivia et moi.

— Arrête de te faire des films, dis-je en regagnant ma table.

J'aimerais qu'il y ait matière à s'en faire, pourtant.

— Olivia est sublime, ce soir, pas vrai ? me demande ma mère.

Je marmonne :

— Il y avait une pénurie de tissu ou quoi ?

— C'est moi qui lui ai acheté cette robe, me répond-elle en haussant un sourcil. Elle lui va comme un gant.

— Justement. Tout le problème est là.

Elle m'ignore. Je n'ai plus qu'à repenser à la bouche d'Olivia, à ces lèvres que j'ai envie d'embrasser, jusqu'à ce qu'elle manque d'air.

Soudain, un bras s'enroule autour de sa taille. Une main se referme sur cette hanche que je devine à travers le tissu. Cela suffit à faire voler mon fantasme en éclats.

Evan ! Olivia est venue à la soirée avec Evan. Mon désir cède aussitôt la place à la colère. Qu'est-ce qu'il fout là, putain ? Elle se fiche éperdument de lui. Ce qu'il veut, lui, c'est du sérieux. Alors qu'elle…

Alors qu'elle, elle me veut, moi. Et je l'ai envoyée bouler.

Je vide mon verre de bière. Merde, il ne reste plus rien. Olivia fait de son mieux pour garder ses distances. Exactement comme moi, j'imagine.

Brusquement, je me lève. Direction le bar.

Evan et Olivia sont à la table d'Erin, à l'opposé de la mienne. L'ennui, c'est que j'ai une vue imprenable sur eux. Dès qu'elle se lève, il la dévore du regard. Et, lorsqu'elle se rassied, il en profite pour la caresser, l'enfoiré ! S'il continue de la mater de cette façon, je vais finir par lui en coller une, c'est sûr et certain.

De son côté, elle n'a pas l'air de le calculer.

Une fois au bar, je passe de la bière au whisky. En temps normal, je ne picole pas des masses. Ce soir, c'est différent. C'est ça ou je pète un câble devant des centaines de témoins.

On nous sert à manger, mais j'ai l'appétit coupé. On décerne des récompenses, mais ça me passe au-dessus de la tête. Olivia est plus importante que le reste, je ne vois qu'elle.

Personne ne connaît ses peurs aussi bien que moi. Personne ne sait à quel point elle est fragile, à quel point elle est douce. Tout le monde ignore qu'elle pleure dans son sommeil et qu'elle se pelotonne contre moi, comme si elle voulait que nos deux corps se fondent. Moi, si. Nous nous sommes affrontés longtemps, pourtant nous sommes faits l'un pour l'autre. Mon univers repose sur des règles artificielles que je m'impose tout seul.

Et qui m'éloignent d'elle.

Sans la ferme, sans la fac, elle serait venue avec moi, ce soir.

Je la regarde glisser un mot à Evan. Il hoche la tête et passe un bras autour de sa taille. L'instant d'après, il l'attire à lui lorsqu'elle fait mine de se lever. Il l'embrasse. Un petit bisou, rien à voir avec la façon dont mon connard de frère l'a embrassée. Mais c'est la goutte d'eau qui fait déborder le vase.

Ça suffit !

C'est ce que je dis en me levant à mon tour.

Quelque chose me pousse à la suivre. C'est une erreur, sans l'ombre d'un doute. Je n'ai aucun droit sur elle. Je devrais même la fuir au plus vite. Sauf que j'ai vu ce baiser, cette étincelle dans les yeux d'Evan. C'est le signe qu'il compte bientôt quitter la fête avec elle.

Olivia a traversé la moitié du couloir lorsque j'arrive à sa hauteur. Elle jette un coup d'œil inquiet par-dessus son épaule en me voyant. Trop tard, je suis déjà là. Je l'attrape par le coude avant qu'elle ait eu le temps de réagir et la pousse dans une salle de cours.

Elle se raidit et recule. Prête à en découdre, comme toujours. Les yeux brûlants et les mains sur les hanches.

— Tu n'as pas le droit de…

Au même moment, je l'attrape par le menton pour fondre sur ces lèvres dont je rêve depuis le début de la soirée.

64

Olivia

Ma tentative pathétique pour arrêter Will n'aura pas servi à grand-chose. Il s'empare avidement de ma bouche, sans la moindre hésitation, comme s'il était préparé depuis toujours à ce moment. Il plonge les mains dans mes cheveux. Nos langues se trouvent tandis qu'il se colle contre moi. C'est tellement bon que j'en oublie mes réticences.

Il couvre mon cou de baisers à la fois doux et fiévreux. Je sens ses lèvres charnues et sa peau rugueuse. C'est divin. Absolument divin. Une vague de chaleur surgit du tréfonds de mon corps. *Non, une seconde, il faut que je…* Je l'entends pousser un grognement rauque, entre déchirement et satisfaction. *J'ai envie de ce moment, même si…*

Soudain, je me souviens. Je le revois au côté de Jessica. Je revois la façon dont il a quitté mon appart, la semaine dernière.

— Non.

Habitée par la colère, j'essaie de m'écarter. Même si je ne bouge pas d'un cheveu.

— Tu n'as pas eu envie de moi, il y a une semaine. Tu as changé d'avis ? Ça ne marche pas comme ça.

Il attrape mon visage et m'oblige à le regarder.

— Olivia, ce n'est pas une question de désir, dit-il avec un regard brûlant.

Le bref coup d'œil qu'il donne à ma bouche me fait frissonner des pieds à la tête.

— Je n'ai pas envie que tu restes coincée dans un bled pourri lorsque tu auras ton diplôme. Pas question que tu lâches tout pour être avec moi.

— Mais…

— Plus tard, grommelle-t-il. Tu m'engueuleras plus tard.

Sa bouche s'empare à nouveau de la mienne. Nos langues se mêlent. Ce baiser est brûlant, passionné, parfait. Et la voix de la raison, muette. Normal, j'ai envie de ce moment depuis bien trop longtemps. J'ai envie de ces mains sur ma peau, de ce corps collé contre le mien, de cette bouche qui dépose mille baisers le long de mon cou.

J'aime ça.

Je ne désire rien plus que ce moment. Je n'ai jamais eu une telle certitude.

Les mains de Will remontent de mes hanches à mes seins, qu'elles caressent lentement. Là, il fait glisser une bretelle de ma robe en déposant des baisers sur mon épaule, très délicatement. Il laisse sa langue courir sur ma peau. Il attrape mes seins, qu'il porte à sa bouche, toujours avec ce mélange d'intensité et de douceur. Le désir que m'inspirent ses gestes est si intense qu'il en est presque douloureux. Je laisse échapper un petit cri et me cambre. Me voilà à sa merci, la tête collée contre le mur.

Il recule pour observer mon visage. De ses yeux d'un bleu vif, il sonde les miens pour y trouver… une permission. Il veut que je lui donne la permission ? Comme si je lui avais déjà dit non !

Je murmure alors :

— Vas-y.

— Tu es sûre ? demande-t-il d'une voix caverneuse.

En me voyant hocher la tête, il baisse ma robe jusqu'au niveau de mes hanches, puis la laisse tomber par terre. Ses mains courent sur mes hanches, mes cuisses. Je me retrouve en sous-vêtements et chaussures à talons.

— À cause de cette putain de robe, j'ai eu envie de toi toute la soirée, dit-il avant de m'embrasser.

Il se love contre moi, son costume contre ma peau nue. Je sens la force de son désir contre mon ventre. Il déborde d'envie.

Il passe un doigt sous l'élastique de ma culotte. Il suffit qu'il me touche pour que tout mon corps frissonne.

— Tu es déjà humide…, murmure-t-il en fermant les paupières.

Il dessine des cercles autour de mon intimité, délicatement. Et puis, il le glisse en moi.

— Oh ! putain.

Mon corps se cambre. Un autre doigt suit. Cette fois, c'est lui qui grogne plus fort que moi.

— Tu vas me tuer, Olivia.

Je défais sa ceinture. J'abaisse la fermeture Eclair de son pantalon et son boxer. Il laisse échapper un gémissement lorsque mes doigts se referment autour de lui. Je le caresse.

— Stop, souffle-t-il au bout d'une minute. Je ne vais pas tenir longtemps si tu continues comme ça. Et il y a plein de choses que j'ai envie de faire avant.

Aussitôt, il baisse ma culotte et m'arrache du sol. Il pivote et m'allonge sur la table à côté de nous. Il m'embrasse avec force. Puis il se met à genoux et m'écarte les cuisses. Me voilà à sa merci, les jambes en l'air. Soudain, à ses doigts s'ajoutent de brefs coups de langue.

— Oh ! putain, Will…

Sa bouche et sa langue me lèchent et me caressent, elles

déclenchent de petites décharges électriques qui se répandent jusqu'à la pointe de mes orteils. J'essaie de reculer, mais de sa main libre il m'empoigne la cuisse. Impossible de bouger.

— Ça fait des mois que je rêve de ce moment chaque nuit, Olivia. Alors laisse-moi faire.

Je ne peux même pas acquiescer d'un signe de tête. Tout est chamboulé au fond de moi. Je suis comme noyée. Tout va tellement vite ! Je suis incapable de dire où je suis.

— Oh…

Le mot est pauvre, mais c'est tout ce qui me vient à l'esprit. Ça ne lui expliquera pas que je m'aventure en territoire inconnu. Si le sexe était une course de fond, je serais la fille qui avance à une vitesse d'escargot, en fin de peloton. Mais là, je vais à une vitesse qui défie la logique.

Au lieu de lui dire tout ça, je marmonne des trucs incompréhensibles. Des sons que je laisse échapper sans m'en rendre compte. Soudain, ses doigts s'enfoncent en moi, et j'explose avec un cri de plaisir et de surprise, en me cambrant vers sa bouche.

Il ne recule pas : il glisse les mains sous mes jambes et me tire vers lui. La tête plongée entre mes cuisses, il déclenche des vagues de sensations que je n'aurais jamais crues possibles.

Le raz-de-marée commence à faiblir. Il se relève, le visage transfiguré par le plaisir et la satisfaction.

— La vache !

J'aimerais être plus éloquente, mais je suis vidée.

Will se penche pour m'embrasser. Aussitôt, j'enroule les jambes autour de sa taille pour l'attirer à moi. Tout se passe si vite que nos lèvres sont unies lorsqu'il pousse un petit cri de surprise.

— Olivia, gémit-il.

— S'il te plaît…

Difficile d'être plus comblée que moi. Pourtant, j'ai besoin qu'il continue.

L'air torturé, il recule, mais je le retiens.

— Eh, tu ne comptes pas t'arrêter maintenant ?

Il se décale légèrement et se retrouve tout contre mon intimité. D'un simple mouvement des hanches, il pourrait s'enfoncer en moi.

— Tu es sûre ? demande-t-il d'une voix tendue. Est-ce qu'il ne vaudrait pas mieux…

— Non, dis-je d'un ton suppliant. Vas-y.

Il entre alors en moi. Son sexe est si gros que je suis tendue à rompre.

— Oh ! Liv, lâche-t-il d'une voix tremblante. C'est tellement bon.

Il se mord la lèvre.

— Donne-moi cinq minutes, d'accord ? souffle-t-il dans un râle. Ou je vais en avoir terminé avant d'avoir débuté.

Il recommence, sans se précipiter. Avec un grognement guttural, il s'enfonce complètement en moi.

— Tout va bien ? demande-t-il d'une voix mal assurée.

J'acquiesce. La douleur l'emporte sur le plaisir. Il se retire, et tout change. La douleur disparaît, une explosion de plaisir remonte le long de ma colonne vertébrale et aspire tout l'air de mes poumons. C'est trop bon. La sensation est si intense, je vais mourir sur place !

Les mouvements de Will s'intensifient, je le sens plus sûr de lui.

Soudain, il s'arrête en m'entendant pousser un cri étranglé.

— Je t'ai fait mal ?

— Non.

J'éclaterais de rire, si j'en étais capable. Il ne m'a pas fait mal. Il m'a assommée. Il s'astreint à un rythme plus lent, plus régulier. Il se penche pour dévorer ma bouche, appuyé sur la table, les bras tendus.

— J'en avais envie depuis si longtemps, putain !

— Continue, alors. Ne t'arrête pas.

— Patience, répond-il d'une voix enjôleuse. Tu ne sais pas à quel point c'est dur de se retenir.

Je lui empoigne les fesses pour qu'il s'enfonce encore plus, sans me soucier de ce qu'il vient de dire. L'entendre pousser un grognement rauque me donne le frisson.

— Oh ! putain, Liv.

Il ondoie des hanches, presque involontairement. Je n'en demande pas plus.

Je pousse un grand cri, la tête penchée en arrière. Une fois encore, tout explose en moi. Will me pénètre de toutes ses forces. Tout son corps se raidit. Un grognement résonne lorsqu'il s'enfonce une dernière fois.

Il continue lentement de se mouvoir, même s'il a atteint les cimes du plaisir. La bouche au creux de mon cou, il m'embrasse. J'attends qu'il se redresse pour enfin ouvrir les yeux. Déboussolée, comblée et même ivre de bonheur.

Je m'aperçois qu'il m'observe. L'air horrifié.

65

Will

Lorsque je finis par rouvrir les yeux, c'est un peu comme si je me réveillais d'un rêve. Olivia doit sûrement vivre la même chose, certains matins. L'étonnement laisse rapidement place au doute et à l'angoisse. *Qu'est-ce que j'ai foutu, putain ?* Elle est toujours allongée devant moi. Avant même de m'écarter, je suis conscient d'avoir merdé. Pourtant, je sens déjà comme un déchirement. Et une envie grandissante de recommencer.

Je viens de vivre un moment de passion exceptionnel et de faire la plus grande connerie de mon existence. Oui, les deux en même temps. Un mélange de culpabilité et d'effarement s'empare de moi. Je ne suis sûr de rien, mes propres sentiments m'échappent. J'ai eu tort. Avant de penser au reste, disons-le : je viens de coucher avec une étudiante. Elle aura beau prétendre qu'il n'y a pas mort d'homme parce qu'elle a des sentiments pour moi, comment en avoir la certitude ? Après toutes les épreuves qu'elle a traversées, dans son passé et au cours des derniers mois, comment peut-elle faire la différence entre l'amour et le besoin ? Ou entre l'amour et la gratitude ? C'est impossible. Quelque part au fond de moi, je le savais. Et j'ai choisi de l'ignorer. Parce que j'avais envie d'elle et que j'étais jaloux.

Elle lève la tête vers moi. Quelque chose passe sur son visage.

— Tu penses quoi ? me demande-t-elle d'une voix pas très assurée.

— Que je n'ai jamais fait l'amour comme ça, c'était incroyable. Et je n'arrive pas à croire que c'est arrivé.

— Tu regrettes, dit-elle d'une voix dure.

— Olivia…

Je l'attire contre moi.

— Ce n'est pas ça. J'ai seulement besoin d'y voir clair.

— D'y voir clair ?

— Oui, par rapport à la suite. Je veux dire… Ça n'aurait jamais dû arriver. On le sait tous les deux. J'ai profité de…

— Pas du tout ! me coupe-t-elle. Tu m'as entendue dire non ? Sans doute pas, j'étais trop occupée à te supplier de continuer. Tu n'as pas profité de moi.

— Même si tu as dit oui, j'étais dans une situation où…

— Ne commence pas à prétendre que tu avais un ascendant sur moi. On est loin de tout ça, maintenant. Tu vas vraiment laisser les autres décider si ce qu'on a fait est bien ou mal ?

Il ne s'agit pas des autres, mais de moi. Je n'ai pas réfléchi. Non, j'ai laissé ma colère et mon désir l'emporter sur la raison. Je me suis abandonné à une envie à laquelle j'avais tout fait pour résister jusqu'à maintenant. Et la voilà en danger à cause de moi.

— Je ne sais pas, Olivia, je n'arrive pas à réfléchir. Une chose est sûre, les gens vont s'apercevoir qu'on est partis. On devrait y retourner.

— Tu veux que je rejoigne Evan et que je passe le reste de la soirée avec lui ?

Elle ramasse sa robe par terre et commence à la renfiler.

— Non. Écoute, Olivia, ta bourse et mon job sont en jeu. Il

faut que je pense à tout ça. En attendant, finissons cette soirée comme si de rien n'était.

— Et après ? On repartira ensemble ? On va se revoir ?

Je la regarde. Sa robe est froissée, et elle a du rouge à lèvres étalé autour de la bouche, exactement comme je l'avais envisagé. J'ai envie – non, j'ai besoin de recommencer. Je veux la ramener chez elle et faire mille autres choses avec elle.

— On ne peut pas repartir ensemble, tu le sais. Peter est dans le coin. Jessica est dans le coin. Le patron de Peter aussi, bordel. Donnons le change, ce sera déjà énorme.

Elle remet ses chaussures et se dirige vers la porte, la tête haute et le dos raide. J'essaie de la retenir.

— Attends…

— Quoi ? Tu viens de me baiser sur une table et maintenant tu m'envoies bouler ? Qu'est-ce que tu veux, encore ?

Je me pince l'arête du nez. Elle est tellement loin du compte ! Pourtant, je comprends sa réaction.

— Écoute, on a fait quelque chose de grave. À partir de maintenant, écoutons la voix de la raison et pas… ça.

Je désigne l'espace entre nous d'un geste vague.

J'approche, elle recule. Ça me brise le cœur. L'air méfiant qui se peint sur son visage ne veut dire qu'une chose : je l'ai blessée.

Je l'attire contre moi. Elle reste raide comme un piquet, hésitante.

— J'ai besoin d'un peu de temps pour réfléchir, d'accord ?

— Non, dit-elle en me repoussant. Si ça ne t'a pas suffi à prendre ta décision, rien ne le fera.

Elle remonte le couloir avant même que j'aie fini de me rhabiller. Je l'appelle, sans succès.

Le temps que je regagne la salle, elle est partie en compagnie d'Evan. Je suis à la fois soulagé et dévasté. Dès que l'occasion de rentrer chez moi se présente, je la saisis. Comment vais-je avouer à ma mère et à Peter ce qui vient de se passer ? Comment vais-je payer le dernier semestre de cours de Brendan avec les revenus d'une ferme qui est déjà dans le rouge ?

Je pourrais contourner le problème en mentant à tout le monde. Mais arriverais-je à me regarder dans la glace, après ça ? Tous les jours, je devrais supporter le regard d'Olivia en me disant que je l'ai sacrifiée pour ma mère, la ferme et la fac. Comment y parviendrais-je ?

Ma tête est prise dans un étau. Je finis par me mettre au lit, en espérant que la nuit portera conseil. Hélas, impossible de fermer l'œil. Je suis effaré d'avoir pris une aussi mauvaise décision. En même temps, je n'arrête pas de revivre la scène dans ma tête. J'ai tellement envie d'Olivia que je m'enfonce dans le matelas.

Lorsque l'aube approche, je renonce à dormir et sors faire de l'escalade. C'est la seule chose capable de m'aider à y voir clair.

J'ai beau être rouillé, je choisis une ascension difficile. La voie est si exigeante que chacun de mes neurones sera mobilisé. J'attaque la paroi rocheuse. Je grimpe, toujours plus haut. Mon T-shirt me colle à la peau. Des gouttes de sueur me coulent dans les yeux.

À mi-parcours, une idée me traverse l'esprit.

J'aimerais qu'Olivia soit là.

Faire de l'escalade seul a toujours été un plaisir égoïste. À présent, j'ai envie de partager ce bonheur avec elle. Tout semble *vide* sans elle. La ferme, mon travail, ma vie elle-même avaient la priorité, jusqu'ici. Désormais, ce n'est qu'un simple décor autour d'elle.

Je m'arrête, agrippé à une petite fente, un seul pied au contact de la roche. Olivia n'est pas seulement une partie de ma vie. Elle est *toute* ma vie. Et, même si j'ai fait une erreur, même si Peter sera terriblement déçu, même si la ferme aura du mal à s'en relever, il est hors de question que je renonce à elle.

Je ne l'abandonnerai pas.

66

Olivia

J'ai dit à Evan que je n'étais pas dans mon assiette.

Je n'ai pas eu de mal à le convaincre : de fait, je ne me suis jamais sentie aussi mal. En voyant Will venir à ma rencontre, j'ai cru que les choses avaient changé. Faire l'amour avec lui dépassait mes rêves les plus fous. Quand tout s'est terminé, je m'attendais à voir un peu de ma propre surprise se refléter sur son visage.

Au lieu de quoi, j'ai vu du regret. Il m'a demandé de retourner auprès d'Evan. Il m'a dit qu'il avait besoin de réfléchir. C'est toute la différence entre nous.

Je n'ai pas eu besoin de réfléchir. Je savais.

Et il aurait dû savoir, lui aussi.

Impossible de fermer l'œil. Je suis assise, le dos contre la tête de lit. Comment rester ici, à présent ? Je ne pourrai jamais passer ces longs mois à le désirer, à le voir au quotidien et à me souvenir de sa mine quand je suis partie.

On frappe à la porte. C'est sans doute Will. Avec un peu de chance, il aura changé d'avis.

J'ouvre.

Non, ce n'est pas lui.

Jessica entre sans y être invitée. Elle porte encore la robe qu'elle avait à la fête. D'un air hautain, je lâche :

— Ne te gêne pas, fais comme chez toi…

J'ai droit à un regard furieux pour toute réponse.

— Arrête tes conneries, Olivia. Je sais pour Will et toi.

— Il n'y a rien à savoir.

— Je vous ai suivis ! hurle-t-elle, au bord des larmes. Je l'ai vu s'éclipser de la salle, juste après toi. Et, crois-moi, vous n'avez pas été discrets.

— De quoi tu parles ? Je suis allée aux toilettes.

C'est un mensonge, mais bon…

— S'il a quitté la salle, lui aussi, je n'en ai aucune idée.

— Sale menteuse ! rugit-elle en me frôlant.

Je sens la colère bouillir au fond de moi – je tiens ça de mon père et je n'ai pas envie d'y succomber. Alors je la préviens :

— J'ignore ce qu'on t'a raconté, mais laisse-moi te dire un truc : touche-moi encore une fois et tu vas le regretter !

Elle serre les poings.

— Pourquoi je te frapperais, alors que je peux faire mille fois pire ? On verra si Will a encore envie de toi quand il se fera virer, la semaine prochaine, à cause de toi.

Depuis toutes ces années, j'ai développé un certain talent pour donner le change quand je flippe à mort. Et là, j'ai besoin de le déployer à fond.

— Tu es dingue. Will est mon coach, c'est tout. Si tu n'as aucune preuve de ce que tu avances, sors de chez moi et vite !

— Je n'ai pas besoin de prouver que vous avez couché ensemble. J'ai assez pour vous foutre dans la merde, tous les deux. En prouvant que vous avez dormi sous le même toit, très souvent. J'ai des photos de lui en train de te déposer chez toi, à

7 heures du mat. Tu as même bu de l'alcool en sa compagnie, alors que tu n'as pas l'âge légal. Je t'ai vue faire.

— Si tu tenais vraiment à lui, tu ne prendrais pas le risque de le priver de son job. Il a besoin de cet argent.

Elle lève les yeux au ciel.

— Aimer quelqu'un, c'est peut-être savoir ce qui est le mieux pour lui. Et tu ne peux que lui attirer des ennuis, on le sait toutes les deux. Tu te crois capable de le rendre heureux, franchement ? Avec tous les problèmes que tu traînes ? Sois honnête deux secondes, est-ce que c'est avec une fille dans ton genre qu'il mérite de vivre ? D'élever des gosses ? Tu lui as mis le grappin dessus parce que tu avais besoin de lui, ce n'est pas de l'amour. Tu vas détruire sa vie. Et je ne parle même pas de la façon dont tu as mis sa carrière en danger, avec toutes ces conneries. Tu oses appeler ça de l'amour, Olivia ?

Malgré mon envie de lui sauter à la gorge, je suis bien obligée de reconnaître qu'elle dit vrai. Depuis que j'ai débarqué dans cette ville, tout va de travers pour Will. Je ne suis pas capable de le rendre heureux. Je ne suis pas assez équilibrée pour ça. Il n'a pas besoin d'une cinglée dans sa vie.

J'ai l'impression d'être au bord du précipice et de n'avoir qu'une solution : sauter. Alors je prends une grande inspiration et je me prépare à basculer dans le vide.

67

Will

Peter est sur le pas de sa porte lorsque j'arrive.

En temps normal, j'aurais trouvé bizarre qu'il soit levé si tôt. Mais je suis trop concentré sur mes problèmes pour m'en étonner.

Il me jette un bref regard.

— Toi, tu tires la tronche.

— On ne peut rien te cacher !

— Ça a quelque chose à voir avec le long moment où tu as disparu, hier soir ?

Je hausse un sourcil.

— Tu sais exactement pourquoi je suis là, on dirait.

— Will, il fallait être débile pour ne pas remarquer ce qui se tramait entre vous.

Je laisse échapper un soupir.

— J'ignorais que c'était aussi évident.

— Pas la peine de m'expliquer ce qui s'est passé. Il y a anguille sous roche, sans doute, mais si tu me racontes tout je serai obligé de réagir. Tu vois où je veux en venir ?

Oui. Si je lui avoue que j'ai couché avec Olivia, l'université lancera une enquête. Mon nom sera sur toutes les lèvres. Le nom d'Olivia aussi. Et sa bourse ne tiendrait plus qu'à un fil.

— Je suis venu te donner ma démission. Je ne sais pas comment je ferai pour aider ma mère. Seulement, je ne peux plus remplir mon rôle de coach.

Peter hoche la tête.

— J'accepte ta démission. Pour le reste, on va trouver une solution, d'accord ? Là, c'est l'ami qui te parle, Will, pas le patron. Je peux payer les études de Brendan, et on te trouvera un autre poste.

— On ne peut pas accepter, Peter. Tu as déjà fait beaucoup pour nous.

— On reparlera de ça plus tard. En attendant, tu devrais annoncer la bonne nouvelle à ta mère.

— La bonne nouvelle ? Je doute qu'elle saute de joie quand elle apprendra que j'ai démissionné.

— C'est vrai, mais elle sera heureuse de savoir que tu t'es mis avec Olivia. La pauvre, elle a tellement envie que ça marche entre vous !

À contrecœur, j'esquisse un sourire.

— Il faut que j'en parle à quelqu'un avant.

J'écris à Olivia, mais elle ne répond pas.

J'appelle, mais elle ne décroche pas.

Je frappe à sa porte, mais seul le silence se fait entendre.

Maintenant que ma décision est prise, maintenant que je ne suis plus son coach, cette attente me met au supplice. J'ai envie de lui ouvrir mon cœur et de lui faire une promesse. D'une manière ou d'une autre, on s'en sortira. Lorsque la ferme sera de nouveau sur pied, je pourrai peut-être prendre l'avion pour la voir les week-ends. Si elle partage un peu de mon enthousiasme, ça marchera pour nous deux.

Je passe au bureau récupérer mes affaires, en attendant qu'elle me réponde. Autant profiter du week-end pour le faire, sans témoins. Je ne sais pas comment ma démission sera interprétée. Personne ne quitte son job du jour au lendemain. En règle générale, c'est pour une mauvaise raison. Les gens imagineront les pires scénarios. Et, dans le cas présent, ils auront raison, hélas.

Je rappelle Olivia, je lui envoie des textos. Toujours pas de réponse. *Mais où est-elle passée ?* La journée avance, et mon inquiétude grandit. Pas un mot, pas un signe de sa part. Elle était très en colère hier soir, certes, mais pas au point de ne pas avoir envie de me parler, quand même ?

Je retourne à son appartement. J'attrape la clé sous le pot de fleurs et j'entre. Aussitôt, mon cœur se glace.

Tous les meubles sont encore là. En revanche, plus aucune trace d'Olivia.

68

Olivia

Les bus circulent assez régulièrement jusqu'à Denver. Le jour ne s'est pas encore levé, et je suis déjà loin de la ville. Je vois s'éloigner ces montagnes que j'avais appris à aimer.

C'est ce que voulait Jessica : que je disparaisse, sans un mot d'explication. Elle m'a juré qu'elle ne dénoncerait pas Will, si je partais. Elle pense que mon absence lui permettra de le reconquérir. Qui sait ? C'est peut-être vrai. Elle m'a aussi pris mon portable, histoire qu'il n'ait aucun moyen de me convaincre de revenir.

À Denver, j'appelle Erin depuis une cabine téléphonique. J'évite de lui raconter que je viens de coucher avec notre coach, mais je lui dis tout le reste : Jessica s'est servie de preuves contre Will et moi pour me menacer. Je lui demande si son frère accepterait de m'héberger à Los Angeles le temps que je dégote un job et que je mette un peu d'argent de côté. Atterrir à Los Angeles ne me fait pas rêver, seulement, pour le moment, j'ai besoin de reprendre pied. Quitte à le faire, autant que ce ne soit pas dans un foyer. J'ai déjà fréquenté ce genre d'endroits. On finit toujours par se faire cogner ou voler.

Erin est affolée.

— Qu'est-ce que je vais dire à Will ? Tu te doutes bien qu'il va me poser la question.

Oh non, certainement pas. Il va flipper, plutôt. Je le vois d'ici, et ça me rend malade. Il sera mort d'inquiétude. Il s'en voudra terriblement et il essaiera de me joindre. Il passera sans doute chez moi, et c'est une pièce vide qui l'accueillera.

— Dis-lui que j'en ai eu ma claque de vivre à Denver et que j'avais plus de chances de m'en sortir ailleurs.

— Tu crois qu'il va gober ça ?

Sûrement. La preuve : il l'a avoué lui-même.

69

Will

Ma mère n'a besoin que d'un regard pour tout comprendre.

— Oh ! là là, qu'est-ce qui se passe ? Olivia va bien ?

Je lui dis tout. Elle est à deux doigts de fondre en larmes, je le sens, mais elle se retient, car il faut que l'un de nous garde les pieds sur terre. Et ce ne sera certainement pas moi.

— Pas de panique, Will. On peut la retrouver. Rien n'est perdu.

Je m'effondre sur le canapé.

— Non, m'man. C'est fini. Et c'est ma faute. Il s'est passé un truc, hier soir. Un truc qui n'aurait jamais dû se produire. Je lui ai expliqué que j'avais besoin de réfléchir. Enfin, je crois qu'elle a compris. Je voulais tout faire pour ne pas la mettre en danger, mais…

Je plonge la tête dans mes mains. Ma propre stupidité me révolte. Toute ma vie me glisse entre les doigts. Y compris la plus importante : Olivia.

Et je suis le seul responsable de ce désastre.

— Olivia n'a pas pu s'en aller comme ça, enfin ! Elle a de la ressource. La vie n'a pas été tendre avec elle, mais le vent commençait enfin à tourner. Pourquoi serait-elle partie si brusquement ?

— Il ne reste plus rien dans son appartement, à part les meubles que j'ai installés.

— Elle est peut-être en chemin pour la ferme.

— Ça m'étonnerait. Elle n'a pas de voiture.

—Tu as parlé à ses amies ?

Je hausse les épaules.

— Elle ne fréquente pas grand-monde, à part Erin et peut-être Evan.

— Tu les as contactés ?

— J'ai appelé Erin, elle ne sait rien.

— Alors appelle Evan.

Mouais, pas sûr. La simple idée de le faire me met en rogne. La jalousie me dévore. Si elle est chez lui, je vais péter un câble. Heureusement que j'ai quitté mon job. Si elle se trouve là-bas, je risque de casser la gueule à ce connard. Je me serais fait virer aussi sec.

Je finis par l'appeler. Il n'est pas plus avancé que moi.

— Tu es sûr qu'elle est partie ? Elle ne ferait jamais ça. Elle ne partirait jamais du jour au lendemain.

Au prix d'un effort surhumain, j'arrive à répondre sans craquer. Il faut que j'aie l'air d'un coach inquiet, pas d'un type qui vient de s'apercevoir qu'une fille lui manque terriblement. C'est un échec, je le sens.

Là-dessus, je contacte la proprio d'Olivia, qui n'a pas de nouvelles. Même chose du côté des services administratifs de la fac. Olivia ne répond à personne. Je rappelle Erin, qui continue de jurer qu'elle ne sait rien. Bon sang, c'est la merde !

Et ce n'est pas terminé.

L'inspecteur de police qui a interrogé Olivia appelle lundi. Il lui a laissé un message la veille ; elle ne l'a pas recontacté. Je l'informe qu'elle s'est volatilisée.

— Personne ne sait où elle est passée.

L'entendre reprendre son souffle à l'autre bout du fil me fait peur.

— Vous êtes sûr qu'elle est partie, monsieur Langstrom ?

— Toutes ses affaires ont disparu, elle n'est pas venue en cours aujourd'hui, et personne ne l'a vue. Donc, oui, je suis sûr.

— D'accord, répond le flic. Mais avez-vous la certitude qu'elle est partie *de son plein gré* ?

70

Olivia

Le trajet Denver-Los Angeles en autobus dure plus de vingt heures.

J'essaie de me convaincre que ce n'est pas trop long. En tout cas, c'est moins pénible que de me dire que j'ai laissé Will derrière moi pour toujours. À quoi bon avoir des regrets, de toute façon ? Autant partir maintenant, cela me réussira toujours mieux que de passer toute une année à m'attacher à quelqu'un qui ne sera jamais pour moi.

Je profite de l'un des arrêts pour l'appeler à son bureau. Il est tard, aucune chance qu'il décroche. D'un ton détaché, je laisse un message sur son répondeur et lui annonce que ça n'aurait jamais marché entre nous et que je perds mon temps dans cette fac. J'ai envie de m'excuser, de lui demander de dire au revoir à Dorothy de ma part, mais je me ravise. Il y a des risques pour que je me mette à chialer en plein milieu de ma tirade ridicule.

Au moment de raccrocher, je fonds en larmes, pour de bon. Est-ce que je réentendrai la voix de Will un jour ? Dorothy et lui se souviendront de moi comme d'une ingrate qui a pris tout ce qu'ils avaient à lui offrir avant de leur cracher au visage, sans un merci.

Je consulte mes mails à la gare routière de Las Vegas. Tous

ceux de Will atterrissent dans un dossier à part. Je les lirai un jour, quand ce sera moins dur. Je ne réponds qu'à un seul message – une lettre d'un représentant de Fumito, une nouvelle marque de chaussures japonaise. Ils aimeraient m'envoyer une proposition de partenariat par courrier. Je leur donne l'adresse de Sean à Los Angeles. Pourvu que le frère d'Erin m'héberge assez longtemps pour que j'aie le temps de recevoir le courrier !

Cette offre devrait me réjouir. C'est ce que j'ai toujours voulu, non ? Hélas, la vérité, c'est que j'aimerais appeler Will, là, maintenant, et partager la bonne nouvelle avec lui. Mais c'est impossible. Du coup, tout semble un peu triste.

71

Will

Tous les détails de l'histoire d'Olivia s'imbriquent comme les pièces d'un puzzle macabre.

Il y avait des os d'animal dans la tombe de son frère, creusée au pied d'un grand chêne. En allant voir le père d'Olivia pour l'interroger, les policiers se sont aperçus qu'il avait quitté la ville. De toute évidence, il était pressé.

— Quelqu'un a dû l'informer qu'elle nous avait parlé, me dit le flic. Si ça se trouve, il s'est enfui, rien de plus. Mais rien ne prouve qu'il ne s'est pas lancé à la poursuite du seul témoin dont nous disposons.

Olivia.

Il faut que je la retrouve avant qu'il y parvienne.

En désespoir de cause, je rappelle Erin. Cette fois, j'insiste pour la voir en personne. Elle fait partie de ces gens dont le visage se lit comme un livre ouvert. Si elle me ment, je le saurai tout de suite.

Elle prétend n'être au courant de rien. Mais on sent de la peur dans ses yeux.

— Écoute, Erin. Si tu sais quelque chose, dis-le-moi.

— Vous devriez la laisser tranquille.

Je relève brusquement la tête.

— Pardon ?

— Laissez-la tranquille, ça vaudra mieux pour tout le monde. N'essayez pas de la retrouver.

— Comment oses-tu dire une chose pareille ? Elle n'a pas de famille, pas d'argent, rien !

— Écoutez, tout va bien pour elle. Et elle fait ça pour vous. C'est tout ce que je peux vous dire.

— Pour moi ? C'est une blague ? Je suis en train de devenir cinglé, Erin. Son père essaie peut-être de la retrouver, en ce moment même. Je ne sais pas si elle consulte ses mails ou sa boîte vocale. Si ça se trouve, elle n'est pas au courant qu'elle est en danger. Si tu sais quelque chose, dis-le-moi maintenant.

Dix minutes plus tard, je suis dans ma voiture. Direction Denver. Un vol direct pour Los Angeles décolle dans deux heures. Ce billet d'avion va me coûter un bras, mais je m'en inquiéterai plus tard. Pas question de tracer la route jusqu'à L.A., ce serait une journée de perdue, et j'ignore si Olivia va bien.

Erin m'a tout raconté. Franchement, ça me dépasse. Je commençais à me douter que Jessica était cinglée sur les bords. De là à menacer Olivia ! Je ne l'aurais jamais crue capable d'un truc aussi dingue. J'imagine Olivia en train de plier bagage, et ça me rend malade. Elle a cru que je m'étais servi d'elle. En revanche, cela ne l'a pas empêchée de tout plaquer pour moi. Maigre consolation.

J'ai merdé. Alors, quand je l'aurai retrouvée, je passerai le restant de mes jours à essayer de me racheter.

72

Olivia

La bonne nouvelle, c'est que Sean vit dans un quartier sympa. Ses parents ont sans doute voulu lui offrir un quotidien tranquille, le temps qu'il trouve sa voie. La mauvaise ? Il est complètement défoncé : il y a des traces de cocaïne sur la table basse.

— Tu peux squatter ici, carrément. Fais comme chez toi !

Il m'apprend qu'il organise une fête, ce soir. Il me demande si j'aime ça, faire la fête. À mon avis, ses invités ne viendront pas avec des gâteaux et des cadeaux.

— Moi, j'adore, me dit-il.

Sans déconner ?

Sean a quelques défauts : si je m'endors, il se peut que je me réveille avec la main de quelqu'un sous mon T-shirt. Et ce n'est pas chez lui qu'on risque de dormir ou de rester sobre avant 6 heures du mat.

En revanche, il a une qualité : il m'a trouvé du boulot.

Dès le mercredi, je travaille dans un strip-club dont il connaît le proprio. Je n'ai pas encore l'âge requis pour entrer dans un bar. Et, techniquement, je n'ai pas le droit non plus de servir à boire. Mais le mec promet de fermer les yeux là-dessus. En revanche, pour ce qui est de me mater, il a les yeux bien ouverts. Surtout qu'il me fait porter une robe qui me couvre tout juste les fesses et un débardeur à peine plus grand qu'un soutif. Mais passons.

Une chose est sûre : je ne vais pas m'éterniser chez Sean. Pour cela, il faut que je gagne de la thune. Et vite ! Pas de nouvelles du type de Fumito, ça me surprend. Il m'avait promis de m'envoyer le document par retour de mail. Ce contrat de sponsoring, même modeste, devrait me permettre de quitter cet appart. L'ennui, c'est que le doute s'installe.

Il n'est que 21 heures, et la journée me paraît déjà interminable. Je suis là depuis 15 heures.

Il n'y a rien de plus glauque que des mecs qui traînent dans un strip-club en pleine journée. Au fur et à mesure, le bar se remplit. Une chance, les nouveaux clients ne ressemblent pas à Jack l'Éventreur. Mais j'ai les pieds en compote à cause des talons qu'on m'oblige à porter. En six heures de travail, j'ai amassé la somme mirobolante de trente-cinq dollars.

— Tu pourrais te faire un paquet de fric, si tu montais sur scène, me dit l'un des clients.

C'est ça, mon avenir ? Me mettre à poil sur un podium ?

Alors là, jamais de la vie !

Encore quelques semaines, et j'aurai assez d'argent pour me casser à Seattle. Là-bas, je reprendrai l'entraînement. Pas question de m'enterrer ici.

Je refuse de penser à Will. Bon, d'accord, j'ai pensé à lui pendant tout le trajet en bus jusqu'à Los Angeles. Même chose pendant les soirées chez Sean. Toutes les deux minutes, je réfléchis à ce que j'aimerais lui dire. Je trouve des blagues qui le feraient rire et je le revois penché au-dessus de moi. Chaque fois que je prends conscience que c'est fini, j'ai les boules. On m'a déjà poignardée, on m'a agressée. Une voiture m'a percutée, et j'ai eu quatre côtes cassées. Un jour, en rentrant chez moi, j'ai découvert que ma grand-mère ne me reconnaissait plus. J'ai survécu à tout ça. Je survivrai à ça aussi.

— Viens là, princesse ! me lance un homme d'affaires entouré de trois autres types en costume. Tu danses pour nous ?

Je secoue la tête.

— Désolée, je ne suis que serveuse.

— Ce serait ton dépucelage ? Super, encore mieux ! Je te donne cinq cents dollars si tu danses pour mon pote.

Je secoue la tête à nouveau.

— Ce ne sera pas possible, désolée.

Cinq cents dollars… Cinq cents dollars pour trois misérables minutes de danse ? Il faut être cinglée pour refuser. Je viens de travailler six longues heures pour trente-cinq dollars à peine. Sans compter qu'ils n'auront pas le droit de me toucher. Cela étant, ce club semble assez souple au niveau des règles.

Mais pas question.

Si ce soir je prends cinq cents dollars pour une danse, la prochaine fois, je serai tentée de gagner davantage en faisant bien pire.

Le mec d'à côté mate mon cul, et son pote me demande si ça me dirait de faire un tour dans la *back room*. Ça m'emmerde de devoir rester là à faire mine de rigoler pour récupérer mes pourboires à la fin de la soirée… Et Sean qui m'assurait que cet endroit était cool ! Pour les clients, certainement. Pour les employées, c'est moins sûr.

Le temps passe. Les mecs en costard sont de plus en plus bourrés, de plus en plus entreprenants. Leur petit chef m'alpague à nouveau et revient à la charge.

— Allez, dis oui. C'est pour mon pote qui va se marier.

Je souris, la main posée sur la hanche. Et, d'une voix de pétasse qui ne me ressemble absolument pas, je leur réponds :

— C'est pas possible, je t'ai dit. Et si je vous apportais une nouvelle tournée ?

Je regagne le bar où j'attends leurs commandes. Ils carburent tous au whisky en tirant sur de gros cigares – qu'ils n'ont pas le droit de fumer, d'ailleurs. De vraies caricatures.

À mon retour, le leader du groupe me lance :

— Et pour deux mille dollars ? Deux mille dollars pour faire plaisir à mon pote.

J'hésite. Il faut que je parte d'ici. Il faut que je m'installe à Seattle pour continuer l'athlétisme et me débarrasser de cette envie de mourir.

— Deux mille cinq cents dollars ! gueule-t-il. C'est ma dernière offre.

Je pose mon plateau. Ça y est, ça dérape.

73

Will

Erin m'a donné l'adresse de son frère. Elle essaiera de prévenir Olivia sans lui indiquer que je suis en chemin.

J'arrive à Los Angeles sur les coups de 18 h 30 et fonce à l'appartement. Personne. J'attends. Des heures. Sean finit par arriver et se met à paniquer en me découvrant assis sur les marches qui mènent à la porte d'entrée. C'est presque comique.

— Hé, mec ! Calme-toi, j'ai rien, dit-il d'un ton méfiant.

— Je ne sais pas de quoi tu parles. Je cherche Olivia.

— Ouh là, s'exclame-t-il en reculant, comme si j'allais lui casser la gueule.

Ma mine doit être légèrement patibulaire.

— Ma sœur m'a parlé de toi. Je ne veux pas d'ennuis. Olivia n'est pas là.

— Je ne suis pas son père, ducon. Je suis son coach d'athlétisme. Tu as vu mon âge ?

L'autre est pris d'un rire nerveux.

— Ha, c'est marrant. Non, pardon, tu as raison. C'est juste qu'Erin a dit que son père la cherchait.

— Écoute, c'est sympa de ta part de l'avoir dépannée, mais

j'ai vraiment besoin de la voir. Sans quoi, elle risque de se barrer avant que je puisse lui parler.

— Qu'est-ce qui me prouve que tu n'es pas un mec qui la harcèle ?

Je pousse un profond soupir.

— Rien. Tu n'as qu'à poser la question à ta sœur.

Il me regarde un instant et hausse les épaules.

— Peu importe. J'ai une fête qui m'attend. Elle est dans un strip-club sur la 5e Rue.

— Un strip-club ?

Je reconnais à peine ma voix.

— Ce n'est pas si loin, précise-t-il.

Comme si c'était le trajet à faire qui m'inquiétait !

Je chope un taxi. La tête sur la banquette, je me désole. Tout est ma faute. Olivia n'a rien pu savoir de mes sentiments. Elle aurait dû s'apercevoir qu'elle comptait cent fois plus à mes yeux que ce travail. C'est à cause de moi qu'elle a atterri ici, fauchée et paumée.

Un strip-club.

Bon sang, Olivia ! Qu'est-ce qui t'a pris ?

74

Olivia

Bien joué, Olivia ! Il n'y a que toi pour perdre un job dès le premier jour.

Il est presque 10 heures du soir, et j'ai quarante dollars en poche au lieu des deux mille cinq cents espérés. Si j'appelle un taxi, il m'en restera tout juste vingt.

C'est la merde, mais j'ai du mal à nourrir des regrets. Qu'est-ce qu'il croyait, ce connard ? Qu'il pourrait me toucher et s'en tirer ?

Je rentre à pied. C'est l'affaire de deux bonnes heures de marche. Je préférerais courir. Problème : je suis en talons, et cette jupe est trop courte, je risque de montrer mon cul à chaque pas.

Il doit être 11 heures dans le Colorado. Je me demande ce que Will et Dorothy sont en train de faire. Est-ce qu'ils sont toujours en colère ? Si ça se trouve, ils se sentent soulagés d'un poids. Tôt ou tard, ce sera le cas. Forcément. Ce pauvre Will n'a pas eu une seule vraie nuit de sommeil depuis que j'ai intégré l'équipe.

Seulement, ils me manquent. Mes yeux me piquent dès que j'imagine Will assis sur le canapé de Dorothy, tout seul. Il doit se sentir coupable, c'est dans sa nature. Tout ce qu'on a vécu ensemble me manque. Tout ce qu'on *n'a pas vécu* aussi. Il faudra du temps avant que ça change.

Le temps que j'arrive chez Sean, je suis au trente-sixième dessous.

Pas à cause de ce trajet à pied ou de cette journée interminable, mais parce que ma vie est merdique. Je trouve les clés que j'ai laissées sous le paillasson et j'entre. Le temps d'abandonner mes talons à côté de la litière du chat, j'allume la lumière.

J'avance d'un pas. Une voix retentit. Une voix que j'ai entendue mille fois dans mes cauchemars. Celle de mon père.

— Bonsoir, Olivia.

Face à quelqu'un d'autre, je réagirais. Je me jetterais sur lui ou je prendrais mes jambes à mon cou. Sauf que je reste plantée là comme une statue. Mes mains tremblent si fort que j'entends les clés de Sean tinter les unes contre les autres.

Si on était dans un film, je lui demanderais ce qu'il fiche ici. Sauf que ma voix refuse de se faire entendre. Ce n'est pas une phrase mais un cri étranglé que je laisse échapper. À quoi bon poser la question, de toute manière ? Je sais très bien ce qu'il fiche ici.

Ma vie durant, mon cauchemar n'avait pas de visage. Ce n'était qu'une force obscure et inhumaine. Mais, en l'espace d'une seconde, le voilà face à moi. Et je me souviens de tout. À commencer par cette partie de mon rêve qui m'échappait toujours, le matin venu.

Ma mère m'a dit de me cacher dans le placard. Et de ne pas regarder. Je l'ai fait quand même. Je l'ai vu lui attraper le bras et le tordre, j'ai entendu les os se briser. Il avait son couteau, celui dont il se servait pour vider des poissons. Il lui a enfoncé la lame dans le ventre.

Lorsque j'ai surgi du placard pour l'en empêcher, comme si cela allait changer quoi que ce soit, le couteau a glissé sur mon dos, et je me suis effondrée par terre. Ma mère m'a crié de me relever, de courir. Elle cachait un truc sous sa jambe — des ciseaux. Elle les a brandis. C'est la dernière chose que j'ai vue.

Tant bien que mal, je me suis relevée avant de courir, en sachant qu'il me poursuivrait. J'ai couru de toutes mes forces. Le monde semblait se refermer sur lui-même. Même la lune avait disparu de mon champ de vision.

Je me suis réveillée allongée par terre. Aucune trace de ma mère. Elle n'était pas venue me chercher. Je n'aurais jamais dû la laisser seule.

Cette scène m'a hantée pendant près de quinze ans. J'ai vécu avec ce souvenir, avec ce monstre que j'avais trop peur de regarder dans les yeux. Désormais, c'est mon souvenir qui hantera Will. Il pensera à ma mort un million de fois, comme je l'ai fait avec mon frère. Il ne pourra jamais chasser cette image de son esprit. Et, même s'il n'y est pour rien, il s'en voudra. Lorsque tout sera fini, Erin lui expliquera pourquoi je suis partie, et il aura l'impression d'avoir du sang sur les mains jusqu'à la fin de ses jours.

Mon père efface la distance qui nous sépare et referme les mains autour de ma gorge. Délicatement. On dirait presque une caresse.

— Tu as parlé aux flics, hein ?

— Non.

Respecter les règles, ce n'est pas pour moi. *Ne t'excuse pas, ne montre pas ta peur.* C'est plus fort que moi. Ce sont les gens aux abois qui s'excusent et qui montrent leur peur. Pour l'heure, c'est mon cas.

Ses mains se resserrent légèrement.

— Mais tu as parlé à quelqu'un, pas vrai ?

Je lui attrape les poignets, tout en essayant de me dégager. Mais je ne peux pas rivaliser. Dans un souffle, je lui ordonne :

— Lâche-moi.

Mais il resserre sa prise.

Je le revois alors en train de briser le cou de Daisy.

Et le cou de Matthew…

Je tire plus fort sur ses mains, juste assez pour avaler un peu d'air, le repousser. Et hurler de toutes mes forces.

75

Will

J'arrive au strip-club, la peur au ventre. Et si je retrouvais Olivia sur la scène, ou pire ? Je ressors en essayant de ne pas sourire à l'idée qu'elle a collé une baffe à un client. *Je la reconnais bien là.*

Le chauffeur de taxi est reparti. Je suis trop stressé pour en attendre un autre. Je suis ridicule, d'accord, mais c'est plus fort que moi. Je me mets à courir.

Un hurlement résonne alors que j'approche de l'immeuble. C'est elle.

Je crois que je n'ai jamais couru aussi vite. Le temps d'ouvrir la porte à toute volée, je tombe sur son père et elle – il a les mains autour de sa gorge. Il se tourne juste au moment où mon poing s'écrase sur sa joue.

Ils s'écroulent tous les deux par terre. Et ne bougent plus.

Je prends Olivia dans mes bras. Aucune réaction. La terreur m'envahit. Une terreur si intense que j'ai du mal à reprendre mon souffle. Je la secoue. Est-ce qu'elle est morte ? Non, je refuse de le croire. Impossible. Je veux la retrouver – avec son humour ravageur, son sale caractère et son sourire méfiant. Avec ses qualités et ses défauts. Je crie, je m'égosille, tout en sachant qu'il est trop tard. Dès l'instant où j'arrêterai de hurler, il faudra que je l'accepte.

Et puis, elle ouvre grand la bouche.

L'entendre reprendre son souffle me ramène aussi à la vie.

Je la penche en arrière pour voir son visage. L'espace d'un instant, elle semble perdue, comme si elle venait de se réveiller d'une longue nuit de sommeil. Le sourire qu'elle esquisse et la joie que je lis sur son visage me font fondre le cœur. Être capable de lui procurer cette émotion me sidère. Mais ce qui me sidère le plus, c'est que j'aie pu lui demander d'attendre. Que *je* me sois cru capable d'attendre. Faire naître ce sourire : voilà tout ce qui m'importe.

Olivia regarde alors son père, toujours inconscient. Tout semble lui revenir en mémoire. Ce moment d'horreur qui ne serait pas arrivé si j'avais été un peu moins con, quelques jours plus tôt.

Son sourire s'évanouit.

Je l'attire contre moi, la serre de toutes mes forces. Je n'essaie même pas de la réconforter. Cette fois, c'est elle qui me réconforte.

— Olivia, je… je pensais que…

Les mots refusent de sortir. Je ne veux plus jamais éprouver cette terreur-là. Jusqu'à la fin de mes jours.

— Je vais bien, me dit-elle dans un souffle.

— Tu aurais pu y passer.

Ma gorge se noue. Il s'en est vraiment fallu de peu. La tête plongée dans ses cheveux, je murmure :

— Je suis désolé. Je suis désolé, putain.

— Tu n'as rien à te reprocher.

Elle parle d'une voix rauque, on l'entend à peine.

— J'ai complètement merdé. Mais je vais tout arranger, promis.

Lorsqu'elle se relève, j'accepte douloureusement de la lâcher. J'appelle la police et attache les poignets de son père. À mon avis, il ne reprendra pas ses esprits avant un long moment, mais dans le doute… Mon poing s'est écrasé sur le coin de sa mâchoire. Le coup aurait pu le tuer s'il n'avait pas tourné la tête. Après quoi, je rejoins Olivia.

Nous sommes muets, abasourdis par ce qui vient de se passer. Aussi incroyable que cela puisse paraître, elle va bien. On a quand même frôlé la catastrophe. Comment ai-je pu la laisser partir ?

Elle observe son père comme si elle était face à un fantôme.

— Il est une partie de moi, finit-elle par dire.

— Non, tu n'as rien en commun avec lui. Rien.

Les flics débarquent en gueulant, l'arme au poing, même si j'ai indiqué au standardiste que le père d'Olivia était inconscient. C'est moi qu'ils braquent. Olivia se met à crier, et ils finissent par se rendre compte que je ne suis pas dangereux.

Ensuite, Olivia est conduite à l'hôpital en ambulance, malgré ses protestations. Elle est placée sur un brancard, puis sur un lit d'hôpital. Jusqu'au bout, je garde sa main dans la mienne. Elle a l'air de tenir le choc. Mais je n'oublierai pas de sitôt la tête qu'elle faisait lorsque je suis entré en trombe dans l'appartement.

Les policiers prennent nos dépositions. C'est interminable. Les infirmières et les médecins nous interrompent sans cesse. Olivia doit également passer une radio. Elle est reliée à des appareils qui mesurent son rythme cardiaque et le taux d'oxygène dans son sang. Dès que les machines émettent un bruit bizarre, elle se met en colère. Ça me rappelle un peu l'angoisse qui m'a saisi quand elle était dans mes bras, immobile, pâle comme une morte.

Son père est lui aussi dans l'hôpital, quelque part. Il venait tout juste de reprendre conscience lorsque les flics l'ont emmené. Même s'il est sous surveillance policière, je ne serai rassuré qu'au moment où il sera sous les verrous.

Tout le monde finit par nous laisser seuls, enfin.

— Je parie qu'Erin t'a tout raconté, soupire-t-elle. Je savais que si tu découvrais ce qu'avait fait Jessica tu partirais à ma recherche.

Je la regarde, ébahi.

— Je ne suis pas là parce que je me sens coupable. Et puis, comment as-tu pu me croire capable de te préférer mon travail ?

— Tu as fait passer ton travail avant moi, réplique-t-elle. Tu l'as décidé quand tu m'as demandé de partir, la nuit de la fête. Il fallait sauver les apparences. J'ai compris pourquoi tu m'as demandé ça, mais…

— J'ai démissionné, Olivia.

— Tu *quoi* ?

Elle bondit. Encore un peu et elle arrachait sa perfusion.

— Tu n'as pas fait ça, quand même ? Jessica a gagné. Je suis partie. Elle tiendra sa langue.

— Cela n'a rien à voir avec elle.

J'abaisse la barrière sur le côté de son lit afin de m'installer près d'elle.

— J'ai pris cette décision la nuit de la fête. C'était la seule solution. Il n'était pas question que tu perdes ta bourse ou que Peter ait des ennuis.

— Tu es fou ! Et la ferme ? Et Brendan ?

— Olivia, j'ai pris ma décision quand je t'ai suivie, ce soir-là. Je t'ai fait passer avant le reste, qui devra s'arranger, d'une manière ou d'une autre.

— Tu n'aurais pas dû. On a couché ensemble, tu ne m'as pas demandée en mariage ! Tu n'as jamais prétendu que ça allait plus loin, alors arrête de jouer les chevaliers blancs et reprends ton poste.

Je secoue la tête.

— Ça fait longtemps que je ne suis plus un chevalier blanc. Si je suis là, c'est parce que je t'aime. Je suis trop amoureux de toi pour t'abandonner.

Elle détourne le regard. Je ne sais pas à quelle réaction je m'attendais. Pas à celle-ci, en tout cas.

— Je n'en reviens pas, Will, finit-elle par dire, toujours en évitant mon regard. Ma vie est un bordel innommable, on le sait tous les deux. Pourquoi aurais-tu envie d'être avec moi ?

Je pose la main sur sa joue, l'obligeant doucement à me regarder. Si seulement j'étais plus convaincant ! J'aimerais trouver un moyen de lui expliquer. Les sentiments qui m'animent sont si forts, si profonds. Je pourrais passer la nuit assis sur ce matelas sans parvenir à mettre des mots dessus. Du bout du pouce, je lui caresse la lèvre. Je m'y attarde. Les mots ne me viennent toujours pas.

Finalement, je me lance.

— Olivia, je donnerais tout pour réécrire ton passé. En même temps, c'est ce passé qui a fait de toi celle que tu es aujourd'hui. Tous les défauts que tu te trouves, je les adore. Ta fragilité, la façon dont tu te raidis quand quelqu'un essaie de te faire un câlin ou de te complimenter. Je ne peux pas séparer ces choses-là du reste, j'aime tout. Je n'ai pas envie que tu changes. Reste comme tu es, là, maintenant. C'est mon plus grand souhait.

Elle ne répond pas. Elle me regarde, les yeux écarquillés, comme si mon aveu la surprenait. Il n'y a pas de quoi, pourtant. Tout le monde l'avait deviné il y a des mois, à part nous.

Je plonge la main dans ses cheveux.

— Au cas où ce serait la première fois que ça t'arrive, c'est maintenant qu'il faut me dire que tu m'aimes, toi aussi.

— Parce que tu l'as déjà dit ?

— Oui, il y a deux secondes. Et tu n'as pas réagi.

Elle prend une grande inspiration, l'air terrifié. On croirait qu'elle va se jeter dans une mer déchaînée.

— Je t'aime aussi.

Je me penche pour poser les lèvres sur les siennes.

— Pas mal pour une première fois.

Elle sourit, nos bouches s'unissent à nouveau. Pour un bref baiser en forme de promesse. Mais elle a des lèvres si pulpeuses, si douces… Et cela fait bien trop longtemps que je ne les ai pas embrassées. Alors, au lieu de m'écarter, j'approfondis ce baiser. Je retrouve la sensation qui m'anime quand je suis avec elle. Ma raison se met entre parenthèses. Plus rien n'existe à part la peau douce de son menton, les petits cris qu'elle laisse échapper, mes mains qui glissent sur ses courbes, son corps qui se cambre contre le mien…

Un réveil retentit et nous fait sursauter. En rouvrant les yeux, je m'aperçois que je suis allongé auprès d'elle. Les couvertures sont au bout du matelas, j'ai un genou coincé entre ses cuisses, la main presque sous sa robe.

La vache ! Olivia est dans un lit d'hôpital, et je suis quasiment couché sur elle. J'aurais honte de moi si je n'étais pas excité à ce point.

— N'arrête pas, dit-elle.

— Si, il faut.

Je descends du lit et m'assieds dans le fauteuil juste à côté.

— Sans quoi, le médecin risque d'entrer et d'avoir une drôle de surprise.

Je dirais même qu'il me faudrait une bonne douche froide. Ou, à la rigueur, qu'on change de conversation, et vite.

— Tu es sûr ? demande-t-elle avec un sourire qui met tout

mon corps en éveil. Je ne porte rien du tout sous cette robe d'hôpital, Will. Ce serait tellement facile…

Je pousse un grognement sonore.

Cette fille va me tuer ! J'aurais dû m'en douter, le jour où je l'ai rencontrée.

76

Olivia

Il est tard lorsqu'on me laisse enfin sortir de l'hôpital. Will nous trouve un hôtel pas loin de l'aéroport et à un tarif raisonnable pour Los Angeles.

À peine entrée dans la chambre, je me débarrasse de mes chaussures.

— J'ai besoin d'une douche. Mais je doute d'arriver à laver les quelques heures que j'ai passées dans ce strip-club.

— Il vaut mieux que j'ignore ce qui t'a poussée à casser la gueule de quelqu'un, pas vrai ? demande-t-il en grimaçant.

— En effet, il vaut mieux.

Je retire ma jupe. Will essaie manifestement de ne pas jouer les mateurs, mais c'est plus fort que lui.

— Tu as le droit de regarder, tu sais.

— Il vaut mieux que j'évite, répond-il en fermant les yeux.

— Pourquoi ?

— Va prendre ta douche, Liv, soupire-t-il, les paupières toujours fermées. Tu as besoin de te reposer.

Je n'en crois pas mes oreilles.

— De me reposer ? Tu n'es plus mon entraîneur, on est seuls dans une chambre d'hôtel, et tu voudrais que je me repose ?

— Olivia, tu as été agressée et tu as failli mourir. Alors oui, vu le contexte, j'aimerais que tu te reposes.

— Je vais bien.

— Eh bien, pas moi. On a tout le temps devant nous. Faisons ça comme il faut.

Ce qu'il est pénible !

— Oh non, pitié, tu ne veux quand même pas des bougies et des pétales de rose ? Tu comptes me réciter des poèmes en t'accompagnant à la guitare, aussi ?

— Il y a sûrement un juste milieu entre jouer les poètes romantiques et s'envoyer en l'air avec une fille qui vient de sortir de l'hosto.

— Va te doucher en premier, alors. J'appelle Erin.

Ce que je ne fais pas, bien entendu.

Dès que j'entends l'eau couler et la porte de la douche se refermer, je lui laisse deux minutes avant de me déshabiller complètement. Là, j'entre dans la salle de bains. Je prends un moment pour l'observer. L'eau ruisselle sur son corps tout en muscles.

Il ouvre les yeux et m'aperçoit en train de le mater.

— Olivia, mais qu'est-ce que tu fabriques ?

J'entre dans la cabine.

— Fais comme si je n'étais pas là.

Je frotte la savonnette sur mes mains.

— Je viens me laver.

Mes mains glissent sur mon corps, jusqu'à mes cuisses et entre mes jambes.

— Liv…

Son grognement évoque autant la prière qu'un avertissement.

Détail flatteur : il est déjà excité. Pourtant, je ne l'ai pas encore touché !

— Oh ! pardon.

J'enroule mes mains savonneuses autour de lui.

— J'aurais dû commencer par toi.

— Tu viens de sortir de l'hosto…

— Tu préfères que je sois assise ?

Je me mets à genoux. Le temps de rincer le savon, je le prends dans ma bouche.

— Oh ! putain…

Dans cette phrase, j'entends tout son plaisir.

— Arrête, Liv !

On sent bien qu'il n'y croit qu'à moitié. Il a déjà les doigts plongés dans mes cheveux. Je lève les yeux. Les siens sont de braise. Le voir réagir de cette façon suffirait à me faire jouir. J'adore l'entendre émettre ce bruit rauque, j'adore le voir résister à l'envie de s'enfoncer dans ma bouche.

Ses hanches s'avancent légèrement, malgré tous ses efforts.

— Arrête, s'il te plaît. Je ne vais pas me retenir très longtemps.

— Rien ne t'oblige à te retenir.

Alors que je m'apprête à recommencer, me voilà arrachée du sol, puis adossée au mur de la douche.

Will attrape le savon et le frotte entre mes jambes. Puis il plonge les doigts dans le nuage de mousse.

— Will… Oh ! c'est bon…

Je me dis que mes genoux vont lâcher. Will est tellement dur… Je l'approche de mon intimité. Soudain, il s'empare de ma bouche.

— Je devrais aller doucement avec toi, Olivia ?

— Non.

À une vitesse incroyable, il enroule mes jambes autour de sa taille et plonge en moi de toutes ses forces. Exactement comme au moment où je le tenais dans ma main.

— C'est tellement bon, grogne-t-il, la bouche collée contre mon cou humide.

Il s'écarte avant de poursuivre, encore plus vite, encore plus fort. Mon dos glisse contre la paroi.

Je ne suis pas vierge, loin de là. J'ai toujours aimé le sexe. Mais cette fois, c'est différent. Le plaisir qu'il me procure est si intense que c'en est presque douloureux. J'en ai la chair de poule et je laisse échapper de petits gémissements, sans pouvoir m'arrêter. Pour la première fois, je ne me demande pas si je vais atteindre l'orgasme. Je me demande plutôt si je serai capable de me retenir encore un peu.

— Je vais jouir.

Juste pour le prévenir. Sauf qu'au moment où il s'enfonce à nouveau quelque chose explose en moi. Une vraie bombe. Au même moment, tout son corps se tend, et il éructe dans le creux de mon cou. Ses dents raclent ma peau lorsqu'il atteint l'orgasme.

Je m'agrippe à lui. J'aimerais rester ainsi éternellement.

— Ça va ? demande-t-il.

— Je crois, oui. Mais il faut qu'on recommence pour en être sûrs.

Il éclate de rire.

— On s'en occupera dès ce soir, ne t'inquiète pas. D'ailleurs, tu risques d'y avoir droit tout de suite, si on ne sort pas rapidement de cette douche.

Nous nous savonnons à tour de rôle, puis il coupe l'eau et m'enroule dans une serviette sèche.

— On a fait l'amour dans la douche et sur une table, dit-il en m'entraînant vers la chambre. Il est temps qu'on teste ce truc qu'on appelle un lit. C'est dingue, il paraît.

— J'en ai entendu parler. Ça a l'air incroyable.

Il se tourne vers moi avec un sourire carnassier.

— Tu n'as pas idée !

77

Will

La nuit a été incroyable. Douce, au début. Puis de plus en plus déchaînée. Mon corps est couvert de bleus, et Olivia boitillait légèrement lorsque nous avons traversé l'aéroport de Los Angeles. Ce qui ne m'a pas empêché d'avoir envie de l'emmener chez moi dès notre arrivée à Denver. Sauf que c'est impossible : ma mère et Peter nous attendent à la ferme.

Olivia s'est débarrassée de sa minijupe. Encore que, elle pourrait porter une robe en sacs-poubelle, je voudrais quand même découvrir ce qui se cache dessous. Je lui propose de faire un détour par mon appartement.

— Histoire de nous décrasser.

Elle éclate de rire.

— C'est comme ça que les jeunes disent *s'envoyer en l'air* ?

— Je note que tu n'as pas refusé.

— Will…

Elle fait un pas vers moi et colle la bouche contre mon oreille.

— Je ne dis jamais non.

Et merde. On va être obligés de passer chez moi.

Seulement, moins d'une minute plus tard, coup de fil de ma mère.

— Qu'est-ce que vous fichez ? Vous avez atterri il y a deux heures.

— Oh ! tu sais bien, il y a une heure de route depuis Denver, et puis on a mis un temps fou pour récupérer les bagages…

— Ne dis pas de bêtises. Allez, dépêchez-vous !

À notre arrivée, ma mère sort de la maison en courant et se jette sur Olivia. Elle pleure déjà comme une madeleine.

— Laissons-les tranquilles et allons marcher une minute, me dit Peter.

Je me dirige vers le porche. Il me suit.

— Un problème, Peter ?

Il n'a pas l'air dans son assiette, c'est très étrange.

— J'ai des trucs à te dire, m'explique-t-il d'un ton nerveux. Le premier concerne la ferme. La fac aimerait louer une partie de vos terres pour que les étudiants en agronomie aient un laboratoire grandeur nature. Ils sont prêts à payer une jolie somme à ta mère. Une somme nettement supérieure à ce que ton père a pu gagner les bonnes années.

— Et, lorsqu'on sera de nouveau à flot, ils mettront fin au bail ?

— Pas nécessairement. Mais, si c'est le cas, ce ne sera pas un souci. Je compte prendre ma retraite dans quelques années et j'ai bien envie de me lancer dans l'agriculture.

Je hausse un sourcil étonné.

— Tu achèterais la ferme, du coup ?

— Non. Pas tout à fait.

Il semble hésiter.

— J'aimerais épouser ta mère.

J'écarquille les yeux. Impossible d'articuler un mot.

J'aurais du mal à appeler ça un choc après ce qui s'est passé à Los Angeles. Mais c'est quand même une surprise. Il me faut une minute pour digérer l'information. Finalement, je demande :

— Vous ne devriez pas d'abord sortir ensemble ?

— Will, s'esclaffe-t-il. Ça fait plus d'un an que Dorothy et moi, on se fréquente !

— Comment ça ? Je veux dire… C'est arrivé quand ?

Il secoue la tête, l'air gêné.

— Manifestement, tu n'es pas le seul à être tombé amoureux en secret.

Pour être honnête, l'idée ne me déplaît pas, loin de là. Je regagne la maison le cœur léger. C'est là que j'aperçois Brendan, les bras autour du cou d'Olivia. Le sourire de mon frère s'évanouit lorsqu'il m'aperçoit. L'envie me prend de lui coller mon poing dans la figure, et ça doit se voir.

Après un soupir exagéré, il la relâche.

— Relax, je disais juste bonjour.

Je le foudroie du regard.

— Tu te contenteras de le dire, la prochaine fois.

Olivia s'esclaffe et enroule un bras autour de ma taille. Elle est d'humeur légèrement plus tolérante que moi. Elle m'a confié que Brendan n'a jamais eu de vues sur elle. Son numéro, c'était pour me pousser à réagir. Un jour, le souvenir de leur baiser arrêtera de m'énerver, mais ce n'est pas pour aujourd'hui.

Très difficilement, je tâche d'engager la conversation.

— On n'est qu'au milieu de la semaine. Tu n'as pas tes partiels ?

Mon frère fait non de la tête.

— La fac m'a laissé les passer en avance. Je me suis dit que vous auriez besoin d'un coup de main.

Il se moque éperdument de la ferme. Et ça ne date pas d'hier. Quand il était petit, il parlait toujours de son envie d'être pilote d'avion ou pompier. Jamais de devenir agriculteur. Mon père s'en rendait bien compte, d'ailleurs.

C'est pour ça que je n'en crois pas mes oreilles.

— Tu veux nous donner un coup de main ?

J'attends une réplique cinglante – qui ne vient pas.

— Oui. C'est une expression, ça veut dire aider.

— Je sais, abruti. J'ai bien entendu, tu veux t'occuper de la ferme ?

Il hausse les épaules.

— Oui, sauf si tu préfères que je m'occupe de ta copine, ça ne me dérangerait pas.

Pour la première fois, j'arrive presque à sourire.

— Au risque de te surprendre, ça ne me branche pas des masses.

— Dans ce cas, je vais me contenter de donner un coup de main à la ferme. À la fac, on m'a autorisé à suivre les cours à distance pour le prochain semestre, si nécessaire.

— Rien ne t'oblige à le faire. Tu en as presque terminé.

— J'ai toute la vie pour finir mes études. Et c'est maintenant que ma famille a besoin de moi. À propos, décolle-toi de ta copine et va jeter un œil aux chevaux. Ils ont assez mangé de pâtes.

— Ils ne sont pas censés manger des pâtes.

Je vois le visage mon frère se fendre d'un grand sourire.

— Oh. Tu devrais te dépêcher, alors.

Je me dirige vers les écuries. Tant de choses ont changé en l'espace de quelques jours, j'ai presque du mal à y croire. Peter est amoureux de ma mère. Brendan tâche de se rendre utile. Quant à Olivia… Elle est hors de danger. Et nous sommes ensemble. Il me faudra du temps pour assimiler cette information.

Je suis encore perdu dans mes pensées lorsque mon téléphone vibre dans ma poche. Je n'ai pas besoin de regarder l'écran pour savoir qui veut me joindre. Jessica n'a pas arrêté de m'appeler depuis qu'elle a appris ma démission.

Je n'ai pas répondu. À aucun moment. Mes mots auraient pu dépasser ma pensée. C'est d'ailleurs ce qui pourrait se produire, là, maintenant. Mais je compte en terminer une bonne fois pour toutes.

— Will, enfin ! braille-t-elle quand je décroche. Je t'ai appelé des dizaines de fois. Tu as démissionné, il paraît ?

Sans hausser le ton, je réponds :

— C'est vrai.

— Pourquoi ? Malgré ce que j'ai pu dire, je n'aurais jamais révélé qu'Olivia dormait chez ta mère.

— Ah oui, vraiment ? C'est pour ça que tu lui as fait du chantage pour qu'elle parte ?

Elle reste muette un instant. Le temps de trouver une parade.

— J'ignore ce qu'elle t'a raconté, Will, n'oublie pas qu'elle a l'habitude de mentir.

— Jessica, ce n'est pas elle qui me l'a dit, alors ne te fous pas de ma gueule.

— J'étais très en colère, ce soir-là. Jalouse, aussi. D'accord, j'ai peut-être dépassé les bornes, mais je t'aime. Parfois, l'amour fait faire des bêtises.

— Entièrement d'accord. Si j'ai démissionné, c'est par amour.

— Tu… tu as démissionné pour moi ?

Je la sens pleine d'espoir.

— Non.

Ce n'est pas très noble, mais je prends un certain plaisir à la décevoir.

— J'ai démissionné pour Olivia. Je n'aurais sans doute jamais compris à quel point elle comptait pour moi, si tu ne l'avais pas poussée à partir. Du coup, il faut que je te remercie.

— Tu penses vraiment que cette fille te rendra heureux ? lance-t-elle d'un ton méprisant.

— C'est déjà le cas. Au fait, tu te souviens que je n'arrêtais pas de te dire que je n'étais pas prêt à me marier ? C'était faux.

Sur ce, je raccroche.

Au bout du compte, nous restons dîner, car ma mère insiste. Je suis à deux doigts de m'énerver. Mais d'un simple regard Olivia me fait taire.

Dès la fin du repas, je déclare :

— Il serait temps qu'on y aille.

— Et puis, quoi encore ? s'insurge ma mère. J'ai préparé la tarte préférée d'Olivia.

Olivia est assise en face de moi. Elle a envie d'éclater de rire. J'ai envisagé de résilier mon bail et de m'installer à la ferme, le temps de trouver un nouveau job. Mais, après avoir passé deux heures à la regarder avec des fourmis dans les jambes, je m'aperçois que ça ne marchera jamais.

Nous sortons alors qu'il vient de se mettre à neiger. Des flocons se posent sur ses cheveux et ses sourcils. On a l'impression qu'elle vient d'un autre monde. Elle lève les yeux vers le ciel noir et se met à rire comme une enfant. Une douce chaleur m'envahit. Je l'aime tellement… Mon cœur me paraît presque trop petit pour contenir tout l'amour qu'elle m'inspire.

— Pourquoi tu fais cette tête ? demande-t-elle. Tu n'as plus envie de sortir avec moi, maintenant que je m'amuse dans la neige ?

Je secoue la tête et m'approche. Les mains autour de ses

hanches, je la contemple. Avec son grand sourire, ses grands yeux, ces flocons qui brillent dans ses cheveux.

Le plus sincèrement du monde, je réponds :

— Au contraire. Je te regarde et je me demande pourquoi j'ai autant de chance.

— On a de la chance tous les deux, dit-elle en se hissant sur la pointe des pieds pour m'embrasser.

Le temps que nous arrivions à la voiture, nous avons les cheveux trempés et nous frissonnons. J'allume le chauffage, et nous nous engageons sur la longue route qui passe près de la ferme. Sauf qu'en arrivant sur l'autoroute je ne tourne pas en direction du campus.

— On va où ? s'enquiert-elle.

L'idée de la ramener chez elle ne m'a même pas effleuré. J'aurais dû lui demander son avis. Mais il n'est pas question qu'elle passe une nuit de plus dans ce quartier pourri. D'un ton moqueur, je lui lance :

— Tu croyais quoi ? Que j'allais te laisser dormir dans ton appartement ? Je suis balèze, mais il y a des limites. Et puis, on a déjà eu affaire à la police, cette semaine.

— D'accord, mais tu te contrôles, hein ? La première fois que j'ai dormi chez toi, tu as été super chelou.

Je lève les yeux au ciel.

— Tu parles de la fois où l'une de mes étudiantes a atterri dans mon lit et m'a montré ses seins ? Tout était on ne peut plus normal, effectivement.

— C'était la première fois que tu voyais les seins d'une fille ?

— Non, mais les tiens sont magnifiques.

Je me gare devant mon immeuble. J'ai pensé tant de fois à ce matin-là…

Le temps de prendre ses bagages, je me dirige vers la porte. Au moment d'enfoncer la clé dans la serrure, je lui lance :

— Il y a un moyen pour que cette nuit ressemble à la première que tu as passée ici.

— Ah oui, quoi ?

Avec un grand sourire, je l'entraîne à l'intérieur sans prendre la peine d'allumer la lumière.

— Ma chambre sera la seule pièce que tu verras avant demain.

78

Olivia

À force d'avoir passé du temps à la ferme avec Will, je trouve presque normal de partager son quotidien. De me réveiller dans son appartement. De prendre le café dans son lit. De lui dire qu'il a intérêt à se désaper, et vite, parce que j'ai un partiel dans une heure.

Tôt ou tard, pourtant, tout le monde saura que nous sommes ensemble. L'équipe d'athlétisme est ultra-soudée, et les filles adorent les potins, ce sera dur de le cacher.

Le plus gros problème reste évidemment Jessica. Un problème que Peter résout en passant un simple coup de fil à son patron. Menacer la réputation de l'université n'est pas très bien vu, surtout quand on travaille à la com'. Jessica finira peut-être par parler tout de même. Mais cela ne changera pas grand-chose puisque Will a déjà quitté son poste.

Tant que notre secret est encore relativement bien gardé, je mets quelques personnes au courant. Evan, notamment. Même si nous ne sommes pas sortis très longtemps ensemble, il s'est inquiété quand j'ai disparu – c'est Will qui me l'a dit. Il mérite de connaître la vérité, question d'honnêteté. Il ne saura pas que j'ai couché avec Will pendant la soirée à laquelle il m'accompagnait, mais le reste, si.

Ça ne le surprend pas.

— Je m'en suis douté à l'époque où tu t'étais volatilisée. Will était devenu complètement dingue.

Je me confie aussi à Erin et Nicole. À Erin parce qu'elle est déjà plus ou moins au courant ; à Nicole parce qu'elle est trop maligne pour ne pas parvenir seule à cette conclusion.

— Je veux toutes les infos croustillantes, s'empresse-t-elle de me dire.

— Rassure-moi, tu n'as pas envie que je te parle de ce qu'on fait au lit ?

Ma question la sidère.

— Bien sûr que si ! Tu crois quoi ? Que j'aimerais savoir quel est son plat préféré ? Dis-moi au moins s'il a une grosse b…

— Je te laisse te faire ton idée. Et ne t'avise pas de me reposer la question, compris ?

Sans se soucier de ma remarque, Nicole se tourne vers Erin et lui lance :

— Tu vois ? J'étais sûre qu'il était bien monté !

Le jour où je deviens officiellement une adulte coïncide avec celui où je cesse de vivre seule. Le 21 décembre, nous rendons les meubles que Will avait empruntés à droite, à gauche, et nous déménageons mes rares affaires chez lui, dans son appartement. Erin nous donne un coup de main. Brendan aussi, même s'il passe essentiellement son temps à glander.

— Je n'en reviens pas ! déclare Erin au moment où nous entrons ensemble dans l'appartement de Will.

Brendan est en train d'« aider » en regardant la télé.

— C'est bizarre. Hein, que c'est bizarre ?

— Comment ça ?

Moi, je ne trouve pas ça bizarre du tout. Maintenant que nous sommes ensemble, j'ai l'impression que c'était écrit.

— Ça sort un peu de nulle part, voilà. Je savais que vous étiez proches, mais c'est comme si j'apprenais que Brofton couche avec la dame qui scanne nos cartes d'étudiant à la cantine.

Je manque de m'étrangler de rire.

— N'importe quoi. Elle a au moins soixante ans !

— D'accord, la comparaison était mal choisie. Bon, ce serait comme découvrir que Brofton est en couple avec Angelina Jolie. Comment dire ? C'est Will, quoi !

— Eh oui, je sais.

Il m'arrive parfois de l'observer en douce, lorsqu'il est dans la cuisine, en train de s'habiller ou étendu sur le canapé en attendant que je le rejoigne. Et j'ai du mal à le croire, moi aussi.

Soudain, Erin se jette à mon cou avant que je puisse reculer.

— C'est la première fois de ta vie que tu peux souffler, Finn. Ne gâche pas tout, OK ?

Je lui promets que non. Faire des promesses n'est pas mon fort, mais cette fois j'ai bon espoir d'y arriver.

Le soir même, on m'a organisé un petit repas d'anniversaire chez Dorothy. Will voulait m'emmener au restaurant. J'ai insisté pour passer la soirée chez sa mère.

— On mange là-bas tout le temps ! objecte-t-il.

— J'aime aller à la ferme.

— Eh, en principe, c'est moi qui suis censé te pousser à aller chez ma mère. Pas le contraire ! Tu viens d'avoir vingt et un ans, ce n'est pas une journée comme les autres.

— Si tu y tiens à ce point, pense à ce qu'on pourrait faire en rentrant…

Sans surprise, il adore mon idée.

Peter, Brendan et Erin nous rejoignent à la ferme pour le dîner. Dorothy a préparé tous mes plats préférés. La dernière fois que j'ai fêté mon anniversaire, j'avais dix ans, et ce repas en petit comité me bouleverse. Mais ça, je me garde bien de le préciser. Ma gorge se noue, et je dois planter les ongles dans le creux de ma main pour ne pas fondre en larmes quand Dorothy sort de la cuisine avec un gâteau sur lequel est inscrit mon nom. Tout le monde chante *Joyeux anniversaire*. Dorothy m'offre une robe, et Will me fait le plus beau cadeau qui soit. Une nouvelle paire de chaussures de course !

— Comment tu as su ?

Je déteste celles que nous fournit la fac. Mais je ne lui en ai jamais parlé.

— Tu tires la tronche chaque fois que tu les enfiles, s'esclaffe-t-il. C'était difficile de ne pas le remarquer.

Will et moi finissons par rentrer – et par faire la fête d'une manière très spéciale. Puis il s'allonge sur le lit, comblé et à moitié endormi, tandis que je dessine des cercles sur son dos bronzé et musclé – ça me fascine, d'ailleurs. Il est mieux gaulé que les mecs qui font de la gonflette à la salle de gym.

— C'est fou. On vient d'emménager ensemble et on n'a jamais eu de véritable rendez-vous galant ! dit-il sans crier gare, en se tournant vers moi.

Je hausse les épaules.

— On a déjà mangé au restau ensemble, rappelle-toi.

— On était avec ma mère. Et, généralement, on s'engueule.

— Ça ne me dérange pas. Toi, si ?

Il s'accoude sur le matelas, l'air pensif.

— Oui, finit-il par avouer.

— Pourquoi ?

— Tu te rappelles la robe que tu portais pour Thanksgiving ? J'ai passé le repas à t'imaginer en tête à tête avec Brendan. Et ça me rendait dingue.

— Je peux la mettre tout de suite, si tu y tiens autant.

Il me répond avec un sourire rayonnant :

— Il ne s'agit pas que de la robe. Tu n'as pas souvent eu des rendez-vous avec des mecs.

— Si, je t'assure.

— Et avec un mec qui te plaisait vraiment ?

— Non…

— Dans ce cas, profites-en tant que tu en as la possibilité, Olivia, me dit-il tout bas, la bouche collée à mon oreille. Car je serai le dernier mec avec qui tu sortiras.

J'essaie de retenir un sourire. Mais c'est plus fort que moi.

— Le dernier ? Hum, tu as l'air bien sûr de toi.

Il nous fait rouler sur le matelas. Je me retrouve allongée sur le dos, lui au-dessus de moi. De toute évidence, il est d'attaque.

— Oui, dit-il. Je n'ai jamais été aussi sûr de moi.

De mon côté, je suis sûre de lui. Seulement, dès le lendemain matin, lorsqu'il m'annonce qu'il part pour la ferme, sans me demander de l'accompagner, mes certitudes s'effritent.

Je m'assieds sur le matelas, en relevant les couvertures sur moi. C'est seulement la deuxième journée que nous passons ensemble. Il a déjà besoin d'espace ? Ça me fend le cœur.

Une partie de moi a envie de dire : *OK, connard, vas-y.* Mais ça, c'est l'ancienne Olivia. Celle que je suis maintenant lui fait assez confiance pour poser la question :

— Tu ne veux pas que je t'accompagne ?

Je n'en mène pas large.

— Si, dit-il en me rejoignant sur le lit. Mais ce n'est pas possible.

— Pourquoi ?

— Parce que je t'emmène quelque part, ce soir. J'aimerais que ça ressemble à un vrai rendez-vous. En temps normal, on se prépare dans la salle de bains en même temps. Et puis, on finit par faire l'amour. Résultat : on ne sort jamais.

— Et alors ? Moi, j'aime rester avec toi.

C'est agréable. Rassurant.

— Et moi, j'ai envie de te séduire.

— Je suis déjà séduite. Enlève ce jean, je vais te montrer.

Il m'observe attentivement. Il est à deux doigts de flancher, je le sens. Mais il attrape son T-shirt et l'enfile.

— Je passe te chercher à 17 h 30.

Je me lève à contrecœur.

— Ce n'est pas un peu tôt ?

— Si, me dit-il tout en m'attirant contre lui. Mais je ne crois pas être capable d'attendre plus longtemps.

Je pose le front contre le sien.

— Pff, c'est vraiment obligé ?

Il éclate de rire.

— Tu es la seule fille qui m'engueule pour une raison pareille. Et mets une robe, d'accord ? Celle que tu portais pour Thanksgiving, par exemple ?

— OK.

Subitement, je suis toute timide. C'est le monde à l'envers. Vingt minutes plus tôt, on faisait l'amour comme des bêtes, mais c'est ça que je trouve bizarre ?

Après son départ, je sors courir, impatiente d'étrenner mes nouvelles chaussures. Avec Will, nous n'avons pas encore eu l'occasion de courir en dehors des séances d'entraînement. Et je me demande si ce sera le cas un jour. Certaines transitions ont été faciles à gérer – comme être ensemble, vivre ensemble, coucher ensemble. Mais quand je cours j'ai toujours l'impression qu'il est mon coach. Qu'il me juge. Que je dois constamment faire mes preuves. Et, vu nos caractères respectifs, c'est un passeport pour la catastrophe.

À mon retour, je prends une douche avant de me lisser les cheveux. J'ai quelques heures à tuer. Du coup, je fais un saut à l'épicerie, sauf que je ne sais pas quoi acheter. Nous mangeons souvent chez Dorothy. Et, quand ce n'est pas le cas, Will cuisine – de vraies recettes, en plus, pas des plats tout prêts ! Il a des dizaines d'épices différentes dans son placard, même du sel rose de l'Himalaya ! Si ça se trouve, je pourrais le convaincre de laisser tomber cette idée de rendez-vous pour qu'on passe la soirée ici. Et je lui préparerais quoi ? Je maîtrise les trucs gras, du type tacos ou spaghettis bolognaise, mais le chef trois étoiles risque de tiquer.

Je renonce à mon idée et rentre à l'appart. Là, je me maquille. Une forme d'excitation me gagne, pourtant je me sens surtout ridicule. Will sait que je ne ressemble pas à ça, d'habitude. Il sait qu'à part les plats de Dorothy la bouffe m'indiffère. Et nous voilà partis pour passer sept heures sans faire l'amour, l'horreur !

Je viens d'en terminer quand on frappe à la porte. En ouvrant, je le trouve face à moi, vêtu d'un pantalon et d'une chemise. Ce n'est pas la première fois que je le vois dans cette tenue, mais qu'est-ce qu'il est sexy !

Il s'avance, ses yeux s'attardent sur ma bouche.

— Tu as mis du rouge à lèvres.

— Tu n'aimes pas ?

Je laisse les mains remonter le long de ses bras. Hâte d'atteindre le bouton du haut.

— Si, ça te va très bien.

Il m'attire à lui, la bouche tout contre la mienne. J'en ai la chair de poule, comme si j'avais froid ou peur. Une peur très agréable, cependant. J'ai envie d'aller plus loin. Lui pose les mains sur mes hanches et s'écarte prudemment. Comme si j'étais en sucre.

— On y va ?

— Will, ce n'est pas nécessaire.

— Je n'ai pas le droit de partager un bon repas avec ma superbe copine ? demande-t-il sèchement. Tu me priverais de ce plaisir ?

— On n'est pas millionnaires, pourquoi dîner au restau ?

D'accord, le prêt pour la ferme est remboursé, et Peter se charge de payer les études de Brendan. Ça ne veut pas dire pour autant qu'on roule sur l'or. À l'heure actuelle, on ne peut compter que sur ma bourse et sur ce que j'ai économisé pendant l'été, sans oublier sa dernière paie.

— C'est ça qui te gêne ?

— Non.

Ma réponse est tout sauf sincère. Enfin bon, j'aurais dû y songer plus tôt. J'ai vécu chichement pendant des années. Veiller à la dépense est une seconde nature, chez moi.

Il m'adresse un sourire.

— Je comptais t'annoncer la nouvelle pendant le repas. Alors voilà, j'ai dégoté un job aujourd'hui.

— C'est vrai ? Où ça ?

Les yeux de Will sont d'un bleu irréel.

— Je vais diriger des excursions en montagne.

Cette nouvelle me ravit.

— Tu vas refaire de l'escalade ?

À cet instant précis, il me rappelle cette photo dans la chambre de Dorothy – il a l'air insouciant, débordant d'énergie, libre.

— Ce n'est pas le job du siècle, mais c'est déjà ça.

Les bras autour de son cou, je dépose un baiser sur sa joue.

— Tu plaisantes ? C'est énorme, Will ! Tu es un vrai pro, et ça te rend heureux.

Le nez plongé dans mes cheveux, il me corrige :

— C'est toi qui me rends heureux. Le reste n'a aucune importance. Alors, explique-moi pourquoi tu tiens autant à ne pas sortir, ce soir.

— Aucune idée. C'est juste que je n'ai pas l'habitude, j'imagine.

Il m'observe d'un air étonné, comme si je plaisantais. Brusquement, il éclate de rire. Ce qui n'est pas très sympa de sa part.

— Si je comprends bien, la fille qui a menacé un type deux fois plus grand qu'elle et qui en a envoyé un autre à l'hôpital a peur d'aller au restaurant ?

Pff, ce qu'il peut être pénible, parfois…

— Ça a l'air bête, à t'entendre.

— Parce que *c'est* bête, rétorque-t-il.

Je le foudroie du regard. Ce qui le fait marrer aussi. Il faut vraiment que je trouve un moyen plus efficace de montrer ma colère.

— Tu as confiance en moi ?

Je n'ai pas besoin de réfléchir à sa question. Il est la personne en qui j'ai le plus confiance. Parce que je doute trop, probablement.

— Oui.

— Alors viens ! ordonne-t-il en attrapant ma main. Allons dîner.

Nous nous rendons en ville. Il se gare à côté d'un restaurant où je n'aurais jamais imaginé entrer. Ça a l'air cher. L'envie me prend de rebrousser chemin. Au lieu de quoi, je me mords la lèvre et j'attrape la main de Will.

À peine avons-nous franchi le seuil qu'un air chaud nous

enveloppe comme une couverture. J'observe tout. Les murs aux couleurs foncées, les nappes d'un blanc immaculé sur lesquelles sont posés des verres à vin, qui font miroiter la lumière des bougies.

Il me serre la main. Il a dû deviner que le stress me gagne…

La serveuse est une fille de mon âge, ou peut-être un poil plus âgée que moi. Elle est jolie, et son décolleté est un peu trop plongeant. Elle nous aperçoit – enfin, elle aperçoit surtout mon petit ami. Elle le regarde comme un ticket de loto gagnant. Elle attrape deux menus tout en se passant furtivement la langue sur les lèvres, puis nous guide jusqu'à notre table.

Nous la suivons à travers la salle. Elle ondule tellement que sa minijupe va finir par remonter jusqu'à sa culotte. On se croirait dans un clip de Shakira. Une fois que nous sommes installés, elle se penche pour demander à Will si tout lui convient. En déballant la moitié de sa poitrine au passage. Il lui répond que oui avec un sourire poli. Dès qu'elle tourne les talons, je la fusille du regard.

Will m'observe.

— Pourquoi tu tires cette tête ? D'accord, tu n'avais pas envie de venir, mais cette fille n'y est pour rien.

— Sérieusement ? Tu n'as pas remarqué la façon dont elle te parlait ? Encore un peu, et elle frottait ses seins sur ton visage.

Il a l'air sincèrement troublé. Ce qu'il est mignon !

— Je n'ai rien remarqué.

— Tu t'en es forcément rendu compte !

Il éclate de rire. Il a l'air vaguement agacé aussi.

— Tu comprends enfin ce que j'ai vécu.

Je n'en crois pas mes oreilles. Il plaisante ou quoi ? J'ai vu je ne sais combien de fois Jessica s'asseoir sur ses genoux ou laisser entendre qu'ils venaient de coucher ensemble. Et quand elle débarquait au bord du terrain en chaussures de pétasse et minijupe !

— Tu te fiches de moi ? C'est toi qui as eu une copine tout l'automne.

— J'ai eu mon lot d'emmerdes, crois-moi, répond-il en plongeant le nez dans la carte des vins.

— Encore cette histoire avec Brendan ? Je t'ai déjà dit qu'il le faisait exprès. Il voulait que tu te décides à ouvrir les yeux. Il n'a pas touché à un seul de mes cheveux.

Son visage se rembrunit.

— Je l'ai vu toucher à tes cheveux. Et pas qu'à tes cheveux…

Bon, ça suffit, qu'il arrête avec ça !

— Et toutes les fois où j'ai été obligé d'écouter Brofton te draguer dans le bus, tu t'en souviens ? Sans parler de l'équipe de foot, qui chantait cette chanson débile depuis les tribunes. Ils te reluquaient comme s'ils étaient à un défilé de lingerie. Tu ne t'en rendais même plus compte.

Je balaie sa remarque d'un geste.

— Ça n'allait pas plus loin.

— C'est exactement comme cette fille. Elle ne pensait pas à mal. La preuve, je n'ai rien vu.

Il a raison. Les joueurs de l'équipe de football, Brofton… Je ne les calculais presque pas, car je n'avais d'yeux que pour lui. J'ai presque du mal à croire qu'il vit la même chose.

— Peut-être.

Je l'admets à contrecœur.

— Non, c'est évident, insiste-t-il.

Son visage s'adoucit, je le sens prêt à éclater de rire.

Je souris moi aussi.

— C'est notre premier rendez-vous, et on s'engueule déjà. C'est mauvais signe.

— Je parie que ça t'a aidée à te détendre ! dit-il en ricanant.

Étrangement, oui. Sur ce point, nous nous rejoignons, comme

je le craignais. Il a le chic pour m'énerver et pour me coller des frissons, il arrive à me déshabiller d'un simple regard. En ce moment même, il me sourit d'une façon incroyable.

— Ça va mieux ? demande-t-il.

— Oui.

— Parfait ! Car même si on s'engueule ça reste le meilleur premier rendez-vous de ma vie.

La fin du repas approche. Le verre de vin rouge que j'ai bu m'a réchauffée et détendue. Je ne me souviens même plus pourquoi cette soirée m'angoissait. J'aime être dans ce restau avec Will, j'aime entendre ses anecdotes d'escalade et ses confidences sur son parcours scolaire chaotique. J'aime observer la blancheur de ses dents quand il sourit, la courbe douce de son sourire qu'il esquisse si rarement. J'aime aussi sentir mes jambes contre les siennes sous la table. Chaque fois que ça arrive, il me jette un regard qui me procure de délicieux frissons.

Lorsqu'on débarrasse nos assiettes, je frotte le pied contre son mollet. De façon absolument volontaire. Il baisse légèrement les paupières, les lèvres plissées. Lorsqu'il a ces yeux-là, c'est qu'un désir l'anime, j'ai fini par le comprendre. Il fait de son mieux pour se contenir. Heureusement, il n'a plus besoin de se contenir avec moi.

Je retire ma chaussure, je relève le bord de son pantalon avec mon orteil et laisse mon pied courir sur sa peau nue. Nos regards se croisent. La lueur de la bougie fait étinceler ses yeux qui se posent sur ma bouche.

— On devrait demander l'addition, propose-t-il dans un souffle.

Le temps que nous arrivions, les préliminaires sont tout à fait superflus. À peine entré, Will me plaque contre le mur, et nos bouches s'unissent, tandis qu'il remonte ma robe, les mains agrippées à mes cuisses.

— Oh ! putain, grogne-t-il quand ses doigts glissent entre mes jambes.

J'empoigne sa ceinture, que je dénoue, tandis que nous nous dirigeons vers la table. On se demande qui de nous deux entraîne l'autre. Les gestes lents et mesurés viendront plus tard. Pour l'heure, nous avons envie d'autre chose. Il me fait pivoter, et je reste là, le souffle court, alors que j'entends le bruit de sa fermeture Eclair. Il se colle contre moi et entre en moi avec un mugissement étouffé. Fermement arrimé à mes hanches, il va et vient en murmurant mon nom, tout en m'embrassant la nuque. Ma robe est trempée de sueur, mais je m'en moque.

Les mouvements de Will s'accélèrent, j'ai du mal à saisir ce qu'il me dit.

— Attrape la table, m'ordonne-t-il soudain.

Il pousse si fort que seules mes mains m'empêchent de tomber. Un dernier mouvement, la table glisse sur le carrelage et le plaisir m'emporte.

Will pousse un grognement guttural lorsqu'il atteint les cimes du plaisir. Il se love contre moi, le menton contre mon dos, la bouche plongée dans le creux de mon cou.

— Je t'aime, dit-il dans un murmure. Si tu savais à quel point je t'aime !

Je le sais. Et je l'aime aussi, si passionnément que les mots sont bien peu de chose. Si intensément que je serais détruite s'il venait à changer d'avis.

Pendant les vacances, Will commence à emmener ses clients en excursion. Des touristes, pour l'essentiel. Des skieurs en quête d'autres activités. Il faut être cinglé pour vouloir faire de l'escalade par ce froid. Peu importe : lorsqu'il rentre à l'appart, ses yeux pétillent. Ce n'était pas le cas quand nous nous sommes rencontrés. J'essaie de cuisiner. Pourquoi serait-ce toujours à lui de s'occuper des repas ? Mes plats maison sont dégueu, mais il les dévore sans se faire prier. Il demande même du rab ! Nous allons courir. Et, quand il tente de corriger mes mouvements, je lui rappelle qu'il n'est plus mon coach ! Le temps d'une petite prise de tête, nous finissons par trancher : je l'écoute à condition d'avoir un dédommagement en rentrant. Un marché qui nous convient très bien, à tous les deux.

Will est heureux.

Je suis heureuse.

C'est là que je me décide à aller voir la police.

79

Olivia

Les policiers n'ont pas mis longtemps pour comprendre comment mon père a récupéré l'adresse de Sean. La proposition de partenariat de la marque de chaussures japonaise était bidon. Il s'est servi d'une fausse adresse mail, et je suis tombée dans le panneau, comme une idiote. On m'informe qu'il a été envoyé dans le Kansas, où il sera jugé pour le meurtre de mon frère et de ma mère. Manifestement, mes années d'amnésie m'ont sauvé la vie. Mon père aurait refait surface bien plus tôt, sinon.

Incidemment, on me signale un détail qui me retourne l'estomac. Mon père avait un surnom : Finn.

Je n'ai pas spécialement envie de le dire à Will. Je le fais quand même. Il devine tout ce qui me traverse l'esprit.

— Ça ne veut rien dire, Liv. Des tas de gens portent ce surnom.

Peut-être. Seulement, j'ai eu du temps, beaucoup trop de temps, pour y réfléchir. Pour faire la liste des ressemblances troublantes entre cet homme et moi.

— Ce surnom n'est pas notre seul point commun.

J'observe mes mains. De quoi sont-elles encore capables ?

Le regard de Will me crucifie, il a l'air furieux.

— Il y a une différence énorme entre ce que tu as fait et ce qu'il a fait. Ne te compare pas à lui, je t'en prie.

J'ai envie de le croire.

Et puis, je repense aux yeux de Matthew quand j'ai accepté de creuser ce trou.

Le deuxième semestre commence. Will fait de l'escalade. Dorothy a un mariage à préparer. Je commence à m'entraîner avec la nouvelle coach embauchée par la fac. Elle est compétente. Pas autant que Will – je cours avec lui les week-ends, à présent, et j'écoute ses conseils sans discuter.

On est heureux, très heureux. Pourtant, j'ai un sale pressentiment – que je ne partage pas avec lui. Les similitudes entre mon père et moi sont un peu comme ces monstres qui se cachent sous le lit des enfants. J'ai trop peur de ce que je risque de découvrir pour regarder.

Pendant l'hiver, Will assiste à ma première compétition. Il ne cache pas qu'il est là pour moi. Tous ceux qui se demandent encore pourquoi il a quitté son poste tiennent enfin leur réponse. Il n'empêche : les gens l'aiment. Inexplicablement, ils m'apprécient aussi. Du coup, la majorité de l'équipe voit notre relation d'un bon œil. Oh ! il y en a qui râlent, évidemment, mais je m'en tape. Betsy et ses copines peuvent baver tant qu'elles veulent : c'est avec moi que Will repart du stade. Ça aide à se foutre de l'opinion des autres.

Bref, tout va bien, à un détail près : je fais à nouveau des cauchemars. Et, dans ces cauchemars, ce n'est plus mon père qui a le mauvais rôle. C'est moi.

Dans ces rêves, j'arrive quelque part – la ferme, notre appart, le stade. Tout a l'air normal. Et puis, brusquement, je me souviens que Will est mort. Comme si je pouvais oublier une chose pareille ! C'est un véritable déchirement. La douleur s'abat sur moi, et je me rappelle autre chose : c'est à cause de moi qu'il est mort. Sur un coup de folie, comme la fois où je m'en suis pris à Mark Bell, je l'ai attaqué, et il y est passé.

Je me réveille en sanglotant, Will à mes côtés. Il essaie de me calmer. Lorsqu'il m'interroge, je mens : je prétends que j'ai rêvé de mon père. Impossible de lui avouer la vérité. La force maléfique n'est plus hors de moi.

Elle m'habite, prête à frapper.

En mars, le soleil du Colorado, toujours étincelant, devient de plus en plus chaud. La neige commence à fondre. Will redouble de petites attentions. Il bourre mes chaussures humides de papier journal pour qu'elles sèchent plus vite. Il prépare du café, même les matins où il n'a pas le temps d'en boire une tasse. Chaque fois qu'il passe devant un Starbucks, il s'arrête pour m'acheter un gâteau. Des petits gestes du quotidien, qu'il a l'air de faire machinalement. Sans importance, certes, mais qui montrent qu'il tient à moi, toujours. J'ai beau avoir l'air froide ou distante, il ne compte pas me quitter.

Il devrait, pourtant.

Mes cauchemars deviennent de plus en plus fréquents. Dès que je me réveille, je me dis que je devrais partir. Partir quelque part où il ne me retrouvera jamais, pour qu'il soit en sécurité. Bien souvent, je n'ai qu'une solution pour calmer mon stress et me rendormir : me jurer qu'un jour je m'en irai.

Un matin, je commence même à plier bagage. Hélas, le jour se lève. Et regarder Will qui dort me pousse à renoncer.

— Qu'est-ce que tu fais debout à cette heure ? me demande-t-il d'une voix pâteuse.

Je me dépêche de ranger mon sac dans le placard.

— Je n'arrivais pas à dormir.

— Viens là, me dit-il en se décalant sur le matelas.

Je me glisse sous son bras tendu et savoure la chaleur de son torse nu, l'odeur de sa peau.

— Désolée, je t'ai réveillé.

— Je dois me lever dans pas longtemps, de toute façon, répond-il en bâillant.

— Non. Tu ne dors pas assez, ces temps-ci.

Maintenant que les beaux jours reviennent, tout le monde veut partir en excursion. Il a plus travaillé qu'à l'automne, alors qu'il cumulait deux jobs.

— Si tu t'en veux vraiment, je connais plusieurs façons de te faire pardonner.

J'ai du mal à retenir un sourire.

— Tu aimerais une histoire pour te rendormir ? Ou une berceuse ?

— Ce n'est pas ce que j'avais en tête, mais tu peux faire un truc avec la bouche.

Il a déjà relevé les couvertures afin de se glisser au fond du lit.

— Attends, je vais te montrer.

Ses talents sont multiples. Mais mon préféré, c'est bien celui-là. Il sait si bien faire l'amour que les voix dans ma tête se taisent. Hélas, elles reviennent aussitôt. Même lorsque je l'oblige à s'allonger sur le dos, avant de lui retirer son boxer, je me répète silencieusement ce que je suis incapable de lui avouer.

Tu vas me manquer, Will. Partir sera un déchirement.

Tout se passe tellement bien entre nous. Mes plus grands moments de joie, ce sont ceux que je partage avec lui. Quand il rentre le soir. Quand nous nous réveillons ensemble. En même temps, quelque chose est en train de changer. Nos petites dissensions s'accentuent. Will commence à se demander si nous regardons vraiment ensemble dans la même direction.

Il veut faire des projets. Parler de ce qu'il adviendra lorsque j'aurai décroché mon diplôme. Je lui réponds :

— On a un an devant nous.

Il propose qu'on s'installe à Seattle. Ce serait l'endroit parfait pour que je reprenne l'entraînement, et il ne manquerait pas de travail. Je balaie cette idée. Il me parle mariage, enfants. Je ne relève pas. Je déteste la douleur furtive que je lis dans ses yeux chaque fois que je me refuse à répondre. Mais comment évoquer le futur, parler mariage ou enfants, alors qu'une force maléfique m'habite, tapie dans l'ombre ?

Un fossé s'est créé entre nous. Un fossé qu'il devine mais qu'il n'arrive pas à cerner. Qu'il ne compte pas sur moi pour mettre des mots dessus.

L'été arrive, et Will me trouve un travail à l'agence où il bosse. On ne pourrait pas rêver mieux. Nous allons au travail ensemble. J'aime le voir débarquer au bureau entre deux ascensions ; j'aime la façon dont son visage s'illumine lorsqu'il m'aperçoit. Nous rentrons à la maison ensemble. Il nous arrive aussi de nous arrêter pour faire une rando ou un peu d'escalade. Certains soirs, nous préparons le dîner. D'autres soirs, nous fonçons dans notre lit où nous restons des heures, jusqu'à ce que nos estomacs vides nous rappellent à l'ordre. N'empêche : le fossé qui nous sépare ne cesse de grandir. On s'engueule. Et c'est bien moins drôle qu'avant.

On est en juillet. Il me tend un article sur un groupe de marathoniens basé à Seattle. Je le lui rends sans même le lire.

— Ce n'est pas ce qui te faisait envie ? me demande-t-il d'un ton pincé.

— Je ne sais plus de quoi j'ai envie.

Je m'écarte vivement de la table. La mâchoire de Will tressaille.

— Ça veut dire quoi ?

— Va savoir où on sera dans un an.

Je m'affaire à nettoyer un plan de travail déjà nickel.

— On n'est sûrs de rien, alors à quoi bon parler dans le vide ?

— Peu importe où tu seras dans un an, je veux être avec toi, Olivia.

Je reste muette. J'évite de croiser son regard. Car je sais ce que j'y lirai.

— Tu n'es même pas sûre de ça ? insiste-t-il. Tu doutes tellement de notre histoire que tu ne sais pas si tu as envie d'être avec moi dans un an ?

Cette fois, j'ose le regarder. Il a l'air tellement peiné que je dois détourner la tête.

— Ce n'est pas si simple, Will.

— Tu parles ! lâche-t-il en marchant vers la porte. C'est très simple.

Le battant claque, et les photos encadrées au mur tressautent en signe de protestation. Je m'agrippe au plan de travail de toutes mes forces. Ça me fait presque mal.

Je ne sais pas quoi faire. Comment lui dire la vérité ? Comment avoir la certitude qu'il est en sécurité avec moi ? Je ne peux pas l'obliger à rester comme ça, sur le fil, parce que je ne suis pas sûre de rester. À force, il finira par penser que je ne l'aime pas assez pour m'engager.

Il faut que je le laisse partir. Malgré tout, les heures que je passe à attendre qu'il rentre à la maison sont un supplice. Il faut que je le laisse partir. Et passer à l'acte me brisera le cœur.

Il rentre tard. Bien après l'heure à laquelle nous allons nous coucher, d'habitude.

— Tu n'es pas encore au lit ? s'étonne-t-il.

C'est la première fois qu'il a l'air *malheureux* de me voir. Un poids énorme m'écrase la poitrine.

Je me dresse devant lui, les mains posées sur ses bras. Et je lui dis :

— Je t'aime. Tu le sais. Je t'aime plus que tout au monde. C'est juste que…

Je m'arrête. Je ne sais même pas comment terminer.

Il s'écarte.

— Il est tard, je vais me coucher.

— Will, ne fais pas ça.

— Je ne fais rien du tout, Olivia, dit-il sans broncher. Interroge-toi.

Il quitte la pièce, et je reste sur le canapé. Mon cauchemar revient me hanter.

Lorsque je me réveille, je suis dans le lit. Il m'a prise dans ses bras pour m'y emmener.

Mais, le lendemain matin, il ne me dit pas un mot.

Il me dépose au bureau, avec un baiser sur le front. On croirait qu'il se force.

Je passe la journée à attendre un texto de sa part, je guette l'arrivée de sa voiture sur le parking. Au milieu de l'après-midi, le nœud que j'ai à l'estomac a grossi. On s'écrit toujours avant cette heure-là.

S'il m'en veut à mort, s'il en a marre de moi, rien ne m'empêche de partir, alors ? Cela ne lui fera peut-être ni chaud ni froid. Du moins sera-t-il moins affecté que prévu.

Je prends mon téléphone pour lui écrire, puis je me ravise. À quoi bon essayer de sauver la situation, puisque tout est fini ?

Une énergie débordante m'anime malgré ma lassitude, comme si je me bourrais de caféine sans jamais dormir. Je tourne comme un lion en cage. J'attrape mon téléphone avant de le reposer aussitôt.

Finalement, je me décide à écrire. C'est là que Mike, notre patron, sort de son bureau. Je repose mon portable d'un air coupable. C'est à peine s'il le remarque.

— Jim vient d'appeler, dit-il en tâchant de prendre un ton calme.

Jim est l'autre guide de l'agence. Il travaille souvent avec Will.

— Il y a eu un accident.

Assise sur le siège passager de la voiture de Mike qui roule vers l'hôpital, je tremble comme une feuille. Un piton s'est détaché, et Will est tombé. On n'en sait pas plus.

Et s'il était paralysé ? Ou dans le coma ? Si ça se trouve, il est déjà mort.

La terreur qui m'envahit est pire que mes plus terribles cauchemars. J'ai tellement peur que je refuse de croire ce qui est arrivé. Dans un coin de ma tête, une petite voix me suggère de me jeter de la voiture. Je n'aurai pas à supporter ce qui m'attend, au moins.

J'entre dans le bâtiment en m'appuyant sur Mike. Il me guide jusqu'à l'accueil, puis l'ascenseur et la salle de garde. Je suis à la fois dévastée et anesthésiée. À chaque minute de cette attente interminable, mon estomac se contracte un peu plus. La douleur est si forte que je me plie en deux.

Lorsque nous entrons dans la chambre, je vois Will se tourner. Il est alité, oui, mais vivant. Il bouge ! La gorge nouée par les sanglots, je traverse la pièce. Il m'accueille entre ses bras, et je plonge la tête contre son cou. Je pleure, sans m'arrêter. Un vrai torrent en furie. C'est la deuxième fois seulement que ça m'arrive. Il plonge la main dans mes cheveux et me murmure des mots rassurants. Il va bien, juré.

D'une voix faiblarde et presque incompréhensible, je bafouille :

— Tu es dans un lit d'hôpital. Non, tu ne vas pas bien !

Il laisse échapper un petit rire.

— J'ai deux côtes cassées et une épaule démise, c'est tout.

Je devrais sauter de joie, mais non. J'ai l'impression d'avoir le cœur pris dans un étau. Et il est serré si fort que j'ai du mal à respirer.

— Je suis désolé qu'on se soit disputés, Liv. Au moment de ma chute, j'ai repensé à la scène de ce matin. Je me suis dit que mon comportement de merde serait ton dernier souvenir de moi.

Je plonge le visage entre mes mains. Je pleure encore. Ça ne s'arrête toujours pas. Sans doute parce qu'il est hors de danger, et c'est un soulagement. Mais aussi parce qu'il est vulnérable et que cela me terrorise. Je peux le protéger de moi en partant, d'accord, mais comment le protéger du reste ? Des accidents d'escalade, des accidents de la route, de la maladie ? Je ne peux pas le sauver de tout.

Il baisse la barrière du lit et m'attire contre lui, du côté où il n'est pas blessé. Le visage toujours baigné de larmes, je lui dis :

— Je t'aime. Je veux être à tes côtés l'an prochain. Je l'ai toujours voulu.

— Hé, Liv, c'est une bonne nouvelle, me glisse-t-il à l'oreille d'un ton mi-amusé, mi-navré. Qu'est-ce qui t'agace autant ?

— Je ne peux pas te sauver de tout.

Oui, je sais, c'est ridicule et puéril, je m'en rends compte en le disant.

— On ne peut jamais sauver personne complètement. On ne peut même pas se protéger soi-même.

Ça tombe sous le sens, je sais, mais ça me fait mal quand même. Tout bas, j'admets :

— J'ai eu peur de te faire du mal. Mais je n'aurais jamais pensé que le danger viendrait d'ailleurs.

— Pourquoi me ferais-tu du mal ?

Je le sens inquiet, même s'il fait tout pour le cacher. Il a raison de l'être. J'aurais préféré qu'il se taise. Il n'aura plus jamais confiance en moi. Il ne se sentira plus jamais en sécurité avec moi, une fois qu'il saura la vérité.

— Will, ces cauchemars que j'ai faits ces derniers mois… Je t'ai dit qu'ils mettaient en scène mon père. Mais non. Tu étais mort, et c'était moi qui te tuais. Je n'arrivais pas à m'expliquer ces rêves. J'y voyais comme une sorte de mise en garde. Je me suis répété que je devais partir quelque part où tu ne pourrais jamais me trouver. C'était trop dur, hélas.

Il s'immobilise. J'ai presque l'impression de le voir reculer, alors qu'il est allongé. Même si un profond silence règne dans la pièce, j'entends des portes se refermer violemment sur notre histoire.

— La vache, Olivia, tu es venue pour me dire que tu vas partir ?

— Oui. Je ne sais pas quoi faire d'autre.

— Quand ?

Il me faut une seconde pour m'apercevoir qu'il n'a plus l'air horrifié. Il est furieux.

À contrecœur, je relève la tête et me force à croiser son regard.

— Bientôt, j'imagine. Après ce qui s'est passé ce matin, je me suis dit… que ça ne te ferait pas vraiment de peine.

Il en reste bouche bée.

— Pas vraiment de peine ? Ça me détruirait, bordel ! Même si je suis malheureux, n'oublie pas que je continue de t'aimer plus que tout au monde.

Je rétorque aussitôt :

— Je viens de t'avouer que je fais des rêves où je te tue. Et c'est mon départ qui t'inquiète ?

— Tu ne me ferais jamais de mal, Olivia. Pas physiquement, en tout cas. Je ne comprends même pas comment tu as pu le croire. Mais le fait que tu aies vraiment songé à te barrer sans un mot… Jure-moi que tu ne partiras jamais comme ça. Ce jour-là, parle-moi.

— Mais si je…

— Non ! Je me fiche de ton excuse. Préviens-moi, OK ?

— OK. Mais j'ai du mal à croire que tu me demandes de rester, après tout ce que je viens de te dire.

— Ce n'est pas tout ce que je compte te demander, dit-il en esquissant un sourire.

Je hausse un sourcil. En règle générale, je devine assez bien ce qu'il peut avoir en tête.

Il éclate de rire devant mon air ébahi.

— Et ce n'est pas ce que tu crois.

Courir vingt *miles* d'affilée, passer un après-midi à écouter Nicole parler de sa vie sexuelle, laisser Betsy gagner une course : voilà tout ce que je serais prête à faire pour m'éviter une visite chez un psy. Mais, quand on rêve de tuer quelqu'un et qu'on l'avoue à la personne concernée, la moindre des choses est d'aller consulter.

Le psy est basé à Denver. Peter a entendu parler de lui il y a plusieurs mois. Il s'est spécialisé dans les épisodes de stress post-traumatique. Ce dont je souffre. Enfin bon, c'est juste une formule savante pour dire que ma vie est un bordel innommable parce qu'il m'est arrivé un truc horrible un jour.

Je lui raconte toute l'histoire et ne lui dissimule rien. Il m'écoute sans trahir la moindre surprise. Comme si c'était on ne peut plus normal.

Au terme de mon récit, il m'interroge :

— Qu'est-ce qui vous pousse à engager une thérapie maintenant ?

Je lui parle alors des rêves que j'ai faits. De la chute de Will. De la sensation de panique qui s'est emparée de moi.

— J'ai toujours eu l'impression que j'étais la seule à pouvoir faire du mal à mon compagnon. Depuis, je suis consciente que le monde est rempli de dangers et que je n'ai aucune prise sur eux.

J'explique tout ça d'une traite. Il doit me prendre pour une dingue. C'est précisément pour cette raison que je n'avais aucune envie de venir ici.

— C'est tout à fait irrationnel, je sais, mais je continue de paniquer quand même.

— Vos angoisses n'ont rien d'irrationnel, rétorque-t-il sans broncher.

Est-ce que c'est son job de rassurer tous ses patients ? Est-ce qu'il leur dit qu'ils sont normaux, même s'ils ont l'air complètement cinglés ?

— J'ai du mal à le croire…

— Imaginez que vous êtes un enfant, dit-il. Un enfant qui a vu quelqu'un tuer des gens et qui a lui-même été agressé. Comment peut-on se protéger de ça ?

— Ce n'est pas possible.

— Exactement, acquiesce-t-il. Sauf si vous vous dites que c'est *vous*, le monstre, le danger, la menace. Parce que vous vous sentez toujours à l'abri de vous-même. Ce n'est pas rare dans des situations comme la vôtre.

— Des situations comme la mienne ? Plusieurs de vos patients ont vu des membres de leur famille mourir et se sont mis à rêver qu'ils zigouillaient leur compagne ou leur compagnon ?

Ma question le fait marrer.

— Non. Mais bien des gens ont subi des choses horribles, Olivia, et le mécanisme qu'ils adoptent pour vivre avec ressemble souvent au vôtre. Vous vous êtes identifiée à votre père, parce que cela vous rassurait. Et il a fallu que vous soyez incapable de protéger un être cher pour que le masque tombe.

Aussi tordu que cela puisse paraître, son raisonnement me semble tenir.

Will m'attend dehors.

— Ça s'est passé comment ? me demande-t-il.

— Pas mal.

C'était même mieux que ça. Mais qu'il ne compte pas sur moi pour l'admettre. Il m'a quand même tannée durant près d'un an pour que j'aille voir ce mec !

— Tu veux toujours me tuer ? lance-t-il d'un ton moqueur.

— Je ne veux pas te tuer, dis-je d'un air réprobateur. Et ce n'est pas drôle.

— Si, un peu.

— Finalement, j'ai peut-être envie de te tuer…

Il se place derrière moi et me donne un baiser dans le cou.

— Je te reconnais bien là.

Bizarrement, je le sens fier.

Tout ne se règle pas en un jour. Ni même en un mois. À la longue, je finis par me convaincre qu'un monstre n'était pas caché sous le lit. Et je m'aperçois d'une chose : je voulais qu'il y en ait un. Ça m'aidait à me sentir en sécurité, à croire que le mal vivait quelque part en moi. La vérité est plus effrayante : aucun de nous n'est jamais complètement en sécurité, il y a toujours un risque. Sauf que je me suis habituée à l'idée, comme tout le monde.

Les cauchemars s'estompent. Mon père est condamné à passer le restant de ses jours en prison.

Et quand Will se tourne vers moi, lors du mariage de Peter et de Dorothy, il me confie qu'il aurait aimé nous voir à leur place devant l'autel.

— Moi aussi, je lui réponds.

Un an jour pour jour après notre premier baiser, celui qu'on avait échangé alors que je faisais mine d'être endormie, je m'affale sur le canapé à côté de Will.

— C'était comment, au boulot ?

— Bien, dit-il en soulevant mes jambes pour poser mes pieds sur son ventre.

Je n'aurais jamais laissé qui que ce soit faire ça il y a encore un an. Mais il y a longtemps que je ne sors plus courir pieds nus. Les rares fois où je cauchemarde, Will m'arrête avant même que je sorte du lit.

— J'accompagnais un couple avec enfant. C'était la première fois que le gamin s'essayait à l'escalade. Tu aurais vu son sourire quand il s'est retrouvé à un mètre du sol !

— Il est hors de question que tu emmènes nos gosses faire de l'escalade. Tu en es conscient, hein ?

— Tu parles si je vais les emmener ! répond-il avec son petit sourire en coin. Tu es incapable de me dire non.

— Au lit, c'est sûr. En matière d'éducation, non. Mais, puisque aujourd'hui c'est notre anniversaire, je vais te laisser penser que tu as raison.

Il secoue la tête.

— Notre anniversaire n'est qu'en décembre.

— Aujourd'hui, ça fait pile un an qu'on s'est embrassés pour la première fois. Je sais que tu t'en souviens. C'était dans ton lit, à la ferme.

Il écarquille les yeux, la bouche à moitié ouverte.

— Tu étais réveillée ? Tu l'as fait exprès ?

Dur de ne pas éclater de rire.

— Bien sûr !

— Ça alors… Tu es encore plus machiavélique que je ne pensais !

— Tu as aimé ce baiser.

— Je l'ai adoré. Il m'a torturé pendant des semaines, dit-il en portant mon pied à ses lèvres pour l'embrasser.

J'ai bien du mal à réprimer un frisson de plaisir.

— Tu aimes ?

— Oui…

Ma voix n'est plus qu'un souffle.

— Tes pieds sont doux, maintenant, déclare-t-il en l'embrassant à nouveau. Presque de vrais pieds de fille.

— Rigole, rigole. Même avec des pieds de fille, je cours plus vite que toi.

Sa bouche remonte le long de mon pied, jusqu'à ma cheville.

— C'est faux, on le sait tous les deux.

— Tu meurs d'envie qu'on fasse la course, pas vrai ?

— Pas exactement…

Il me sourit d'un air tentateur. Mon cœur s'emballe aussitôt.

— Je maintiens que tu n'es pas aussi rapide que moi.

Brusquement, je retire les jambes.

— Tu me lances un défi, là ?

Sur ces mots, je me lève du canapé et me dirige vers la porte à reculons.

— Non, je voulais juste qu'on fasse un petit câlin.

Il se lève à son tour, une petite étincelle au fond des yeux.

— Il faudra que tu le mérites.

Le temps de tourner les talons, je fonce dehors, en direction des champs éclairés par la lune. Je cours jusqu'à en perdre haleine, mais ça fait du bien. Le monde extérieur ne m'effraie plus. Je savoure la sensation du vent et de l'herbe sèche qui craque sous mes pieds comme de minuscules feux d'artifice. Tout me plaît : le parfum de l'hiver qui approche, le feu qui traverse mes muscles tandis que je cours à travers ce champ, l'air glacé qui me fouette les poumons. J'aime aussi l'homme qui court derrière moi et qui m'aura bientôt rattrapée. Je l'aime tellement que je ralentis l'allure.

Pour la première fois de ma vie, j'ai envie qu'on m'attrape.

Épilogue

Lorsque Olivia a décroché son diplôme, nous sommes partis pour Seattle où elle a commencé à disputer des courses sur de très longues distances. Grâce à ses sponsors, elle pouvait s'entraîner l'esprit libre. Et ce master dont elle était censée ne jamais se servir lui a permis de trouver un job de nutritionniste à temps partiel.

J'ai réintégré la boîte dans laquelle je travaillais avant. Mais ce n'était plus pareil. Il m'est arrivé un truc marrant : j'aimais toujours faire de l'escalade mais, entre-temps, d'autres choses étaient devenues tout aussi importantes dans ma vie. Au bout d'un moment, je n'ai plus supporté le regard que me jetait Olivia lorsque je partais en excursion. Même si je lui jurais mes grands dieux que je comptais rentrer en un seul morceau, elle n'y croyait pas vraiment. Et moi non plus.

Mais, surtout, j'ai laissé tomber parce qu'elle me manquait. Les deux mois que j'ai passés au Pérou ont été les plus longs de ma vie, alors que je rêvais de ce voyage. Je n'étais pas là quand elle a remporté son premier marathon. Alors j'ai changé de secteur. Ce qui explique pourquoi je suis là aujourd'hui, au bord de la zone de ravitaillement d'une course de cent *miles* qu'elle a de grandes chances de remporter.

— Dis, papa, c'est bientôt fini ?

Notre fils, Matthew, m'a posé la question une bonne centaine de fois en l'espace d'une heure. Nous attendons au niveau du soixante-dixième *mile*. Cela fait onze heures que le top départ a été donné.

— Dans un petit moment.

— Tu as dit ça tout à l'heure, gronde-t-il d'un air réprobateur.

Il me rappelle tellement sa mère…

— Et si on descendait la colline pour courir près d'elle ?

Il part comme une flèche. *C'est bien le fils de sa mère.* Nous trottinons jusqu'au pied de la côte et nous attendons. Malgré la fatigue, le visage d'Olivia s'illumine lorsqu'elle nous aperçoit.

— Allez, maman, tu vas gagner ! crie-t-il.

Elle éclate de rire, malgré la fatigue.

— Il y a encore trente *miles*, mon chéri. Rien n'est joué.

— Mais… c'est papa qui m'a dit que tu vas gagner !

— S'il l'a dit, alors on peut le croire, c'est lui le grand savant !

Je pensais que l'escalade me manquerait lorsque j'ai intégré mon école de médecine. Au bout du compte, j'aime ce que je fais. Et puis, c'est très pratique quand on est marié à quelqu'un qui essaie de courir cent *miles* d'une traite. J'ai bientôt terminé mon internat, et mon planning risque d'être assez chargé quand j'en aurai terminé.

Lorsque nous atteignons la zone de ravitaillement, ma mère amène la petite. Olivia la prend dans ses bras d'un air émerveillé, comme souvent quand elle regarde nos enfants. Elle semble encore avoir du mal à croire qu'elle leur a donné le jour.

— Comment tu te sens ? je demande en lui retirant ses chaussures.

Impossible d'échapper aux ampoules pendant une course aussi exigeante. Elle en a plusieurs.

Elle m'observe avec un sourire rêveur. Être entourée de sa famille lui fait monter les larmes aux yeux.

— Je ne me suis jamais sentie aussi bien. Et tout ça, c'est grâce à toi. Tu m'as sauvée. Tu le sais, n'est-ce pas ?

Quelques instants plus tard, elle s'élance pour la dernière partie de la course, le temps de nous adresser un rapide baiser. Nous rassemblons nos affaires et prenons le chemin de la ligne d'arrivée, où nous attendent Brendan et Erin. Je continue de croire que leur couple n'a aucune chance de durer. Mais, comme me le rappelle souvent Olivia, les gens pensaient la même chose de nous il y a quelques années. Alors, autant que je tienne ma langue.

— Comment va notre championne ?

C'est Peter. Il est là, lui aussi.

— Elle est en pleine forme. La fatigue s'installe. Elle était à deux doigts d'être sentimentale.

Je secoue la tête.

— Même après tout ce temps, elle pense toujours que je l'ai sauvée.

— Mais tu l'as sauvée, Will ! réplique ma mère. Et elle t'a sauvé.

Sans doute, oui. Un jour, c'est ce que je dirai à Olivia. Pour l'heure, il est temps pour moi de rejoindre la ligne d'arrivée et de regarder la femme de ma vie gagner une nouvelle course.

Remerciements

Tout d'abord, merci à mon incroyable éditrice, Jennifer Roberts-Hall, qui m'a accompagnée tout au long de ce projet. Je ne sais pas comment je m'en serais sortie sans elle.

Merci à Katie Foster Meyer, qui sait d'entrée si un roman mérite d'être publié ou jeté à la poubelle. En plus d'avoir lu et relu ce texte, elle a été très attentive aux différentes questions juridiques. C'est grâce à elle qu'Olivia n'a pas été inculpée pour coups et blessures.

Merci à Linda Russell, de Sassy Sassy Faboulous PR, de m'avoir accompagnée pas à pas, deux mois durant, et de ne pas s'être trop moquée de moi devant ma communication hasardeuse sur les réseaux sociaux.

Merci à mes premières lectrices : les formidables Laura Ward Stuart (qui, comme Katie, doit souvent me relire avant que j'arrive à la version définitive, sans jamais se décourager), Nancy Coleman, Amy Meyer, Karen Metcalf, Erin Thompson et Deanna Wolstenholme.

Merci à Amy Meldrim Foster d'avoir répondu à toutes mes questions sur la course de fond, ainsi qu'à l'agence Kari March Designs pour leurs somptueuses couvertures.

Un immense merci à mes amis (qui se reconnaîtront), à mes enfants (qui devront encore attendre quelques années avant de lire ce texte, Dieu merci), ainsi qu'à mes proches, pour leur soutien et leurs encouragements constants.

Composé et édité par HarperCollins France.

Achevé d'imprimer en mai 2020.

CPI
FIRMIN-DIDOT

à Mesnil-sur-l'Estrée (Eure)

Dépôt légal : juin 2020.

Pour limiter l'empreinte environnementale de ses livres, HarperCollins France s'engage à n'utiliser que du papier fabriqué à partir de bois provenant de forêts gérées durablement et de manière responsable.

Imprimé en France